B. Celeste
Vor uns die Dämmerung

B. CELESTE

Vor uns die Dämmerung

Roman

Aus dem Englischen
von Peter Groth

Forever

Forever by Ullstein
forever.ullstein.de

Wir verpflichten uns zu Nachhaltigkeit

- Klimaneutrales Produkt
- Papiere aus nachhaltiger Waldwirtschaft und anderen kontrollierten Quellen
- ullstein.de/nachhaltigkeit

Die Originalausgabe erschien 2023
unter dem Titel *Underneath the Sycamore Tree*
bei Bloom Books.

Deutsche Erstausgabe bei Forever
1. Auflage 2023

ISBN: 978-3-95818-718-4

© 2019 by B. Celeste, in Vereinbarung mit Sourcebooks LLC, USA
© der deutschsprachigen Ausgabe Ullstein Buchverlage GmbH,
Berlin 2023
Alle Rechte vorbehalten
Gesetzt aus der Albertina powered by *pepyrus*
Druck und Bindearbeiten: CPI books GmbH, Leck

*Dieses Buch ist für die chronisch Kranken.
Für die Menschen, die jeden Tag für Linderung,
Vertrauen und Heilung kämpfen.*

*Dieses Buch handelt von Angst.
Angst, die uns weiterkämpfen lässt, ohne das Ergebnis
zu kennen.*

*Dieses Buch ist für alle, die das Gefühl haben, nicht gehört,
gesehen oder wahrgenommen zu werden. Ich höre euch, ich
sehe euch, und ich glaube euch.*

Prolog

Mama hat goldene Augen, wenn sie weint. Meine sehen dagegen wie trübes Poolwasser aus – nicht richtig grün oder braun, sondern irgendwas dazwischen. Als ich mich mit gerade mal zehn Jahren von meiner Schwester verabschieden musste, sagte Mama, dass mein glasiger Blick genau wie der von Papa mit Smaragden gesprenkelt war.

Papa war aber nicht bei Logans Beerdigung. Er war nicht da, als der Pastor die Trauerrede in der halb leeren Kirche hielt, als die Autoreihe langsam durch die Straßen zum Friedhof fuhr, und auch nicht, als der weiße Kindersarg in die Erde gesenkt wurde. Während Mama ihren starren Blick dorthin richtete, wo ihr halbes Herz für immer in der dunklen Erde vergraben wurde, suchte ich in der Ferne nach Papas vertrautem Gesicht.

Wenn ich jetzt zurückdenke, muss Lo das Ende der Ehe unserer Eltern schon lange vorhergesehen haben, noch bevor Papa seine Sachen packte und ging.

Ich frage mich, was sie noch wusste.

Mama wischt sich verstohlen eine einzelne Träne aus dem Gesicht, in der Hoffnung, dass ich das Glitzern ihrer Augen im Neonlicht des tristen weißen Raums nicht bemerke. Ich will ihr sagen, dass alles in Ordnung ist und ich mich gut fühle. Doch sie würde mir meine schwachen Trostversuche nicht abnehmen.

Als bei Lo Lupus diagnostiziert wurde, war es schon zu spät, um sie zu retten. Die Krankheit hatte sich bereits in ihren Körper gefressen, Haut und Organe befallen. Sosehr Mama auch versuchte, die Krankheit zu kontrollieren, man konnte sie nicht besiegen.

Logan starb im Schlaf.

Jetzt ist alles anders. Mama ist übervorsichtig und achtet auf Dinge, bei denen sie früher nachlässig war und wegen derer sie sich jetzt Vorwürfe macht – Sonnenbrand, Schlafmangel, Schmerzen jeglicher Art. Und obwohl ihr Oma ständig erklärt, dass sie keine Schuldgefühle für etwas haben soll, was sie ohnehin nicht hätte ändern können, verdunkelt sich Mamas Blick, wenn sie ein Bild von Logan sieht.

Schaut sie mich an, geschieht dasselbe, denn Logan Olivia Matterson war meine Zwillingsschwester. Alles an unseren hübschen Gesichtern war identisch, bis hin zur Stupsnase und den geschwungenen Lippen. Wir hatten die gleichen silberblonden Haare und die grünen Augen von Mama, obwohl ich Lo immer hübscher fand.

Mama will für mich stark sein, aber ich kann sehen, wie sie jeden Tag ein wenig schwächer wird, seitdem wir Lo an jenem sonnigen Augustnachmittag zur letzten Ruhe gebettet haben. Damals waren keine Wolken am Himmel, der auch nicht grau war, wie es zur Stimmung gepasst hätte. Kein Regen und kein Gewitterdonnern, das mit unseren gebrochenen Herzen um die Wette gehämmert hätte. Es war ein schöner, ein friedlicher Tag. Die Vögel blieben stumm, der Wind wehte sanft, und die Sonne küsste unsere Haut, als wollte sie uns trösten. In der Ferne sah man einen hellen Regenbogen, und ich wusste, das war Los Abschiedsgruß für mich, denn es hatte seit Tagen nicht geregnet.

Durch Mamas Unruhe wirkt der sterile Raum, in dem wir sitzen, noch kleiner. Sie hält meine Hand und drückt sie fest, als der Arzt mit den grau melierten Haaren uns die Ergebnisse der Untersuchungen letzte Woche erklärt.

Ich zähle die kleinen braunen Sommersprossen auf Mamas Hand und hole tief Luft.

Die Worte des Arztes verhallen, bis Stille den Raum erfüllt. »Verstehst du, was ich sage, Emery?« Seine tiefe Stimme kling nach einer Mischung aus sanftem Mitgefühl und verbindlicher Neugierde, mit der er zu bestimmen versucht, was ich mitbekommen habe.

Ich wünschte mir nur, er würde mich Em nennen. Das ist mir lieber als mein ganzer Name, genauso wie Logan lieber Lo genannt werden wollte. Doch der Arzt nennt mich weiter Emery und Mama Mrs Matterson, obwohl sie ihren Namen nach der Trennung von Papa geändert hat. Sie heißt jetzt Ms Keller.

Sieht der Arzt ein verschrecktes dreizehnjähriges Mädchen, wenn er mich betrachtet? Oder sieht er nur die Maske, die ich täglich aufsetze, damit Mama mich ansehen kann, ohne traurig zu werden. Die mein Gesicht verbirgt, während ich noch ein Bild von Logan vom Kaminsims nehme, um Mamas Schmerz ein wenig zu lindern. Ich bringe Los Bilder in das Zimmer, das ich mir einmal mit meiner Zwillingsschwester geteilt habe, schließe sie im Kleiderschrank ein oder verstecke sie unter dem Bett und im Bücherregal – überall dort, wo Mama sie nicht finden kann.

Ich bezweifle, dass der Arzt mich wirklich sieht. Also lüge ich und sage ihm, dass ich alles verstanden habe. Er kann meine ausdruckslose Distanz deuten, wie er will. Ich blicke zu Mama und be-

merke eine weitere Träne, die nach meiner Antwort über ihre gerötete Wange läuft.
Alles wird gut, Mama.
Ich wage es nicht, diese Worte auszusprechen.

Eins

In meiner porzellanweißen Hand liegt ein Knäuel karamellfarbener Haare. Mit rissigen gelben Fingernägeln streiche ich über die vormals seidigen Strähnen und betrachte sie eindringlich, als könnte ich sie wieder befestigen.

Vor zwei Monaten wollte ich mir unbedingt die Haare färben. Das Resultat meines misslungenen Versuchs liegt nun als Mischung brauner und blonder Farbnuancen in meiner Hand. Mama hatte mir von diesem Sommerprojekt abgeraten. Sie meinte, mein Haar sei dafür zu spröde.

Wie immer hat Mama recht behalten.

Und wie immer war ich zu dickköpfig, um auf sie zu hören.

Als ich das Färbemittel aufgetragen hatte, fing meine empfindliche Kopfhaut sofort zu brennen an, kurz danach fielen mir die ersten Haare aus. Büschelweise lösten sich blonde Strähnen, sodass Mama mir schnell beim Ausspülen helfen musste.

Ich balle die Faust um das Büschel Haare und betrachte mich in dem großen Spiegel über dem Schminktisch. Ich sehe blasse Haut. Glasige, grün-braune Augen mit dunklen Ringen. Schmale, rosig verfärbte Wangen, allerdings nicht von dem teuren Rouge, das Mama früher immer trug. Meine Röte stammt von den inneren Kämpfen, die mein Körper mit sich selbst austrägt.

Seit der Umstellung meiner Medikamente vor einem Monat habe ich zugenommen. Der Arzt meinte, die Medizin würde helfen, meinen Organismus zu regulieren, damit ich nicht weiter Gewicht verliere. Meine Wangenknochen ragen nicht mehr so deutlich heraus und wirken nicht annähernd so kränklich. Doch anstatt der drei Tabletten, die ich immer in Bakersfield genommen habe, nehme ich jetzt neun. Das ist es wohl wert, wenn man nicht mehr wie ein Skelett aussehen will.

Normalerweise erledige ich meine Morgenroutine mit gesenktem Kopf. Das ist mir lieber, als ständig meine hervorstehenden Schlüsselbeine und das dünne Haar an meinem Gesicht zu sehen. Ich hasse mein Spiegelbild, denn ich erkenne das Mädchen nicht wieder, das mich da anstarrt.

Heute aber zwinge ich mich zum Hinsehen. Ich lasse die ausgefallenen Haare auf der Granitfläche liegen und betrachte eingehend, was mir der Spiegel von der Hüfte aufwärts zeigt. Unter dem blauen Tanktop, in dem ich schlafe, lugt ein Stück meines dünnen Bauchs hervor. Während mein Blick nach oben wandert, registriere ich magere Arme, schmale Schultern und dann dünne, spröde Lippen. Nichts an mir ist besonders schön, doch in meiner Zerbrechlichkeit kann ich noch immer Mama erkennen.

Für eine lange Zeit konnte sie mich nicht länger als ein paar Sekunden anschauen. Ein kurzer Blick, während sie mir einen guten Morgen oder einen schönen Tag in der Schule wünschte, dann sah sie schnell wieder weg. Oma tröstete mich in solchen Momenten und meinte, ich solle es nicht persönlich nehmen

Das war aber nicht so einfach.

Wenn Mama mich ansah, dann sah sie Logan und dass ich womöglich das gleiche Schicksal erleiden würde. Ich war eine lebende

Erinnerung an den Tod ihrer Tochter und in ihren Augen selbst nur wenige Schritte davon entfernt.

Deshalb rief ich Papa an.

Auch wenn Oma meinte, ich müsste nicht umziehen, hielt ich es für die beste Lösung. Ich wollte nicht mehr sehen, wie sich Mamas Augen golden färbten, wenn sie weinte. In meiner Nähe schimmerten sie ständig goldbraun.

Der Spiegel vor mir ist größer als der in meinem alten Zuhause, und im Unterschied zu dem alten, beigefarbenen Badezimmer mit den angeschlagenen Fliesen ist dieses hellgrau, mit Holzboden und neuen Armaturen. Anstatt einer Dusche gibt es eine große Badewanne, in die auch Zwillinge passen würden. So viel Platz im Regal hätte Lo neidisch gemacht.

Das Klopfen an meiner Zimmertür reißt mich aus meinen Gedanken. Ich wische die losen Haare in den weißen Mülleimer auf dem Boden, gehe ins Zimmer und höre Papas Stimme auf der anderen Seite der Tür.

»Bist du schon auf, Emery?« Seine Stimme klingt harsch und zögernd. So hört er sich an, seit er mir beim Auspacken der wenigen Sachen geholfen hat, mit denen ich von Mamas Haus zu ihm ans andere Ende des Bundesstaates gezogen bin.

Ich weiß nicht genau, warum er oder Mama meinem Vorschlag zugestimmt haben. Wir hatten immer nur an meinem Geburtstag oder zu Weihnachten Kontakt, und unsere Telefonate dauerten nie länger als zehn Minuten. Er hat wieder geheiratet, und seine umwerfende neue Frau ist genau das Gegenteil von Mama, was Aussehen und Persönlichkeit betrifft. Außerdem hat er einen Stiefsohn, der mürrisch und ausweichend ist, sosehr ich mich auch bemühe, ihn besser kennenzulernen.

Das Leben meines Vaters war perfekt.

Bis ich kam.

Ich öffne die Tür und lächle ihn verschlafen an, er lächelt zurück. Er will, dass ich mich wohlfühle. Seine Frau Cam ist die ganze Zeit nett zu mir, und ihr Sohn Kaiden könnte auch schlimmer sein, obwohl er mir meistens aus dem Weg geht. Seit ich vor anderthalb Monaten zu ihnen gezogen bin, sind sie sehr großzügig und geben mir alles, was ich brauche. Einen neuen Arzt, ein Zimmer, das ich nach meinem Geschmack einrichten kann, und Freiraum, viel Freiraum.

Mein Vater arbeitet jetzt in einem Pharma-Unternehmen. Ich habe nicht mehr viel Erinnerungen an ihn, als ich klein war, ich weiß nur noch, dass er Anzüge trug und Mama immer einen dicken Kuss gab, wenn wir in der Nähe waren. Wenn er glaubte, dass wir sie nicht beobachteten, dann nickte er ihr nur kurz zu. Mir war nie bewusst, wie unglücklich die beiden damals waren.

Er sieht nicht mehr so aus wie in meiner Erinnerung. Sein dunkelbraunes Haar ist mit grauen Strähnen durchsetzt – vor allem an den Schläfen –, und sein Haaransatz geht zurück. Seine natürlich gebräunte Haut, auf die ich immer neidisch war, ist jetzt faltiger, und seine Augen haben einen abgestumpften Ausdruck, der mir neu zu sein scheint. Liegt das am Alter oder an den Umständen?

»Cam bereitet gerade das Frühstück vor.« Er reibt sich den Arm, der in einem marineblauen Blazer steckt, und sieht mich besorgt an. »Wenn dir heute nicht nach Aufstehen ist ...«

Heute. Der erste Tag an der neuen Schule. Es ist mein letztes Schuljahr, auch wenn ich eigentlich längst den Abschluss gemacht haben sollte. Weil ich wegen der Krankenhausaufenthalte zu viele Stunden versäumt hatte, wurde ich zurückgestuft.

»Es geht mir gut.« Das ist eine schlechte Antwort, die keiner von uns wirklich glaubt. Es ist aber auch keine Lüge. Ich werde ja nicht blutend in einen Haifischkäfig steigen, also gibt es Schlimmeres.

Sein Blick verweilt auf mir, und seine Augen haben diesen leichten Braunton mit Smaragdsplittern darin, die ich laut Mama auch habe. Doch wenn ich in den Spiegel blicke, finde ich sie nicht.

»Emery...«

Ich stehe da und klammere mich an die Türklinke, bis meine Finger schmerzen, während ich darauf warte, dass er etwas sagt.

Er räuspert sich. »Alles Gute zum Geburtstag.«

Heute. Mein neunzehnter Geburtstag.

Papa sieht mich an, als suche er jemanden. Vielleicht fragt er sich, ob Logan genauso ausgesehen hätte. Zehn Jahre sind vergangen, seit sie gestorben ist, und elf, seit er weggezogen ist.

Woran erinnert er sich?

Anstatt ihn zu fragen, schlucke ich den Gedanken hinunter und zwinge mich zu einem schmallippigen Lächeln. »Danke.«

Ich habe ihm gesagt, dass ich keine Party und auch kein besonderes Essen will. Als ich jünger war, haben er und Mama uns immer gefragt, was wir zum Geburtstag wollen – wir durften uns ein Gericht auswählen. Lo wollte immer ausgehen, und ich wollte zu Hause bleiben. Der Kuchen war jedes Jahr derselbe: Red Velvet mit weißer Buttercreme-Glasur.

Tatsächlich wünsche ich mir gerade nichts anderes als ein vorübergehendes Dach über dem Kopf.

Kein selbst gekochtes Abendessen.

Keinen Red-Velvet-Kuchen.

Ich hätte das Gefühl, Mama zu betrügen, wenn ich mir etwas von Papa wünschen würde. Als würde ich ihm verzeihen, dass er sie und uns verletzt und verlassen hat. Schließlich hat er uns im Stich gelassen, als wir ihn am meisten brauchten. Als Lo ihn brauchte.

Er neigt den Kopf und hält kurz inne, dann dreht er sich zur Treppe. Kaidens Zimmer liegt auf demselben Flur wie meins, aber er geht nicht zu ihm. Vielleicht ist Kaiden noch nicht aufgestanden. Manchmal höre ich, wie er spätnachts sein Zimmer verlässt und aus dem Haus schleicht.

Ich frage mich dann, wohin er geht. Und ob Cam davon weiß. Oder Papa. Es geht mich nichts an, deshalb mische ich mich nicht ein.

Ich brauche fünfzehn Minuten, um mir eine Jeans mit aufgerissenem Knie anzuziehen, dazu einen übergroßen schwarzen Sweater, der mir über die Schulter rutscht. Ich bürste mein verknotetes Haar und lasse es offen, wobei ich bemerke, dass es mir endlich wieder bis über die Schultern reicht. Mama würde sich freuen, sie hat es immer gemocht, wenn Lo und ich die Haare lang trugen.

Ich schlüpfe in ein Paar beigefarbener Toms mit Ananasmuster, packe meinen neuen schwarz-weiß karierten Rucksack und gehe nach unten. Papa hat schon gefrühstückt, weil er los zur Arbeit muss, aber Cam und Kaiden essen noch.

Cam begrüßt mich freundlich lächelnd, Kaiden sieht mich nicht an, und Papa nickt mir zu, bevor er aufsteht und seinen Teller in der großen Edelstahlspüle abwäscht.

Das Haus ist riesig – zwei Etagen, dazu ein ausgebauter Keller, der hauptsächlich als Lagerraum genutzt wird. Außen ist es weiß gestrichen, auf den Fensterbänken im Erdgeschoss stehen Blumentöpfe mit rosa und violetten Blumen, und der Hinterhof ist groß genug für eine Feuerstelle, einen Garten und einen Grillbereich.

Es ist ganz anders als das Haus, in dem ich aufgewachsen bin, vor allem innen. Es gibt so viel Platz, dass man herumlaufen kann, ohne ständig über Möbel oder Menschen zu stolpern. Alles riecht blumig und frisch, und der moderne Einrichtungsstil unterscheidet sich von den rustikalen Secondhand-Fundstücken in Mamas Haus.

Trotzdem mag ich Mamas Haus lieber.

Es ist vielleicht klein, doch dadurch fühlt es sich intimer an. Wir haben immer darüber gescherzt, dass sich jeder von uns schon einmal am Kaffeetisch gestoßen hat. Neben der Eingangstür stand eine hellgrüne Garderobe, die vor der blassgelben und zur Hälfte gestreiften Tapete ins Auge sprang. Dort stand auch eine orangefarbene Schüssel, in der Schlüssel, Quittungen und anderer Kleinkram landeten.

Mamas Haus ist bunt und originell.

Papas Haus ist ... normal.

Normal war mir schon immer fremd.

Ich stochere in dem Rührei und Bacon auf meinem Teller herum, während Papa Cam einen Abschiedskuss gibt und Kaiden und mir einen schönen ersten Schultag wünscht. Wir sind beide im Abschlussjahr.

Weil ich kein Auto habe und Papa sich nicht freinehmen konnte, soll Kaiden mich mitnehmen und mir zeigen, wo das Sekretariat ist.

Cam wollte Kaiden schon letzte Woche überreden, mich einmal zur Schule zu fahren und mir den Campus zu zeigen, aber ich wollte nicht, dass er sich verpflichtet fühlt. Also habe ich gelogen und gesagt, es sei nicht nötig. In Wahrheit schlägt mein Herz vor Nervosität so heftig, dass ich befürchte zu sterben, bevor mich meine Krankheit einholt. Wenn es noch leiser im Raum wird, können es die anderen wahrscheinlich im unregelmäßigen Takt schlagen hören.

Ich bin fast mit dem Frühstück fertig, als ich einen vorsichtigen Blick auf die Uhr werfe und dann zu Cam. Sie versteht meine Sorge und lächelt mir zu, bevor sie mir einen Müsliriegel gibt, Geld für das Mittagessen und ein Blatt Papier mit Papas Unterschrift.

Für die Schule, erklärt sie mir.

Ich schiebe alles in meinen Rucksack und frage Kaiden, ob er fertig ist. Als Antwort brummt er irgendetwas, bevor er sich vom Tisch abdrückt, seine Tasche und den Autoschlüssel nimmt und zur Eingangstür nickt.

Er verabschiedet sich nicht von Cam.

Sie wünscht uns keinen schönen Tag.

Sie lächelt nur traurig, als wir gehen.

Am liebsten würde ich Kaiden fragen, warum er so wütend und schweigsam ist. Cam scheint eine nette Frau zu sein, deshalb versteh ich nicht, warum er sich ihr gegenüber so abweisend verhält. Doch ich werde mich hüten, meine Nase in die Angelegenheiten anderer Leute zu stecken. Denn das würde ihnen das Recht geben, sie in meine zu stecken.

Als wir bei der Schule angekommen sind, folge ich Kaiden vom Parkplatz ins Gebäude. Er zeigt in Richtung des Schulsekretariats und ruft mir ein sarkastisches »Viel Glück« zu, bevor er in einer Gruppe von Mitschülern verschwindet, die ihm auf die Schulter hauen, ihn mit breitem Grinsen begrüßen und mich vollkommen ignorieren.

Happy Birthday!

...

Der Schreibtisch des Schulleiters steht vor einer dekorativen Ziegelwand, die zum Äußeren des Gebäudes passt. Zu den weißen Wänden und der edlen Inneneinrichtung passt sie nicht unbedingt, obwohl ich noch keine Zeit hatte, sie mir ausführlich anzusehen.

Der dunkelhaarige Mann vor mir ist jung und korpulent, ungefähr Ende dreißig und offenbar nicht besonders gut organisiert, da er schon länger nach meinen Unterlagen sucht. Er wirkt nervös.

Ich bin mir sicher, dass ich Schweiß auf seiner Stirn entdecken könnte, wenn ich sie genauer betrachten würde.

Er wirft mir ein entschuldigendes Lächeln zu, bevor er einen anderen Stapel durchsucht. »Normalerweise kümmert sich unsere Vertrauenslehrerin um so etwas.«

Ich weiß nicht, warum er mir das sagt, deshalb nicke ich nur. Ich könnte ihn natürlich nach der Vertrauenslehrerin fragen, aber eigentlich interessiert mich das gar nicht. Wenn Mama hier wäre, würde sie ein lockeres Gespräch mit ihm führen, nach der Schulgeschichte fragen oder warum das Maskottchen der Exeter High eine Raubkatze ist und nicht irgendein anderes Tier, das besser zu den violett-goldenen Farben passt.

Aber sie ist nicht hier.

Auch nicht die Vertrauenslehrerin.

Auch nicht Logan.

Der Schulleiter Mr Richman, wie ihn mir die nasal sprechende Sekretärin vorgestellt hat, als sie mich an seinen chaotischen Arbeitsplatz führte, hebt schließlich einen Ordner vom Tisch und sieht mich triumphierend an.

»Emery Matterson.«

Wenn das so weitergeht, werde ich es kaum zur dritten Stunde in den Unterricht schaffen. Sozialkunde ist zwar nicht gerade das Fach, mit dem ich den Tag beginnen will, aber es ist immer noch besser als Mathe. In der ersten Stunde verpasse ich Geometrie und in der zweiten Sport, also nichts, worüber man traurig sein muss.

Seine dunklen Augen überfliegen den Inhalt meiner Akte, bevor er den Kragen seines weißen Oberhemdes zurechtrückt. Er räuspert sich und liest dann den Zettel, den mein Vater unterschrieben hat.

»Richtig.« Er nickt, legt die Papiere auf den Tisch und betrachtet mich. »Nun, Miss Matterson, wie ich sehe, hat man Ihnen bereits den Stundenplan und die Hausordnung geschickt, und heute im Unterricht erhalten Sie die Schulbücher. Auf dem Stundenplan sollte auch Ihre Spindnummer stehen. Das dazugehörige Schloss und die Zahlenkombination dafür hat Ihr Sportlehrer. Ihr Vater wies darauf hin, dass Sie wöchentliche Termine bei unserer Vertrauenslehrerin und der Krankenschwester bekommen sollen. Die Vertrauenslehrerin wird erst nächste Woche zurück sein, aber ich kann Sie zu Ms Gilly ins Schwesternzimmer bringen, bevor Ihnen dann jemand den Spind zeigt.«

Moment. »Warum soll ich wöchentlich zur Vertrauenslehrerin und Krankenschwester gehen?«

Er zögert und runzelt kurz die Stirn, dann faltet er die Hände auf dem Schreibtisch. »Normalerweise treffen sich neue Schüler mit der Vertrauenslehrerin, damit die ersten paar Wochen angenehm verlaufen. Die meisten Schüler haben ihr ganzes Leben in diesem Stadtteil verbracht, deshalb kennen sie sich hier aus. Wir wissen, dass es vor allem für später hinzukommende Schüler schwierig sein kann, sich an einer neuen Schule einzugewöhnen.«

Mein Kiefer zuckt. »Und was ist mit der Krankenschwester?«

Er rutscht unbehaglich auf dem Stuhl herum, bis er unter seinem Gewicht ächzt. »Ich bin davon ausgegangen, dass Ihr Vater mit Ihnen darüber gesprochen hat. Schüler mit größeren medizinischen Problemen sollen von Anfang an Kontakt zu unserem Pflegepersonal aufbauen. Wir haben gehört, dass Sie in der Vergangenheit ein paar Probleme hatten ...«

Probleme. Was genau hat mein Vater der Schule erzählt? Ich bin mir sicher, dass die Akte aus meiner alten Schule auch ohne seinen Einfluss schon genug Informationen enthält. Meine Zwillingsschwester ist gestorben, und wegen derselben Krankheit, die sie getötet hat, habe ich zu viele Schultage verpasst und bin jetzt hier.

Aber hat mein Vater der Schule gegenüber nicht erwähnt, dass es mir mittlerweile besser geht?

Ich richte mich auf. »Mein Vater muss wohl vergessen haben, mir das zu sagen. Jedenfalls ist das nicht nötig, also ...«

»Bei allem Respekt, Miss Matterson ...«

»Emery oder Em.«

Er nickt kurz. »Emery«, korrigiert er sich, »ich stimme Ihrem Vater zu, dass es wichtig ist, sich mit der Krankenschwester hier gut zu verstehen. Manchmal geschehen Dinge trotz aller Vorsichtsmaßnahmen. Wenn es einen Notfall gibt, dann muss Ms Gilly wissen, was zu tun ist.«

Zum Beispiel die 911 anrufen?

Ich schlucke meine Antwort herunter und zwinge mich zu einem Kopfnicken, denn es erscheint mir unklug, mit dem Schulleiter zu streiten. Ich habe noch nie Ärger gemacht und möchte das auch nicht ändern.

»Wenn Sie einverstanden sind, dann möchte ich noch darauf hinweisen, dass die Vertrauenslehrerin auch Treffen für Schüler anbietet, die einen geliebten Menschen verloren haben. Vielleicht werden Sie in ihr eine Freundin finden.«

Ich bin mir sicher, dass sein Vorschlag gut gemeint ist, aber er kommt nicht gut bei mir an. »Mr Richman, meine Schwester ist vor zehn Jahren verstorben. Ich werde ihren Tod vielleicht niemals ganz überwinden, aber ich habe inzwischen gelernt, allein damit klarzukommen.«

Er streicht über sein bereits glattes Hemd. »Ich werde Sie zu nichts zwingen. Kommen Sie, ich bringe Sie jetzt zum Schwesternzimmer.«

Bevor wir es zur Tür schaffen, ruft die nasale Sekretärin mit den blond gefärbten Haaren und der dicken Brille seinen Namen. »Die neue Englischlehrerin ist da, für Ihr Meeting.« Als sie mich kritisch beäugt, kneife ich die Augen zusammen, bevor ich mich dem halb leeren Flur zuwende.

Mr Richman seufzt und wirft mir einen unentschlossenen Blick zu. Ich wechsle von einem Fuß auf den anderen und ergreife den Riemen an meiner Schulter. »Ich finde den Weg auch allein. Ich habe die Karte dabei, die beim Stundenplan dabei war.«

Es bleibt noch genug Zeit, um es vor der zweiten Stunde zu schaffen, deshalb bin ich dankbar, als sich sein Zögern bei meinem Vorschlag in Erleichterung verwandelt. Vermutlich hat er ohnehin keine Lust auf einen Rundgang mit der neuen Schülerin.

»Die Klassenräume der Highschool liegen alle im östlichen Flügel der ersten Etage, getrennt von dem neuen Flügel der Mittelschule, einfach die Wendeltreppe hoch und den Flur entlang. Ich bin mir sicher, dass Ihnen sonst auch Ihr Stiefbruder den Weg zeigen kann.« Er räuspert sich zum gefühlt dreißigsten Mal. »Kaiden Monroe, wenn ich mich recht erinnere, oder?«

Ich nicke.

Er schürzt die Lippen. »Nun, dann gehen Sie mal. Willkommen auf der Exeter High, Miss Monroe. Wir freuen uns, dass Sie hier sind.«

Ich korrigiere meinen Namen nicht.

Logan hätte es getan.

Zwei

In der letzten Unterrichtsstunde konzentriere ich mich auf eine Sommersprosse an meinem Handgelenk. Zum Glück ist der Tag ruhig und ereignislos verlaufen. Ich wurde nur minimal angestarrt, hatte keine Probleme, einen freien Platz beim Mittagessen zu finden, und niemand hat mich nach lustigen Geschichten aus meiner Vergangenheit gefragt.

Den ganzen Tag habe ich mir Notizen in meinem Kopf gemacht. Weil man zum Beispiel morgens zwischen den Unterrichtsstunden keine Zeit hat, zum Spind zu gehen, sollte man seine Tasche besser mitnehmen. Die Mensa ähnelt zwar einer Kampfarena mit eckigen und runden Tischen, doch es gibt keine Gruppen wie in Highschool-Filmen. Ugg-Boots sind wieder im Kommen.

Ich weiß noch nicht, was ich über all das denken soll, aber wegen der schweren Tasche schmerzt meine Schulter, in der Mensa war es viel zu laut, und Ugg-Boots waren schon immer scheußlich. Andererseits bekomme ich auch für meine Ananas-Toms abwertende Blicke zugeworfen.

Am spannendsten finde ich, wie Kaiden mit seinen Kumpels

interagiert – Jungs in Collegejacken und Mädchen, die sie anhimmeln und dabei ihre Strähnen um die Finger wickeln. Kaiden ist hier beliebt, ein ganz anderer Mensch. Er redet und scherzt und diskutiert. Die anderen scheinen ihn zu mögen und auch ein bisschen zu beneiden.

Ich frage mich, warum er nicht auch zu Hause so ist. Weiß seine Mutter, wie er sich in der Schule verhält? Beim Mittagessen habe ich gehört, wie ein pinkhaariges Mädchen seiner Freundin erzählte, dass er in diesem Jahr das Lacrosse-Team zur nationalen Meisterschaft führen wird. Sie meinte, das wäre sein Abschiedsgeschenk zum Schulabschluss. Offensichtlich ist er so gut, dass ihm eine ganze Reihe Colleges ein Vollstipendium angeboten hat. Geht Cam zu seinen Spielen? Feuert sie ihn von der Tribüne aus an? Papa hat zwar erwähnt, dass er spielt, aber nie von irgendwelchen Spielen erzählt. Sowieso spricht er fast nie von Kaiden, als wäre das Betrug an mir und Logan.

Vielleicht fühlt er sich schuldig.

Ich verdränge die Gedanken und konzentriere mich wieder auf meine Umgebung. Neunte Stunde. Fünf vor halb drei. Noch dreiundzwanzig Minuten, bis mein erster Tag an der Exeter High vorbei ist. Dann bleiben nur noch zweihundertneunundsechzig Tage, bis das Schuljahr vorbei ist.

Die Englischstunde zieht sich. Die Erschöpfung von der Aufregung des ersten Tages sitzt mir in den Knochen, und der Lärmpegel in dem überfüllten Klassenzimmer macht mich so nervös, dass ich immer wieder auf die schwarze Uhr an der Wand spähe. Ich könnte schwören, dass jedes Mal nicht mehr als fünf Sekunden vergangen sind. Ich spüre ein Brennen unter der Haut und in den Gelenken. Hoffentlich hilft ein Nachmittagsschlaf vor dem Abendessen, damit es nicht schlimmer wird.

Anstatt mich auf die sinnlosen Gespräche zu konzentrieren,

die uns Mr Nichols – ein junger Uni-Absolvent Mitte zwanzig – führen lässt, nachdem er uns zu Beginn der Stunde die Anforderungen seines Kurses mitgeteilt hat, betrachte ich die farbenfrohen Kunstwerke an den Wänden. Ich erkenne Szenen aus Büchern. An jeder Wand eine andere, von *Wer die Nachtigall stört* bis hin zu den *Tributen von Panem*.

Plötzlich lässt sich jemand auf den Platz neben mir fallen, und die Metallbeine des Stuhls schrammen über den gefliesten Boden. Ich nehme den Blick von der Wand und sehe Kaiden vor mir, der mich gleichgültig anstarrt. Der rothaarige Junge, der vorher dort gesessen hat, schaut jetzt mit großen Augen von der anderen Seite des Raums zu uns herüber.

»Was machst du hier?« Ein paar Schaulustige verfolgen unseren Dialog und blicken zwischen uns hin und her.

»Ich bin in diesem Kurs.«

Für diesen Literaturkurs bekommt man bestimmte Punkte. In meinem Stundenplan steht, dass ich sie mir später auf dem College für mein Hauptfach anrechnen lassen kann. Ist Kaiden deshalb hier?

Ich verstehe gar nicht, wie ich ihn beim Betreten des Raums nicht bemerken konnte. Das Klassenzimmer war so voll, dass ich mich auf die Suche nach einem freien Platz konzentriert und nicht darauf geachtet hatte, wer eigentlich auf den Stühlen saß. Und als Mr Nichols die Anwesenheitsliste durchging, hatte ich offensichtlich nicht richtig zugehört.

Mein Blick geht wieder an die Wand, eine Mischung aus Grün- und Blautönen. Ich wünschte, ich könnte malen. Mama hat viel Zeit in unserem Gästezimmer verbracht und dort schöne Stillleben und Landschaften gemalt. Manchmal hat sie auch Lo und mich gemalt.

Nach Lo … hat sie ganz mit dem Malen aufgehört.

»Vor ein paar Jahren wurde darüber abgestimmt, welche Romane man für die Wände nehmen soll«, erklärt er und überrascht mich damit. »Viele waren sauer, weil der beliebteste Roman nicht in die engere Auswahl kam. Es ging um irgendeinen Scheiß, der in dem Buch passiert.«

Ich sehe ihn fragend an. »Welches Buch war das?«

»Wenn ich das noch wüsste.«

Das brünette Mädchen vor mir dreht sich um, nachdem es mich die ganze Stunde absichtlich übersehen hat. »Es war dieses Buch von Jodi Picoult über das kranke Mädchen, das eine Transplantation braucht, um zu überleben.«

Ich befeuchte meine Unterlippe und nicke. *Beim Leben meiner Schwester* war einer von Los Lieblingsfilmen, denn das Ende war nicht wie im Buch. Es war traurig, weil das kranke Mädchen nicht überlebte, aber zugleich schön, weil es keine Schmerzen mehr hatte.

»Jedenfalls hat es der Schülerrat abgelehnt, weil eine Schülerin dasselbe durchgemacht hatte und sie ihre Gefühle respektieren wollten«, erklärt das Mädchen und wirft sich das braune Haar über die Schulter.

Ich blinzle ungläubig. »Und deshalb haben sie es nicht genommen?«

Sie zuckt mit den Schultern. »Außerdem ist es traurig.«

Ich runzle die Stirn. »*Die Tribute von Panem* handelt von Kindern, die als Sport andere Kinder umbringen. Ist das etwa nicht traurig?«

Kaiden schnaubt, und das Mädchen verdreht die Augen, als ob ich diejenige wäre, die sich lächerlich macht. »Das ist ja nicht echt, du Schlaumeierin.«

Weil ich nicht weiß, was ich darauf antworten soll, schüttle ich den Kopf und blicke wieder zur Wand. Die Leute hassen realistische Geschichten wie die von Picoult, weil so etwas jedem passieren kann. Jeder kann sterben – an Krebs oder an einem Unfall. Im Tod sind alle gleich. Wahrscheinlich ist es einfacher, eine Brille mit rosaroten Gläsern zu tragen als eine mit verdunkelten.

Das Mädchen will noch etwas sagen, doch Kaiden unterbricht sie. »Vielleicht hörst du jetzt lieber auf zu reden, Rach. Du kommst nicht gerade intelligent rüber. Außerdem weißt du, was ich allen erzählt habe.«

Seine unverblümte Aussage macht mich sprachlos, und ich starre ihn an.

Rach – vermutlich Rachel – wirft ihm einen bösen Blick zu. Sie schaut kurz zu mir, dann verdreht sie die Augen und blickt wieder zu ihm. »Du musst nicht so ein Arschloch sein, Kaid. Ich sag doch nur, was passiert ist.«

Er beugt sich vor. »Witzig, denn offenbar hat es dich nicht gestört, dass ich so ein Arschloch bin, als du mich in der Umkleide gebeten hast, dich flachzulegen.«

Sie wird rot.

Ich auch.

Ich räuspere mich, versinke in meinem Stuhl und ziehe einen Block aus der Tasche, um darin zu kritzeln, bis die Glocke läutet. Kaiden und Rachel lassen mich in Ruhe, obwohl ihr Starrwettbewerb nicht unbemerkt an mir vorbeigeht, denn Rachel wirkt so, als wollte sie ihn am liebsten mit dem Stift in ihrer Hand erstechen.

Als es endlich läutet, packe ich meine Sachen und stehe auf. Innerhalb von fünfzehn Sekunden sind alle aus dem Raum, um die Schule so schnell wie möglich zu verlassen, bevor sie morgen wiederkommen müssen. Kaiden bleibt zurück, was mir verdächtig erscheint. Zögernd gehe ich zur Tür, wo er mit verschränkten Armen steht.

»Deine Schuhe sind hässlich«, bemerkt er.

Ich spähe kurz auf meine Toms und schlage die Hacken zusammen. Nach ein paar Sekunden sehe ich ihn an. »So wie dein Verhalten.«

Er grinst. »Fertig?«

Wenigstens leugnet er es nicht, was halbwegs ermutigend ist. Er scheint also selbst zu wissen, dass er sich schlecht benimmt. Trotzdem wäre es schön, nicht die Zielscheibe seiner Beleidigungen zu sein.

Er stupst mir an die Schulter, während wir über den Flur gehen. »Guck nicht so traurig. Ich bin zu allen so. Ich kann dich nicht netter behandeln, nur weil dein Vater meine Mutter vögelt.«

Ich bleibe stehen und starre ihn an.

»Was ist?«

»Du bist ... unverblümt.«

»Warum sollte man Scheiße reden?«

Ich bin mir nicht sicher.

»So wie ich das sehe, stecken wir zusammen fest. Ich werde meine Gedanken aber nicht zurückhalten, nur um dich nicht zu verletzen.« Er geht weiter, und ich folge ihm. »Wenn es hilft: Deinem Vater habe ich das Gleiche gesagt. Er ist nicht gerade mein größter Fan.«

»Scheint auf Gegenseitigkeit zu beruhen«, murmle ich.

Er verzieht den Mund. »Du scheinst auch nicht gerade sein größter Fan zu sein.«

Ich antworte nicht.

»Daddy-Issues können heiß sein.«

Ich kneife die Augen zusammen. »Halt den Mund.«

Er grinst und öffnet die Ausgangstür, macht sich aber nicht die Mühe, sie für mich aufzuhalten, als ich ihm hinterhereile.

Die anderen Schüler, die auf dem Parkplatz abhängen und sich unterhalten, würdigen uns keines Blickes. Es ist fast so, als wäre

Kaiden außerhalb der Schule ein anderer Mensch, und jeder weiß es. Und ich? Ich bin niemand.

Wir fahren in wohltuender Stille heim.

Als wir zu Hause ankommen, ignoriert er alle.

So vergeht die Woche in willkommener Monotonie. Den meisten Menschen gefällt ein routiniertes Leben nicht, aber ich genieße es. In meiner Vergangenheit gab es zu viele Tage, an denen ich nichts vorhersagen konnte.

Würde ich es aus dem Bett schaffen?

Könnte ich zur Schule gehen?

Würde ich einen ganzen Tag durchhalten, ohne vor Schmerz zusammenzubrechen?

Chronische Krankheiten lassen wenig Spielraum für Seelenfrieden. »Gute« Tage bedeuten nicht, dass es keinen Schmerz gibt, sondern nur, dass er nicht so stark ist – wie ein eingeschlafener Körperteil, der trotzdem noch funktioniert. Energiereiche Tage können abrupt enden, und der einzige Grund dafür ist das Schicksal, das seine Spielchen mit dir treibt.

Wie aufkommende Hüftschmerzen, die sich anfühlen, als würde man mit den Hüftknochen gegen eine Wand stoßen. Oder schmerzende Finger, als hätte man sie in einer Tür eingeklemmt, bis sie so angeschwollen sind, dass man sie nicht mehr ausstrecken kann. Ich bin häufiger im Unterricht eingeschlafen, als ich zählen kann, aber nicht, weil der Stoff so langweilig war, sondern weil mein Körper vom Kampf gegen seine eigenen Zellen erschöpft war. Innerhalb der traurigen Hülle meiner gequälten Existenz befindet sich ein Schlachtfeld, und ich stehe schussbereit auf beiden Seiten, nur darauf wartend, dass die Kugeln den Lauf verlassen.

Trotzdem empfinde ich Glück. Denn ich atme noch.

Ein paar Mädchen aus meinem Unterricht sitzen beim Mittag neben mir. Manchmal stellen sie mir Fragen, aber meistens lassen sie mich in Ruhe und reden über Lehrer und andere Schüler, wie Mr Nichols und Kaiden. Zum Glück scheinen sie nichts über das Verhältnis von Kaiden und mir zu wissen. Ich bin mir allerdings sicher, dass sie mich aus seinem Auto steigen gesehen haben, und ich bin mir auch sicher, dass ein paar Jungs zu mir gestarrt und irgendwelche Sprüche geklopft haben, nachdem Kaiden aus dem Auto gestiegen ist und sich von mir entfernt hat.

Niemand sagt etwas dazu.

Da er für die anderen offenbar ein Star an der Exeter High zu sein scheint, ist es besser, wenn sie die Verbindung zwischen uns nicht kennen. Andererseits ist es eine kleine Schule. Papa meinte, es seien nicht mehr als achthundert Schüler, also ist sie nicht sehr viel größer als meine alte Schule in Bakersfield. Wir wohnen zwar in einer urbanen Gegend, doch der Ort ist nicht so groß, dass man lange ein Geheimnis bewahren könnte. Vor allem nicht, wenn es um Kaiden geht.

Eines der Mädchen sieht mich zum Beispiel kurz an, beugt sich dann zu ihren Freundinnen und erwähnt jemanden namens Riley. Ich weiß nicht, wer das ist, aber offensichtlich geht er nicht mehr auf die Exeter High. Und es interessiert mich auch nicht, den Zusammenhang zwischen ihm und mir zu erfahren. Wenn sie mir etwas mitteilen wollten, dann hätten sie mich an ihrem Gespräch beteiligt.

Am Freitagnachmittag bittet mich Mr Nichols, noch zu bleiben, als alle anderen das Klassenzimmer verlassen. Ich gehe in Gedanken alle möglichen Gründe durch, aber ich habe die Hausaufgaben abgegeben, die Lektüre absolviert und mich sogar zweimal am Unterricht beteiligt. Es gibt nichts, wofür ich getadelt werden müsste.

Anders als am Montag wartet Kaiden nicht an der Tür. Er wird mit seinen Kumpels – die zu seinem Lacrosse-Team gehören, wie ich erfahren habe – auf dem Parkplatz rumhängen. Sie werden herumscherzen, sich schubsen und Mädchen anmachen, bis ich aus der Tür komme. Dann verscheucht Kaiden sie, und als treue Fans gehorchen sie ohne Widerrede.

Mr Nichols sitzt hinter seinem Schreibtisch und lächelt mich an. Ich kann verstehen, warum alle Mädchen immer über ihn kichern und tratschen. Er wirkt sehr jung, was keine große Überraschung ist. Am ersten Tag hat er uns erzählt, dass er gerade erst seinen Masterabschluss gemacht hat, also ungefähr Mitte zwanzig ist. Er hat schokoladenbraune Augen, dunkelblonde, kurz geschnittene Haare und ist körperlich gut in Form, was die aufgerollten Ärmel seiner Hemden betonen. Dazu trägt er gebügelte Anzughosen, die seine langen Beine noch länger erscheinen lassen. Es ist schwer, einen so süßen Lehrer wie ihn *nicht* zu bemerken.

»Ich will Sie gar nicht lange aufhalten, denn ich bin mir sicher, dass Sie auch endlich ins Wochenende gehen wollen«, verspricht er ungezwungen.

Ich zucke mit den Schultern und richte meinen Rucksack. »Ich habe keine besonderen Pläne. Habe ich was falsch gemacht?«

Er richtet sich auf. »Überhaupt nicht. Es tut mir leid, wenn Sie sich Sorgen gemacht haben. Ich wollte nur über Ihren Aufsatz reden.«

Am zweiten Tag hatten wir von ihm die Aufgabe bekommen, einen kurzen Text über unsere Lieblingsbücher zu schreiben. Die meisten hatten darüber gestöhnt, schon so früh im Semester einen Essay schreiben zu müssen, aber mich störte es nicht. An meinen schlimmsten Tagen bin ich immer mit einem Buch im Bett geblieben. Und auf meinem Nachttisch liegen stets zwei Bücher, die darauf warten, gelesen zu werden.

Als Mr Nichols verkündete, wir sollten in unserem Essay auch erklären, warum wir das spezifische Buch ausgewählt hatten, klang das für mich nach einer einfachen Aufgabe. Es gab keine Vorgaben, und wir konnten auf sehr persönliche Art über Literatur schreiben. Doch durch die gemurmelten Proteste und Beschwerden um mich herum erfuhr ich, dass Lesen offenbar kein besonders verbreitetes Hobby unter meinen Mitschülern ist. Ein weiterer Grund, weshalb ich hier noch keine Freunde gefunden habe.

Er legt die Hände auf den Tisch. »Ich habe festgestellt, dass Sie nicht nur ein Buch ausgewählt haben. Sie lesen gern, oder? Zumindest sah es bei den von Ihnen genannten Titeln danach aus.«

Ich befeuchte meine Lippen und schaffe ein nervöses Kopfnicken. Vielleicht hätte ich nur eins auswählen sollen, aber nirgendwo stand, dass wir nicht auch über mehr Bücher schreiben können.

»Die von Ihnen genannten Bücher scheinen alle ein gemeinsames Thema zu haben. Ich bin neugierig, warum Sie sie ausgewählt haben.«

Er kennt meine Situation. Zu den Regeln dieser Schule gehört es, dass Lehrer Informationen über Schüler mit chronischen Erkrankungen erhalten, wenn diese Einfluss auf ihre Anwesenheit und Leistung im Unterricht haben können. Ich persönlich halte das für einen Eingriff in die Privatsphäre, aber Papa und Cam finden die Idee gut.

Du wirst Leute auf deiner Seite haben, sagte Papa mir zum Trost.

Ich wollte erwidern, *so wie dich?*

Doch Feindseligkeiten bringen uns nicht weiter.

»Sie haben gesagt, wir sollen unser Lieblingsbuch auswählen«, lautet meine Antwort. Sie klingt leise und fragend, als wäre ich mir nicht sicher, was er von mir hören will.

»Und das sind Ihre Lieblingsbücher?«

Noch ein Nicken.

Er betrachtet mich lange. »Sie scheinen sich alle um das Thema

Sterblichkeit zu drehen. Ich frage mich, ob das eine Reflexion über persönliche Angelegenheiten ist. Wir neigen dazu, Geschichten zu mögen, wenn wir uns in ihnen wiederfinden.«

Ich verlagere das Gewicht, um meinen schmerzenden Fuß zu entlasten. »Wenn Sie damit andeuten wollen, dass ich die Vertrauenslehrerin aufsuchen soll, dann habe ich diesen Vorschlag bereits gegenüber Mr Richman abgelehnt.«

Obwohl Papa darauf besteht, habe ich bisher weder die Vertrauenslehrerin noch die Krankenschwester aufgesucht. Als ich ihm erklärte, dass es reine Zeitverschwendung sei, eine Unterrichtsstunde ausfallen zu lassen, nur um der Vertrauenslehrerin mitzuteilen, dass ich in der Schule zurechtkomme, konnte er das nachvollziehen. Bei der Krankenschwester ist er weniger nachsichtig, weil er glaubt, dass Ms Gilly eine nützliche Verbündete wäre.

Ich sagte ihm, dass ich keine Verbündete brauche.

Ich habe seit Jahren keine gebraucht.

Nichols' Lächeln wird breiter, wodurch er noch jugendlicher wirkt. »Ich wollte eigentlich vorschlagen, dass Sie in den Buchklub eintreten.«

Überrascht öffne ich den Mund. Ich wusste nicht einmal, dass es hier einen Buchklub gibt. Er steht nicht auf der Liste der Schulaktivitäten. Cam hatte Papa davon überzeugt, dass ich mir verschiedene Angebote anschauen sollte, um schneller Freunde zu finden. Ich habe mir die Liste nur angesehen, damit sie mich in Ruhe lassen.

Nichols interpretiert mein Schweigen so, als würde ich über sein Angebot nachdenken. »Wir treffen uns jeden Donnerstag nach dem Unterricht, normalerweise gegen halb vier. Meistens findet der Buchklub in der Bibliothek statt, manchmal aber auch im Klassenzimmer.«

»Wir?«

»Ich bin der betreuende Lehrer.«

Oh.

Als ich nicht reagiere, glaubt er, sich noch mehr erklären zu müssen. »Die Englischlehrerin vor mir war für den Klub verantwortlich, und ich habe die Aufgabe übernommen, als sie mich vor Beginn des Schuljahres darum bat. Der Klub schien ihr eine Herzensangelegenheit zu sein. Wir sind nur ein kleiner Kreis, auf der Liste stehen ungefähr zehn Personen. Sie sollten darüber nachdenken, wenn Sie gern über Bücher reden. Mal sehen, ob unsere Treffen das Semester überdauern, und wenn ja ...«, er zuckt mit den Schultern, »... dann wäre das großartig.«

Ich presse die Lippen zusammen und blicke auf meine Schuhe. Ein weiteres Paar Toms, aber diese hier sind aus einem hellvioletten Stoff und haben einen großen braunen Knopf an der Seite. Cam meint, sie sehen aus wie handgemacht. Vielleicht mag ich sie deshalb, weil sie wie ich einzigartig sind.

Als Mr Nichols weiterspricht, blicke ich auf. »Denken Sie einfach mal darüber nach, okay? Ihr Aufsatz war sehr gut geschrieben, und ich glaube, Sie wären eine Bereicherung für den Klub.«

Ich lächele schüchtern und wende mich zur Tür. Bevor ich dort angekommen bin, ruft er meinen Namen, sodass ich mich noch einmal zu ihm umdrehe.

Er neigt den Kopf. »Welches der genannten Bücher ist denn Ihr absolutes Lieblingsbuch? Ich konnte es nicht herauslesen.«

»*Beim Leben meiner Schwester*.« Er fragt nicht, warum, aber ich verrate es ihm trotzdem. »Ich finde Bücher mit einem traurigen Ende am besten, denn sie lassen uns fühlen. Wir bekommen nicht immer ein Happy End, sosehr wir uns auch darum bemühen.«

Ich glaube, Lo wusste das schon immer.

Sein Lächeln ist aufrichtig. »Ein schönes Wochenende, Emery.«

Ich murmle ein *ebenfalls*, bevor ich meine Jacke aus dem Spind hole. Es hat die ganze Woche immer mal wieder geregnet, was zum Herbstbeginn in Upstate New York nicht ungewöhnlich ist. Der Sommer ist in der Ferne verschwunden, und der Übergang von Sonnenschein und Wärme zu Wolken, und Kälte ist nicht lustig gewesen. Vor allem nicht bei meiner Empfindlichkeit gegenüber abruptem Wetterwechsel, die mich dazu zwingt, mich unter mehreren Kleiderschichten zu verkriechen.

Papa hat mir einen kleinen elektrischen Heizlüfter in mein Zimmer gestellt, als die rund fünfzehn Grad durch die ständigen Regenschauer unter die Zehn-Grad-Grenze fielen. Meine Fingerspitzen wurden blau, bis ich anfing, in Winterhandschuhen herumzulaufen. Cam fragte stirnrunzelnd, ob sie die Heizung höher stellen soll, doch weil niemand anders friert, lehnte ich ihr Angebot ab.

Der Heizlüfter ist ein Friedensangebot und soll mir zeigen, dass ich jederzeit um Hilfe bitten kann. Ich glaube, er war ursprünglich Cams Idee, aber Papa muss ihn für eine gute Lösung gehalten haben, schließlich hat er ihn aufgestellt und mir die kleine Fernbedienung erklärt. Als Kaiden das Gerät in meiner Zimmerecke gesehen hat, starrte er nur mit hochgezogenen Augenbrauen darauf und ging dann, ohne ein Wort darüber zu verlieren.

Ich ziehe den Reißverschluss meiner Jacke bis oben zu und verlasse die Schule. Dabei trete ich immer wieder in kleine Pfützen, bis ich Kaiden an seinem Auto lehnen sehe. Der Wagen ist glänzend schwarz lackiert und neu, erst ein paar Jahre alt. Papa hat angeboten, mir ein eigenes Auto zu kaufen, weil Kaiden bald regelmäßig zum Training muss. Die Lacrosse-Saison beginnt zwar erst im Frühling, doch er trainiert jetzt schon mit seinen Freunden. Papa meint, es wäre einfacher, wenn ich nicht ständig auf Kaiden angewiesen wäre.

Kaiden drückt sich von seinem Wagen ab, als ich näher

komme. Ich nehme den komplett leeren Parkplatz wahr, bevor ich die Beifahrerseite seines Audi A6 erreiche. Bis vor ein paar Tagen wusste ich nicht einmal, was für ein Auto es ist, nur, dass es bestimmt eine stolze Summe kostet. Ein Sportkumpel mit ähnlich braunen Wuschelhaaren wie Kaiden hatte ihn angefleht, sich den Wagen einmal für eine Runde mit seiner langbeinigen Freundin ausleihen zu dürfen. Kaidens Antwort war wie gewohnt sehr direkt, als er erwiderte, er habe keine Lust darauf, den Wagen mit Flecken auf der Rückbank zurückzubekommen. Den Rest des Gesprächs habe ich mir nicht mehr angehört.

Ich öffne die Beifahrertür, da klopft er auf das Autodach. »Du weißt schon, dass du nicht mit Nichols schlafen kannst, oder?«

Mit der Hand an der halb offenen Tür starre ich ihn an. Er wirkt so, als würde er etwas völlig Banales verkünden, was kein großes Thema und schon gar nicht beleidigend ist.

»Wie bitte?«

Ich meine wahrzunehmen, wie er mit den Schultern zuckt, doch wegen unseres Größenunterschieds verdeckt das Auto meine Sicht auf seinen Körper. Er ist mindestens eins zweiundachtzig, und ich bin nur knapp über eins sechzig groß.

»Alle Mädchen auf der Schule scheinen zu glauben, dass sie sich nach dem Unterricht in sein Herz flirten können«, antwortet er beiläufig. »Doch der Typ scheint klug genug zu sein, um nicht auf eure Tricks reinzufallen. Ich wollte dir nur sagen, dass er nicht mit dir schlafen wird.«

Ich starre ihn weiter sprachlos an und suche nach einer Antwort. Es gibt eine ganze Menge, was ich ihm sagen könnte, doch mir kommt kein Ton über die Lippen. Nur ein leises Quieken, worüber er lachen muss.

»Ich glaube, ich nenne dich Maus.«

»M-Maus?«

Er grinst. »Du bist so still.«

Sprachlos vor Entsetzen, das trifft es wohl eher.

»Maus«, wiederholt er und nickt. Er klopft noch einmal aufs Autodach und zeigt dann in den Wagen »Steig ein, ich will nach Hause. Ich hab Sachen zu erledigen, muss Leute treffen.«

Ich steige ein, stelle die Tasche zwischen meine Füße und schnalle mich an. »Sieht nicht so aus, als würde es dir hier gefallen.«

»Sieht nicht so aus, als wäre das deine Angelegenheit.«

Als er vom Parkplatz fährt, blicke ich aus dem Fenster. »Deine Mutter wirkt nett. Ich mag sie.«

Keine Antwort.

»Du solltest zu Hause mehr sagen.«

»Maus ist kein passender Name, wenn du weiter so viel redest«, bemerkt er trocken und biegt auf die Straße nach Hause.

Mein Kiefer zuckt.

Er seufzt. »Cam und ich verstehen uns ohne Worte, du hast nur keine Ahnung davon.«

Ich drehe mich zu ihm. »Du nennst deine Mutter Cam?«

Er knurrt etwas.

»Aber sie ist deine Mutter.«

Er sieht mich an. »Du nennst Henry Papa, obwohl du es gar nicht willst. Es stört dich, ihn als das zu bezeichnen, was er ist. Da unterscheiden wir beide uns. Ich muss Cam nicht so nennen, wenn ich es nicht will.«

Warum liegt mir auf der Zungenspitze, doch ich schlucke die Frage herunter. Er würde mir nicht antworten. Und wenn doch, dann wäre es ein bissiger Kommentar, für den mir gerade die Energie fehlt, ihn auseinanderzunehmen, also was soll es?

Die Fahrt nach Hause verläuft wie immer ruhig. Ich beobachte die vorbeiziehende Landschaft, die Flecken von Grünstreifen und Bäumen, die von identisch aussehenden Häusersiedlungen abgelöst werden. Lo und ich wollten immer nebeneinander in genau solchen Häusern wohnen. Mama sagte dann immer, dass sich das mit dem Alter ändern würde, weil wir dann zwei verschiedene Personen wären, aber wir glaubten ihr nicht.

Wahrscheinlich wünscht sich Mama jetzt, sie könnte uns in diesem Traumleben beobachten. Identische Zwillinge, die in identischen Häusern wohnen, gemeinsam mit ihren Familien leben und glücklich sind. Kaffee und Kuchen am Sonntag. Unsere Kinder im Park auf der Schaukel. Viel Lachen und Scherzen.

Seit meinem Umzug hat sie mich nicht angerufen. Manchmal schreibt sie eine SMS und fragt, wie es mir geht, doch auf meine Antworten erhalte ich immer nur eine einsilbige Reaktion. Ich kann ihre Trauer durch das Display spüren. Sie steckt in den Worten, die sie in meiner Vorstellung mit glasigen goldenen Augen tippt.

Ich merke nicht, dass wir schon zu Hause sind, bis mich Kaiden fragt, ob ich nicht aussteigen will. Er ist nicht grob dabei, doch ich nehme meine Tasche und schlüpfe aus dem Auto, ohne mir sein Gesicht anzusehen, das wahrscheinlich so ausdruckslos ist wie immer. Manchmal wäre es schön, jemanden in der Nähe zu haben, der mich so versteht, wie Lo es getan hat.

Aber das ist zu viel verlangt.

Niemand könnte mich so verstehen, wie sie es getan hat.

Drei

Der Samstag verläuft ruhig. Papa und Cam sind am Morgen zu einem Bauernmarkt gefahren, und ich habe mich schlafend gestellt, damit sie nicht fragen, ob ich mitkommen will. Dann habe ich sie wegfahren gehört, mir ein Buch genommen und es mir unter der Bettdecke gemütlich gemacht.

Kaiden ist ohne ein Wort gegen Mittag gegangen, nachdem er gesehen hat, wie ich mir in der Küche ein Sandwich gemacht habe. Er hat sich einen Apfel genommen, einen Blick auf meine Pyjamahose geworfen, die Autoschlüssel eingesteckt und ist gegangen. Ich habe mir weiter etwas zu essen gemacht und mich dann mit angestelltem Heizlüfter in meinem Zimmer eingeschlossen.

Während ich die Möbel in diesem Raum betrachte, vergleiche ich ihn mit meinem alten Zimmer. Hier ist alles weiß und grau. Die Bettwäsche ist hell und kuschelig warm, die Laken sind dunkelgrau, die Kissen eine Mischung aus beidem, was gut zu den gemusterten Vorhängen passt. In der Ecke steht ein Ganzkörperspiegel, der mit einer weißen Sternenlichterkette verziert ist. Ich lasse sie nachts an, damit ich nicht über die Schuhe auf dem Boden stolpere, falls ich aufstehen muss.

Beim Anblick der Lichter musste ich sofort daran denken, wie Lo und ich Papa früher anflehten, mit uns nach draußen zu gehen und den Sternenhimmel zu bewundern. Er und Mama hatten bei ihrem ersten Date Sterne beobachtet. Hatte er die Kette absichtlich aufgehängt, um mir zu zeigen, dass auch er sich daran erinnert? Wie wir damals scherzten und auf die Sterne zeigten und uns Namen für ihre Konstellationen ausdachten, weil keiner von uns ihre richtigen Namen kannte?

Der Raum ist riesig, und fast alles darin ist neu. Er ist das genaue Gegenteil von dem Zimmer, das ich mir mit meiner Schwester geteilt habe. Cam hat erzählt, dass sie viel Spaß bei der Einrichtung hatte, als sie Kunstdrucke mit Zitaten und Bilder mit Blumen, Tieren und Menschen an die Wände hing. Papa sagt, sie habe sich immer eine Tochter gewünscht.

Später am Tag beginnt mein Körper zu schmerzen. Es fängt in den Handgelenken an, ein verräterischer Hinweis, dass noch mehr kommen wird. Ich habe Mühe, das Buch zu halten, also nehme ich eine Schmerztablette und ruhe mich etwas aus. Nach einem einstündigen Schlaf sitzt der Schmerz in meinen Ellbogen und Schultern fest, und als ich aufstehen will, um mir etwas Wasser zu holen, zucke ich angesichts des dumpfen Stechens in den Hüften zusammen.

Ich versuche, den Schmerz zu ignorieren, und gehe ins Wohnzimmer. Papas und Cams Wagen stehen in der Auffahrt, und ich höre, wie sie sich hinter dem Haus unterhalten. Als ich aus dem Fenster spähe, entdecke ich sie im Garten.

Seit wann macht Papa Gartenarbeit?

Cam lacht und wischt ihm Schmutz aus dem Gesicht, womit sie ihn nur noch stärker verschmiert. Er grinst und sagt etwas, bevor er aufblickt und mich bemerkt. Auch Cam sieht mich und winkt mit dem klobigen beigefarbenen Handschuh, in dem ihre Hand steckt.

Ich öffne die Glastür und bleibe am Eingang stehen. Ich habe nackte Füße und Beine, weil ich eine kurze Pyjamahose trage, und mein Körper schmerzt noch immer von der drohenden Entzündung. Anstatt es ihnen zu zeigen, winke ich zurück.

Papa hilft Cam beim Aufstehen und wischt ihr den Dreck von der Hose. Er mustert mich kurz und will offensichtlich etwas zu meiner Kleidung sagen. Sie kommen zu mir, Cam zieht den Handschuh aus und legt ihn auf den Picknicktisch. Als sie vor mir stehen, lässt er ihre Hand los.

Er blickt stirnrunzelnd auf meine Pyjamahose. »Willst du dich nicht richtig anziehen? Dafür ist es schon etwas spät.«

Um nicht ebenfalls die Stirn in Falten zu legen, wie ich es am liebsten tun würde, ziehe ich nur am Saum meines Shirts. »Ich habe ein wenig gefaulenzt. Warum soll ich normale Klamotten tragen, wenn ich eh den ganzen Tag im Haus bleiben will?«

Cam tätschelt mir den Arm, und ich versuche, nicht zusammenzuzucken, als der Schmerz sich dabei von meinen Gelenken und Muskeln ausbreitet. »Dein Vater und ich haben überlegt, heute Abend mit der Familie zum Essen auszugehen. Wie wäre es, wenn wir uns alle dafür frisch machen?«

Während ich mein Gewicht verlagere, überlege ich, ob ich ihnen sagen soll, dass ich lieber zu Hause bleiben würde. Aber dann würden sie mir nur Fragen stellen. Papa wird mir Schmerzmittel in die Hand drücken, Cam wird fragen, ob ich ins Krankenhaus muss, und Kaiden wird finster blicken, als wäre ich eine Belästigung – als wäre die Aufmerksamkeit seiner Mutter für mich erbärmlich.

Ich frage mich, wie Cams Augen aussehen, wenn sie weint.

»Kaiden ist nicht da«, ist mein schwacher Versuch, aus den Essensplänen rauszukommen. Ausgehen ist viel zu anstrengend, wenn ich mich nicht gut fühle. Um anderer willen so zu tun, als ginge es einem gut, ist eine kraftraubende schauspielerische Leistung für eine ohnehin schlecht bezahlte Show.

Cam macht eine wegwerfende Handbewegung. »Er kann uns dort treffen. Lasst uns reingehen. Außerdem ist die *Cantina* kein schickes Restaurant, Jeans und Bluse sind okay.«

Cantina klingt verdächtig nach mexikanischem Essen. Obwohl Papa behauptet hat, ein wenig über meine Krankheit recherchiert zu haben, hat er offenbar keine Ernährungsempfehlungen gegoogelt.

Ich sage nichts. Cam scheint sich zu freuen, und darüber scheint sich Papa zu freuen, also gehe ich auf mein Zimmer und ziehe schwarze Leggins und ein weites langärmliges Shirt an. Dann schlüpfe ich in meine Ananas-Toms, die Kaiden so hässlich findet, und gehe zurück ins Wohnzimmer.

Papa ist schon fertig, er hat eine neue Jeans und ein schwarzes Oberhemd an, als könnte er sich nur halb von seinem beruflichen Ich entfernen. Cam trägt ein leichtes Sommerkleid und hat ihr dunkelblondes Haar zurückgesteckt. So sieht sie Kaiden sehr ähnlich. Derselbe Hautton, die gleichen runden Augen und vollen Lippen. Doch ihre Haar- und Augenfarbe unterscheiden sich von seinen, und wo ihre Züge weich und einladend sind, da wirkt er hart und verschlossen. Ich frage mich, ob er die braunen Haare und Augen und die raue Persönlichkeit von seinem Vater hat. Wo ist er eigentlich?

Cam nimmt ihre Handtasche vom Tisch. »Ich bin mir sicher, dass dir das Essen schmecken wird, Emery. Es gibt dort die besten Nachos. Und sie machen alles selbst! Von wie vielen Restaurants kann man das behaupten?«

Von nicht besonders vielen, wie ich zugeben muss. Doch bei dem Gedanken an gebratenes, pikantes Essen rumort es jetzt schon in meinem Magen. Für mich klingt das Essen nicht sehr verlockend, und ich bezweifle, dass es in diesem Restaurant ein großes Salatangebot und Speisen gibt, die nicht überbacken oder mit etwas umhüllt sind, von dem mir noch schlechter wird.

Ich seufze innerlich, steige hinten ins Auto und ziehe mein Handy aus der Tasche. Keine SMS. Keine Anrufe. Nichts von Mama.

Ich starre stumm aus dem Fenster.

Meine Oma hat viel Geld für einen speziellen Diätplan von Ernährungsberatern ausgegeben, um Entzündungen durch Nahrungsmittel zu beschränken. Ich befolge den Plan nicht immer so streng, wie ich es eigentlich tun sollte. Milchprodukte und Gluten kann ich reduzieren, doch bei Käsepizza werde ich schwach, und Kohlenhydrate sind meine wahren Seelenverwandten.

Mama hat immer fade, geschmacklose Speisen mit viel Eisen und Eiweiß gekocht, weil das vom Ernährungsberater empfohlen wurde. Aber ich weiß, dass sie das Essen genauso gehasst hat wie ich, und aufgrund unserer finanziellen Umstände konnten wir uns nicht immer die Lebensmittel leisten, die gut für mich waren. Sie verlor damals ihre Vollzeitstelle als Kinderkrankenschwester wegen der häufigen Fehlzeiten, in denen sie mich zu Terminen begleiten oder sich um meine Bedürfnisse kümmern musste.

Also überzeugte ich sie davon, dass ich keine speziellen Biomarken, glutenfreie Snacks oder laktosefreie Alternativen brauchte. Ich denke, sie hat es mir abgenommen, weil sie verzweifelt war und daran glauben wollte. Ihre Arbeitslosigkeit sollte keinen noch stärkeren Einfluss auf mich haben, und zugleich merkte sie nicht, wie schuldig ich mich fühlte.

Sie kämpfte meinetwegen.

Sie litt meinetwegen.

Es gibt unzählige Varianten von Schmerz. Am schlimmsten ist

es zu sehen, was dein Leiden mit den Menschen um dich herum macht. Mama ist mein größtes Opfer.

Doch ich bin auch ihres.

Als wir im Restaurant ankommen, setze ich ein fröhliches Lächeln auf, als würde ich mich freuen. Vielleicht bin ich doch eine Künstlerin. Der Picasso der Gegenwart.

...

Das Restaurant ist schwach beleuchtet, und aus den Lautsprechern kommt leise Instrumentalmusik. Es ist ein nettes kleines Lokal mit intimer Atmosphäre. Die Gäste unterhalten sich, manche lauter als andere, und die Bedienung kommt lächelnd an unseren Tisch und begrüßt uns herzlich.

Die ganze Einrichtung ist aus dunklem espressofarbenem Holz – die Stühle, die Tische, die Sitzecken. Es gibt keinen Stoff und keine Kissen auf den Sitzen, deshalb tut mein Steißbein weh. Bei jeder Bewegung knarrt es, und Papa und Cam starren mich verwundert an, weil ich so herumrutsche.

Kaiden ist noch nicht aufgetaucht. Cam sagt, sie wüsste, was er essen will, deshalb winkt Papa die Bedienung heran, und die beiden bestellen ihr Essen. Ich starre die Speisekarte seit fünfzehn Minuten an und zögere meine Bestellung hinaus, indem ich mir noch einmal Wasser bestelle und die Bedienung erneut wegschicke, um mich zwischen den leichtesten Speisen zu entscheiden. Ein Taco-Salat scheint mir die beste Wahl zu sein.

Papa und Cam reden über die Arbeit und die Schule. Sie fragen mich, wie mir der Unterricht gefällt, ob ich schon Freunde gefunden und von Mama gehört habe.

Als Cam Mama erwähnt, zuckt Papa zusammen. Ich verstehe nicht, warum. Es ist jetzt ein Jahrzehnt her. Vielleicht fühlt er sich meinetwegen schlecht, als würde es mich verletzen, wenn wir über meinen Umzug reden. Eigentlich glaube ich aber nicht, dass das der Grund ist.

Zum Glück taucht Kaiden auf, bevor ich zu einer Antwort gezwungen bin. Ich will mit niemandem über Mama reden, vor allem nicht mit Papa. Er hat uns im Stich gelassen und sich nicht gekümmert, als Lo krank wurde. Er hat sich auch dann nicht gemeldet, als ich ihm von Mama erzählte oder wie schlecht es Lo ging.

Papa verdient es nicht, irgendwas zu erfahren.

Cams Augen weiten sich, als Kaiden hereinkommt und sich auf den freien Platz neben mir setzt. Zunächst verstehe ich gar nicht, warum sie so entsetzt wirkt. Dann drehe ich mich zu ihm und bemerke, dass ein Auge ganz rot und geschwollen und die Wange blau angelaufen ist. Seine Hautfarbe wirkt dadurch noch dunkler, und in seinen Augen kann man die Reste eines Feuers erkennen, das er offensichtlich gelöscht hat. Wahrscheinlich mit den Fäusten, wenn man sich die Schwellung in seinem Gesicht ansieht.

Trotz der Reaktion seiner Mutter auf sein Veilchen setzt er seinen typischen Mir-doch-egal-Ausdruck auf. »Habe ich was verpasst?«

Papa räuspert sich. »Emery hat uns gerade davon erzählt, wie es so läuft. Wie *geht* es denn deiner Mutter?«

Ich öffne den Mund. Wollen sie wirklich ignorieren, was mit seinem Gesicht passiert ist, und so tun, als wäre alles in Ordnung?

Ich nicht. »Was ist passiert?«

Cam gibt ein Geräusch von sich.

Kaidens Grinsen verschwindet, und seine Kiefermuskeln zucken, als könnte er nicht fassen, dass ich das gerade gefragt habe. Wenn unsere Eltern es nicht tun, muss es eben jemand anderes machen. An so ein Verhalten bin ich nicht gewöhnt. Im Unterschied zu ihnen brauche ich eine Antwort.

Offensichtlich geht es ihm auch so. »Ich würde doch nicht wollen, dass der liebste Papa auf deine Antwort warten muss. Also sag uns, Emery, wie *geht* es deiner Mutter?«

Meine Nasenflügel blähen sich auf

Seine Lippen zucken nach oben, als würde er meine Reaktion genießen, was ich ignoriere. »Ich glaube, das spielt keine Rolle, wenn du so verletzt auftauchst, nachdem du den ganzen Tag unterwegs warst.«

Er beugt sich vor und dreht sich überheblich in meine Richtung. »Oh, was ist los, Maus? Hast du mich etwa vermisst?«

Papa murmelt fragend »*Maus?*«, bevor er zwischen mir und Kaiden hin und her blickt. Keiner von uns erklärt diesen Spitznamen.

»Dein Auge«, wiederhole ich.

»Hatte einen Unfall«, antwortet er trocken.

Irgendwas sagt mir, dass es kein Unfall war. Da waren sicherlich Fäuste im Spiel. Ich frage mich, wie wohl der andere Typ aussieht.

Cam versucht, das Thema zu wechseln, aber ihr Lächeln wirkt distanziert. »Ich habe dein Lieblingsessen bestellt, Kaiden. Und gefragt, ob sie scharfe Soße für die Fajitas bringen können.«

Kaiden löst den Blick von mir und sieht seine Mutter mit zusammengekniffenen Lippen an. Dann sagt er: »Ich wünschte, du würdest nicht mehr denken, dass es mir hier schmeckt. Hast du Emery überhaupt gefragt, ob sie mexikanisches Essen mag?«

Obwohl ich seinen Einwand zu schätzen weiß, mag ich es nicht, für eine Verbalattacke gegen seine Mutter missbraucht zu werden. Sie gibt sich Mühe. »Das ist wirklich ...«

Sein Blick wandert zu mir. »Magst du es?«

Papa schreitet ein. »Emery liebt mexikanisches Essen. Als sie klein war, wollte sie es ständig essen.«

Mein Herz bricht, als mir bewusst wird, dass er von Logan

spricht. *Sie* hat immerzu verlangt, dass wir mexikanisches Essen bestellen. *Sie* war diejenige, die immer Tacos als Hauptgericht und Nachos als Nachtisch wollte. An jedem Geburtstag hat sie ein anderes mexikanisches Restaurant ausgewählt.

»Das war Lo«, sage ich leise.

Kaiden schnaubt. »Wer zum Teufel ist Lo?«

Der Riss in meinem Herzen wird größer. »Wer ist …?« Mein Blick geht fragend zu Papa, als hätte ich Kaidens grobe Bemerkung über meine Zwillingsschwester missverstanden.

Cam ringt nach Luft. »Kaiden!«

»Papa?«, flüstere ich mit gebrochener Stimme.

Er verkrampft die Schultern. »Emery …«

»Sprichst du nicht über sie?«

»Em …«

»Warum überrascht es mich nicht, dass du sie nicht erwähnt hast?« Ich drücke mich vom Tisch zurück, um aufzustehen, als Kaiden wieder sein Maul aufmachen muss.

»Was ist denn in dich gefahren?«

Cam legt die Hand vor den Mund, und mir schießen die Tränen in die Augen. Ich schiebe den Stuhl so heftig zurück, dass er laut über den Boden kratzt und andere Gäste herüberstarren. Dann stehe ich auf.

Papa tut dasselbe. »Setz dich, Emery.«

»Mach dir nicht die Mühe, mir jetzt zu sagen, was ich tun soll, nur damit ich kein schlechtes Licht auf dich werfe. Das ist doch der eigentliche Grund, weshalb du gegangen bist, oder? Du hast dir Sorgen gemacht, dass ein krankes Kind dein Image als perfekter Familienvater ruinieren würde.«

»Emery«, warnt Papa leise.

Cam beugt sich zu ihm. »Henry …«

Ich nehme mein Handy vom Tisch. »Es muss wirklich schwer

sein, wenn man unglücklich in einer nicht perfekten Familie feststeckt. Was haben deine alten Kollegen wohl gedacht, als sie hörten, dass Lo gestorben ist. Wussten sie überhaupt, dass sie krank war? Du hast dir ja nie freigenommen, als das mit den Arztterminen losging. Mama hat dir gesagt, dass etwas nicht stimmt, aber du hast immer nur erwidert, dass du arbeiten musst, als wäre deine Karriere wichtiger als deine Tochter.«

Kaiden flucht.

Die Wut kocht in mir hoch. »Willst du wirklich wissen, wie es Mama geht? Es geht ihr schrecklich. Seit ich umgezogen bin, hat sie kein Wort mehr mit mir gesprochen, was aber auch keinen großen Unterschied zu der Situation davor macht, als ich noch bei ihr und meiner Oma gewohnt habe. Sie ist nicht mehr dieselbe, seit wir Logan begraben haben. Wenn sie mich sieht …«

… dann sieht sie ein totes Mädchen.

Ich spüre, wie mir die Tränen kommen, deshalb schüttele ich den Kopf und gehe.

»Wohin willst du?«, ruft Papa.

Doch er rührt sich nicht, um mich aufzuhalten.

Ich lache verächtlich, antworte aber nicht.

Ich bin die Straße gerade ein Stück entlanggegangen, als ich höre, wie hinter mir ein Auto langsamer wird. Fast bin ich schockiert darüber, dass Papa mir nachfährt. Ich erinnere mich an die vielen Male, als ich noch jünger war und er sich nie die Mühe gemacht hat. Wegen der Arbeit hat er Tanzaufführungen und Familienessen und alles andere dazwischen verpasst. Seine Arbeitskollegen haben uns nie kennengelernt, vor allem nicht, als Los Verhalten auffällig wurde, und Mama begleitete ihn auch nie zu irgendwelchen Firmenveranstaltungen. Er schämte sich für uns. Vermutlich tut er das auch jetzt noch.

Als das Auto neben mir hält, ist es nicht Papas. Ich verlangsame meinen Schritt und sehe, wie sich Kaiden vorbeugt, um mich durch das offene Beifahrerfenster anzusehen. Er stößt die Tür auf.

»Steig ein.«

Ich blinzele. Hinter ihm hupt ein Auto und überholt, und der Fahrer zeigt verärgert den Mittelfinger, als wäre Kaiden nicht an den Straßenrand gefahren.

»Emery, steig jetzt in den Scheißwagen.«

Ich blicke zurück zu dem Restaurant und frage mich, ob Papa und Cam unser Essen stornieren oder mitnehmen. Werden sie das Restaurant überhaupt schon verlassen? Um nach Hause zu fahren? Um uns zu suchen? Vermutlich nicht.

Weil ich nicht weiß, was ich sonst tun soll, steige ich in sein Auto und schließe die Tür. Zu Fuß nach Hause zu gehen, wäre doppelt so schmerzhaft. Es ist völlig ausgeschlossen, dass ich es morgen aus dem Bett schaffen würde.

Er sagt mir, dass ich mich anschnallen soll, und fährt los, ohne mir einen Blick zuzuwerfen. Das ist mir recht, denn ich gucke lieber aus dem Fenster, damit er nicht die Tränen sieht, die mir über die Wangen laufen. Es lohnt sich nicht, sie wegzuwischen, denn je öfter ich an das Vorgefallene denke, desto stärker laufen sie.

Papa hat ihnen nicht von Lo erzählt.

Von seiner *toten Tochter*.

Vielleicht sollte ich ihm einen Vertrauensvorschuss geben, wie es mir Oma bei Mama empfohlen hat. Ich weiß, dass jeder Mensch anders trauert, aber Papa benimmt sich so, als wäre nichts geschehen. Wie kann er so tun, als hätte es Lo niemals gegeben?

Als wir uns dem Haus nähern, biegt Kaiden nicht ab, sondern fährt weiter geradeaus auf der Hauptstraße. Es läuft keine Musik, daher hört man nur den Fahrtwind und das ferne Rauschen des Verkehrs.

»Wohin fahren wir?«

»Nicht nach Hause.« Er macht eine Pause. »Noch nicht.«

Ich will ihm sagen, dass das eine schlechte Idee ist, aber vielleicht ist es das gar nicht. Vielleicht ist es genau das, was wir brauchen. Ich zumindest. Ich bin mir noch nicht sicher, was Kaiden braucht, doch ich glaube, er bleibt lieber geheimnisvoll.

Ich beobachte, wie die Gebäude und Häuser zwischen den Baumreihen verschwinden, je weiter wir fahren. Papa ist hier langgefahren, als er mich nach Exeter brachte. Am Stadtrand befindet sich ein großer Friedhof auf einem Hügel, sonst gibt es nichts außer Bäumen und Feldern.

Die Gegend ist eine seltsame Mischung aus Stadt und Land. Wir sind nicht in unmittelbarer Nähe der Großstadt, aber auch nicht zu weit entfernt. Es ist fast so, als könnte sich die Region nicht entscheiden, ob sie sich entwickeln oder so bleiben will, wie sie schon seit Jahrzehnten ist.

Auf gewisse Weise ist das beruhigend. Die Felder, Hügel und Bäume erinnern mich an mein altes Zuhause. Lo und ich sind zum Spielen immer in den Wald hinter unserem Elternhaus gegangen, in das meine Oma einzog, als Papa wegging, bevor wir es an die Bank verloren. Stundenlang sind wir auf Bäume geklettert und haben Verstecken gespielt. Lo hat immer gewonnen.

Zu meiner Überraschung biegt Kaiden auf eine schmale Straße ab, die zum Friedhof führt. Vermutlich sollte ich mich erschrecken oder zumindest nervös werden, doch das geschieht nicht. Immerhin hat er mich davor bewahrt, in ein Zuhause zurückzukehren, das sich überhaupt nicht danach anfühlt.

Wir erreichen eine große, umzäunte Lichtung, und Kaiden stellt den Motor aus. Er stößt die Tür auf und bedeutet mir, ihm zu folgen. Zögernd gehorche ich, löse den Gurt und steige aus dem Auto auf den gepflasterten Weg, neben dem wir geparkt haben.

Kaiden geht zum Zaun und springt darüber, als wäre es nichts, dann wartet er auf mich.

Nervös blicke ich zu ihm und auf den Maschendrahtzaun zwischen uns, bemerke den Rost an der Oberseite und die Löcher im Zaun. Es gibt keine Öffnung, die groß genug für mich wäre.

»Kommst du?« Er verschränkt die Arme.

Ich werde rot. »Ich kann nicht so hoch springen.«

Er seufzt, als wäre ich eine Last, obwohl es seine Entscheidung war, mich herzubringen. »Kannst du klettern und wenigstens ein Bein rüberbekommen?«

Ich schlucke und betrachte den Zaun. In meiner alten Schule war ich früher im Cheerleader-Team. Flexibilität und Kraft waren nie ein Problem für mich. Bis vor ein paar Jahren. Doch ich bin neugierig, wohin er mit mir gehen will.

Also nicke ich und ziehe mich am Zaun hoch. Es schmerzt in den Handflächen und den Armen, und als ich mein Bein auf die andere Seite schwinge, knackt meine Hüfte laut, aber ich tue so, als würde es mich nicht stören.

Ich kreische laut, als mich zwei kräftige Hände an der Taille ergreifen und mich auf dem Boden absetzen, als wäre ich ein kleines Kind.

»Du hättest wirklich etwas essen sollen«, bemerkt er, dann betrachtet er mich kritisch mit zusammengekniffenen Augen, bevor er mit den Schultern zuckt und davongeht.

Ich hole ihn ein und ziehe meine Bluse enger, als etwas Wind aufkommt. Es gibt hier keinen Schutz gegen die kalte Luft. Ich will mich auch nicht in Kaidens Windschatten begeben, denn er würde sicherlich eine blöde Bemerkung von sich geben, wenn ich in seine Nähe käme.

Wir gehen eine gefühlte Ewigkeit, bis ich einen großen Ahornbaum in der Mitte eines violetten Blumenfelds entdecke. Er wirkt fehl am Platz und zugleich perfekt an dieser Stelle.

Kaiden setzt sich unter den Baum und lehnt sich mit dem Rücken an seinen dicken Stamm. Er scheint im Frieden mit sich zu sein, ein ganz neuer Anblick. Sein Körper ist entspannt, und er streckt seine langen Beine aus, als hätte er kein Problem auf der Welt.

Ich betrachte ihn und den Baum. Er ist riesig mit seinen langen Ästen und leuchtend grünen Blättern, die sich an manchen Stellen bereits gelb und orange und rot verfärben und dem Ort eine schöne Atmosphäre verleihen. Lo hätte es hier geliebt. Sie hätte mich nach draußen geschleppt und wäre so lange geblieben, bis Mama besorgt nach uns gerufen hätte. Lo wollte immer frei sein, draußen, umgeben von Bäumen und Pflanzen und Tieren.

Plötzlich kommen die Tränen wieder hoch, die gerade erst verschwunden waren, und alles verschwimmt vor meinen Augen. Mit zitternder Unterlippe höre ich Kaiden seufzen.

»Was ist denn jetzt schon wieder verkehrt?«

Im Inneren antworte ich, was ich vor lauter Emotionen nicht aussprechen kann.

Lo wurde unter einem Ahornbaum begraben.

Vier

Kaidens Blicke brennen auf meinem Gesicht, während ich fieberhaft versuche, die Tränen zurückzuhalten. Ich schließe die Augen und drücke die Handballen gegen die Lider, atme tief ein und denke an positive Dinge, um Lo nicht mehr vor mir zu sehen. Doch sosehr ich mich auch bemühe, an Sonnenschein und schönes Wetter zu denken, und wie hübsch die violetten Blumen zu meinen Füßen sind, so sehe ich doch nur Los Grabstein.

Als ich sie das letzte Mal besucht habe, war der polierte Granitstein voller Vogeldreck und Laub. Ich habe so lange geweint und in der heißen Sonne gearbeitet, bis der Stein wieder makellos glänzte. Dann schlief ich im Schatten des Baums ein und stellte mir vor, dass Lo direkt neben mir wäre.

Oma fand mich. Nicht Mama. Als sie mich zurück ins Haus brachte, fragte ich nach Mama. Sie erklärte mir, dass die sich ausruhen würde. Ich war erleichtert, dass ich sie nicht beunruhigt hatte. Und zugleich hasste ich sie dafür, dass sie mein Verschwinden gar nicht bemerkt hatte.

»Du musst atmen, Maus.«

Seine ruppigen Worte reißen mich aus meinen Erinnerungen.

Ich zwinge mich, die Augen zu öffnen, und sehe ein verschwommenes Bild von ihm, wie er noch immer am Baum lehnt. Trotz der drohenden Tränen kann ich seinen fragenden Blick erkennen. Selbst wenn er verärgert ist, sieht er umwerfend aus.

»Warum guckst du so wütend?« Ich blinzele schnell, um meine Augen zu trocknen, dann zwinge ich mich weiterzugehen, bis ich neben ihm stehe. Er fordert mich nicht dazu auf, mich neben ihn zu setzen, sondern starrt mich mit geschürzten Lippen an.

»Ich komme nicht so gut mit Weinen klar.«

So geht es den meisten Männern. Genau wie Mr Wilson, der nach Papa eine Art Vaterfigur für uns war und sich bei Los Beerdigung unwohl fühlte. Er war blass im Gesicht, während er auf ihren Sarg starrte, und ging, bevor der Gottesdienst beendet war.

Ich setze mich neben Kaiden an den Baum und ziehe die Knie an die Brust. Ich stütze mein Kinn darauf und atme lange aus, bis der Schmerz in meiner Brust nachlässt. Plötzlich fällt mir das Atmen nicht mehr so schwer, also schließe ich die Augen und lasse mich von Wind und Schatten beruhigen.

»Dein Vater ist ein Arschloch«, bemerkt er.

Dagegen sage ich nichts.

»Tut mir leid wegen ... Scheiße, du weißt schon.«

Ich verziehe den Mund. Mit Entschuldigungen kommt er anscheinend auch nicht so gut klar. »Sie war meine beste Freundin«, sage ich.

Ich bin mir nicht sicher, ob es ihn interessiert, aber ich muss jemandem von ihr erzählen. Wenn nicht heute, dann irgendwann. Nicht über Lo zu reden würde ihrem Andenken nicht gerecht werden.

Ich lehne mich gegen den Baumstamm und atme langsam aus, als ich die kratzige Rinde an meinem Rücken spüre. Das unangenehme Gefühl erinnert mich an die Vertrautheit von entspannten

Sommernachmittagen mit Logan im Wald. »Hat mein Vater wirklich nichts gesagt?«

Er räuspert sich. »Nein.«

Ich presse die Lippen zusammen und nicke.

Wahrscheinlich stimmt es, was ich im Restaurant gesagt habe. Ich habe mich immer wieder gefragt, warum er uns verlassen hat, habe Theorien entwickelt, warum er nicht zu uns zurückgekehrt ist, und ihn jeden Tag ein bisschen mehr gehasst. Bisher habe ich nie etwas gesagt, aber mittlerweile sind es Jahre, in denen ich alle Gedanken und Gefühle gegenüber meinem Vater zurückgehalten habe, einem Mann, der nicht einmal für uns da war, als Lo starb.

»Ich weiß gar nicht, warum er mich zu sich genommen hat.«

Der Zweifel lässt mich nicht los und ist berechtigt, weil Papa nie mehr als ein paar Minuten Zeit für mich hatte. Deshalb weiß ich auch nicht, warum er überhaupt geantwortet hat, als ich ihn dieses Jahr völlig unerwartet ein drittes Mal anrief. Niemals hätte ich erwartet, dass er meinem Vorschlag zustimmen würde, bei ihm einzuziehen.

Nach einer Weile blicke ich wieder zu Kaiden. Er beobachtet mich mit einem gewissen Funkeln in den Augen. Ich kann nicht erkennen, ob es gut oder schlecht ist, denn er zeigt es nicht.

Ich schlucke und schüttele den Kopf. »Über eine Bekannte habe ich erfahren, dass er wieder geheiratet hat. Eine ältere Frau tratschte darüber im Supermarkt, als ich dort gerade Pappteller kaufte.«

Ich muss laut lachen, was mich selbst überrascht. »Seltsam, dass ich mich daran erinnere, was ich gekauft habe, oder? Ich stand zwischen den Regalen und war gerade am Überlegen, ob ich die mit blauen Blümchen verzierten Teller einer bekannten Marke oder die preiswertere Variante nehmen sollte. Da hörte ich, wie Mrs Wallaby einen Gang weiter jemandem erzählte, dass mein Vater eine ›hübsche junge Frau mit Sohn‹ geheiratet habe. Sie meinte, so ein frischer Start mit einer neuen Familie müsse schön sein.«

Ich verziehe den Mund. Als Mrs Wallaby um die Ecke kam, bemerkte sie, wie ich dort stand und weinte. Sie entschuldigte sich nicht, erstarrte aber, als ihr bewusst wurde, dass ich sie gehört hatte.

Kaiden bewegt sich neben mir, er fühlt sich offensichtlich unwohl. »Normalerweise komme ich nicht zum Reden her.«

Was macht er sonst hier?

Während ich über die verschiedenen Möglichkeiten nachdenke, werde ich rot. »Oh.«

Er schmunzelt, ohne zu wissen, woran ich gedacht habe. »Ich komme zum Nachdenken her.«

Doppeltes Oh.

Ich kann gut verstehen, warum er hierherkommt. Es ist still und einsam, der perfekte Ort, um seine Gedanken zu sortieren.

Das Gespräch ist ohnehin nicht das beste, das man mit ihm führen kann. Meine Wut richtet sich nicht gegen ihn, sondern gegen meinen Vater. Außerdem hat Kaiden nicht darum gebeten, dass ich in seine Leben trete. Ich habe mir den Weg in ihr Zuhause erkämpft – das Zuhause, das eigentlich nur für sie drei gedacht war.

»Was ist denn nun wirklich mit deinem Auge passiert?«, frage ich leise.

Er schnalzt mit der Zunge. »Hab mich mit jemandem wegen irgendeinem Scheiß geschlagen. Keine große Sache.«

Weil ich weiß, dass er nicht mehr dazu sagen wird, nicke ich. »Wer ist Riley?«

Sein Körper erstarrt. »Wo hast du den Namen gehört?«

Seine Stimme klingt rau, als wäre das ein Thema, das ich besser nicht angeschnitten hätte. Ich verfluche mich selbst und beiße mir auf die Unterlippe. »Ein paar Mädchen haben beim Mittagessen über ihn gesprochen. Es schien so, als wäre irgendetwas vorgefallen, weil ich seinen Namen jetzt schon öfter gehört habe.«

In den Fluren auf dem Weg zum Unterricht.

In der Cafeteria.

Riley ist ein heißes Thema.

»Riley ist ein Mädchen«, murmelt er nach einer Weile, als ich schon denke, dass er gar nicht mehr antworten wird. »Sie geht nicht mehr auf unsere Schule. Ist weg, nachdem ein paar Gerüchte rumgegangen sind.«

Ich runzele die Stirn. »Was für Gerüchte?«

Sein Kiefer zuckt. »Die Leute haben ihr Stress wegen ihres Körpers gemacht. Sie hatte eine Essstörung oder so und wurde dabei erwischt, wie sie sich auf der Toilette übergeben hat. Die Gerüchte wurden immer schlimmer. Sie ... ist auch egal. Jedenfalls kommt sie nicht mehr.«

»Dann hat sie sich versetzen lassen?«

Er brummt bestätigend.

Ich denke an die vielen Momente, in denen man mich ansah und dann ihren Namen nannte, als wären wir irgendwie miteinander verbunden. Aber ich frage nicht weiter, denn Kaiden ist offensichtlich nicht dazu bereit, mehr zu erzählen. Ich bin überrascht, dass er mir überhaupt so viel gesagt hat.

Kaiden zieht ein Bein hoch, legt den Arm auf sein Knie und blickt mich abwesend an. »Eine Sache will ich wissen.«

Ich halte die Luft an.

Er grinst, und meine Anspannung verschwindet bei diesem verschmitzten Lächeln. »Welche Pappteller hast du gekauft?«

Erleichtert grinse ich auch.

»Gar keine.«

Danach schweigen wir.

⸝ ...

Irgendwann schlafe ich ein. Ich realisiere das erst, als ich spüre, wie ich an eine warme Wand fester Muskeln gedrückt werde, die leicht nach Zedern und Zimt duftet. Weihnachtsbäume und Kekse. Kaiden brummt etwas, als wir sein Auto erreichen, doch ich verstehe ihn nicht. Ich bin müde – zu müde, um ihm zu sagen, dass er mich runterlassen soll. Ich schließe die Augen, kuschle mich in die Wärme, die von ihm ausgeht, und spüre seinen angespannten Körper.

Als ich wieder zu mir komme, fahren wir an Straßenlaternen vorbei. Das gelbe Licht wirft Schatten auf Kaidens Gesicht, das ich von meiner liegenden Position auf dem Rücksitz aus perfekt sehen kann. Sein Kiefermuskel ist angespannt, aber er bewegt ihn, als würde er mit den Zähnen knirschen.

Ich fühle mich zu schwach, um aufzustehen, also bleibe ich liegen und beobachte ihn weiter. Das Radio spielt einen Rap Song, den ich nicht kenne, doch ich lausche dem Text und versuche, Kaiden nicht länger wie besessen anzustarren.

Als er an einem Stoppschild hält, schaut er kurz nach hinten und bemerkt meinen müden Blick. »Wäre nett gewesen, wenn du aufgewacht wärst, bevor ich dich tragen musste.«

Wie ist er nur über den Zaun am Friedhof gekommen? Ich frage ihn, und er brummt etwas und fährt weiter.

»Ich musste drum herumgehen.«

»Oh«, sage ich leise.

Für einen langen Moment sagt er nichts. Wir sitzen nur da, bis das Lied endet und ein neues beginnt. »Wir sind fast zu Hause.«

Ich zwinge mich hoch und möchte am liebsten weinen, als ich die Reaktion meines Körpers auf diese Bewegung spüre. Mir wird schwindlig, und alles um mich herum verschwimmt, bis ich fast ohnmächtig werde.

Kaiden bemerkt es leider. »Hast du heute irgendwas gegessen?«

Ich denke nach und stelle fest, dass ich als Letztes das Sandwich zu Mittag gegessen habe. Jetzt ist es fast einundzwanzig Uhr.

»Nicht, nachdem du heute gesehen hast, wie ich mir etwas zubereitet habe.«

Er flucht und fährt in die Auffahrt. Ich runzle die Stirn, als er sich verärgert zu mir dreht. »Du musst was essen, Maus. Du bist so schon viel zu mager.«

Mager. Wie ich dieses Wort hasse.

Leute verwenden es als Beleidigung, peitschen es mit besorgter Stimme heraus, weil sie keine Ahnung haben, wovon sie reden.

Mein Kiefer zuckt bei seiner Bemerkung. »Was hat dir mein Vater über mich erzählt?«

Stille.

Ich reagiere spöttisch. »Lass uns einfach reingehen.«

Er seufzt und steigt aus, überrascht mich dann aber, als er mir die Hintertür öffnet. »Was ist denn? Hast du eine Essstörung oder so? Du wärst viel hübscher, wenn du ein bisschen Gewicht zulegen würdest.«

Ich will nicht, dass er mich weinen sieht, deshalb rutsche ich aus dem Auto und stürme zur Eingangstür. Vielleicht hat das Gespräch über Riley irgendetwas bei ihm ausgelöst, von dem ich keine Ahnung habe, trotzdem muss er mich nicht wie ein Stück Dreck behandeln.

Es brennt kein Licht, aber die Eingangstür ist unverschlossen. Sobald wir im Haus sind, hält mich Kaiden davon ab, irgendwohin zu gehen.

Ich beiße mir auf die Lippe, um nicht aufzuschreien, als er mir an die Taille fasst, und sehe ihn finster an. »Lass mich los, Kaiden.«

Er tut es. »Geh in die Küche.«

»Sag mir nicht …«

»Verdammt, Emery. Ich mach dir jetzt was zu essen.«

Ich bin sprachlos. Das ist erst das zweite Mal, das er meinen Namen ausgesprochen hat. Und wie es klingt, wenn er ihn sagt …

Ich schlucke. »Ich bin mir sicher, dass sie unser Essen aus dem Restaurant mitgebracht haben. Das kann ich essen.«

Er verschränkt die Arme vor der Brust, sodass die Ärmel seines Shirts am Bizeps spannen, was ich eigentlich nicht bemerken sollte. »Du magst überhaupt kein mexikanisches Essen.«

»Ich habe mir einen Salat bestellt.«

»Du brauchst Proteine.«

»Es sind bestimmt Bohnen im Salat.«

Er schüttelt den Kopf. »Beweg deinen Hintern in die Küche. Ich mach dir ein paar Eier oder so.«

Ich ziehe die Augenbrauen hoch.

»Bilde dir bloß nichts drauf ein«, informiert er mich kühl. »Ich will ein Omelett essen, also mache ich dir auch eins. Ich werde dich nicht noch mal auf Händen tragen.«

Aus irgendeinem Grund folge ich ihm in die Küche und setze mich an die Theke. Die Stühle sind gepolstert, deshalb sitze ich recht bequem, während ich ihm dabei zusehe, wie er die Sachen aus dem Kühlschrank holt.

»Was willst du?«

»Rührei ist okay.«

Er starrt mich an. »Du brauchst mehr als nur Rührei. Isst du Bacon, wenn ich ihn mache? Toast? Käse, für die kleine Maus?«

»Hör auf, mich so zu nennen.«

Er wartet auf meine Antwort.

»Gut. Ja, das esse ich auch.«

Er lächelt zufrieden.

Während er sich an die Arbeit macht, sehe ich mich in der leeren Küche um. Der Kühlschrank ist übersät mit Bildern und irgendwelchen Magneten, da ist ein Kalender mit eingekreisten Terminen und Zahlungsfristen, und die Spültücher haben alle denselben Blauton wie die Tischsets.

Das Haus ist still, aber ich weiß, dass Papa und Cam da sind. Ihre Autos stehen in der Auffahrt.

»Wo sind unsere Eltern?«

»Sie wissen, dass sie mich besser in Ruhe lassen, wenn ich eine Weile weg bin«, lautet seine knappe Antwort.

Ich spiele mit einer Orange aus der Obstschale, die in der Mitte der Theke steht. Cam hat das ganze Haus nach einem Plan eingerichtet – das genaue Gegenteil von Mamas Haus. Dort hat nichts zusammengepasst, es war der Inbegriff von organisiertem Chaos.

»Das wissen sie aber nicht von mir.«

Er zuckt mit den Schultern. »Du warst mit mir unterwegs.«

»Woher sollen sie das wissen?«

»Weil ich ihnen gesagt habe, dass ich dich hole.«

Abgesehen von der brutzelnden Butter in der Pfanne ist nichts zu hören. Er kocht ohne Anstrengung, als würde er sich ständig Essen machen. Beim Abendessen ist er nur selten dabei, doch frühstücken tut er fast immer mit uns.

Als er fertig ist, stellt er einen dampfenden Teller mit käsebesprenkeltem Ei, Speck und einer gebutterten Toastscheibe vor mich auf den Tisch. Bei dem Anblick und Geruch läuft mir das Wasser im Mund zusammen, während Kaiden mir Besteck reicht.

Er räumt die Sachen weg, gibt mir eine Wasserflasche aus dem Kühlschrank und verlässt den Raum.

Sich selbst hat er kein Omelett gemacht.

Fünf

Nachdem ich am Sonntag mit meinem bisher schlimmsten Krankheitsschub aufgewacht bin, gehe ich am Montag nicht zur Schule. Als Cam mich mit geschwollenen Armen und tränennassem Gesicht im Bett fand, ließ sie Papa bei meinem Rheumatologen anrufen. Weil ich aber nicht in die Notaufnahme wollte, empfahl der Arzt, im Bett zu bleiben und mich auszuruhen.

Fast hätte ich laut gelacht, als er mir riet, Stress zu vermeiden. Das Leben ist stressig. Obwohl ich mich bemühe, stressverursachende Situationen zu vermeiden, entstehen sie trotzdem. Seit ich zu Papa gezogen bin, hat es neuen Stress gegeben – sein Verhalten, Mamas Schweigen …

Am Dienstagmorgen trage ich flauschige gelbe Pyjamashorts und ein T-Shirt mit Sonnenblumen darauf, als Kaiden in mein Zimmer kommt. Er klopft nicht an, sondern öffnet direkt die Tür, und ich bin froh, dass ich gerade lesend auf dem Bett liege.

Er wirft mir einen Blick zu und runzelt die Stirn. »Ich nehme an, dass du heute wieder nicht zur Schule gehst, oder?«

Ich schüttle den Kopf. Ich bin noch immer bis auf die Knochen erschöpft, aber wenigstens ist der Schmerz nicht mehr so stark.

Abgesehen von einer Migräne, mit der ich seit gestern Nachmittag kämpfe, ist alles andere erträglich. Doch sein abschätziger Tonfall nimmt mir jede Lust, unser Gespräch fortzusetzen.

Er zeigt auf meine Pyjamahose. »Ist dir darin nicht heiß? Draußen sind es ungefähr achtundzwanzig Grad, und hier im Zimmer ist es wahrscheinlich genauso warm.« Er geht zum Heizlüfter und schüttelt den Kopf, als er die Einstellung sieht.

Gestern habe ich zufällig gehört, wie er Cam fragte, warum ich im Bett liege. Das war eins der seltenen Gespräche, das ich zwischen den beiden gehört habe. Normalerweise enden sie im Streit, er stürmt aus dem Haus, und sie verstummt. Ich möchte Mitleid für Cam empfinden, aber ich bin immer noch nicht über das Abendessen am Wochenende hinweg.

Offensichtlich hat Cam Kaiden nie erzählt, was mit mir los ist. In gewisser Hinsicht bin ich ihr dafür dankbar. Wenn die Leute hören, dass man krank ist, reagieren sie auf drei verschiedene Arten – sie bemitleiden dich, gehen dir aus dem Weg, oder sie glauben dir nicht. Ich mag keine dieser Varianten, weder das gespielte Mitgefühl von Leuten, die so tun, als würden sie verstehen, was ich durchmache, noch die Vorsicht der Leute, die mich für ansteckend halten und auf Distanz bleiben, und ganz bestimmt nicht den Unglauben der Leute, die sich der Tatsache verweigern, dass es Krankheiten ohne sichtbare Symptome gibt.

Ich werde mich immer an diesen einen Arzttermin erinnern, nach dem ich einen Zusammenbruch im Auto meiner Mutter erlitt. Als der Arzt ins Sprechzimmer kam und feststellte, dass ich die Patientin war, stand seine Meinung fest: Ich war »viel zu jung«, um krank zu sein. Aus seiner Sicht war ich nur ein typisches junges Mädchen, das gern »übertrieb«, um im Mittelpunkt zu stehen.

Die Tränen waren mir leise über die Wangen gelaufen, aber Mama ließ sich nicht täuschen. Sie hielt am Straßenrand und zwang mich, sie anzusehen. Ich weiß nicht, was sie sah. Wahrscheinlich jemanden, der sich unvollkommen und gebrochen und niedergeschlagen fühlte.

Es spielte keine Rolle, dass es eine Krankheitshistorie in unserer Familie gab. Wenn Ärzte kein sichtbares Symptom ausmachen können, dann glauben sie, du übertreibst, weil man es so von jungen Menschen kennt.

Als ob Kinder nicht an Krebs sterben.

Als ob Logan nicht an Lupus starb.

Er muss es in meiner Akte gesehen haben.

Schwester: verstorben.

Ursache: chronischer Lupus, Nierenversagen.

Es interessierte ihn nicht. Und auch die anderen Ärzte nicht. Ich hatte keine physischen Symptome. Nur Schmerzen. Ich war erschöpft. Ich war ... jung. Einfach nur jung.

Heute lässt sich nicht mehr leugnen, dass ich krank bin. Aber genau wie bei Lo würde man zunächst nicht glauben, dass etwas nicht in Ordnung ist. Ich war nicht spindeldürr, mein Haar fiel nicht aus, und ich wirkte gesund. Im Inneren jedoch führte mein Immunsystem bereits einen Krieg gegen sich selbst, bis jeder Teil in mir erschöpft vom Kampf war.

Ich bin froh, dass Kaiden mich nicht mit anderen Augen betrachtet als zuvor. Cam hat nie erwähnt, dass meine Krankheit unheilbar ist oder dass ich dasselbe Schicksal wie Logan erleiden könnte. Da ich kaum etwas von ihr erzählt habe, als er mich an jenem Tag zu dem Ahornbaum mitnahm, habe ich ihm seitdem auch keine weiteren Informationen über meine beste Freundin verraten.

Es tut zu sehr weh, und er weiß das.

Dafür finde ich jetzt ab und zu und an den unterschiedlichsten Stellen kleine Post-its mit Bildern. Pappteller mit blauen Blumen,

Sonnenblumen, und Bäume mit endlosen grünen Blättern. Ich hebe sie alle auf.

Es gefällt mir nicht, wie irritiert er mich ansieht. Ich will weder sein Mitleid noch seinen ungerechtfertigten Hass. Manchmal frage ich mich, ob es ein Fehler war, herzukommen. Als hätte ich ihm mit meinem Einzug Raum und Aufmerksamkeit streitig gemacht. Obwohl er nicht unbedingt so wirkt, als sehne er sich nach Aufmerksamkeit, wenn er zu Hause ist.

Die bekommt er in der Schule.

»Gehst du morgen?«

Ich setze mich auf, sodass ich mich mit dem Rücken an den Bettrahmen aus weißem, verschnörkeltem Metall lehne. Es ist hübsch, hübscher als die langweiligen Holzrahmen, die Lo und ich in unserem alten Zimmer hatten.

»Das habe ich vor«, antworte ich leise.

Er nickt, rührt sich aber nicht. Ich weiß nicht, was er denkt, doch er wirkt so, als wollte er noch etwas sagen. Stattdessen schüttelt er nur den Kopf und geht, wobei er fast wütend zu sein scheint. Ich überlege, was ich gesagt haben könnte, dass er so die Lippen zusammenpresst, bevor er meine Tür hinter sich zuschlägt.

Weil es müßig ist, darüber nachzudenken, drehe ich mich auf die Seite und öffne mein neues Buch. Papa hat nach mir gesehen, bevor er zur Arbeit gegangen ist. Er ist in den letzten Tagen früher ins Büro gefahren, vielleicht, um sich nicht mit mir auseinandersetzen zu müssen. Ich habe den Eindruck, dass er sich wegen meiner Krankheit unwohl fühlt, als wüsste er nicht, wie er mit ihr und mit mir umgehen soll.

Ich selber weiß es ja auch nicht, aber das kann ich ihm nicht sagen, denn dann hätten wir eine gemeinsame Grundlage, und ich bin mir nicht sicher, ob ich das will. Ich hasse ihn nicht, liebe ihn aber auch nicht. Wir stecken in einer Sackgasse – ein Teufelskreis aus unausgesprochenen Gefühlen und Fragen.

Warum bist du gegangen?
Warum hast du kaum angerufen?
Warum hast du uns nicht geliebt?

Ich verdränge diese Gedanken aus meinem Kopf und verliere mich in meinem Buch. Das ist viel besser, als über die Wirklichkeit nachzudenken, denn die Wirklichkeit ist hässlich und voller Schmerzen, die man mit einem guten Buch für eine Weile vergessen kann. Beim Lesen verliebe ich mich Tausende Male, was mir im richtigen Leben womöglich niemals gelingen wird, wenn mich meine Krankheit zu Lo bringt und nicht zu meinem zukünftigen Ehemann.

Ich schlafe ein, während ich mich frage, ob Lo auf mich achtgibt.

...

Als Lo und ich noch jung waren, sang Mama immer *You Are My Sunshine*, wenn sie gute Laune hatte. Ich erinnere mich daran, wie sie an manchen Tagen in der Küche sang und für uns Schokokekse backte – unsere Lieblingskekse –, wobei sie uns etwas Teig zum Naschen gab, während sie den Rest zubereitete.

Ich liebe dieses Lied bis heute. Es erinnert mich an Mama, als sie glücklich war. Beim Anblick des Regenbogens auf Los Beerdigung dachte ich an diese Melodie. Ich summte sie sogar leise, bis Mama wegging. Oma meinte, es sei nicht schlimm, aber ich fühle mich noch immer schuldig.

An schlechten Tagen höre ich mir den Song an und denke an die guten Zeiten früher. Meine Kindheit war nicht traurig, bevor Lo starb. Mama und Papa machten jeden Sonntag mit uns Ausflüge, unterwegs kauften wir Getränke und Snacks. Sie fuhren mit uns zu Wasserparks, wo wir den ganzen Tag lang rutschten und Karussell fuhren, bis wir einen Sonnenbrand und Muskelkater hatten. Als Papa uns verließ, war das nur die erste Stufe auf der Achterbahn in die Hölle, aber bis dahin war alles gut.

Das Haus ist leer, als ich aus dem Bett steige. Es erinnert mich daran, dass sich die Zeiten geändert haben. Die Familienausflüge, auf die ich mich immer so freute, sind nur noch ferne Erinnerungen. Wenn Papa und Cam wegfahren, dann fragen sie nicht, ob Kaiden oder ich mitwollen. Sie setzen voraus, dass wir es nicht tun, und am liebsten würde ich Papa fragen, ob er sich noch an unsere Sonntagsausflüge erinnern kann.

Die Schule morgen wird eine willkommene Ablenkung sein. Ich kann mich in meinen Hausaufgaben vergraben, anstatt daran zu denken, wie es früher einmal war. Lebt man in der Vergangenheit, dann wird die Zukunft ausgebremst. Vielleicht habe ich auch gar keine, deshalb möchte ich zumindest versuchen, das Beste aus der Gegenwart zu machen.

Nachdem ich mir eine Schüssel Müsli zubereitet habe, setze ich mich auf die Couch im Wohnzimmer und mache den Fernseher an. Es kommt nicht so häufig vor, dass ich fernsehe, denn Papa und Cam sehen sich abends gern die Nachrichten an, deshalb lasse ich sie meist mit den deprimierenden Berichten über Rassismus, Sexismus und Schießereien im einundzwanzigsten Jahrhundert allein. Wenn ich mal fernsehe, gehe ich meinen beiden heimlichen Leidenschaften nach, die ich Oma und Mama verdanke: Soaps und Realityshows.

Es ist witzig, denn Mama sagt Oma ständig, wie lächerlich Soaps sind, weil sie nicht echt sind. Dabei ist es bei den Realityshows, die ich gesehen habe, genauso. Alles ist fake, und es geht nur darum, bestimmte Lebensweisen übertrieben darzustellen, die Menschen wie wir gern hätten. Mama mag es, sich in einem fremden Leben zu verlieren, und Oma mag Dramen, die nicht ihre eigenen sind.

Aber sie haben unterschiedliche Motive. Mama will nicht an Lo denken, und Oma will nicht an Mamas Verschlossenheit denken.

Und ich? Ich mag die inszenierten Streitereien.

Ich bin überrascht, als es plötzlich fünfzehn Uhr ist und jemand die Haustür aufmacht. Ich sitze gerade mit nackten Füßen auf der Couch und gucke *Der Bachelor*, als Kaiden hereinschlendert. Ein paar Schritte hinter ihm folgt Rachel.

Ihr hohes Kichern lässt mich zusammenzucken, Kaiden schließt hinter ihr die Tür. Sie trägt eine riesige rosafarbene Handtasche am Ellbogen und streicht Kaiden über den Arm. Ich merke, wie ich sie peinlich anstarre, doch es scheint sie nicht zu stören.

Kaiden sieht, was im Fernseher läuft, und zieht eine Grimasse. »Den Scheiß guckst du dir an?«

Ich werde rot. »Ich habe das immer mit meiner Mutter gesehen.«

Rachel späht zum Bildschirm. »Oh! Ich liebe die Show. Diese Staffel war toll.«

Kaiden grinst. »Also, bei *dir* wundert mich das nicht.«

Die Beleidigung scheint offenbar an ihr vorbeizugehen, denn sie lächelt ihn an, als hätte er ihr gerade ein Kompliment gemacht. Ich unterdrücke ein Grinsen und verdecke es mit einem Hüsteln. Kaiden bemerkt es und grinst mir verstohlen zu.

»Gehen wir nicht in dein Zimmer, Kaiden?« Rachel gurrt die Worte fast. Plötzlich fühle ich mich unwohl, hier zu sein, und erröte angesichts der Dinge, die ich möglicherweise zu hören bekomme, sobald sie hinter verschlossenen Türen verschwinden.

Ich wusste gar nicht, dass er jemanden datet.

Meine Augen werden groß, als er ihre Tasche nimmt und etwas herauszieht. »Wir haben dir die Hausaufgaben mitgebracht. Dachten, dass du bis morgen vielleicht etwas nachholen willst.«

Zögernd nehme ich die Blätter entgegen.

Rachel jammert. »Kaiden ...«

»Geh schon mal vor. Du weißt ja, wo es ist.«

Als sie sich umdreht, gibt er ihr einen Klaps auf den Hintern. Meine Wangen glühen. Ich versuche, es zu überspielen, und werfe einen Blick auf die Hausaufgaben, um zu sehen, was ich verpasst habe.

»Danke dafür.«

Er antwortet nicht.

Ich sehe zu ihm hoch. Er erwidert den Blick mit geneigtem Kopf und schiefem Mund. »Vielleicht machst du besser Musik an. Rachel ist ziemlich laut.«

Mir fällt die Kinnlade runter, während er mir zuzwinkert und zur Treppe geht. Weil ich nicht weiß, wie ich mit seiner Aussage umgehen soll, nehme ich Handy, Kopfhörer und Rucksack und gehe raus. Draußen ist es angenehm, nicht zu heiß oder zu kalt, weshalb man sich mit den Hausaufgaben gut an den Picknicktisch setzen kann.

Als bei der Zufallswiedergabe plötzlich *You Are My Sunshine* auf dem Display erscheint, bekomme ich die Antwort auf meine frühere Frage.

»Ich liebe dich, Lo«, flüstere ich in den Wind.

Sechs

Am Mittwoch suche ich mir in der Schule beim Mittagessen den entferntesten freien Tisch und stochere durch meinen Salat. Ich spüre noch ein leichtes Pochen in den Schläfen, das meinen Appetit nicht gerade fördert. Ich muss mich zwingen, an einem Salatblatt zu knabbern, weil ich heute Morgen das Frühstück ausgelassen habe, obwohl Cam darauf bestanden hat, dass ich meine Eier esse.

Der Morgen ist wie im Flug vergangen. Ich habe meine verspäteten Hausaufgaben abgegeben und Unterrichtsstoff nachgeholt. Die Lehrer haben angeboten, dass ich sie in den Freistunden aufsuchen könnte, wenn ich Hilfe brauche, aber das werde ich nicht tun. Wenn ich nach Hause komme, schließe ich mich in meinem Zimmer ein und gehe die Sachen durch, die ich verpasst habe. Da stört mich zum Glück niemand, deshalb gibt es auch keine Ausrede, nicht zu lernen.

Ich spiele mit einem Croûton, als der Stuhl mir gegenüber zurückgezogen wird, sodass die Metallbeine laut über die Fliesen schrammen. Bei dem Geräusch zucke ich zusammen und stelle fest, dass Kaiden mir gegenübersitzt. Mit gerunzelter Stirn bleibe ich stumm sitzen und warte, dass er mir verrät, womit ich seine Anwesenheit verdient habe.

So seltsam ich es auch finde, dass wir während der Schulzeit nicht miteinander reden, habe ich mich doch daran gewöhnt. Wenn er sich auf dem Flur oder vor dem Unterricht nicht mit mir unterhalten will, ist das okay. Es ist ja nicht so, als hätten wir uns besonders viel zu erzählen.

Dass ich ihn so selten sehe, liegt außerdem daran, dass er an drei Vormittagen in der Woche gar nicht da ist. An diesen Vormittagen geht er auf das Exeter Community College, um dort am Unterricht teilzunehmen.

War das seine Idee, um Punkte fürs College zu sammeln? Oder Cams?

Er betrachtet meinen Salat. »Du solltest wirklich etwas mehr als das da essen. Es gibt auch andere Sachen.«

Am Buffet gibt es keine Speisen, die einen essbaren Eindruck machen oder auch nur halb so appetitlich wirken wie der welke Blattsalat. Zumindest kannte ich seinen Inhalt, denn das angebotene Hähnchen sah eher wie Hackbraten aus.

»Ich mag Salat.«

»Sieht nicht danach aus.«

Ich habe kaum mehr als ein paar Salatblätter gegessen. Der Großteil liegt unberührt in dem Plastikbehälter, in dem ich den Salat bekommen habe. Wenn ich Kopfweh bekomme, dann dreht sich mir vor Übelkeit der Magen um. Der Geruch von dem Zeug, das sie überteuert verkaufen, macht es nicht besser.

»Ich meine ja nur, dass du mehr essen musst.«

Ich presse die Zähne zusammen. »Hör auf, mir zu sagen, was ich machen soll. Nur weil dir jeder andere auf dieser Schule blind hinterläuft, bedeutet das nicht, dass ich es auch tue.«

An den Tischen um uns herum wird es still. Ich beiße mir auf die Lippe und registriere verstohlen die Blicke, die mir zugeworfen werden. Ich realisiere, dass ich gerade einen Riesenfehler gemacht habe. Es gibt keine Geschichten darüber, was Kaiden mit Personen macht, die ihm widersprechen, weil niemand so dumm ist, es zu versuchen.

Ich sinke in mich zusammen und starre auf mein Essen.

»Weißt du«, erwidert er beiläufig, »dass die Leute das tun, was ich ihnen sage, ist kein Machtspielchen. Es ist alles eine Frage der Taktik.«

Ich hebe den Kopf und sehe ihn an. Er beugt sich vor und nimmt einen Croûton von meinem Salat, dreht ihn zwischen den Fingern, bevor er ihn sich in den Mund wirft und knirschend zerkaut.

Er wischt sich die Hände und verschränkt die Arme vor der Brust. »Jeder hier weiß, dass ich aus keiner mächtigen Familie komme. Meine Mutter ist nur eine liebestolle Närrin, die einen Mann geheiratet hat, der meiner Meinung nach erbärmlicher ist als jeder andere Mensch, den ich kenne. Und mein Vater ist ein Versager, über den es sich nicht zu reden lohnt. Die Leute hier wissen, wem sie folgen müssen, damit es ihnen nützt. Sie wollen beliebt sein? Dann machen sie mich glücklich. Sie wollen in Ruhe gelassen werden? Dann gehen sie mir aus dem Weg. Und weißt du was, Maus?«

Ich schweige.

»Sie machen, was ich ihnen sage.« In seinen Worten liegt eine Drohung, doch mein Bauchgefühl sagt mir, dass sie leer ist. Ich glaube nicht, dass er sie dazu bringen würde, mir irgendetwas anzutun. Schließlich bin ich jetzt schon eine Woche hier, und bisher hat mich noch niemand belästigt.

Wenn sie allerdings vorher noch nicht wussten, dass ich zum Leben ihres Anführers gehöre, dann tun sie es wohl spätestens jetzt. Die Möglichkeit, dass sie mir auf einmal mit gespieltem Interesse begegnen könnten, beunruhigt mich ein wenig.

Er nimmt die Plastikpackung mit meinem Salat und wirft sie über seine Schulter, sodass sich der ganze Inhalt über den Boden verteilt. Erschrocken öffne ich den Mund, als ich mein Essen zwischen den Tischen liegen sehe.

Ich werde nicht weinen.

Aber ich halte den Mund fest geschlossen und sage kein Wort, während ich zusehe, wie er in seine Tasche greift und mir fünf Dollar auf den Tisch wirft. Dann steht er auf und sieht mich ungehalten an, bevor er den Kopf schüttelt.

Den Dreck ignorierend, den er verursacht hat, dreht er sich schließlich um und ruft: »Geh und hol dir eine Scheißpizza«, bevor er den Raum verlässt.

Ich ignoriere das Starren der anderen, stehe einfach auf und lasse die fünf Dollar liegen, um durch die gläserne Seitentür zu verschwinden. Vielleicht kann jemand anderes das Geld gebrauchen, um sich davon Essen zu kaufen.

Als die Sonne auf mein Gesicht knallt, wünsche ich mir eine Sonnenbrille, um meine empfindlichen Augen zu schützen. Sie ist in meinem Rucksack, der wiederum in meinem Spind steht. Also setze ich mich in den Schatten einer traurig aussehenden Eiche im Hof und lausche dem entfernten Gerede meiner Mitschüler, die sich vermutlich über den kleinen Showdown gerade in der Cafeteria unterhalten.

Stirnrunzelnd denke ich: *Fick dich, Kaiden Monroe.*

...

Kurz vor meiner Diagnose hatte ich ungewollt mehr als zwölf Kilo abgenommen. Abgesehen vom Cheerleading machte ich keinen

Sport. Manchmal liefen wir beim Training eine Runde über den Platz oder benutzten den Kraftraum, aber ich aß immer mehr als alle anderen. Und sie beneideten mich dafür, wie schlank ich war.

Seitdem ist mein Gewicht ein heikles Thema geblieben. Einer meiner Ärzte bat meine Mutter sogar einmal, das Sprechzimmer zu verlassen, weil er dachte, dass ich in ihrer Anwesenheit nicht zugeben würde, eine Essstörung zu haben. Er glaubte mir nicht, genau wie all die anderen Ärzte.

Als wir nach Hause kamen, nahm Mama mich in die Arme. Sie war besorgt, traurig und wütend auf den Arzt. Das war zu einer Zeit, als sie sich noch nicht von der Realität entfernt hatte und so sehr um Lo trauerte, dass alles andere nebensächlich wurde.

Als auch bei mir Lupus diagnostiziert wurde, schien Mama mich aufgegeben zu haben, weil sie sicher war, dass man nichts mehr tun konnte. Vermutlich habe auch ich sie damals aufgegeben und von mir weggestoßen, wenn sie mal einen Schritt in meine Richtung machte, was nur selten geschah. Wenn Oma mich anruft und fragt, wie es mir geht, lenke ich das Gespräch immer auf Mama.

Sag ihr, dass ich noch nicht tot bin, so habe ich unser letztes Gespräch beendet, als sie mir versicherte, Mama würde schon wieder zu sich kommen.

Jemand setzt sich neben mich und wirft mir eine Fünfdollarnote in den Schoß. Ich sehe hoch und rechne mit Kaidens finsterem Blick, werde aber von langen kastanienbraunen Locken überrascht.

Rachel schaut mich nicht an. »Ich glaube, wir wissen beide, dass es keine gute Idee ist, ihn zu ignorieren. Tu wenigstens so, als hättest du dir was gekauft.«

Ich starre den Geldschein an. »Warum sprichst du mit mir?«

»Weil Kaiden ein Idiot ist.«

Ich bin überrascht.

Sie seufzt. »Er hat das nur deshalb gemacht, weil Danny Walsh aus dem Lacrosse-Team gesagt hat, wie winzig du bist, und die anderen dann darüber gesprochen haben, was sie mit dir machen würden. Einer meinte, er könnte dir eine Hand um die Taille legen, während er dich von hinten nimmt.«

Meine Wangen glühen, und ich blicke wieder zu Boden. »Ich verstehe trotzdem nicht, warum er so eine Szene machen musste, nur weil ein paar Jungs über mich geredet haben. Das ist einfach ...«

»So ist Kaiden.« Sie klingt verärgert, als sie das sagt. »Er hat den Jungs in der Umkleide gedroht und wollte dann in der Cafeteria zeigen, dass er der Einzige ist, der sich so etwas erlauben kann.«

Soll ich ihm dafür dankbar sein?

Sie schüttelt den Kopf. »Er hat dich nur beschützt. Du solltest froh darüber sein.«

Auf der Highschool sollte man eigentlich keine Beschützer benötigen. Andererseits, was war mit Riley geschehen? Niemand hat ihren Namen je wieder erwähnt, seitdem Kaiden mir von ihr erzählt hat. Ich frage mich, ob das Schweigen über sie ein weiterer Befehl von ihm war.

Ich strecke die Beine aus. »Ich bin mir nicht sicher, warum du mir das alles erzählst. Was hast du davon?«

Sie lacht leicht. »Ich weiß, dass mich alle für eine Vollidiotin halten, aber weißt du was? Es ist viel einfacher, Dinge zu erfahren, wenn die Leute nicht glauben, dass du dazu in der Lage bist.«

Ich blinzle überrascht.

Sie grinst mich an. »Ich mag Kaiden. Er und ich sind immer mal wieder zusammen und das schon eine ganze Weile. Je beliebter er wird, desto mehr Mädchen wollen ihn. Aber er behält mich in seiner Nähe.«

»Er beleidigt dich.«

»Er ist Kaiden.«

Wenn das rechtfertigen soll, wie er mit ihr spricht, dann weiß ich auch nicht weiter. Ich kenne Rachel nicht, doch jeder verdient es, besser behandelt zu werden. Selbst wenn Kaiden seine eigenen Methoden hat, um Leute zu kontrollieren, ist sein Benehmen nicht richtig.

»Wie auch immer«, sagt sie gleichgültig. »Wegen der anderen Mädchen muss ich mir keine Sorgen machen. An denen ist er nicht interessiert. Und ich würde auch gern annehmen, dass er nicht an dir interessiert ist, aber da bin ich mir nicht so sicher.«

Ich starre sie an. »Unsere Eltern sind verheiratet.«

Sie verdreht die Augen. »Kapierst du es nicht? Wenn es jemanden gibt, der immer bekommt, was er will, dann ist es Kaiden. Er könnte dich an die Haifische verfüttern, wenn er wollte, doch er hat es noch nicht getan.«

Noch nicht. Wunderbar.

»Deshalb bin ich nett zu dir. Zumindest für den Moment.« Sie zuckt beiläufig mit den Schultern, als wäre keine Drohung in ihren Worten versteckt. Ich weiß nicht, was sie machen würde, wenn sie mich als Konkurrentin betrachten würde.

»Ich mag Kaiden nicht«, stelle ich entschieden fest.

Sie steht auf und blickt mit einem aufgesetzten Lächeln zu mir herab. »Das glaube ich dir, Emery. Aber Kaiden hat seine Art, den Leuten unter die Haut zu gehen. Und unglücklicherweise ist er in deinem Fall dazu bereit, es mit der gesamten Sportmannschaft aufzunehmen.«

»Und?«

Sie wirft sich die Haare über die Schulter. »Wir warten einfach mal ab, wie lange es dauert, bis sich die Dinge ändern. Als ich neulich vorbeikam, wollte er nicht einmal mit mir schlafen. Ich habe mich schrecklich gelangweilt.« Sie zeigt auf den Geldschein und fügt hinzu: »Vielleicht gehst du zum Snack-Automaten oder so. Ihm ist es egal, wenn es keine Pizza ist, solange du irgendetwas isst.«

Als sie losgeht, rufe ich ihren Namen. »Du hast mir noch nicht erklärt, warum du mit mir sprichst. Ich weiß, dass du Kaiden magst, aber wenn er will, dass mich alle in Ruhe lassen, warum warnst du mich dann vor ihm?«

Sie richtet die Handtasche an ihrem Arm. »Wenn Kaiden dich mag, dann bist du Konkurrenz.«

Ihr zu erklären, was ich für ihn bin, würde keinen Unterschied machen. Sie glaubt längst, dass ich eine Gefahr darstelle, weil er sich für mich einsetzt. Aber wenn das bedeutet, Feinde zu haben, dann soll er mich lieber den Haien vorwerfen. Lieber erliege ich im eigenen Kampf.

Rachel geht ohne ein weiteres Wort davon, und ich sehe, wie Kaiden uns durch ein Flurfenster beobachtet. Er wirkt nicht wütend, eher ... belustigt. Ich frage mich, was daran so witzig ist.

Als ich ihn am Ende des Tages an seinem Auto treffe, steige ich ein, schnalle mich an und werfe ihm den Geldschein in den Schoß.

Er starrt mich an.

»Ich wollte den Salat.«

Sieben

Der Buchklub am Donnerstag ist klein und intim, ein Kreis gepolsterter Sessel im ruhigen Bereich der Bibliothek. Die meisten Plätze sind von Mädchen besetzt, und als ich sehe, wie sie dem nichts ahnenden Mr Nichols liebevolle Blicke zuwerfen, schüttele ich den Kopf und setze mich auf einen der letzten freien Plätze.

Um halb vier heißt uns Mr Nichols willkommen und erklärt den Grundgedanken hinter dem Nachmittagsklub. Es scheint mir eigentlich offensichtlich zu sein, dass es darum geht, Bücher zu lesen und gemeinsam über sie zu reden, aber dann macht die Möchtegern-Meerjungfrau neben mir klar, dass das nicht stimmt, indem sie lauter dumme Fragen stellt, um Nichols' Aufmerksamkeit auf sich zu ziehen.

Während dieses ersten Treffens reden wir über die Auswahl der Bücher, die wir über das Jahr lesen wollen. Als er eine Glasschüssel, kleine Papierzettel und Stifte aus der Tasche holt, werde ich neugierig. Jeder von uns soll einen Buchtitel auf einen Zettel schreiben und das zusammengefaltete Papier in die Schüssel geben. Nichols will dann die Zettel ziehen und die Reihenfolge für das Semester notieren.

Ich bin ungeduldig, meinen Titel aufzuschreiben, und muss feststellen, dass die anderen nicht so interessiert sind. Ein braunhaariges Mädchen mit hübschen karamellfarbenen Strähnchen hebt die Hand und bittet Nichols zu sich, um ihn danach zu fragen, wie sie ein Buch auswählen soll. Er antwortet ihr geduldig, wie es jeder Lehrer tun sollte, doch ich bemerke, dass selbst er genervt ist.

Auf dem Weg zurück an seinen Platz schüttelt er den Kopf, und ich muss grinsen. Ich bin überrascht, als er mich verschwörerisch ansieht und kurz lächelt, als würde er meine Belustigung teilen.

Vielleicht ist er doch nicht so ahnungslos.

Die Mädchen brauchen fünfzehn Minuten, um ein Buch aufzuschreiben, und es würde mich nicht wundern, wenn *Twilight* mehr als einmal gezogen wird. Eben habe ich beobachtet, wie die Blondine mit den großen Augen verstohlen zu dem Regal neben sich blickte, als wollte sie den erstbesten Titel daraus aufschreiben. Andererseits habe ich die Hälfte der Bücher noch nicht gelesen, weshalb es mich nicht stören würde.

Bücher füllen mir die Zeit, wenn ich zu Hause bin und der Wirklichkeit aus dem Weg gehen will.

Mr Nichols mischt die gefalteten Zettel, bevor er mir die Schüssel reicht. »Nehmen Sie einen, Emery.«

Ich greife hinein und ziehe einen Zettel, lese ihn laut vor, damit er Titel und Autor in sein Notizbuch schreiben kann. Von diesem Buch habe ich noch nie gehört.

Während die Schüssel durch den Raum wandert, bemühe ich mich, den Mund zu halten, als zweimal *Twilight* gezogen wird. Mr Nichols schlägt die Auswahl eines anderen Buches als Ersatz vor, aber niemand sagt etwas.

Bis Nichols mich anspricht. »Emery, warum lassen Sie sich nichts einfallen? Ich weiß, dass Sie ein ganzes Arsenal an Ideen haben.«

Die Meerjungfrau sieht mich mit gerümpfter Nase an, bevor sie sich zu Nichols dreht. »Warum darf sie etwas auswählen?«

»Es hat sich niemand gemeldet, Aria.«

Aria. Ariel. Fast dasselbe.

Ich räuspere mich und drehe mich zu den Mädchen. »Wenn ihr etwas Ähnliches wie *Twilight* lesen wollt, dann könnten wir ein Buch von John Green lesen. Er schreibt Bücher für junge Erwachsene.«

Die Blondine legt den Kopf schief. »Ist das nicht der, der über das sterbende Mädchen geschrieben hat? Ich glaube, ich habe den Film mit meinem Ex-Freund gesehen.«

Ich frage mich, ob sie den Ex wegen Mr Nichols erwähnt hat, als würde ihn das interessieren. »Er hat noch andere Bücher geschrieben, die nicht so bekannt sind.«

»Wer will denn über sterbende Jugendliche lesen?« Die Brünette verzieht das Gesicht. »Das klingt so deprimierend.«

»Aber sie findet die Liebe«, verteidigt ihn die Blondine.

Nichols mischt sich ein. »Das kann eine Gruppenentscheidung für das nächste Mal sein. Bis dahin kennen wir ja bereits den Titel unseres ersten Buchs, das wir ab nächster Woche besprechen werden. Kümmern Sie sich darum, ein Exemplar zu besorgen.«

Nachdem er uns entlassen hat, nehme ich meine Sachen und will gerade gehen, da ruft Nichols meinen Namen. Ein paar Mädchen drehen den Kopf und starren uns an, flüstern miteinander und gehen dann aus der Bibliothek.

»Sie waren still«, bemerkt er und packt dabei seine Sachen zusammen. »Diese Mädchen sind nicht unbedingt hier, um tiefgehende Gespräche über Literatur zu führen. Ich habe das Gefühl, dass Sie den Großteil der Aufgaben übernehmen müssen.«

Meine Lippen zucken. »Was Sie nicht sagen.«

Er grinst, macht seine Tasche zu und hängt sie sich über die

Schulter. »Dieser Klub hat Potenzial, wenn die richtigen Leute mitmachen.«

»Und Sie glauben, das wäre ich?«

»Und Annabel.«

Annabel ...

»Sie war die andere, die nichts gesagt hat«, überlegt er.

Oh. Da war ein schwarzhaariges Mädchen, das er Anna nannte. Ich erinnere mich vage aus dem Unterricht an sie – Globalwissenschaften, nicht Englisch. Ich glaube, sie schlug vor, dass wir Margaret Atwoods *Report der Magd* lesen. Irgendjemand meinte, das wäre ganz schön morbide, darauf erwiderte Anna nichts mehr. Ich hätte ihr sagen sollen, dass ich mich freue, das Buch zu lesen.

Er zeigt zur Tür, und ich folge ihm aus der Bibliothek. »Ich habe mich immer schon für Literatur interessiert. Ich liebe es zu lesen und darüber zu reden, all das. Sie erinnern mich an mich.«

Ich ziehe die Augenbrauen hoch, während wir nebeneinander zu der Wendeltreppe gehen, die zum Haupteingang führt. »Weil wir beide Bücher mögen?«

Weil die Treppe so schmal ist, lässt er mich vorgehen. »Weil wir sie mehr lieben als die Wirklichkeit. Es ist leichter, sich in der Fiktion zu verlieren, oder?«

Am Ende der Treppe bleiben wir stehen. Aus der Turnhalle am Ende des Flurs dringt Lärm – wahrscheinlich irgendein Training. Es hilft, die unangenehme Situation zu erleichtern, dass ich hier neben meinem Englischlehrer stehe, während er auf meine Antwort wartet.

Er lächelt mir zu. »Wir haben alle etwas, wovor wir fliehen wollen. Es bedeutet nicht, dass manche von uns nicht mehr im Einklang mit der Wirklichkeit sind, selbst wenn sie ...«

»Beschissen ist«, murmele ich. Ich reiße erschrocken die Augen auf und blicke in sein belustigtes Gesicht. Ich habe noch nie vor einem Lehrer geflucht. »Tut mir leid, Mr Nichols …«

Er lacht. »Der Unterricht ist vorbei, Emery. Ich kann Sie nicht für das zur Verantwortung ziehen, was Sie sagen. Ich kann auch nicht sagen, dass ich Ihnen zustimme.« Er richtet den Riemen seiner Tasche, neigt den Kopf und geht weiter. »Ich kann aber auch nicht sagen, dass ich Ihnen nicht zustimme.«

Er verabschiedet sich und geht davon. Ich stehe eine Minute da, bevor ich grinsen muss. Dann nehme ich meine Tasche, hänge sie mir über die Schulter und mache mich auf den Weg zum Seiteneingang.

Kaiden meinte, dass er nicht auf mich warten würde. Ich wollte mich nicht beschweren, deshalb habe ich nur genickt. Es gibt einen späten Bus, der um fünf Uhr an der Laderampe vor dem Mittelschultrakt abfährt.

Nach fünfzehn Minuten gehe ich raus und setze mich auf die kleine Ziegelmauer. Meine Beine baumeln herunter, und die Sonne strahlt mir ins Gesicht, während ein leichter Wind weht. Ich habe ein Buch dabei, das ich lesen möchte, und will es gerade herausholen, als ein Auto anhält.

Nicht irgendein Auto.

»Willst du mit zum Baum?«

Kaiden.

Ich befeuchte meine Lippen. Ich sollte Nein sagen …

»Klar.«

...

Ich erzähle Kaiden von dem Song – unserem Song. Von Mama, Logan und mir. Er sieht mich verblüfft an, als ich zugebe, wie oft ich ihn am Tag höre. Er läuft auf Dauerschleife in meinem Kopf und wird niemals langweilig.

Er sagt, das ist dumm. Doch seine Augen erzählen etwas ganz anderes. In der Tiefe ihres matten Ausdrucks liegt Verständnis.

Was ist dein Song, Kaiden?

»Sie war nicht nur meine Schwester.« Meine Stimme ist leise, während ich Grashalme vom Boden nehme und betrachte. »Sie war mein Zwilling, meine andere Hälfte.«

Meine bessere Hälfte, füge ich nicht hinzu.

Wo sie extrovertiert und selbstsicher war, bin ich introvertiert und unsicher. Sie hat es geliebt, mitten im Geschehen zu sein, während ich lieber von der Seitenlinie aus zugesehen habe. Das Einzige, was wir von klein auf gemeinsam gemacht haben, war Cheerleading und Tanzen, und das auch nur, weil sie mich darum gebeten hatte. Ich mochte es ... bis ich nicht mehr konnte. Nicht, weil ich körperlich nicht mehr dazu in der Lage war, sondern weil mich alles an sie erinnerte.

Deshalb hasse ich Mama auch nicht.

Ich kann sie verstehen.

»Lo war in jeder Hinsicht besser als ich.«

»Das bezweifle ich«, murmelt er.

Ich sehe ihn an. Er beobachtet mich, studiert eingehend meine distanzierten Gesichtszüge. Ich will glauben, dass auch er sich öffnet, wenn ich es tue. Er ist wütend, aber ich weiß nicht, auf wen.

Auf wen bin *ich* wütend?

»Du hast Lo nicht gekannt«, erwidere ich. »Du hättest sie viel lieber gemocht als mich. Jeder mochte sie. Mama sagte immer, sie würde uns beide gleich lieben, und ich glaube, sie hat es auch so gemeint. Aber da war dieses ... ich weiß auch nicht, dieses Leuchten in Logan.«

Ich bin immer davon ausgegangen, dass es uns beide gab, weil mit einer von uns etwas nicht in Ordnung war. Doch ich habe niemals Lo für die Mangelware gehalten, sondern mich.

Für einen Moment ist er still. »Eigentlich hätte ich keine von euch kennengelernt, wenn sie nicht gestorben wäre.«

Ich atme laut ein und lasse diese unverblümte Aussage sacken. Entweder weiß er nicht, wie man bestimmte Dinge filtert, oder es interessiert ihn nicht. Ich glaube, es ist Letzteres.

Das hat was ... Beruhigendes.

Seufzend verlagert er sein Gewicht. »Das war daneben, selbst für meine Verhältnisse.«

Ich zucke mit den Schultern. »Aber auch nicht falsch.«

»Erzähl mir von deiner Mutter«, bohrt er.

Ich runzle die Stirn. »Was denn?«

Er bleibt stumm.

»Ähm ...« Ich schüttle die Überraschung ab und ziehe die Knie an die Brust. »Sie war eine tolle Person und eine liebevolle Mutter. Als wir klein waren, hat sie fast jeden Abend erlaubt, dass wir ihr beim Essenmachen helfen, obwohl wir ihr die meiste Zeit im Weg standen. Sie fand immer Gründe zum Lachen, selbst wenn wir die einfachsten Rezepte verbockten, hat es Spaß gemacht.«

Lächelnd erinnere ich mich daran, wie Mama Lo und mir beim Backen das Bruchrechnen beigebracht hat. Wann immer sie Brownies oder Cupcakes für Schulveranstaltungen machte, achtete sie darauf, dass wir die Maße verstanden und wie man die richtige Menge an Zutaten hinzufügte oder abzog. Mit dem Buchstabieren war es dasselbe. Wenn alles im Ofen war, dann ließ sie uns mit den Magnetbuchstaben am Kühlschrank spielen, wo wir alberne Sätze formten, die nicht viel Sinn ergaben, aber neue Wörter enthielten, die wir dadurch lernten.

Mama kümmerte sich um uns. Daran habe ich keine Sekunde gezweifelt, als wir jünger waren. Sie sang mit uns und spielte mit uns im Hof. Selbst nach einem langen Arbeitstag las sie uns Geschichten vor, die wir schon unzählige Male gehört hatten. Sie hat nie gezögert.

Bis ... sie es doch getan hat.

»Das ist sie noch immer«, korrigiere ich mich, obwohl ich dabei nicht so überzeugend klinge. Es ist schwer, wo ich jetzt so weit entfernt von ihr und meiner Oma wohne.

»Bist du dir da sicher?«

»Was ist mit dir?«

Er hebt eine Augenbraue.

»Wie ist dein Vater?«

»Ein Arschloch.«

»Dann kommst du wohl nach ihm.«

Er sieht mich finster an. Es fühlt sich gut an, ihn zu einer Reaktion zu provozieren anstatt umgekehrt. Doch die Freude hält nicht lange.

»Und?«

»Und was?«

»Dein Vater.«

Er spannt seinen Kiefer an. »Der Kerl ist einfach abgehauen. Ich bin mir nicht sicher, ob man noch mehr dazu sagen kann. Es läuft nicht immer alles glatt, es kann nicht nur Regenbögen und Einhörner geben.«

Meint er etwa, so sähe mein Leben aus? »Ich glaube nicht, dass irgendwer das glaubt. Nicht einmal die Leute, die noch keinen Verlust erlebt haben.«

Er schnaubt. »Denk noch mal nach, Maus. Die Menschen wollen alle glauben, dass die Welt ein schöner Ort ist. Manche von uns sind einfach nicht so dumm, es zu tun.«

Ich weiß, dass er das nur so betont, um meine Aufmerksamkeit von seiner ausbleibenden Antwort abzulenken. Er denkt, dass ich es nicht bemerke – vielleicht glaubt er, dass ich nicht nachhaken werde. Schließlich sind Mäuse dafür bekannt, dass sie still sind.

Aber sie sind auch dafür bekannt, raffiniert zu sein.

»Vielleicht hast du recht«, murmle ich. »Nicht alle von uns können über ihre Gefühle reden. Mein Vater zum Beispiel. Ich bin nicht sicher, ob du es schon bemerkt hast, aber er vermeidet schwierige Themen um jeden Preis. Wie im Restaurant, weißt du.«

Nichts.

Ich zucke mit den Schultern und seufze leicht. »Mama hat immer gesagt, dass Männer es schwierig finden, sich auszudrücken, weil die Gesellschaft ihnen vermittelt, dass es nicht in Ordnung ist, Gefühle zu empfinden. Schon bevor Papa ausgezogen ist, hatte ich den Eindruck, dass Männer es schwerer haben als Frauen, weil sie nicht trauern oder weinen dürfen oder andere Sachen, die Frauen ganz selbstverständlich machen können. Als ich mir Papa in so einer Situation vorgestellt habe, tat er mir leid. Dann ging er, und ich war mir plötzlich nicht mehr sicher, was ich denken soll, und dann starb Lo und …«

Ich befeuchte meine Unterlippe. »Und dann habe ich aufgehört, Mitleid mit ihm zu haben, und ihm stattdessen Vorwürfe gemacht. Mama hat danach nie wieder darüber gesprochen, wie schwer es für Männer sei, sich auszudrücken, aber ich weiß, dass sie immer noch der Meinung war. Vielleicht bist du auch wütend auf deinen Vater, willst es aber niemandem sagen.«

Er gibt kein Geräusch von sich, also drehe ich mich leicht zu ihm und sehe, wie angespannt er ist. »Ich weiß, dass wir uns eigentlich nicht richtig kennen, aber ich weiß auch, wie schwer es ist, sich niemandem anvertrauen zu können. Wenn du willst, dann kann ich dieser Mensch für dich sein. Du musst nicht alles mit dir selbst ausmachen, Kaiden.«

Seine Schultern lockern sich, als ich seinen Namen ausspreche, und er dreht langsam den Kopf, um mich anzusehen. Als sich seine dunklen Augen auf mein Gesicht fokussieren, schweige ich, denn ich bemerke seinen skeptischen Ausdruck.

Er streckt den Arm aus und zieht sanft mein Gesicht näher, beugt sich dann ganz leicht vor, bis ich seinen Atem an meiner Wange spüre. Mein Herz rast wie wild, als er mit dem Daumen über meine Haut streicht und eine Feuerspur zurücklässt.

Plötzlich hört er auf und verzieht spöttisch seine Lippen. »Das ist der Punkt, Maus. Ich wollte nie eine Schwester. Und am wenigsten eine, die so fertig ist wie du.«

Ich öffne den Mund, während er seine Hand von meinem Gesicht nimmt und sich zurücklehnt, die Augen in die Ferne gerichtet, so als hätte er mich gerade nicht beleidigt. Mit dem Rücken an den Baumstamm gelehnt, blickt er hinaus aufs Feld.

Ich schüttle den Kopf und stehe auf. »Ich will keine neuen Geschwister. Das fühlt sich an, als würde ich Logan betrügen. Ich will nur einen Freund, während ich hier bin, denn ob du willst oder nicht, so schnell wirst du mich nicht wieder los.«

Er lacht ungläubig. »Du kannst jederzeit zurück zu deiner Mama laufen. Wenn ich es richtig verstanden habe, hast *du entschieden*, sie zu verlassen. Nicht andersherum.«

Er klingt verbittert. Ist das sein Problem? »Nicht alles ist so schwarz-weiß. Es war keine einfache Entscheidung, zu gehen.«

»Trotzdem hast du es getan.«

Mein Auge zuckt. »Es war die beste Lösung.«

»Für wen?« Endlich sieht er mich wieder an, und die Herausforderung lodert nur so in seinen Augen. »Du hast irgendeinen Stuss von Männern erzählt, die mit ihrer Trauer und ihren Gefühlen kämpfen, aber was ist mit deiner Mutter? Du hast sie in ihrer schwächsten Phase zurückgelassen. Du hast ein Zuhause, eine Person, die dich braucht, und du hast sie einfach verlassen.«

Ich balle die Fäuste. »Ich will nach Hause, Kaiden.«
Nichts.
»Kaiden …«
Er springt auf und stellt sich so dicht vor mich, dass ich zurückweiche. Ich bekomme Kopfschmerzen, die sich spürbar in meinem Schädel ausbreiten. »Ich könnte dich hierlassen, wenn ich wollte. Das weißt du, oder? Du hast keine Freunde. Du hast niemanden, der dich retten kann.«

Weil du jedem in der Schule gesagt hast, sich nicht auf mich einzulassen!, will ich ihm ins Gesicht schreien.

Wenn es auch nur eine Person gäbe, die sich für mich Zeit nehmen würde, während wir an Schreibtischen gefangen sitzen und der Geruch von ausgetrockneten Markern die Luft durchdringt, wäre es so viel leichter. Sogar ihm, diesem Arschloch, das meine Isolation zementiert hat, würde ich vor anderen ein einfaches Lächeln schenken.

»Was willst du mir sagen?«, flüstere ich.
»Ich bin mir sicher, du hattest früher so jemanden.«
Vor Exeter.
»Das stimmt.«
Ich hatte Lo.
»Dann geh zurück zu ihnen.«
Wenn das nur so einfach wäre …
»Das geht nicht.«
Zögern. »Dein Leben muss ganz schön scheiße sein.«

Zuerst glaube ich, er will ohne mich gehen. Er zieht den Schlüssel aus seiner Tasche und geht wortlos in Richtung Auto, das in der Ferne geparkt ist.

Dann wird er langsamer und fragt, ohne mich eines Blickes zu würdigen: »Kommst du oder nicht? Ich habe nicht den ganzen Tag Zeit.«

Kaiden kann so tun, als wäre ihm alles egal.
Als ob er niemanden braucht.
Aber ich werde seine Meinung ändern.
Niemand verdient es, allein zu sein.

Acht

Ich träume von Logan. Ich kann sie nicht sehen, doch ich spüre ihre Präsenz und höre ihr Lachen. Irgendwann glaube ich, dass ich sie fühle. Als wenn sie mich an der Hand nehmen und in den Wald führen würde.

Dann ändert sich alles. Meine Schwester ist nirgends zu sehen, dafür ist Mama da. Ihre Augen sind golden, als sie die Hand nach mir ausstreckt, aber sie nennt mich nicht Emery. Sie versucht, meine Hand zu halten, findet aber nichts zum Festhalten. Als sie erkennt, dass Logan unberührbar ist, fängt sie noch heftiger an zu weinen.

Als ich aufwache, laufen mir die Tränen übers Gesicht. Aufgewühlt wische ich sie ab und spüre die Schwere in meiner Brust. Ich blicke auf die Uhr und merke, dass ich noch ein wenig Zeit habe, bevor ich für die Schule aufstehen muss.

Ich denke darüber nach, was Kaiden über Mama gesagt hat. Ich weiß, wie traurig sie wegen Lo ist, deshalb hielt ich es für das Beste, zu gehen. Mein Anblick machte alles nur schlimmer für sie, und ich wollte, dass sie sich besser fühlt und ihr Leben in Ordnung bringt, ohne dass ich es noch mehr belaste. Vielleicht hätte ich bleiben und die Qualen ertragen sollen, die mein Anblick verursachte, so wie meine Oma es vorgeschlagen hatte.

Doch andererseits ist Kaiden kein Experte. Er kann mit seinen eigenen Problemen nicht umgehen, was berechtigt ihn also dazu, über mich und meine zu urteilen? Er hat die Probleme mit seinem Vater auf mich übertragen, und ich habe es zugelassen – wie immer.

Ich lasse mich benutzen.

Mama weinen zu sehen wird für mich immer schmerzhaft sein, aber ich muss mir nicht auch noch Vorwürfe anhören, dass ich sie mit meiner Abwesenheit belaste, sonst bin ich in jedem Fall verdammt. Außerdem kennt Kaiden nicht die ganze Geschichte. Er hat mich nie danach gefragt, wie Logan gestorben ist, und ich habe es ihm nicht gesagt. Er weiß nicht, dass ich krank bin, und auch nicht, wie Mama auf meine offizielle Diagnose reagiert hat.

Kaiden Monroe kann so tun, als wüsste er alles über Menschen, dabei ist er der größte Dummkopf von uns allen. Anders als seine gehorsamen Anhänger in der Schule bin ich nicht so leicht zu beeinflussen. Das tun bereits zu viele äußere Umstände, deshalb muss ich das bisschen verbliebene Kontrolle in meinen Händen behalten.

Ich schlüpfe aus dem Bett, strecke meine steifen Glieder und gehe zum Erker, den ich noch in eine Leseecke verwandeln will. Ich habe Mama immer erzählt, dass ich eine Ecke haben will, in die ich Kissen und Laken legen und wo ich lesen kann, während ich dabei die Aussicht genieße. Leider besteht die Aussicht hier aus einer gepflasterten Einfahrt, einem steinernen Weg und ein paar perfekt gestutzten Blumensträuchern zwischen Straße und Gehweg. Der Ausblick lohnt sich eigentlich nur, wenn ich Kaiden beim Rein- und Rausschleichen beobachte.

Manchmal wirkt er bei seiner Rückkehr wütend, und manchmal scheint er glücklicher als beim Davonstürmen zu sein. Geht er zu dem Baum? Oder woandershin? Trifft er sich mit Rachel oder einem anderen Mädchen? Wenigstens ist er nicht wieder mit einem Veilchen nach Hause gekommen, und das alte ist nur noch ein blasser gelber Bluterguss. Bald wird man gar nichts mehr sehen.

Ich löse mich von der Wand und öffne meine Zimmertür. Es ist still, nicht einmal fünf Uhr morgens, und im Haus ist es dunkel, bis auf die winzige Beleuchtung über der Spüle in der Küche. Ich steuere darauf zu und will mir ein Glas Wasser nehmen, weil mein Hals trocken ist.

Als ich mich umdrehe, erschrecke ich, weil plötzlich Papa in einer schwarzen Pyjamahose und einem T-Shirt in der Tür steht. Er wirkt müde, vor allem aber überrascht.

»Ich dachte, ich hätte jemanden gehört.«

Ich nicke.

Er räuspert sich. »Dachte eigentlich, es wäre Kaiden.« Er nimmt sich auch ein Glas aus dem Schrank und füllt es mit Wasser. »Kannst du nicht schlafen?«

Es fühlt sich komisch an, so mit ihm zu reden, als wäre die Sache im Restaurant nie passiert. Ich kann den Vorfall verdrängen und so tun, als würde er keine Rolle spielen, dabei tut er das.

»Ich habe von Logan und Mama geträumt.«

Für einen Moment ist er still. Dann: »Willst du darüber reden?«

Es ist eine gequälte Frage, als würde er mich insgeheim anflehen, Nein zu sagen. Ich empfinde Mitleid mit ihm. »Nichts, womit ich nicht umgehen könnte. Das mache ich schon eine ganze Weile – mich selbst um meine Angelegenheiten kümmern.«

Ich habe kein schlechtes Gewissen, als er kurz zusammenzuckt. »Das habe ich wohl verdient. Wir sollten vermutlich darüber reden, was passiert ist.«

Ich will fragen, was er damit meint. Früher? Die Szene im Restaurant? Alles? Stattdessen bleibe ich stumm und folge ihm zum Tisch.

Er setzt sich auf einen Stuhl, und ich mache es ihm nach. Für eine Weile sind wir von Stille umgeben, nichts außer dem leisen Summen des Kühlschranks.

»Cam weiß es«, beginnt er. »Ich war immer ehrlich zu ihr, was euch Mädchen und eure Mutter betrifft.«

Wie erleichternd. *Nicht.* »Hast du uns ihretwegen verlassen? Oder hattest du zu große Angst, dass wir deinem Ruf schaden?«

Ich habe nie erfahren, was genau der Grund war. Ich bin mir auch nicht sicher, ob ich es jetzt wissen will, nachdem ich jahrelang allein versucht habe, mir einen Reim darauf zu machen ... wobei ich zugeben muss, dass es eigentlich gar keinen Unterschied macht. Oder vielleicht doch, denn ich merke, wie Verbitterung in mir hochkommt.

Er löst die Hand vom Glas und nickt langsam. »Ich weiß, es sah so aus, als hätte ich meine Arbeit mehr geliebt als euch Mädchen, aber ...«

»Lüg mich nicht an«, unterbreche ich ihn. »Nach all den Jahren habe ich eine ehrliche Antwort verdient, findest du nicht? Ich will nicht, dass du mich belügst, so wie du Mama angelogen hast.«

»Emery«, warnt er mich ernst. »Wenn es auch nur eine Person gibt, zu der ich immer aufrichtig gewesen bin, dann ist das deine Mutter.«

Ich schweige, weiß nicht, was ich dazu sagen soll. Sie hat nie behauptet, dass Papa gelogen hat, aber sie hat mir auch nie erzählt, warum er fortgegangen ist. Eines Morgens war er einfach weg und ist nicht mehr zurückgekehrt. Lo und ich haben uns verschiedene Szenarien überlegt, aber Mama hat nichts verraten.

»Warum?«, flüstere ich.

»Wir haben uns einfach nicht mehr geliebt.«

Keine Reaktion.

Er beugt sich vor, legt die Ellbogen an die Tischkante. Mama hat uns dafür immer gescholten, als wir noch zusammengewohnt haben. »Ich weiß, es ist schwer nachzuvollziehen, aber Menschen lieben sich nicht immer wie in den Büchern, die du liest. Ein Happy End gibt es nur in der Fiktion, das echte Leben ist so nicht. Deine Mutter und ich haben uns zusammen nicht mehr gut gefühlt, und wir wollten nicht, dass ihr Mädchen darunter leidet.«

Das Leben ist kein Märchen?, spotte ich. »Glaubst du, ich bin eine völlige Idiotin, oder hältst du mich nur für naiv?«

Er öffnet den Mund.

Ich verschränke die Arme vor der Brust und sehe ihn finster an. »Glaubst du etwa, ich wüsste nicht, wie das echte Leben ist? Ich musste zusehen, wie meine Zwillingsschwester stirbt, Papa. Ich habe gesehen, wie sich ihr Zustand direkt vor meinen Augen verschlechterte. Ich musste ansehen, wie Mama zusammenbrach und nie wieder ganz die Alte wurde, und dann musste ich zu einer Beerdigung gehen und akzeptieren, dass mein eigener Vater nicht da war, als ich ihn brauchte.«

Er will etwas sagen, doch ich hebe die Hand. »Wenn du aufgehört hast, Mama zu lieben, okay. Aber offenbar hast du irgendwann auch aufgehört, deine überlebende Tochter zu lieben, und das werde ich niemals verstehen, wie du es auch zu drehen versuchst. *Ich* lebe noch, Papa.«

Sein Körper wirkt angespannt, während sein Blick über den Tisch schweift. Genau wie Mama kann er mich nicht ansehen. In dem Augenblick wird mir bewusst, dass Kaiden der Einzige ist, der mich ansieht, seit ich Bakersfield verlassen habe. Mich *wirklich* ansieht. Er sieht nicht Logan, Mama oder meine Vergangenheit. Er sieht mich in all meiner Schwäche.

»Weiß Kaiden etwas?«

Das ist eine schwierige Frage. Offensichtlich weiß Kaiden, dass Lo gestorben ist. Ich bin mir ziemlich sicher, dass es jeder weiß, der an dem Abend in der *Cantina* war. Doch es gehört immer mehr zu einer Geschichte, und ich frage mich, wie viel Kaiden davon weiß.

»Nein«, sagt Papa leise, »er weiß es nicht.«

»Gar nichts?«

Er schüttelt den Kopf.

Kaiden weiß nicht, dass ich krank bin. Ich halte ihn nicht für dumm, deshalb wird er nicht mehr lange im Dunkeln tappen. Einen Anfall hatte ich schon, und es werden weitere folgen. Schlimmere. Weniger schlimme. Solange mein neuer Medikamentencocktail wirkt, wird er es hoffentlich erst später mitbekommen.

Viel später.

Obwohl ich Los Symptome genau kenne, sind die Verläufe niemals identisch. Nicht einmal bei Zwillingen. Ihr Tod ist womöglich nicht meiner, aber die unendlichen Todesvarianten von Lupus lassen mich nicht los.

Kaiden wäre das wahrscheinlich egal. Schließlich hat er gesagt, dass er ohnehin nie Geschwister wollte.

»Lo und ich haben so getan, als wärst du auf einer langen Geschäftsreise«, erzähle ich emotionslos. Er blickt schließlich zu mir auf, schmerzhaft und gequält. »Ich habe mir all die coolen Dinge vorgestellt, die du auf der Reise unternimmst, und so getan, als würdest du uns Geschenke mitbringen. Lo sagte manchmal, dass du bestimmt auf einer Schiffsreise bist und auf die Bahamas fährst. Das wollte sie immer machen. Und als sie dann erkrankte …«

Ich zwinge mich, die plötzliche Übelkeit wegzuatmen, die mich zu überkommen droht. Es ist nicht die übliche Art, auf die Verlass ist, wenn der Schmerz intensiver wird, sondern eine knochentiefe Übelkeit darüber, dass Lo nicht mehr als atmendes Wesen auf dieser Welt existiert.

Als sie krank wurde, versicherte sie mir, dass sich alles wieder einrenken würde. Sie versprach, dass Papa nach Hause kommen und Mama sich nicht mehr quälen würde und wir wieder eine glückliche Familie wären. Sie blieb optimistisch, trotz aller Umstände.

Dann verschlechterte sich ihr Zustand.

Papa kehrte nicht zurück.

Mama wurde manisch.

An dem Abend, bevor Lo im Schlaf starb, hielt ich ihre Hand, als wir uns in ihr kleines Bett kuschelten. Sie sagte, ich solle so tun, als würde sie auf eine lange Urlaubsreise gehen.

Endlich fahre ich in die Tropen, Em.

In dem Moment verstand ich, was sie die ganze Zeit schon gewusst hatte. Papa würde nicht nach Hause kommen, Mama würde es wahrscheinlich nicht besser gehen, und sie würde die Nacht nicht überleben.

Ich frage mich, ob Lo jetzt endlich die Sonne genießen kann, ohne dass ihre Haut brennt.

»Emery ...«

Vielleicht zum ersten Mal seit meiner Ankunft bemerke ich, wie sehr Papa gealtert ist. Seine Augenwinkel sind faltig, und seine Stirne ist zerfurcht, anders als in meiner Erinnerung. Er ist noch nicht einmal fünfzig, und doch wirkt er viel älter.

Ich drücke mich aus dem Stuhl. »Als Logan krank wurde, war sie so stark. Sie wird immer die stärkste Person bleiben, die ich kenne. Im Unterschied zu dir. Du warst schon immer ein Feigling. Wir mussten so tun, als würdest du zurückkommen, um zu begreifen, was du und Mama uns nicht erklären konntet. Und noch schlimmer daran ist die Tatsache, dass du deine eigenen Fehler nicht früh genug eingestehen konntest, um dich von deiner *toten Tochter* zu verabschieden.«

»Emery ...«

Ich verlasse den Tisch. »Hat es dir gefallen, Papa?«

Eine Pause. »Was?«

»Auf deiner Reise.«

Nichts.

Ich beiße die Zähne zusammen. »Ich wette, Lo liebt ihre.«

Ich sehe, dass die Worte ihr Ziel treffen, denn er muss schlucken.

Genau ins Schwarze.

Zumindest weiß ich, dass er Gefühle zulässt.

Im Flur komme ich an Kaiden vorbei, der noch immer die Kleidung von gestern trägt, also ist er wahrscheinlich gerade erst heimgekommen. Er sieht mich mit gerunzelter Stirn an, und ich frage mich, wie viel er gehört hat.

Wir sagen nichts, als ich an ihm vorbeigehe, aber mit der Schulter stoße ich gegen seine, ohne dabei Schmerz zu empfinden. Ich bin auf viele Dinge wütend – dass mich Logan verlassen hat, Mama sich abgemeldet hat, Papas Schwachsinn. Kaiden sieht mich, aber er *sieht* mich nicht. Zumindest tut er so.

Als ich am nächsten Morgen aufwache, liegt an meiner Tür ein Zettel in Papas krakliger Handschrift.

Sorry, Emery.

Ich will seine Entschuldigung nicht.

Ich weiß nicht, was ich von ihm will.

Neun

Seit meiner Diagnose habe ich nur einmal geweint. Es war nicht in dem Moment, als mir der Arzt sagte, dass mein Immunsystem beeinträchtigt sein, oder als ich Mama zusammenbrechen sah. Es war auch nicht in dem Augenblick, als ich beschloss wegzugehen, und Oma mich davon abbringen wollte oder als ich Papa anrief und fragte, ob ich bei ihm einziehen kann.

Es war in dem Moment, als ich die Finger nicht um die Türklinke bekam, um zur Schule zu gehen. Meine Arme schmerzten, meine Beine schmerzten, mein Herz schmerzte, und meine geschwollenen Finger wollten sich nicht krümmen, sodass ich niedergeschlagen von der Tür zurücktrat. Ich erinnere mich, wie ich auf das weiße Holz starrte, bis es vor mir verschwamm, dann ließ ich mich auf die Couch fallen und realisierte, dass ich diese simple Sache schlichtweg nicht schaffte.

Meine Körper ließ mich auf so banale Weise im Stich, dass ich in diesem Moment wusste: Alles würde sich ändern.

Oma kam ins Zimmer und sah mein tränenüberströmtes Gesicht. Als sie fragte, wie es mir gehe, brach ich zusammen. Ich durchnässte ihr gestricktes Kissen, bis sie mich in die Arme nahm, sodass ich stattdessen ihre Bluse nass machte. Ich weinte, und sie hielt mich und sagte mir, alles werde gut, dann rief sie bei der Schule an und meldete mich für den Tag ab.

Das war der Anfang vom Ende.

Die Schwellung meiner Finger wanderte in die Arme, und ich war drei Tage ans Bett gefesselt, wo Mama oder Oma mir Essen brachten und mir beim Gang ins Badezimmer halfen. Ich fühlte mich wie ein Nichts – unfähig und nutzlos.

In dieser Zeit weinte ich viel und fragte mich, ob sich Lo jemals so hilflos gefühlt hatte. Sie hatte nie geweint. Mama kümmerte sich um sie, so gut sie konnte, doch Logan hasste es. Sie versicherte Mama, dass es ihr gut gehe, und wir glaubten ihr.

Denn sie konnte noch auf Bäume klettern.

Sie konnte noch durch den Garten laufen.

Sie konnte Türen öffnen.

Lo war immer die Stärkere von uns.

Sosehr ich jetzt weinen möchte, werde ich es doch nicht tun. Selbst wenn Papa gar nicht merkt, wie sehr seine Worte schmerzen, und er sich nur wenig für meine Krankheit zu interessieren scheint, werde ich stark bleiben. Lo würde sagen, dass ich lächeln soll, mich dazu zwingen, etwas Schönes zu unternehmen, um mich von Mama und allem anderen abzulenken.

Jetzt ist es nicht anders.

Ich beschäftige mich mit der Schule, mit Hausaufgaben und Büchern. Mehrmals die Woche gehe ich sogar raus und erkunde die verschiedenen Geschäfte, die man zu Fuß erreichen kann. Es gibt viele Cafés, die aber meist zu bekannten Ketten gehören und nicht wie die gemütlichen Retro-Cafés sind, die ich mit Mama und Oma besucht habe. Ich musste nur einmal zu Starbucks gehen, um zu wissen, dass mir die Einsamkeit im ländlichen Nirgendwo lieber ist.

Manchmal vermisse ich Mama, allerdings ihre frühere Version. Die es liebte, mit ihren nichtgoldenen Augen zu lächeln. Sie war die Person, zu der ich immer aufgeblickt habe, doch mittlerweile tue ich das nicht mehr. Nicht, weil ich sie nicht liebe, sondern weil ich sie nicht so hassen kann, wie ich es gern tun würde. Dann würde mein Schuldgefühl schneller verschwinden.

Jetzt, wo ich hier bin, kann ich leichter vergessen, wie sie reagiert hat. Papa benimmt sich, als wäre es ihm egal, Kaiden weiß es nicht, und Cam stellt sich dumm. Erst habe ich sie dafür gehasst, dass sie so tun, als wäre alles in Ordnung, obwohl ich weiß, dass es nicht so ist. Aber je länger ich darüber nachdenke, desto mehr erkenne ich den versteckten Segen darin. Ich muss nicht mehr dieses Mädchen sein – die Kranke.

Ich kann einfach Emery sein.

Die Leseratte.

Der Lehrerliebling.

Die mit den schrägen Schuhen.

Aber wenn ich realistisch bin, dann weiß ich, dass es nicht lange so bleiben kann.

Bei Logan ist es auch nicht so geblieben.

...

Am Donnerstag setzt sich Rachel beim Mittagessen zu mir. Wir verbringen die meiste Zeit schweigend und essen einfach, während die anderen uns anstarren. Seit Kaidens Show hat niemand gewagt, sich auch nur mit mir an einen Tisch zu setzen. Zu Rachels Missfallen beachtet Kaiden uns nicht, während er mit seinen Teamkameraden an einem anderen Tisch isst. Bestimmt liegt es daran, dass sie seinen Wunsch missachtet hat, mich in Ruhe zu lassen.

Ich will ihr Fragen stellen und so tun, als würde ich mich für sie interessieren. Doch aus irgendeinem Grund bringe ich dafür nicht die nötige Energie auf. Normalerweise kann ich mich gut verstellen, lächeln und freundlich sein, wie Mama es mir beigebracht hat. Aber hier muss ich nicht so sein, also verschwende ich meine Zeit nicht damit.

Rachel scheint es nicht zu stören.

Sie schwafelt etwas von einem Streit zwischen ein paar Basketballspielern. Offenbar hat es damit zu tun, dass einer mit Gras im Garderobenspind erwischt wurde und man das Spiel abgesagt hat, aber ganz sicher bin ich mir nicht. Ich höre nur halb hin, denn niemand soll denken, ich würde ihr Spiel mitmachen.

Sie kann mich ruhig benutzen, um Kaiden eifersüchtig zu machen, aber es wird kaum funktionieren. In der Schule haben wir nichts miteinander zu tun, und zu Hause wechseln wir nur selten ein paar Worte. Es bringt ihr nichts, wenn sie mit mir rumhängt.

Nach dem Essen kommt Kaiden zu mir, als ich gerade los zu meiner nächsten Unterrichtsstunde will. Die anderen beobachten uns, und ich fühle mich dabei unwohl.

»Schöne Zeit mit Rach gehabt?«

»Eifersüchtig?«

Er lacht. »Ganz sicher nicht.«

Hab ich mir gedacht.

Ich bleibe an meinem Spind stehen. »Sie glaubt, dass es eure Beziehung festigt, wenn sie Zeit mit mir verbringt.«

Er lehnt sich mit der Schulter an den Nachbarspind. Dadurch spannt sein schwarzes T-Shirt über seinen starken Muskeln, sodass ihn ein paar Mädchen im Vorbeigehen anstarren. »Wir sind nicht zusammen. Waren es noch nie.«

Ich nehme die Bücher für den Nachmittag aus dem Schrank

und drehe mich mit erhobenen Augenbrauen zu ihm. »Das solltest du ihr vielleicht erklären.«

»Sie weiß es.«

Ich sage nichts.

Er stößt sich vom Spind ab und schiebt die Hände in die Taschen. »Zu Hause war es in letzter Zeit seltsam. Lass uns nach der Schule zum Friedhof gehen.«

Wieso seltsam? Wir gehen nach Hause, und jeder kümmert sich um seinen Kram. Manchmal macht er Bemerkungen zum Englischunterricht oder über die Hausaufgaben. Normalerweise kommt er dann in mein Zimmer und fragt, ob ich mit ihm zum Baum gehen will. Nichts scheint außergewöhnlich oder seltsam zu sein, abgesehen von der Normalität vortäuschenden Fassade unserer Eltern.

Aber ich bin daran gewöhnt, dass Eltern schauspielern. Meine Eltern könnten für die überzeugendsten Rollen in dem Film namens Leben einen Oscar gewinnen.

»Ich kann nicht.«

Er wartet auf eine Erklärung.

Ich seufze. »Ich habe Buchklub.«

»Lass ihn ausfallen.«

»Warum?«

»Seien wir mal ehrlich«, sagt er, »der einzige Grund, weshalb ihr da hingeht, ist Nichols.«

Ich halte mich zurück, die Augen zu verdrehen, schüttle nur verneinend den Kopf. »Manche von uns lesen gern, Kaiden.«

Er kennt meine Bücherliebe, denn in den seltenen Momenten, in denen ihm nach Scherzen zumute ist, kommentiert er den Bücherstapel neben meinem Bett. Und wenn selbst Papa die sogenannten Märchen bemerkt, in die ich mich flüchte, dann wird Kaiden zweifellos mitbekommen, dass ich im Buchklub bin, weil das mein einziger Glücksort ist.

Hier ist meine Freiheit.

Als sich seine Lippen zu einem schiefen, hinterhältigen Grinsen verziehen, weiß ich, dass jetzt irgendetwas Fieses kommt. »Ich weiß genau, dass das nicht stimmt. Ich habe die Mädchen in der Gruppe gesehen, Maus. Lass mich dir ein kleines Geheimnis verraten – eine Erinnerung an ein Gespräch, das wir schon einmal geführt haben: Du kannst Mr Nichols nicht vögeln.«

Um uns herum hört man Gekicher, gefolgt von einem tiefen Räuspern. Als ich zur Seite schaue, sehe ich Mr Nichols mit einem beschämten Ausdruck, während er am Wasserspender im Flur von einem Bein aufs andere wechselt.

Kaiden zwinkert mir zu, bevor er dahin schlendert, wo auch immer er sich gern aufhält. Womöglich unten im Heizungskeller.

Weil ich es nicht schaffe, Mr Nichols in die Augen zu sehen, als er meinen Namen ruft, gehe ich schnell zu meinem nächsten Kurs und überlege, wie ich den Englischunterricht vermeiden kann. Ich könnte mich krankmelden, das dürfte nicht so schwer sein.

Andrerseits stehen die Chancen gut, dass ich wirkliche Krankentage benötigen werde, weshalb ich mir meine Abwesenheiten besser dafür aufheben sollte.

Vielleicht hätte ich wirklich eine Freundschaft zu Ms Gilly im Schwesternzimmer aufbauen sollen. Vielleicht hätte sie mir aus Mitleid freigegeben. Doch dafür ist es jetzt zu spät.

Leise verfluche ich Kaiden und zwinge mich zu glauben, das wäre gerade nicht passiert. Nach zwei Kursen gehe ich zu Englisch und verdränge den Vorfall einfach.

Als die letzte Stunde kommt, bildet sich Schweiß auf meiner Stirn. Ich halte den Kopf gesenkt, als ich den Raum betrete, und spüre ein Augenpaar auf mir, von dem ich genau weiß, dass es zum

Lehrer gehört. Ich blicke nicht auf, stattdessen bereite ich mich auf den Unterricht vor.

Notizheft.

Stift.

Buch.

Er ruft mich während der ganzen Stunde nicht einmal auf, und ich melde mich keinmal. Es ist nicht ungewöhnlich für mich, still zu bleiben, aber ganz stumm bleibe ich nie. Die anderen könnten daraus schließen, dass ich nichts zu sagen habe. Vielleicht denken sie, dass ich nicht gelesen habe.

Kaiden feixt, als sich unsere Blicke begegnen.

Ich sehe ihn böse an.

Nach dem Unterricht tut Mr Nichols das, von dem ich mir hätte denken können, dass er es tut. Er bittet mich zu bleiben. Überraschenderweise richtet er dieselbe Bitte auch an Kaiden.

Wir bleiben auf unseren Stühlen sitzen, Kaiden gelangweilt und ich nervös. Mr Nichols wartet, bis der Flur leer genug ist, bevor er uns seine Aufmerksamkeit zuwendet.

»Ich mag es nicht, wenn Schüler Dinge sagen, die mir Probleme bereiten könnten«, sagt er direkt zu Kaiden. Ich habe ihn noch nie zuvor ernst reden hören, doch es scheint der perfekte Augenblick dafür zu sein. »Ich bin mir bewusst, dass mein Alter im Umgang mit Teenagern Schwierigkeiten mit sich bringt, aber das heißt nicht, dass irgendwer so zu seinem Lehrer oder Mitschüler sprechen sollte, wie Sie es zuvor zu Emery getan haben.«

Für Kaiden scheint es überhaupt kein Thema zu sein, dass er gescholten wird. Tatsächlich feixt er, als würde ihn das überhaupt nicht interessieren. Und ich? Ich starre ihn an. Ich habe bisher noch keinen Lehrer auf diese Weise mit Kaiden reden hören, und bin mir sicher, dass schon viele bemerkt haben, wie er andere Schüler behandelt. Vermutlich hat es mit seiner Position im Lacrosse-Team zu tun, denn jede Schule scheint denjenigen Freifahrtscheine auszustellen, die Trophäen holen. Und ich habe die Pokale in den Fluren hinter dicken Glasscheiben gesehen. Auf vielen steht Kaidens Name.

Mr Nichols lehnt sich zurück. »Ich möchte, dass Sie sich bei Emery entschuldigen.«

Kaiden lacht abrupt auf. »Ich entschuldige mich bei niemandem.«

»Dann ist jetzt ein guter Moment, um damit zu beginnen.«

Ich winde mich. »Ähm, Mr Nichols, ich glaube ...«

Mr Nichols hebt die Hand. »Lassen Sie es mich anders erklären, Mr Monroe. Man hat mich schon am ersten Tag vor Ihnen gewarnt. Während andere Lehrer vielleicht aus irgendwelchen Gründen zögern, etwas zu sagen, tue ich das nicht. Ich will, dass sich meine Schüler untereinander mit Respekt begegnen. Angesichts Ihrer Situation mit Ms Matterson würde man doch annehmen, dass Sie sie mit mehr Respekt behandeln wollen als jeder andere hier.«

Ich versinke auf meinem Stuhl und lasse mir das Haar schützend ins Gesicht fallen. Der Kopfschmerz, den ich los zu sein glaubte, ist wieder da und quält mich. Es ist ein leichtes Pochen, ein dumpfes Bassdröhnen, da, wo meine Wirbelsäule auf meinen Schädel trifft. Vom Stress verursacht, so viel ist sicher.

Ein Teil von mir würde sich gern einmischen und ihnen sagen, dass sie es vergessen sollen. Ich kann so was gerade nicht gebrauchen. Aber ich glaube nicht, dass einer von ihnen auf mich hören würde. Mr Nichols scheint sehr darauf bedacht, seinen Standpunkt deutlich zu machen, und Kaiden scheint daran interessiert, ihn zu ignorieren.

»Emery bedeutet mir nichts, nur weil wir unter demselben Dach wohnen«, stellt Kaiden nüchtern fest, ohne mich anzusehen.

Seine Worte schmerzen. Ich wünschte, sie würden es nicht tun, denn eigentlich ist das keine Überraschung für mich. Bei neunzig Prozent aller Gelegenheiten hat er mir seine Gleichgültigkeit demonstriert. Es ist nicht so, als würde er sich bemühen, etwas anderes zu zeigen.

Abgesehen von dem Ahorn.

Abgesehen von dem Omelett.

Mr Nichols greift nach etwas. »Ich denke, Sie werden Zeit haben, darüber nachzudenken, wie Sie andere Leute behandeln, wenn Sie morgen nach dem Unterricht nachsitzen. Und wenn Sie nicht kommen, werden Sie am Montag suspendiert.«

Ich öffne erschrocken den Mund.

Kaidens Kiefer zuckt. »Gut.«

Mr Nichols schreibt etwas auf ein Stück Papier, bevor er es abreißt und auf die Tischkante legt. »Sie können gehen, Mr Monroe.«

Kaiden steht auf und nimmt das Papier, bevor er aus dem Raum geht. Ich spiele mit meinem Notizbuch, bevor ich schließlich Mr Nichols ansehe.

»Wie gesagt, Emery. Sie und ich, wir ähneln uns. Doch je älter ich werde, desto mehr merke ich, wie wichtig es ist, für sich selbst einzustehen. So darf man sich nicht von anderen behandeln lassen.«

Wie traurig. Mein einziger wahrer Freund auf der Exeter High ist mein Englischlehrer.

Der Kopfschmerz wird stärker, brennt mir in den Augen, und ich habe kein Schmerzmittel in meiner Tasche.

»Ich fühle mich nicht so gut«, sage ich leise. Ich stehe auf und schiebe meine Sachen in die Tasche, bevor ich mir den Riemen über die Schulter lege. »Ich glaube, ich gehe nach Hause.«

»Emery ...«

»Vielen Dank, Mr Nichols.«

Als ich sehe, dass Kaidens Wagen nicht auf dem Parkplatz steht, gehe ich zu Fuß nach Hause. Als ich endlich an der Haustür bin, tut mir alles weh.

Wenigstens kann ich diesmal die Türklinke bewegen.

Zehn

Am Samstagmorgen bemerke ich beim Aufwachen, dass ich einen Anruf von Mama verpasst habe. Mein Herz macht einen Sprung, bis ich sehe, dass sie keine Sprachnachricht hinterlassen hat. Ihr Anruf war um drei Uhr morgens.

Um drei Uhr morgens hat sie Lo gefunden.

Heute ist Logans zehnter Todestag. Als mir das bewusst wird, versinkt mein Herz in einer tiefen Grube, als wäre es aus Beton. Mama hat mich wegen Lo angerufen.

Und ich habe nicht abgenommen.

Warum habe ich es nicht klingeln hören?

Es ist stumm gestellt.

Ich spüre, wie sich Tränen in meinen Augen sammeln, blinzle sie weg und reibe mir mit den Handgelenken über die geschlossenen Lider. Ich werde nicht weinen. Mama hätte mir eine Nachricht hinterlassen und darum bitten können, dass ich zurückrufe. Sie hätte eine SMS schicken können, in der steht, dass sie mich liebt oder dass sie Logan vermisst.

Sie hat mir nie gesagt, dass sie sie vermisst.

Ich schiebe die Bettdecke von meinem überhitzten Körper,

gehe ins Badezimmer und spritze mir kaltes Wasser ins Gesicht. Meine Augen sind geschwollen und blutunterlaufen, meine Lippen rissig und blutig. Das Mädchen im Spiegel sieht erbärmlich aus, und ich bin es leid, es anzusehen.

Manchmal wünschte ich, ich könnte die Scheibe zerbrechen – mit der Faust reinschlagen, ohne Schnitte und Entzündungen zu riskieren. Vielleicht werde ich ein Laken vor den Spiegel hängen, damit ich nicht mehr daran erinnert werde, wer ich sein muss.

Mit angespannten Kiefermuskeln wende ich mich vom Spiegel ab und nehme die Bürste vom Regal. Als ich durch mein sprödes Haar fahre, erwarte ich nicht, dass so viele Haare herunterfallen.

Ich bewege die Bürste nicht weiter.

Meine Hände zittern.

Ich höre auf zu atmen.

Langsam strecke ich den Arm aus und ergreife das Bündel Haare. Ich atme laut aus und zwinge mich, in den Spiegel zu blicken und die Stelle zu betrachten, an der jetzt weniger Haare sind.

Ich drehe den Kopf und sehe die Kopfhaut. Heiße Tränen sammeln sich in meinen Augen. »Oh, mein Gott.«

Die Bürste fällt mit einem lauten Geräusch auf den harten Boden. Mir ist es egal. Ich konzentriere mich auf meinen Kopf und darauf, wie dünn mein Haar geworden ist. Ich hatte schon bemerkt, dass sich immer mehr Haare im Duschabfluss sammeln, doch normalerweise ignoriere ich das. Frauen verlieren täglich zwischen fünfzig und hundert Strähnen. Das habe ich nachgelesen.

Einmal die Woche muss ich den Abfluss reinigen und jeden Morgen mein Kissen von den unzähligen Haaren befreien, die mich beim Aufwachen auf unwillkommene Art begrüßen. Ich rede mir ein, das sei keine große Sache.

Es sind nur Haare. Aber Haare sind alles. Sie geben mir die

Möglichkeit, mich auszudrücken, mich zu verstecken, mich schön zu fühlen. Wer bin ich ohne?

Ich gehe einen Schritt zurück, lege die ausgefallenen Haare auf die Ablage und arrangiere vorsichtig die, welche noch auf meinem Kopf sind. Heute tut mir die Kopfhaut weh. Normalerweise ist das ein dumpfer Schmerz, den ich tolerieren kann, solange ich nicht zu viel unternehme. Heute ist es anders, als hätte ich die Haare die ganze Nacht zu einem straffen Pferdeschwanz gebunden. Meine Augen werden wieder feucht, während ich die kahle Stelle zu verbergen versuche, aber nichts, was ich ausprobiere, scheint zu funktionieren.

Cam ruft mich vom Flur aus. Habe ich die Tür abgeschlossen? Das mache ich nie. Wird sie reinkommen? Das hat sie noch nie getan.

Die Türklinke bewegt sich.

»Emery?«, fragt Cam erneut.

Soll ich so tun, als wäre ich nicht da? Ich schlucke meinen Schmerz hinunter, wische die Tränen weg und hole tief Luft. »B-badezimmer.«

Ich bin mir nicht sicher, warum ich das sage. Hätte ich nichts gesagt, wäre sie vielleicht wieder gegangen. Aber ein bisschen brauche ich sie.

Eine mütterliche Person.

Denn meine eigene Mutter hat mir keine Nachricht am Todestag meiner Schwester hinterlassen.

Cam legt die Hand an die geöffnete Tür, bevor ihr Kopf sichtbar wird. Sie bemerkt die Bürste auf dem Boden und hebt sie auf, bevor sie die Haare auf der Ablage sieht.

»Emery?« Ihre Stimme ist leise.

Ich sehe sie mit tränennassen Augen an.

»Oh, Süße.« Sie nimmt meine Hand und streicht mit dem Daumen über meine Haut. Ich ziehe sie nicht zurück oder zucke zusammen, denn ich brauche ihre Wärme und ihren Trost.

»Ich weiß nicht, wie ich es in Ordnung bringen kann ...« Meine Stimme versagt, als ich mich zur Seite drehe und ihr zeige, was ich meine. Sie bürstet sanft Haare über die Stelle, bevor sie realisiert, was ich bereits festgestellt habe.

Liebevoll lächelt sie mich an. »Wie wäre es, wenn wir zusammen zu meinem Lieblingssalon fahren? Die Mädchen dort können uns Tipps geben, wie man es verdeckt. Vielleicht kannst du auch einen ganz neuen Stil ausprobieren.«

Uns, nicht mir.

Cam will das mit mir zusammen machen.

Das lässt eine Träne durch die Blockade dringen, hinter der ich sie festzuhalten versuche. Sie wischt sie mit dem Daumen weg und zieht mich sanft an sich, umarmt mich und streicht mir über den Rücken.

Als ich klein war, fuhr Mama immer mit ihren Fingern durch mein Haar. Sie tröstete mich, wann immer ich Fieber hatte oder erkältet war und ihre Berührung brauchte. Ich kuschelte mich dann an sie, während sie etwas für mich sang. Sie hörte nicht auf, mit meinem Haar zu spielen, bis ich einschlief, und sie rührte sich keinen Millimeter, selbst wenn ich sicher war, dass ihr die Arme eingeschlafen sein mussten.

Ich will *diese* Mama zurück.

Ich will, dass jemand mit meinen Haaren spielt, ohne dass es wehtut oder sie ausfallen.

Doch für den Moment habe ich Cam.

Zumindest das.

»Okay«, flüstere ich, schniefe die Tränen zurück und löse mich aus der Umarmung.

Sie drückt mir den Oberarm. »Ich weiß, dass es schwer für dich war, vor allem nach deinem Umzug, aber du sollst wissen, dass ich für dich da bin, so gut ich kann. Es gibt Gründe dafür, dass dein Vater Kaiden nichts über deine Vergangenheit erzählt hat, und es liegt nicht daran, dass er sich schämt.«

»Warum dann?«

»Wie wäre es, wenn wir später darüber reden?«

Ihr Blick geht zur Tür, als würde sie befürchten, dass jemand zuhört. Ich nicke. Ich bin nicht darauf aus, die Nase in die Vergangenheit anderer Leute zu stecken, aber wenn sie mir Antworten bietet, die Kaiden verweigert, dann werde ich das nicht ablehnen.

Sie lässt mich allein, damit ich mich fertig machen kann, und ruft im Salon an. Ich ziehe mir eine Bootcut-Jeans und ein schlichtes weißes T-Shirt mit einem gelben Hoodie an, dann schlüpfe ich in meine Lieblingsschuhe, die Ananas-Toms. Von meiner alten Schule bin ich daran gewöhnt, wegen meines seltsamen Kleidungsstils aufgezogen zu werden. Während die meisten gern engere, kürzere Sachen anziehen, habe ich immer weite Kleidung bevorzugt. Wenn deine Haut so empfindlich und fast hauchdünn ist, dann ist jedes enge Kleidungsstück wie Schmirgelpapier. Niemand versteht, dass eine einfache Berührung wehtun kann, dass Kaschmir brutal ist oder dass mein sogenannter seltsamer Stil eher Notwendigkeit als persönlicher Geschmack ist. Meine Schuhe waren immer ungewöhnlich, aber sie waren das Einzige, was ich frei auswählen konnte. Ich hatte auch schon immer wesentlich mehr gelbe Sachen als die meisten Menschen, denn Gelb erinnert mich an Sonnenschein und Logan und wie glücklich sie war.

Ich gehe in die Küche und bin überrascht, als ich Kaiden und Papa beim Frühstücken vorfinde.

»In einer Stunde haben sie im Salon Zeit für dich«, sagt Cam fröhlich. »Ich glaube, wir sollten uns den ganzen Tag nehmen. Wir können auf dem Weg etwas frühstücken und anschließend vielleicht zum Shoppen in die Mall fahren. Das wird schön.«

Ich hatte schon lange keinen *Girls Day* mehr. Kurz vor meinem Umzug hat mich meine Oma mitgenommen, um mir neue Kleidung zu kaufen, aber damals habe ich mir nur ein neues Paar Schuhe und ein paar Bücher ausgewählt. Es ging eher darum, Zeit mit ihr zu verbringen, außerdem wusste ich, dass sie nicht so viel Geld zur Verfügung hatte, weil sie Mama bei ihren Rechnungen aushalf.

Ich lächele und sage Cam, dass ich die Idee gut finde. Was nicht einmal gelogen ist. Seit der Information, dass Papa mit ihr über seine Vergangenheit und über uns gesprochen hat, ist sie mir gleich ein wenig sympathischer. Ohnehin war sie immer freundlich zu mir, deshalb gibt es keinen Grund, sie nicht zu mögen.

Kaiden betrachtet mich und seine Mutter skeptisch und verzieht den Mund, als wollte er etwas sagen. Zu meiner Überraschung tut er das nicht. Stattdessen stopft er sich mehr Essen in den Mund und ignoriert mich völlig. Mir entgeht nicht, wie seine Kiefermuskeln zucken, als wäre er verärgert.

Kurz danach gehen wir. Papa gibt mir Geld zum Einkaufen, das ich nicht ausgeben will. Ich mochte es noch nie, Almosen entgegenzunehmen, vor allem nicht von ihm. Und es fühlt sich schon täglich so an, seitdem ich in seinem Haus lebe. Jetzt auch noch Geld von ihm zu bekommen, erscheint mir übertrieben.

Nachdem wir Frühstück bei einem McDonald's Drive-Through geholt haben, drehe ich mich zu Cam und knabbere an meinem Hash Brown. »Was hast du vorhin damit gemeint, Papa hätte Kaiden aus einem bestimmten Grund nichts erzählt?«

Cam seufzt leise. »Kaiden ist schwer zu verstehen, er baut Mauern um sich herum, um sich zu schützen. Ich glaube, das hat er von seinem Vater.«

Ich schweige und warte, dass sie fortfährt.

Sie packt das Lenkrad fester. »Mein Ex-Mann hieß Adam. Er war ein Mensch, der alles in sich verschlossen hat, bis es ihn zerstörte. Sosehr ich auch versucht habe, ihm zu helfen oder zu verstehen, was er durchmachte, er ließ mich einfach nicht ran. Adam hatte viele gesundheitliche Probleme. Er kämpfte mit Schmerzen und Depressionen, was ihn reizbar machte. Das war schließlich auch der Grund, weshalb wir uns trennten. Er hasste es, wenn ihm Leute halfen, so als wäre er ...«

»Nutzlos?«

Sie wirft mir einen kurzen Blick zu. »Ja. In seiner Wahrnehmung war er kein perfekter Bilderbuch-Ehemann. Wegen seiner chronischen Schmerzen hatte er Probleme mit der Arbeit, er war oft benommen und hatte deshalb Schwierigkeiten, sich an Dinge zu erinnern, und während depressiver Episoden schlug er um sich. Dadurch verlor er mehrere Jobs, was uns wiederum finanzielle Probleme bescherte. Als er keine neue Arbeit fand, mussten wir Insolvenz anmelden, denn mit meinem Job verdiente ich nicht genug.

Bei alldem vergaß er, dass er Ehemann und Vater war, und suhlte sich stattdessen in seinem Elend. Er vernachlässigte Kaiden, sosehr der sich auch um die Aufmerksamkeit seines Vaters bemühte. Es war herzzerreißend. Schließlich wurde Adam emotional – manchmal auch körperlich – ausfällig. Er konnte nicht damit umgehen, wie sich die Dinge entwickelt hatten. Er war immer stolz darauf gewesen, der Ernährer zu sein, stark zu sein. Die Krankheit nahm ihm das alles.

Kaiden konnte nicht verstehen, was sein Vater tat«, erklärt sie und hält an einer roten Ampel. »Er war noch jung, als sich sein Vater in einen anderen Mann verwandelte. Er hatte immer zu Adam aufgesehen, und es war schmerzhaft, wie Adam ihn behandelte, als könnte er Kaidens Aufmerksamkeit nicht ertragen. Als ich die Scheidung einreichte, wehrte sich Adam nicht. Obwohl Kaiden unbedingt bei seinem Vater bleiben wollte, war Adam dagegen. Ich konnte ihn nicht dort lassen, denn Adam kümmerte sich ja nicht einmal um sich selbst. Er weigerte sich, zum Arzt zu gehen oder etwas gegen seine Beschwerden zu unternehmen. Wie viel ich auch recherchierte, er wollte nicht wahrhaben, dass sein Zustand sich verbessern könnte.

Ungefähr drei Monate nach meinem Umzug mit Kaiden erhielt ich einen Anruf vom Krankenhaus, dass Adam in einen Unfall verwickelt war. Ich war noch immer sein Notfallkontakt, also ließ ich Kaiden bei meiner Mutter und besuchte ihn im Krankenhaus. Der Arzt erklärte mir, dass sie einen Tumor entdeckt hatten, der auf das Stammhirn drückte. Das verursachte eine ganze Reihe von Symptomen, die hauptsächlich neurologisch waren, aber zugleich die Schmerzrezeptoren in seinem Körper mit falschen Informationen versorgten. Die ursprüngliche Fibromyalgie-Diagnose war im Grunde nicht falsch, aber sie war nicht die eigentliche Ursache. Leider konnte der Tumor nicht mehr entfernt werden, als sie ihn entdeckten. Unser einziger Trost bestand darin, dass wir nun eine Erklärung hatten für die drastische Veränderung des Mannes, in den ich mich verliebt hatte. Er konnte seine Gefühle nicht kontrollieren, weil sein Gehirn nicht normal funktionierte. Bis zum Schluss wehrte er sich gegen Kaidens Besuch im Krankenhaus, weil Kaiden ihn nicht so sehen sollte.

Manchmal wünsche ich mir, ich hätte Kaiden trotzdem hingebracht. Er ist wütend auf mich, weil ich ihn von seinem Vater ferngehalten habe. Er wusste von seiner Krankheit, aber er hat niemals …« Sie atmet bebend aus. »Ich habe ihm nie von dem Tumor erzählt. Er war noch so jung, und ich dachte, er würde es nicht verstehen. Und jetzt ist der Junge, der das Leben liebte und zu seinem Vater aufsah, genauso geworden wie sein Vater, kurz bevor er starb. Wahrscheinlich habe ich die Chance vertan, eine gute Beziehung zu ihm aufzubauen, weil ich ihm die Wahrheit vorenthalten habe. Mittlerweile sieht er mich nicht mal mehr an, er spricht kaum noch mit mir ...«

Ich verspüre Mitleid für Cam. Sie kämpft gegen ihre zu entgleisen drohenden Gesichtszüge an und verliert. Sie verzieht den Mund, während sie auf die Straße schaut. »Du könntest es ihm auch jetzt noch sagen.«

Sie nickt langsam. »Das könnte ich. Das *will* ich auch. Adam war ein Mann, der immer um sein Äußeres und um seine Erscheinung besorgt war. Er wollte nicht, dass irgendwer merkte, wie krank er war, vor allem nicht Kaiden.«

Ich fühle mich schlecht, denn mir wird bewusst, dass meine Worte zu Papa im Restaurant auch Cam verletzt haben müssen, was ich nicht wollte.

»Selbst nach all den Jahren ohne Adam habe ich das Gefühl, mein Versprechen an ihn zu brechen, wenn ich es Kaiden erzähle. Kaiden soll seinen Vater in guter Erinnerung behalten, und gleichzeitig will ich ihn nicht verlieren. Nachdem ich deinem Vater davon erzählt habe, hatte er den Eindruck, dass bei Kaiden womöglich zu viele Erinnerungen hochkommen würden, wenn er ihm von der Krankheit deiner Schwester und von dir erzählen würde.«

Ich verziehe den Mund. »Meinst du nicht, dass er es selbst herausfinden wird? Mein Zustand wird sich nicht verbessern, Cam. Vielleicht bin ich nicht im Haus, wenn sich die Dinge verschlechtern, aber es gibt so viel, was die Ärzte nicht über Lupus wissen. Wir können nicht voraussagen, ob es mir in ein paar Monaten immer noch so gut geht.«

Sie presst die Lippen zusammen und bleibt stumm, verarbeitet die Wahrheit in meinen Worten. »Du hast recht. Dein Vater beschützt mich nur. Er weiß, wie sehr ich mir wünsche, dass Kaiden hinter sich lassen kann, was geschehen ist.«

»Ähm, er ...« Ich zögere. »Weiß Kaiden überhaupt, dass sein Vater tot ist?«

Sie dreht sich überrascht zu mir. »Natürlich. Warum fragst du?«

Ich schüttle den Kopf, will ihr nicht erzählen, dass Kaiden so tut, als lebte sein Vater woanders. Er spricht so über ihn, als hätte er sie verlassen und würde mit einer anderen Familie oder so leben. Vielleicht ist das seine Art, damit umzugehen.

»Er wird noch wütender sein, wenn er erfährt, dass wir es ihm nicht gesagt haben«, sage ich stattdessen. »Bei chronischen Krankheiten weiß man nie, wie es einem am nächsten Morgen geht. Es ist ein ständiger Kampf, denn gute Tage bedeuten nicht, dass man keine Schmerzen hat, sondern nur, dass man sie besser ertragen kann. Ich könnte morgen aufwachen und Schwierigkeiten haben, aus dem Bett zu kommen. Vielleicht werde ich noch mehr Tage in der Schule fehlen. Und Kaiden ist nicht dumm, Cam.«

»Das weiß ich.«

»Dann musst du es ihm sagen.«

Sie hält inne. »Ich weiß.«

Ich befeuchte mir die Lippen. »Cam?«

»Hmm?«

»Das mit Adam tut mir leid.«

Sie nimmt meine Hand und drückt sie.

Elf

Ich frage Cam, wie sie mit Adams Tod umgegangen sei. Sie erklärt mir, dass er in ihrer Vorstellung nun seinen Frieden gefunden habe. Genauso lebe ich auch mit Los Tod, deshalb nicke ich in echtem Verständnis.

»Wir kommen nie ganz über unsere Verluste hinweg«, sagt Cam auf dem Weg zu dem Salon. Die Fenster sind bodentief, und in der Mitte gibt es zwei breite Türen, auf denen die Öffnungszeiten in weißer Schrift stehen. »Wir verinnerlichen sie, bis sie uns in etwas Neues verwandeln. Wie jede Schöpfung braucht es Zeit.«

»Was braucht Zeit?«

»Das Erschaffen eines Meisterwerks.« Sie hält mir die Tür auf. »Wenn Eltern ihre Kinder verlieren, dann ist es anders. Das musst du verstehen, Emery. Wir sollen euch nicht überleben. Wenn ich Kaiden jemals verlieren würde …«

»Selbst wenn er nicht mit dir spricht?« Angesichts meiner direkten Frage zucke ich selbst innerlich zusammen, doch Cam scheint es nicht zu stören.

Sie lächelt mir zu und nickt, als sie in den hellweißen Empfangsbereich tritt. Es riecht nach teurem Shampoo, und im Hintergrund läuft leise Musik von einem Popsender. Alles ist weiß, schwarz und silbern – modern und elegant. Es ist ganz anders als in den Läden, in die Mama mit Lo oder mir zum Haareschneiden gegangen ist.

»Dann erst recht«, flüstert sie und schreibt meinen Namen auf das Anmeldeformular.

»Warum?«

Sie dreht sich zu mir. »Kaiden ist mein Sohn. Er ist noch da, auch wenn Adam es nicht mehr ist. Also habe ich noch Zeit. Hoffnung. Ich werde niemals aufhören, ihn zu lieben, selbst wenn er mich aus irgendeinem Grund nicht mehr lieben würde. In Wahrheit hören wir niemals auf, unsere Kinder zu lieben, auch wenn wir sie verlieren. Ich weiß, dass es im Augenblick schwer ist mit deiner Mutter, aber sie braucht Zeit.«

»Um zu genesen?«

Ein kurzes Nicken.

Und wenn Mama kein Meisterwerk wird? Es gibt weniger begehrte Kunstwerke, die genauso viel Zeit benötigen. Wenn sie zu einem Bild wird, das zu Staub zerfällt …

Eine Frau mit platinblonden Haaren kommt lächelnd zu uns. Sie ist wahrscheinlich in Cams Alter, sieht mit ihrer makellosen Haut, den glänzenden Augen und perfekten Zähnen aber eher so alt aus wie ich. Nie zuvor habe ich Leute so sehr für ihr gesundes Aussehen beneidet wie jetzt.

Sie umarmt Cam und dreht sich zu mir. »Du musst Emery sein.«

»Em«, murmle ich.

»Bereit?«

Ich blicke zu Cam, suche nach Unterstützung. Das habe ich schon bei Mama gemacht, wenn ich unsicher war, mir zum Beispiel der Arzt einfache Fragen stellte, für deren Antwort mir die Worte fehlten.

Mittlerweile habe ich keine Wahl mehr, als selbst mit ihnen zu kommunizieren.

Als Cam mir aufmunternd zunickt, schnürt sich mir die Kehle zu. Mama hat dasselbe getan. Vielleicht ist es ein Mutterinstinkt, ein Schalter, der umgelegt wird, wenn man ein Baby bekommt. Oder vielleicht ist Cam auch einfach ein guter Mensch.

Wie wäre ich als Mutter?

Plötzlich bin ich wütend auf Kaiden, weil er so ein Heuchler ist. Er wirft mir vor, dass ich Mama verlasse, dabei tut er genau das Gleiche. Denn nur weil er unter einem Dach mit seiner Mutter wohnt, bedeutet es nicht, dass er emotional anwesend ist. Eigentlich ist er sogar noch schlimmer als ich.

Mama hat sich in sich zurückgezogen, weil sie mit Los Tod und meiner Diagnose kämpft. Cam ist das Gegenteil davon – sie will ihn umarmen, und er stößt sie weg.

Jeder trauert anders, würde meine Oma sagen.

Ich bezweifle, dass Kaiden überhaupt trauert.

Aber ich verdränge diesen Gedanken und lass mich von der Hairstylistin Jess zu den Waschbecken führen. Ich habe es schon immer geliebt, wenn mir die Haare gemacht werden – wie es sich anfühlt, wenn mir die Stylistin das Shampoo auf der Kopfhaut einmassiert. Es entspannt mich. Manchmal schlafe ich sogar ein. Jetzt spüre ich nur schmerzhafte Nadelstiche, die sich über meinem Schädel ausbreiten, als sie mit sanften Fingern an meinen brüchigen Strähnen arbeitet. Deshalb lasse ich mir nicht oft die Haare schneiden. Das leise Aufstöhnen der Friseure angesichts der Haarbüschel im Abfluss hat mich immer erröten lassen.

Doch Jess beruhigt mich nur. Sie gibt kein Geräusch von sich, auch wenn ich davon überzeugt bin, dass im Abfluss viele Haare liegen. Sie summt ein Lied und fragt mich, wie die Schule ist.

In welchem Jahr bist du?
Was ist dein Lieblingsfach?
Wie sehen deine Zukunftspläne aus?
Abschluss.
Englisch.
Nicht sterben.

Das Letzte sage ich nicht. Stattdessen erkläre ich, dass ich mich noch nicht entschieden habe, und sie reagiert mit einem typischen *Du hast ja noch Zeit.* Habe ich das wirklich?

Es gibt eine Menge Redewendungen über Zeit.

Zeit vergeht.

Zeit ist kostbar.

Zeit darf man nicht verschwenden.

Das Problem mit der Zeit besteht darin, dass wir nur glauben, wir hätten sie. Sie ist eine Illusion – eine Ausrede, um in der Existenz zu verweilen. Manche Leute nutzen sie, um rücksichtslos zu sein, andere, um sich zurückzuhalten.

Die Kids, die sich *YOLO* auf die Stirn stempeln, haben keine Ahnung, worauf sie sich einlassen, wenn sie den Tod herausfordern. Sie halten sich für unbesiegbar. Und ich? Ich muss zusehen, wie gesunde Menschen mit unzähligen Möglichkeiten so leben, als hätten sie überhaupt keine Angst vor dem Tod.

Zeit ist ein Luxus, den wir uns nicht alle leisten können.

Zwölf

Die Spitzen meiner blonden Haare berühren meine Schultern. Ich bin an diesen Stil nicht gewöhnt – seitlicher Pony und ungleichmäßige Stufen –, aber er ist süß. Außerdem verbirgt er ohne Schwierigkeiten die kahleren Bereiche.

Ich blicke in den Spiegel und sehe Mama. Ihre runden grünen Augen, ihre kleine Nase und ihre Oberlippe, die etwas schmaler ist als die Unterlippe. Man hat mir immer gesagt, dass ich die perfekte Mischung meiner beiden Eltern bin, aber im Moment sehe ich gar nichts von Papa.

Vorsichtig streiche ich mit den Fingern durch die Haare. Zu meiner Überraschung fällt kaum etwas aus. Jess hat mir genau gesagt, was sie alles benutzt hat, darunter auch ein spezielles Shampoo für dünnes Haar. Cam besteht darauf, es zu kaufen, und ich habe ein schlechtes Gewissen, weil ich weiß, dass es nicht günstig ist.

Es stört sie nicht.
Sie will mir helfen.
Es ist schon lange her, dass mir jemand helfen wollte.
Ich folge ihr zum Ausgang, und wir steigen schweigend ins

Auto. Zum ersten Mal spüre ich den Wind im Nacken und bekomme eine Gänsehaut, aber das stört mich nicht. Heute ist es warm, deshalb fühlt sich die Brise gut an, auch wenn sie mich daran erinnert, dass ich eine neue Frisur benötigt habe.

Cam sieht mich an und lächelt. »Du siehst gut aus, Em.«

Em. Nicht Emery. Diese Frau wird mir immer sympathischer. Sie ist zwar nicht meine Mutter, aber sie gibt mir mehr Chancen als die in Bakersfield. Ich will mich schuldig fühlen, weil ich sie mag und womöglich netter finde, doch es gelingt mir nicht. Ich kann verstehen, warum Papa sie liebt.

Wir verbringen zwei Stunden in der Mall und besuchen alle Geschäfte. Nach einer Stunde will ich ihr sagen, dass ich mich hinsetzen muss, weil meine Hüften schmerzen und meine Knie nachzugeben drohen. Fast tun sie es, als wir in ein Schuhgeschäft gehen. Ich setze mich auf ein schwarzes Lederkissen, bevor meine Beine nachgeben und sich mit brutaler Deutlichkeit ein Schwächegefühl in meinen Gelenken ausbreitet, doch Cam ist zu sehr mit den Handtaschen beschäftigt, um etwas zu bemerken.

Ich lächle schwach, als sie mich anblickt, und sage ihr, dass die Violette, die sie gerade betrachtet, meine Lieblingstasche ist. Eigentlich ist sie es gar nicht, sondern die gelbe Tasche rechts mit der Goldkette und dem Reißverschluss.

Zum Glück stört es sie nicht, dass ich mich hingesetzt habe, während sie sich weiter umsieht. Das gibt mir die Gelegenheit, mich auszuruhen und mir die ausgestellten Schuhe anzusehen. Direkt vor mir steht eine Reihe Toms, und eigentlich brauche ich keine neuen.

Und doch …

»Die sind hübsch«, sagt Cam hinter mir. Ich erschrecke und löse den Blick von dem schwarz-weiß karierten Paar.

Lo hätte sie geliebt. Es erinnert mich an die passenden Kleider, die Mama uns für den Kindergarten gekauft hat. Die Erzieher konnten uns trotz meiner gelben und Los rosafarbener Haarschleife nicht auseinanderhalten. Danach durften wir nicht mehr in derselben Gruppe bleiben.

Ich lehne mich zurück und sage: »Ja, das sind sie.«

»Willst du sie nicht anprobieren?«

Ich befeuchte meine Unterlippe, schüttle den Kopf und räuspere mich. »Nein, ich habe genug Schuhe. Ehrlich gesagt bin ich ziemlich müde. Meinst du, wir können gleich nach Hause?«

Ich könnte gut eine Stunde Mittagsschlaf vertragen, was womöglich dazu führt, dass ich den restlichen Samstag verschlafe. An solchen Tagen, an denen ich durchgehend auf den Beinen bin, werde ich schneller müde. Morgen wird es wahrscheinlich schlimmer werden, sodass ich meine Medikamente verdoppeln muss, um mich noch bewegen zu können. Damit riskiere ich wiederum, doppelt so müde zu werden, denn eins der Medikamente hat mich in den ersten anderthalb Wochen geradezu ausgeknockt. Trotz ärztlicher Empfehlung könnte die doppelte Einnahme dazu führen, dass ich dreizehn Stunden am Stück schlafe und trotzdem erschöpft aufwache.

Tschüss, Wochenende.

Ich seufze innerlich und stehe auf.

Nachdem wir bezahlt und das Geschäft verlassen haben, entdecke ich in einem kleinen Laden am Eingang der Mall ein gelbes Perlenarmband. Daneben gibt es Schals, Hüte und Sonnenbrillen, die bunt an den Seiten hängen. Mich interessiert nur das schlichte Armband.

Ich trete näher und betrachte die kleinen Sonnenblumen zwischen den Perlen. Meine Fingerspitzen fahren über die eingravierten Worte.

You Are my Sunshine.

Ich versuche, die Gefühle hinunterzuschlucken, die mich zu überwältigen drohen, blinzle die plötzlich in den Augen kribbelnden Tränen weg und schüttle den Kopf. Ich habe nie an Zeichen geglaubt, bis Lo gestorben ist. Jetzt finde ich sie überall – im Sonnenschein, in meiner Playlist, nach einem Gewitter im Himmel.

Cam sieht, wie ich das Armband betrachte, und reibt mir behutsam über den Rücken. »Wie viel?«, fragt sie die ältere Frau am Stand.

»Fünf Dollar.«

Cam zieht ihr Portemonnaie heraus, und ich halte sie nicht davon ab. Ein wenig von Papas Geld habe ich ausgegeben und mir davon neue Sweater und einen Film gekauft, den ich mir schon länger ansehen will. Cam hat darauf bestanden, dass ich mir etwas Gutes tue.

Ich nehme das Armband vom Haken und halte es in meiner Hand, als hätte ich Angst, dass es verschwindet. In der Vergangenheit habe ich ähnliche Armbänder schon oft zerrissen. Dieses hier will ich nicht kaputt machen.

Cam hilft mir beim Anlegen, lässt den Verschluss einrasten und lächelt mich an. »Es ist perfekt.«

Ja, möchte ich sagen. *Perfekt.*

...

Papa fragt mich, ob ich Spaß hatte, und Cam besteht darauf, dass ich ihm meine Errungenschaften zeige. Er heuchelt Interesse, als ich nacheinander alles hochhalte. Ich merke, dass es ihn nicht interessiert, auch wenn er immerzu nickt.

Als Cam auf mein Armband zeigt, verändert sich sein Ausdruck ganz kurz. Ich muss ihm die Bedeutung nicht erklären. Er wird wissen, dass es Mamas Song für Lo und mich war.

Kaiden kommt mit einem leeren Glas in die Küche und bemerkt Papas Blick. Seine Augen gehen zu den kleinen Buchstaben, er bleibt kurz im Raum stehen, bevor er sich weiter um seine Sachen kümmert. Aus dem Augenwinkel sehe ich, wie er den Mund verzieht, bevor er wieder gleichgültig wirkt.

Ich will mich über ihn ärgern, vor allem, als er wortlos zu Cam blickt. Am liebsten würde ich ihn anschreien und irgendwas nach ihm werfen. Er muss aufhören, sich wie ein Idiot zu benehmen, und endlich akzeptieren, dass sein Vater nicht mehr zurückkehrt. Schließlich ist seine Mutter hier und lebt und ist dazu bereit, ihn bedingungslos zu lieben. Versteht er denn nicht, dass es bedingungslose Liebe nur selten gibt?

Stattdessen sehe ich zu, wie er Cam kurz zunickt und dann aus dem Raum geht. Das ist alles, was sie von ihm bekommt. Ein Kopfnicken.

Ich beiße die Zähne zusammen.

»Ich tue diese Sachen in die Waschmaschine«, sagt sie und sammelt meine Kleidung ein. Ich will sie zurückhalten und ihr sagen, dass ich mich später selbst darum kümmern kann. Papa sieht mich nur kopfschüttelnd an, als wüsste er, was ich denke.

Cam braucht etwas Zeit für sich.

Cam geht aus dem Raum.

Papa nickt zu dem Armband. »Das gefällt mir. Es ... passt.«

Ich will ihn fragen, warum er das denkt. Ob er mir antworten würde? Vielleicht ist es nur höflicher Small Talk. Das ist uns zwar fremd, aber er bemüht sich. Wenigstens tut er das, was Kaiden nicht kann.

Ich schlucke. »Ich liebe es.«

Ich liebe sie.

»Das weiß ich«, flüstert er.

Ich verlagere mein Gewicht auf den anderen Fuß.

»Deine Frisur sieht gut aus.« Sein Kompliment überrascht mich. »Du wirkst damit älter.«

Findet er auch, dass ich wie Mama aussehe?

»Danke.«

Meine Stimme ist leise, ich spiele mit den Ärmeln meines Shirts und weiß nicht, was ich sagen soll. Wir haben überhaupt nicht *richtig* miteinander gesprochen bisher. Wir haben ein wenig Konversation gemacht und Höflichkeiten ausgetauscht, als wäre ich seine Arbeitskollegin und nicht seine Tochter.

Es hat mich nie gestört.

Vielleicht sollte es das.

»Machst du eigentlich Sachen mit Kaiden?«

Er runzelt die Stirn.

Ich räuspere mich und reibe mir über das Handgelenk. »Ich glaube, es würde ihm guttun. Cam und ich hatten heute viel Spaß miteinander, und es hat gar nicht viel gebraucht dafür. Vielleicht kannst du mit ihm …«

Mir fällt nichts ein. Ich weiß nicht, was Papa mag oder was Kaiden so macht. Tatsächlich bin ich davon überzeugt, dass sie keine gemeinsamen Interessen haben. Doch vielleicht braucht Kaiden jemanden, um eine Lücke zu füllen. Papa ist nicht gerade das Modell eines perfekten Vaters, aber vielleicht könnte er es sein.

Er könnte … sich ändern.

Vielleicht.

»Daran habe ich noch gar nicht gedacht.«

»Warum nicht?«

Ihm fehlen die Worte.

Was keine Überraschung ist.

»Ich glaube, er braucht …« *Jemanden.* Ich atme laut aus und zucke mit den Schultern. »Egal. Ich weiß nicht, was er braucht.«

Papa lehnt sich zurück und wirkt so, als würde er über meine

Worte nachdenken. »Ihr beide könntet euch guttun. Ich weiß, dass er nicht deine Schwester ist ...« Mein Herz setzt aus. »... aber er ist in deinem Alter. Ich bin mir sicher, dass ihr mehr gemeinsame Interessen habt als er und ich.«

Schlägt er gerade wirklich vor, dass *ich* mit ihm Zeit verbringe? Ich frage mich, ob er verstanden hat, was ich meinte. Entweder hat er das nicht, oder er will für niemanden die Vaterrolle übernehmen.

Ich reagiere irritiert und vermeide es, ihn anzusehen. »Jeder braucht Eltern, die einen unterstützen. Ich will nicht sagen, dass Cam es nicht tut, nur wäre vielleicht jemand anders geeigneter, bis er über die Dinge hinwegkommt, die ihn ...«

Eine Tür wird zugeschlagen, und vor Schreck beende ich meinen Satz nicht.

Kaiden.

Ich spanne die Schultern an. »Vergiss es.«

Er steht auf, als ich mich umdrehe. »Ich lehne das nicht ab, was du sagst, Emery. Ich glaube nur, dass es wichtig ist, wenn ihr beide miteinander klarkommt. Ihr seid keine echten Geschwister, aber ihr könntet euch gegenseitig Trost spenden bei den Dingen, die in der Vergangenheit vorgefallen sind.«

Die Vergangenheit.

Kaiden muss zunächst einmal akzeptieren, dass er jemanden verloren hat, bevor er Trost finden kann. Ich weiß, dass Lo tot ist und nicht mehr zurückkehrt, was auch immer ich mir einreden muss, um festzustellen, dass es ihr jetzt besser geht. Kaiden ist nicht so stark. Er klammert sich an etwas, das hätte sein können, das aber nicht einmal existiert.

Er hat Wahnvorstellungen.

»Er hat sein Zimmer abgegeben.«

Seine Worte halten mich erneut davon ab, einfach davonzustürmen. Ich will auf mein Zimmer gehen, mir den Schlafanzug anziehen und mich schlafen legen.

»Was meinst du damit?«, frage ich stattdessen.

Papa kommt auf mich zu. »Als Cam und ich ihm erzählt haben, dass du hier einziehst, ist er in das Gästezimmer gezogen. Es ist kleiner als deins und hat kein eigenes Badezimmer.«

Überrascht öffne ich den Mund. Die Zimmerfarben sind dunkel genug, um zu Kaiden zu passen. Ich habe sein Zimmer gesehen und weiß, dass er schwarze Bettwäsche und Laken hat, dazu Wandposter von Leuten, die ich nicht kenne, und dunkle Möbel. Ich wäre nie darauf gekommen, dass er je in meinem Zimmer gewohnt hat, und noch viel weniger, dass er es bereitwillig jemandem abgetreten hat, den er so wenig mag.

»Kaiden ist aufgewühlt«, sagt er, als ich keine Anstalten mache, eine Antwort zu geben. »Doch da ist wesentlich mehr in ihm, als wir alle sehen. Wir versuchen, ihm den nötigen Raum zu geben, weil wir glauben, dass es ihm hilft. Ich weiß aber, dass wir ihm vielleicht zu viel davon geben. Er würde es vermutlich nicht akzeptieren, wenn ich jetzt versuche, eine Verbindung zu ihm aufzubauen. Aber du …«

Er hat mir sein Zimmer gegeben?

»Ich kann ihm nichts bieten.«

»Das stimmt nicht.« Sein Ton ist fest und überzeugt von der Aussage, die ich für falsch halte. »Wenn es irgendwen auf der Welt gibt, der seine Schale knacken kann, dann bist du das. Du bist stark, Em. Stärker als ich und deine Mutter zusammen.«

Ich sage nichts.

Ich gehe auf mein Zimmer.

Oder … nicht mein Zimmer.

Kaidens Zimmer.

Doch bevor ich eintreten kann, werde ich zurückgerissen und

gegen die Wand gedrückt. Ich bin zu erschrocken, um ein Geräusch von mir zu geben, und erstarre in dem Griff, mit dem mich Kaiden am Oberarm festhält. Mein Ellbogen schmerzt, obwohl seine Hand kaum Kraft ausübt. Meine Gelenke sind empfindlich, und er geht nicht gerade sanft vor.

»Du weißt einen Scheiß über mich«, zischt er so leise, dass ich ihn fast nicht verstehe. Sein heißer Atem trifft auf mein Gesicht, und ich drücke mich gegen die Wand hinter mir. »Sprich nicht mit deinem Vater über mich und tu nicht so, als wüsstest du, was für mich am besten ist. Du weißt es nicht und wirst es niemals tun.«

Ich halte die Luft an, als er mich loslässt, zähle bis fünf, bevor ich ausatme. Die Stelle, wo er mich berührt hat, brennt, doch ich verdränge den Schmerz. »Ich weiß, dass du mir dein Zimmer gegeben hast.«

Nichts.

»Und ich weiß, dass dein Vater gestorben ist.«

Noch immer nichts.

»Es tut ...«

»Nicht«, warnt er.

»... mir leid.«

Seine Nasenlöcher blähen sich, während er zurücktritt. »Ich will dein beschissenes Mitleid nicht.«

»Was willst du dann?«

»Dass du nach Hause gehst.«

Ich runzle die Stirn.

»Deine Mutter braucht dich«, erklärt er.

Ich kneife die Augen zusammen. »Das ist witzig«, erwidere ich. »Denn deine braucht dich auch.«

Er sieht aus, als wollte er etwas sagen, doch er schlägt nur gegen die Wand und geht in sein Zimmer. Er knallt die Tür hinter sich zu, und ich stehe allein im Flur.

Ich blicke auf meinen Arm.
Es bilden sich bereits blaue Flecken.
Ich brauche mehr Eisentabletten.

Dreizehn

Annabel vom Buchklub berichtet mir, was ich verpasst habe, nämlich so gut wie nichts. Trotzdem ist es nett von ihr, selbst wenn Mr Nichols sie gebeten hat, mich zu informieren. Sie hätte es nicht tun müssen.

Ich sage, dass ich ihr Shirt mag, auf dessen Brusttasche das Superman-Zeichen prangt. Lo und ich haben Mama manchmal dabei erwischt, wie sie heimlich *Smallville* schaute, doch wir haben die Serie nicht weiterverfolgt, sondern sind lieber zum Spielen nach draußen gegangen.

Danach unterhalten wir uns nicht weiter, Annabel und ich. Ich erwarte auch gar nicht von ihr, das Gespräch fortzuführen. Eigentlich hatte ich noch nie eine echte Freundin. Ich habe immer gedacht, es läge daran, dass niemand weiß, wie man mit einem Mädchen umgehen soll, das krank ist oder dessen Zwillingsschwester gestorben ist. Aber hier weiß niemand etwas davon.

Vielleicht liegt es an mir. Wahrscheinlich ist es besser so. Im Grunde tut mir Kaiden einen Gefallen, wenn er darauf achtet, dass mich alle in Ruhe lassen.

Als ich mich in der Umkleidekabine der Sporthalle umziehe,

sieht eins der Mädchen den violetten Bluterguss an meinem Arm und fängt an zu flüstern. Man kann nicht erkennen, dass es ein Handabdruck ist, doch der Fleck verläuft genauso um meinen Arm.

Früher habe ich nicht so schnell einen Bluterguss bekommen. Ich bin einmal von einem Baum gefallen, auf den ich mit Lo geklettert war, und hatte danach nicht mehr als einen kleinen Kratzer. Jetzt muss mich nur jemand zufällig anstoßen, und ich bekomme kleine Flecken. Ein paar Wochen vor meinem Umzug habe ich es zum ersten Mal bemerkt. Ich war mit der Hüfte gegen die Wand gestoßen, und am Abend war die Stelle blau-lila verfärbt. Meine Oma hat mal im Scherz mit ihrem Kreuzworträtselheft nach mir geschlagen, und selbst das führte zu einem hässlichen braunen Bluterguss.

Stirnrunzelnd zupfe ich an meinem Ärmel, bis der Fleck verborgen ist. Das Letzte, was ich jetzt noch gebrauchen kann, wären Gerüchte über häusliche Gewalt. An meiner alten Schule gab es einen Jungen, der darüber gelogen hatte, dass ihn seine Mutter schlug. Als sich der Jugendschutz einmischte, geschahen viele unschöne Dinge.

Ich bin zwar nicht glücklich darüber, wo ich bin, aber ich bin zufrieden. Manchmal ist das besser als nichts.

Der Sportlehrer lässt uns vier Runden durch die Halle laufen. Nach der ersten bin ich atemlos, während alle anderen locker an mir vorbeisprinten. Die Mädchen lachen in ihren Gruppen über irgendeinen Tratsch, die Jungen scherzen über die Mädchen. Größtenteils werde ich ignoriert, abgesehen davon, dass man mir in meinem Schneckentempo ausweicht.

Die letzten beiden Runden gehe ich, auch wenn alle anderen bereits mit dem Unterricht fortfahren. Mein letzter Sportlehrer hätte das nicht erlaubt, und ich bin dankbar dafür, dass sie mich mit meinem roten Gesicht und dem schwankenden Körper nicht beachten. Ich könnte mich freistellen lassen, sodass ich gar nicht mehr zum Sportunterricht gehen müsste, das will ich aber nicht.

Ich will normal sein.

Auch wenn man über die *normale Em* lacht, weil sie so langsam ist oder den Basketballkorb verfehlt oder nur einen Sit-up schafft, bin ich damit zufrieden. Meistens kümmern die anderen sich um ihre Sachen und reden mit ihren Freunden, also muss ich mir keine Sorgen machen, ständig im Mittelpunkt zu stehen.

Vermutlich liegt das aber ohnehin gar nicht daran, dass sie es nicht wollen, sondern an ...

»Mr Monroe«, sagt Mr Jefferson.

Mein Kopf fährt hoch, und ich sehe Kaiden am Seiteneingang der Sporthalle stehen. Er beobachtet mich und wirkt noch wütender als sonst.

»Ich muss mit Emery reden.«

Mr Jefferson blickt zu mir, bevor er sich wieder zu Kaiden wendet. »Worum geht es?«

»Familiennotfall.«

Mein Herz schlägt schneller, und ich eile zu ihm. Der Lehrer entlässt uns mit einer Handbewegung, und wir gehen in einen Seitenflur.

Ist mit Cam alles okay? Mit Papa? Als ich das letzte Mal in einer ähnlichen Situation war, tauchte meine verweinte Mutter mit meiner Oma auf. Sie fuhren mit mir von der Schule ins Krankenhaus, wohin man Logan nach einem Anfall im Unterricht gebracht hatte. Ich hatte nichts gemerkt – keine Zwillingstelepathie oder etwas Ähnliches. An dem Tag fühlte ich mich, als hätte ich sie im Stich gelassen.

Ich schmecke die Angst. Sie würgt mich, während Kaiden vor mir durch den Flur geht, der zu leeren Klassenzimmern und Hausmeisterräumen führt. An einer kleinen Nische unter der Treppe, die zur Highschool führt, bleibt er stehen.

»Kaiden ...«

Mit überraschender Sanftheit hebt er meinen Arm und zieht den Ärmel zurück. Dann holt er laut Luft, bevor er vorsichtig den Bluterguss untersucht, ohne ihn zu berühren oder meinen Ellbogen zu verdrehen.

Ich schlucke. »Ist zu Hause alles okay?«

Sein Blick trifft meinen. Seine Augen sind leer. »Ich habe gelogen. Es gibt keinen Notfall.«

Ich spüre eine Mischung aus Erleichterung und Wut. Nur weil er nichts über meinen Zustand weiß, hat er nicht das Recht, über einen Notfall zu lügen. Ich sage nichts dazu, denn sein Kiefer bewegt sich, als würde er mit den Zähnen mahlen, während er auf den Fleck starrt. Er ist schon viel schwächer geworden, seit er ihn mir verpasst hat, aber das scheint Kaiden nicht zu beruhigen.

»Ich wollte dir nicht wehtun.« Seine Stimme klingt ungewöhnlich sanft. Er räuspert sich, lässt meinen Arm los und sieht zu, wie ich den Ärmel wieder richte.

»Das weiß ich.« Ich verschränke die Arme vor der Brust. »Es passiert einfach. Ich bekomme ganz schnell blaue Flecken.«

Er beobachtet mich, dann wandert sein Blick zu dem Armband. »Es war ganz gut, dass du mit meiner Mutter unterwegs warst, oder?«

Er streicht mit den Fingerspitzen über die Perlen, und ich bekomme eine Gänsehaut. »Ja.« Ich weiß, dass er nicht über sie reden will, was jedoch nicht bedeutet, dass ich schweigen muss. »Wegen der Sache, die du gehört hast ...«

»Nein.« Er dreht sich zum Gehen.

Anstatt ihn zu lassen, erfasse ich ihn am Handgelenk. »Ich weiß, dass du verletzt bist, Kaiden. Aber du musst verstehen, dass

Cam dich liebt. Es gibt keinen Grund, ihr die Schuld dafür zu geben, dass du deinen Vater verloren hast. Sie kann nichts dafür. Er war krank.«

Sein Augenlid zuckt.

»Krankheit ist keine schöne Sache«, flüstere ich. »Sie verwandelt die Person, die du mehr als alles auf der Welt liebst. Nicht nur körperlich, sondern auch geistig und emotional. Wenn sie überhandnimmt, kann man nur noch sehr wenig kontrollieren. Dein Vater hat nicht gewollt, dass du ihn so siehst. Und weißt du was?« Ich hole tief Luft und schüttle den Kopf. »Es ist fies. Es ist schrecklich und herzzerreißend und noch vieles mehr, wenn man dabei zusehen muss, wie ein geliebter Mensch an einer Krankheit stirbt.

Denk über deine Mutter, was du willst, sie hat nur das getan, was dein Vater wollte. Man ist nicht mehr derselbe Mensch, wenn man zusehen muss, wie eine Person brutal stirbt, zu der man aufgesehen hat. Cam hat dich davor bewahrt. Und dein Vater auch. Sei froh, dass dich deine Eltern so sehr geliebt haben, dass sie dich beschützen wollten.«

Er ist still. Sein Blick ist weder hart noch weich, sondern irgendwas dazwischen. Ich hoffe, er denkt über meine Worte nach und akzeptiert vielleicht, dass ich weiß, wovon ich rede.

Denn das tue ich.

Krankheit ist das Monster in der Dunkelheit. Es verharrt dort und wartet auf den perfekten Moment, um zuzuschlagen. Es dreht seinen hässlichen Kopf und nimmt sich, was es will, wann es will.

Doch es gibt eine Krankheit, die schlimmer ist als jede unsichtbare Erkrankung, und sie verseucht die ganze Welt.

Gleichgültigkeit.

Nachdem Kaiden uns nach Hause gefahren hat, verlässt er das Haus nicht sofort, wie er es sonst zu tun pflegt. Stattdessen wirft er Cam ein kaum sichtbares Lächeln zu, bevor er in sein Zimmer verschwindet.

Vierzehn

Die nächsten paar Wochen vergehen auf friedliche Weise ereignislos. Ich gehe zum Unterricht und verpasse auch kein Treffen des Buchklubs. Meine Kopfschmerzen kommen und gehen, genauso wie die anderen Schmerzen. Im Großen und Ganzen ist alles erträglich.

Erträglich ist gut.

Kaiden sucht nicht aktiv die Nähe von Cam, aber zumindest ignoriert er sie nicht mehr. Manchmal beantwortet er ihre Fragen nach der Schule oder dankt ihr für das Frühstück. Es ist seltsam, wie so kleine Gesten so viel bedeuten können, doch ich kann sehen, wie glücklich Cam ist, wann immer er sich bei ihr verabschiedet, bevor er zur Schule geht, oder ihr am Abend Gute Nacht sagt, wenn er ins Bett geht.

Er spricht nicht über seinen Vater.

Nicht einmal über sich selbst.

Aber es ist ein Schritt in die richtige Richtung.

Als Cam und Papa eines Abends gemeinsam auf eine Veranstaltung von Papas Firma gehen, fragt mich Kaiden, ob ich mit zum Friedhof will. Es ist draußen kühler geworden, doch die Vorstellung, zu dem Baum zu fahren, klingt nach einem perfekten Tagesausklang.

Als wir ankommen, bemerke ich überrascht, wie er eine dicke Decke aus dem Auto holt. Er zuckt kurz mit den Schultern, bevor er uns zu der Stelle unter dem Baum führt und die Decke auf dem kalten Gras ausbreitet.

Die Sonne geht unter, die Grillen zirpen, und alles um uns herum ist friedlich. Es hilft, mich in die Decke einzuhüllen, die Augen zu schließen und nicht mehr daran zu denken, was Cam oder Papa tun oder was Kaiden gerade durch den Kopf geht.

»Vermisst du sie?«

Ich öffne ein Auge. »Wen?«

»Deine Schwester.«

»Jeden Tag.«

Er ist einen Moment still. »Wird es leichter?«

Ich könnte ihn anlügen. »Nein«, antworte ich aufrichtig. »Was auch immer passiert, sie ist nicht mehr da. Daran ändert sich nichts. Man muss nur herausfinden, wie man damit umgeht.«

Ich schaue ihn erwartungsvoll an, denn er scheint mich fragen zu wollen, wie man das schaffen kann, wehrt sich aber zugleich dagegen. Ich seufze, weil er zu stur für sein eigenes Wohl ist.

An den Baum gelehnt, zupfe ich meinen übergroßen Pullover zurecht. »Du musst etwas finden, was dir hilft, den Kopf freizubekommen. Ich lese gerne. Ich bin mir sicher, dass Sport helfen kann.«

»Er hat Lacrosse geliebt.«

»Dein Vater?«

Ein Kopfnicken.

Ich versuche, mir meine Überraschung nicht anmerken zu lassen. »Habt ihr zusammen trainiert?«

Ich schwöre, dass sich seine Mundwinkel nach oben ziehen,

doch als ich blinzle, sehe ich kein Anzeichen eines Lächelns. »Ja. Er hat gespielt, als er in meinem Alter war, deshalb habe ich angefangen. Wir haben darüber gesprochen, dass ich irgendwann mal auf dem College spielen könnte. Er wusste, dass ich gut genug für ein Stipendium war. Manchmal hat er mich zu den Schlagkäfigen mitgenommen, er war ein großer Baseballfan.«

»Du auch?«

»Nein.« Er räuspert sich. »Ich bin nur mitgegangen, weil es ihn glücklich gemacht hat.«

Wir schweigen wieder.

Wind kommt auf und weht mir die Haare ins Gesicht. Das geschieht jetzt leichter, wo sie kürzer sind. Es ist noch nicht viel gewachsen, aber es ist auch nicht mehr ausgefallen, seit ich zusätzliche Vitamine nehme und das teure Shampoo, das mir Cam besorgt hat. Ein echter Fortschritt, würde ich sagen.

»Ich wünschte, ich könnte Lo besuchen«, sage ich aus dem Nichts, weil ich den Eindruck habe, dass er nicht mehr über seinen Vater reden will.

»Warum nicht?«

»Es ist weit weg.«

»Ich könnte ...« Er verstummt.

Ich sehe ihn an.

Er brummt. »Ich könnte dich fahren.«

Ich muss lächeln. »Das weiß ich zu schätzen, aber es ist schon in Ordnung. Vielleicht frage ich Papa, ob er mich in den Schulferien hinbringen kann. Es wäre schön, meine Mutter und Großmutter zu sehen.«

Er streckt seine langen Beine aus. »Bereust du es nicht, dass du hergekommen bist? Deine Familie ist weit weg, du hast keine Freunde und machst nichts anderes als lesen, wenn du zu Hause bist.«

Ich überlege, was ich antworten soll. »Nein, ich bereue es nicht. Du kannst das nicht verstehen, Kaiden. Mama hat wirklich gekämpft, um klarzukommen, und meine Anwesenheit tat ihr nicht gut. Ich mache ihr keine Vorwürfe ...« *Nicht mehr.* »Ich weiß, dass es schwer sein muss.«

»Es wäre für jeden schwer.«

»Auch für Cam?«

Er seufzt. »Ja, auch für sie.«

Wenigstens akzeptiert er es.

»Bald sind Ferien«, bemerkt er.

»Ja.«

»Dann ... fährst du weg?« Sein Zögern wird von einem bestimmten Tonfall begleitet.

Ich muss lachen. »Du klingst ja traurig.«

»Du klingst überrascht«, erwidert er.

»Du magst mich nicht unbedingt, Kaiden.«

Sein Blick durchbohrt mich. »Ich hasse dich aber auch nicht, Maus.«

Dieser Spitzname ist auf seltsame Weise liebenswert geworden, und ich bin mir nicht sicher, was das bedeutet. Aber es ist ein Zeichen – ein gutes. Als hätte Papa womöglich recht damit, dass Kaiden und ich füreinander da sind.

»Willst du damit sagen, ich bin erträglich?«

Er grummelt. »Nicht, wenn du weiter nach Komplimenten fragst. Du klingst ja fast wie Rachel.«

Ich tue so, als wäre ich erstaunt. Rachel hat mich schon eine ganze Weile nicht mehr angesprochen, vermutlich, weil mich Kaiden ignoriert hat. Manchmal sieht sie mich im Englischunterricht verstohlen zu mir oder wenn wir uns im Flur begegnen.

»Ich glaube, du magst mich, Kaiden Monroe.«

Er sagt nichts.

Er leugnet es auch nicht.

»Du weißt, dass es deine Schuld ist«, sage ich. »Ich meine, dass ich keine Freunde habe.«

Er zieht eine Augenbraue hoch.

Ich streiche über den groben Stoff der Decke. »Die anderen haben Angst, mit mir zu reden, weil sie glauben, König Kaiden tut ihnen etwas an.«

»Das ist ...«

»Du willst nicht, dass ich gemobbt werde«, unterbreche ich ihn. »Gut, ich weiß deine Sorge um mich zu schätzen, die du selbst nicht zugibst. Aber du kannst mich nicht ständig daran erinnern, dass ich hier niemanden habe, wenn du der Grund dafür bist.«

Die Grillen zirpen in der Ferne.

»Du hast jemanden«, murmelt er.

Ich runzle die Stirn.

Er sieht mich an. »Du hast mich.«

...

Als wir später nach Hause kommen, sind unsere Eltern bereits im Bett. Kaiden und ich gehen auf unsere Zimmer, doch noch bevor ich mir den Schlafanzug anziehen kann, steht Kaiden in meiner Tür.

Er sieht sich im Zimmer um, die Hände in die Jeanstaschen gesteckt.

»Was ist?«

Ich würde ihn gern fragen, warum er mir sein Zimmer gegeben hat, doch ich tue es nicht. Es scheint Grenzen zu geben, wie viel er zu offenbaren bereit ist. Ein Schritt nach dem andern.

»Willst du einen Film sehen?«

Einen Film?

Ich blicke kurz auf meinen Wecker und sehe ihn dann neugierig an. »Normalerweise bist du …«

Er verzieht die Lippen zu einem leichten Grinsen. »Weg?«

Ich erröte und sage: »Ja.«

Ich warte gar nicht bewusst darauf, ihn beim Davonschleichen zu erwischen. Es passiert einfach, wenn ich den ganzen Tag erschöpft verschlafen habe und dann abends nicht mehr einschlafen kann. Und es ist auf jeden Fall spannender, als dabei zuzusehen, wie sich die Nachbarskatze auf der Wiese leckt oder wie der streunende Hund auf der Straße nach Essen sucht.

Eines Tages werde ich ihn einfangen und in mein Zimmer bringen und hoffen, dass mir Papa erlaubt, ihn zu behalten.

»Ich hab keine Lust, auszugehen.«

Ich nicke.

»Also?« Er stößt sich vom Türrahmen ab. »Film?«

Überraschenderweise bin ich gar nicht müde. Der Kopfschmerz, der mich sonst mit seiner Präsenz zu beehren pflegt, hat mich schon fast zwei Tage nicht mehr gequält, und abgesehen von leichten Hüftschmerzen fühle ich mich ganz okay.

»Kann ich mich erst umziehen?« Ich will keinen Film sehen und dabei meine unbequemen Jeans tragen, und auch wenn mir mollig warm in meinem Sweatshirt ist, befürchte ich, dass mich die Schnürbänder erwürgen, wenn ich darin einschlafe.

Er holt seinen Laptop, während ich mich umziehe, also ziehe ich schnell eine graue Hollister-Jogginghose und ein weißes Shirt mit langen Ärmeln an, bevor ich mich wasche und fürs Bett bereit mache. Ich kämme mir nicht extra die statisch aufgeladenen Haare, sondern vergewissere mich nur kurz im Spiegel, dass ich nicht zu rot im Gesicht bin. Es ist mir egal, was Kaiden über mein Aussehen denkt, aber es ist peinlich, jemanden neben sich zu haben, wenn man einen Lupusausschlag auf den Wangen und der

Nase hat. Als würde man jemandem aus der Nähe zeigen, wie Akne ausbricht.

Ich gehe auf die Toilette und bemerke beim Abwischen etwas Blut auf dem Papier. Offenbar habe ich irgendwann diese Woche vergessen, die Pille zu nehmen. Vor zwei Jahren war meine Oma mit mir beim Arzt, damit meine Periode regelmäßiger wird. Seitdem nehme ich die Pille, zusammen mit meinen anderen Medikamenten. Mittlerweile weiß ich, dass jeder Zyklus einen neuen Schub hervorruft, der meinen Körper angreift. Vielleicht sollte ich eine Langzeitpille nehmen, um meine Periode ganz loszuwerden und mich besser zu fühlen. Aber würde mein Arzt auf mich hören?

Als ich ins Zimmer zurückkehre, hat Kaiden es sich bereits auf meinem Bett bequem gemacht. Seine schwarzen Shorts sehen eher nach Sport aus als nach Schlaf, doch er scheint sich darin wohlzufühlen, und das enge blaue Tanktop zeigt seine muskulösen Arme, die mir bisher gar nicht an ihm aufgefallen sind. Eigentlich sollte ich nicht überrascht sein, schließlich habe ich gehört, wie sich Rachel und ihre Clique darüber unterhalten haben, wie viel Zeit die Jungs nach der Schule im Kraftraum verbringen.

»Was willst du sehen?«

Ich zögere, mich neben ihn zu setzen. Er hat sich bereits auf der Seite ausgebreitet, auf der ich normalerweise schlafe, und er macht nicht dein Eindruck, als wollte er weiterrutschen. Er scrollt durch das Angebot bei Netflix und wartet auf meine Antwort.

»Also, Maus?«

»Kannst du bitte aufhören, mich so zu nennen?«

»Es passt aber. Außerdem gefällt es dir.«

Das stimmt. »Nicht besonders«, murmle ich.

Er klopft auf das Bett. »Komm schon, ich könnte dir viel

schlimmere Namen geben. Bestimmt hast du auch für mich irgendwelche Spitznamen.«

Mir wird heiß im Gesicht, als mir ein paar einfallen. Er grinst, offenbar weiß er genau, was ich denke. Es scheint ihn nicht zu stören, also überwinde ich mich und setze mich mit überkreuzten Beinen aufs Bett.

»Keinen Disney-Scheiß«, warnt er mich und reicht mir den Laptop.

Er sieht alt aus. Die Buchstaben auf den Tasten sind abgenutzt, einige kaum noch zu erkennen. Auf dem Bildschirm sind Kratzer, unten rechts scheint einmal ein Aufkleber gewesen zu sein, an der Seite fehlt eine Taste.

»Ich habe ihn schon eine Weile.« Ich sehe ihn an, doch er nimmt seinen Blick nicht von dem Laptop auf meinem Schoß.

Mit den Fingern streiche ich über die Reste des Aufklebers. Er hat eine bestimmte Form, deshalb kann es nicht das Firmenlogo des Laptops sein.

Kaiden räuspert sich. »Das waren mal Sticker von den Power Rangers. Wie gesagt, der Laptop ist schon alt.«

»Warum besorgst du dir keinen neuen?«

Er hält inne. »Mein Vater hat ihn mir gekauft.«

»Oh.« Anstatt weiter nachzufragen, durchsuche ich die verschiedenen Kategorien auf Netflix. Die Suche nach dem richtigen Film dauert oft länger als der Film selbst.

Ich zeige auf eine Komödie. »Wie wäre es damit? Da spielt Adam Sandler mit.«

Ich weiß nicht, was für Filme er mag, er hat sich nichts Bestimmtes gewünscht. Er nickt und lässt mich den Film starten, dann stellt er den Laptop zwischen uns und bewegt den abgenutzten Bildschirm so, dass nichts spiegelt.

Die ersten zwanzig Minuten ist es okay, mit überkreuzten Beinen zu sitzen. Nach dreißig Minuten spüre ich meine Füße nicht mehr und muss die Beine ausstrecken.

Kaiden flucht und schiebt den Laptop aus dem Weg, bevor er sich zu mir dreht. »Ich kann nicht mehr zusehen, wie du da rumhampelst. Es lenkt mich von diesem grenzwertig schlechten Film ab.«

»Du kannst einen anderen auswählen.«

»Jetzt haben wir ihn schon angefangen.«

Ich verdrehe die Augen und zucke kurz zusammen, als meine Knie beim Ausstrecken der Beine knacken. Danach fühlen sie sich gleich besser an, deshalb lege ich mir ein paar Kissen in den Rücken und lehne mich zurück.

»Endlich entspannt?«

»Nicht, wenn du hier bist«, gestehe ich, wobei ich das eigentlich nicht aussprechen wollte.

Er grinst nur. »Keine Sorge, Maus. Ich schlafe nicht mit Jungfrauen.«

Ich starre ihn an. »Wow ... wie ... so was kann man doch nicht sagen! Und was soll das überhaupt bedeuten? Das ist echt das Dümmste, was ich je gehört habe.«

Jetzt lacht er laut, lehnt sich zurück und bringt dabei die Matratze zum Quietschen.

Ich schlage ihm vor die Brust. »Sei still. Du weckst noch unsere Eltern.«

»Was?«, fragt er grinsend. »Hast du Angst, dass sie uns allein in deinem Zimmer vorfinden? Was wird Papa bloß denken?«

Er macht sich über mich lustig.

Ich will den Laptop zuklappen, doch er hält mich mit einem lauten Seufzer davon ab. »Kannst du dich mal entspannen? Das ist ihnen doch egal. Es ist ja nicht so, als wäre ich irgendein Typ in deinem Bett.«

Ich ziehe die Augenbrauen hoch und möchte am liebsten sagen: *Bist du nicht?*

Er stupst mir mit dem Ellbogen an den Arm. »Ich hab's dir schon gesagt, ich werde dich nicht vernaschen. Du bist nicht mein Typ, Maus.«

Meine Augen kribbeln, seine Beleidigung ging ein Stück zu weit. »Schon klar.«

Ich starte den Film erneut und konzentriere mich auf die Handlung, bis er ihn wieder anhält. »Was ist denn jetzt los?«

»Was?«

»Du wirkst sauer.«

»Bin ich nicht ...«

»Verarsch mich nicht.«

Ich seufze laut. »Ich mein ja nur, dass ich die Gerüchte in der Schule kenne. Du bist der Sportstar, der jedes Mädchen haben kann. Wenn du dich dazu entscheidest, im nächsten Jahr auf dem College zu spielen, dann wirst du wahrscheinlich groß, wenn du willst. Ein echter Profi oder so. Die Welt liegt dir zu Füßen, und du bereitest dich auf sie vor, indem du Punkte fürs College sammelst und etwas tust, was du liebst. Deshalb überrascht es mich nicht, dass ich nicht die Art von Mädchen bin, die dich interessiert.«

»Weil ...?«

Weil ich nicht weiß, ob ich mein Leben auf dieselbe Weise planen kann.

Das sage ich nicht. »Zum einen bin ich deine Stiefschwester. Zum anderen sehe ich nicht gerade wie eins der Mädchen aus, mit denen du flirtest. Oh, und unabhängig davon, dass du immer darauf bestehst, mich nicht zu hassen, bist du nicht gerade der freundlichste Mensch zu mir.«

Er dreht sich zu mir. »Erstens mag ich diese Zuschreibungen nicht, also nenn dich nicht Stiefschwester, Aschenputtel. Zweitens hast du recht. Du müsstest mindestens dreißig Pfund zunehmen, um wie die Mädchen auszusehen, mit denen ich sonst Zeit verbringe. Und drittens bin ich zu niemandem freundlich.«

Mit seinem Verhalten gegenüber anderen Menschen hat er wahrscheinlich recht, also lohnt es sich nicht, weiterzudiskutieren. Bevor ich es überhaupt versuchen kann, hebt er mein Kinn mit zwei Fingern und grinst boshaft. Ich hasse das kribbelnde Gefühl, das ich bei seiner Berührung in meinem Bauch spüre, oder wie mein Herz durchdreht, wenn ich seine funkelnden Augen sehe, die nichts Gutes verraten.

Ich rede mir ein, dass ich nur nicht daran gewöhnt bin, so berührt zu werden – jemandem so nah zu sein. Bei jedem anderen würde ich auf dieselbe Weise reagieren. Doch mein Verstand sagt mir etwas anderes. Wenn ich morgen jemanden kennenlernen würde, der sich über Kaidens Anweisungen hinwegsetzen und mit mir sprechen würde, dann würde ich mich nicht so luftig und leicht und zugleich nervös und betäubt fühlen.

»Ehrlich gesagt«, murmelt Kaiden so leise, dass ich Gänsehaut bekomme, »vögle ich dich nur deshalb nicht bis zur Besinnungslosigkeit, weil ich gesehen habe, was schon eine einzige Berührung anrichtet. Stell dir vor, was ich mit deinem Körper anstellen würde, wenn ich zwischen deinen hübschen Beinen stecken würde.«

Ich halte den Atem an.

»Ich würde dich zerstören, Em.«

Meine Augen werden groß.

Dann blinzle ich, und in dem Nebel, den er in meinem Kopf ausgelöst hat, formt sich ein einziger Gedanke.

Ich würde dich zuerst zerstören, Kaiden Monroe.

Fünfzehn

Kurz nach seiner unverschämten Bemerkung geht Kaiden. Er hat mich stärker irritiert als erwartet, deshalb lese ich zur Ablenkung in meinem Buch, bis ich einschlafe.

Leider träume ich von Kaiden. Und es ist kein freundschaftlicher oder geschwisterlicher Traum. Ich träume von ihm, wie ich von einem der vielen Männer aus meinen Büchern träumen würde, die mich erobern und verführen wollen und mich so lieben, wie Kaiden es sicherlich nicht tut.

Und das ... na ja, das ist ein Problem.

Ein *großes* Problem.

Er will vielleicht keine Zuschreibungen hören, aber ich tue es.

Wie Stiefbruder.

Und Stiefmutter.

Und verhängnisvoll.

Verhängnisvolle Anziehung.

Verhängnisvolle Zuneigung.

Verhängnisvolle Krankheit.

Er glaubt, er würde mich zerstören, aber er hat keine Ahnung, was ich für unaufhaltsame Kräfte in meinem Arsenal habe. Ich bin meine eigene Waffe, ein lebender Albtraum. Das ist nichts, was ich kontrollieren kann, und er hat keine Ahnung davon. Es wäre nicht gut, ihm näherzukommen, ob freundschaftlich oder nicht.

Wenn er immer noch mit dem Tod seines Vaters kämpft, was würde dann meiner in ihm auslösen?

Ich weiß nicht, ob ich das herausfinden will.

Zum ersten Mal würde ich lieber Mamas verweinte goldene Augen sehen anstatt die von Kaiden Monroe. Ich würde lieber Los verspieltes Lachen hören und nicht Kaidens heisere Worte. Aber Wünsche gehen nicht in Erfüllung, denn das hier ist kein Märchen.

Es ist die Wirklichkeit.

Und die Wirklichkeit ist ein fieses Miststück.

Sechzehn

Morgen ist der letzte Tag vor den Oktoberferien, und alle sind laut und freuen sich auf die freie Woche. Mindestens die Hälfte meiner Klasse hat bereits gesagt, dass sie morgen schwänzen und die Ferien früher anfangen lassen wollen, vor allem, weil am Samstag Halloween ist. Offensichtlich geht man an Halloween auf Partys, ob mit Kostüm oder ohne. Ich habe sogar gehört, wie ein Junge ankündigte, nach Mitternacht rauszugehen und die Häuser anderer Leute mit Toilettenpapier und anderem Zeug zu verunstalten.

Als Mr Nichols bemerkt, dass im Buchklub nicht alle aufmerksam sind, erinnert er uns an die Lektüre nach den Ferien und entlässt uns. Da wir als Nächstes das von mir ausgewählte Buch besprechen, werde ich wahrscheinlich nicht viel Zeit dafür brauchen, Zitate und Gedanken für die Diskussion zu sammeln. Außerdem hat Papa zugestimmt, mich für die Woche zu Mama zu bringen.

Ehrlich gesagt bin ich ziemlich nervös. Ich habe meine Oma angerufen und gefragt, ob sie meinen Besuch für eine gute Idee hält, und sie schien sich zu freuen. Das bedeutet aber nicht, dass es Mama genauso geht, und ich habe keine Ahnung, wie sie auf meinen Anblick reagieren wird.

Es wird schon alles gut, rede ich mir ein. Ich werde ein wenig Zeit zu Hause verbringen und kann alle besuchen, vor allem Logan. Außerdem gibt es mir Gelegenheit, Atem zu holen. Mit Papa lief es in letzter Zeit gut, was man von Kaiden und mir nicht unbedingt behaupten kann.

Seit unserem spontanen Filmabend schafft er es immer wieder, mich zum Erröten zu bringen – durch Zwinkern, kurze Berührungen oder geschmacklose Kommentare. Normalerweise beachtet er mich kaum, wenn wir zu Hause sind. Er kümmert sich um seinen Kram und ich mich um meinen. Hin und wieder stürzt er in mein Zimmer hinein, wenn ich gerade Hausaufgaben mache, und stellt mir sinnlose Fragen. Er quält mich, weil er es kann.

Cam lächelt darüber.

Ihr seid wie Geschwister, sagte sie neulich zu mir.

Seit jenem Tag bin ich auch nicht mehr am Baum gewesen. In den letzten Wochen bin ich mit ihm zur Schule und wieder nach Hause gefahren und habe mich sonst in mein Zimmer zurückgezogen. Das hält ihn aber nicht ab, wenn er meine Aufmerksamkeit haben will, und ich frage mich manchmal, was das soll.

Als mich der Bus vor unserem Haus ablädt, bin ich müde und freue mich darauf, mir meine Jogginghose anzuziehen. Zu meiner Überraschung ist die Haustür abgeschlossen, und der Schlüssel an meinem Bund fehlt. *Seltsam.* Zum Glück erinnere ich mich vage daran, wie Papa mir erzählt hat, dass irgendwo ein Ersatzschlüssel versteckt ist.

Ich brauche eine ganze Weile, um mich zu erinnern, bis ich unter dem Blumentopf nachsehe, wo der Schlüssel liegen muss.

Nichts.

Ich schaue unter einem anderen Topf nach.

Wieder nichts.

Seufzend gehe ich zurück und klopfe an die Haustür. Kaidens

Auto steht in der Einfahrt, er muss sein Training früher beendet haben. Ich warte eine Minute, bevor ich so laut klopfe, dass mir die Knöchel schmerzen. Die Klingel funktioniert nicht. Cam sagt ständig, dass sie sie reparieren lassen will, aber sie hat den Elektriker noch nicht angerufen.

Ich gehe ein paar Schritte zurück und blicke hoch zu den Fenstern, um herauszufinden, ob dort ein Licht brennt. Das scheint nicht der Fall zu sein, deshalb gehe ich hinter das Haus und probiere die Glastür zur Küche.

Jemand hat die Gartentür abgeschlossen.

Ich kann mich nicht daran erinnern, dass sie jemals abgeschlossen war. Mein Handyakku ist leer, außerdem kenne ich unsere Festnetznummer gar nicht, denn ich höre das Telefon nie klingeln. Ich bin mir ziemlich sicher, dass es nur zur Dekoration dort steht, Papa und Cam benutzen es nie.

Hoffentlich kommen sie bald nach Hause, um mich vor der kühlen Luft zu retten. Meine Herbstjacke bietet gerade einmal leichten Windschutz, aber sie bringt nichts gegen den Luftzug gerade, der mit jeder Minute kälter wird.

Ich setze mich auf die Vordertreppe und ziehe die Knie an die Brust, damit mir warm wird.

Fünf Minuten vergehen.

Zehn.

Fünfzehn.

Meine Fingerspitzen werden taub, und ich bemerke, dass sie ihre Farbe ändern. Sie werden blau. Lo hatte das, wenn es zu kalt wurde. Ihr Kreislauf funktionierte nicht richtig, und ihre Finger und Zehen bekamen dann einen dunkelvioletten Ton, bis sie sie wieder erwärmte.

Ich setze mich auf meine Hände, um sie aufzuwärmen, zucke aber zusammen, als ich merke, wie empfindlich meine Gelenke sind. Stechender Schmerz schießt mir durch die Handgelenke in die Ellbogen, sodass mir die Tränen kommen. Mein Kiefer bebt, als mich der Wind trifft. Es gibt keinen Schutz hier vor der Tür.

Nach einer gefühlten Ewigkeit fährt Papa in seinem Wagen vor. Er wirkt überrascht, dass ich dort sitze, und steigt mit ernstem Gesicht und seiner Aktentasche aus.

»Emery?« Beim Näherkommen werden seine Augen angesichts meiner zitternden Gestalt größer. Ich kann nicht still sitzen. Meine Nase ist taub, meine Wangen stechen, und meine Hände sind jetzt angeschwollen und blau, obwohl ich die halbe Zeit auf ihnen gesessen hatte.

Er flucht leise und lässt schnell die Sachen fallen, um seinen Mantel auszuziehen. Er ist dicker als meiner und fühlt sich himmlisch an, als er ihn mir über die Schulter legt.

»Ich b-b-bin au-au-ausgesperrt«, stottere ich und zwinge mich, aufzustehen. Die Kälte hat sich bereits in meinen Gelenken festgesetzt, sodass meine Knie steif sind und ich ihm nur schwer aus dem Weg gehen kann, damit er die Tür aufsperrt.

Er sieht mich besorgt an, und bei seinem Blick wird mir gleich etwas wärmer, wie ich es niemals für möglich gehalten hätte. »Ist Kaiden nicht zu Hause? Hast du den Ersatzschlüssel vergessen?«

Ich schüttle den Kopf, weil mir zu kalt für eine Antwort ist. Als er die Tür aufmacht, höre ich Musik und Gekicher und wie etwas zerbricht. Papa flucht, als er mich hineinführt, mir den Arm um die Schultern legt und mich warm reibt.

»Was zum Teufel ist hier los?« Papa hat noch nie so wütend geklungen, und der scharfe Unterton in seiner Stimme lässt mich zusammenzucken.

Es wird noch schlimmer, als ich Kaiden und Rachel in der Küche sehe. Er ist voller Mehl, sie sitzt auf der Arbeitsfläche, und es sieht so aus, als ob sich mehr Backzutaten auf dem Fußboden befinden als in der Schüssel.

Die Musik kommt von weiter weg, wahrscheinlich aus seinem Zimmer. Rachel streicht sich die Haare hinter das Ohr und blickt zu Boden, als könnte sie meinem Vater nicht in die Augen sehen.

Kaiden schaut mich an. »Was ist los mit dir?« Er späht auf die Uhr und macht ein Gesicht, als wäre er über irgendwas überrascht. »Bist du nicht normalerweise viel früher zu Hause?«

Rachel rutscht von der Arbeitsfläche. »Ich glaube, ich sollte gehen. Das hat Spaß gemacht, Kaiden.« Sie küsst ihn auf die Wange und sieht mich kurz an, bevor sie an uns vorbei zur Tür geht.

Papas Hand an meinem Arm fühlt sich beschützend an. »Es gibt eine Menge, was ich dir gern sagen würde, aber Cam ist nicht zu Hause. Mich beschäftigt jetzt erst mal nur die Tatsache, dass Emery ausgesperrt war und halb erfroren ist, während du ... Brownies gemacht hast?« Mit angespanntem Ausdruck betrachtet er das Chaos. »Du räumst diesen Dreck jetzt besser auf und entschuldigst dich bei Emery.«

»P-Papa ...«

Er dreht sich zu mir. »Du musst heiß duschen und dich aufwärmen. Ich sehe nach, ob der Heizlüfter an ist, und besorge dir etwas Warmes zu essen.« Dann entdeckt er etwas auf dem Beistelltisch neben der Küchentür. Zwei Schlüssel. Einer hat eine kleine rosafarbene Hülle, die zu dem fehlenden Schlüssel an meinem Schlüsselbund passt. »Warum zum Teufel sind die Ersatzschlüssel für die Eingangstür hier drinnen?«

Ich öffne den Mund.

Hat Kaiden mich absichtlich ausgesperrt?

Meine Nasenflügel beben, und ich tue, was Papa mir gesagt hat, ohne weiter darüber nachzudenken. Ich lasse die beiden streitend zurück und schließe mich in meinem Zimmer ein. Es braucht ein wenig, bis meine Muskeln und Gelenke wieder beweglich sind und ich mich ausziehen kann, und als ich unter dem heißen Wasser der Dusche stehe, entspanne ich mich endlich.

    Bis mir bewusst wird, was Kaiden getan hat.

    Dann setzt sich die Wut dort fest, wo vorher die Erstarrung war.

    Während das warme Wasser über mich läuft, verändert sich mein Zittern zu etwas ganz anderem. Ich bin wund, verbittert und emotional. Ich dachte, dass Kaiden und ich uns angefreundet hätten oder zumindest etwas in der Art.

    Ich bemerke gar nicht, dass ich weine, bis ich mich mit dem Rücken unter die Dusche stelle und spüre, wie mir Tränen über die Wangen laufen. Ich wische sie weg und fahre mit den Fingern durch die Haare, wobei ich zusammenzucke, als sich meine Schultern von der Bewegung verkrampfen.

    Ich lasse die Arme herabhängen und bemerke, was ich an den Fingern habe.

    Haare.

    Viele Haare.

    Mehr Tränen.

    Mehr Wut.

    Nicht nur auf Kaiden.

    Auf das Leben.

...

Er ist in meinem Zimmer, als ich mit nassen Haaren, in Jogginghose und übergroßem Sweatshirt aus dem Bad komme. Er hat sich ebenfalls umgezogen und sitzt auf der Bettkante, die Ellbogen auf die Beine gestützt.

    Ich sage nichts.

Aber er. »Geht es dir gut?«

Ich will ihn fragen, warum ihn das interessiert.

Ich gebe ihm keine Antwort.

»Du siehst etwas besser aus.«

Ich verziehe das Gesicht.

Wenn er wüsste, was diese Worte wirklich in mir auslösen. Ich habe mir schon zu oft angehört, wie andere über mein Aussehen reden. An Tagen, an denen man sich eher tot als lebendig fühlt, sind solche Sätze wie ein Schlag in die Magengrube. Es geht immer nur ums Aussehen. Entweder sieht man nicht krank genug aus, damit einem geglaubt wird, oder man sieht so krank aus, dass die Leute glauben, darauf hinweisen zu müssen.

Wahrscheinlich hat er sogar recht. Meine Finger sind nicht mehr blau, und ich kann meine Glieder fühlen. Bevor ich das Bad verlassen habe, habe ich gesehen, dass meine Wangen und Nase ein wenig gerötet waren, was nicht weiter ungewöhnlich ist, weil ich länger unter dem siedenden Wasser gestanden habe, als wahrscheinlich gut war.

»Emery …«

»Du solltest gehen.«

Ich will mich mit einem Buch ins Bett legen oder mir etwas auf dem Laptop ansehen. Vielleicht früh schlafen. Irgendwas, damit er geht.

»Ich habe nicht …«

»Kaiden«, schneide ich ihm das Wort ab, »ich will nicht mit dir reden. Ich will nicht, dass du in meinem Zimmer bist. Ich will nicht …« Ich schüttle den Kopf. »Ich will mich jetzt einfach nicht damit auseinandersetzen. Ich will deine Gesellschaft nicht.«

»Das war mal mein Zimmer«, bemerkt er.

Ich lege die Hände an die Hüften. »Wenn du es so sehr zurückwillst, okay. Du kannst unsere Sachen tauschen, wenn ich nächste Woche weg bin.«

Er verzieht den Mund. »Es ist nur ein Zimmer.« Bevor ich etwas antworten kann, fügt er hinzu: »Du bekommst ein richtiges Rückgrat. Vielleicht sollte ich dich nicht mehr Maus nennen.«

»Mäuse sind mutig«, werfe ich ein, obwohl das eigentlich keine Rolle spielt. »Dafür, dass sie so klein sind, riskieren sie eine ganze Menge.«

»Normalerweise werden sie umgebracht.«

Ich denke an das eine Mal, als Lo und ich eine Maus im Zimmer hatten. Mama schwor darauf, dass Erdnussbutter in der Falle sie anlocken würde, aber die Maus war klug. Irgendwie leckte sie die Erdnussbutter ab, ohne dass die Falle zuschnappte.

»Nicht alle.«

Wir schweigen.

»Ich wusste nicht, dass du draußen warst.«

»Spielt keine Rolle.«

»Das tut es verdammt noch mal doch.« Er steht auf und fährt sich mit den Fingern durch die Haare. »Wenn ich das gewusst hätte, dann hätte ich die Scheißtür geöffnet. Rachel und ich haben Musik gehört und …«

Ich hebe die Hand. »Ich will nicht wissen, was ihr beiden getan habt. Tatsächlich möchte ich lieber an alles andere denken als daran. Würdest du mich jetzt bitte in Ruhe lassen, ich habe zu tun.«

Er schnaubt. »Was denn? Mehr Hausaufgabe? Noch ein Buch lesen? Geht es um einen Cowboy oder um einen Soldaten?«

Ich werde rot und ziehe die Decke zurück. Mama hat Bücher mit solchen Männern auf dem Cover gelesen, aber ich tue das nicht. Dennoch ist mir nicht danach, ihn zu korrigieren.

»Ich bin müde.«

»Es ist nicht einmal halb sieben.«

»Das macht die Kälte mit mir«, erwidere ich scharf und mustere ihn, während ich die Füße unter die Steppdecke schiebe.

Er ist still und beißt die Zähne zusammen.

Ich will ihm erzählen, dass die Kälte noch viel mehr mit mir macht. Sie verursacht Schmerzen bis in die Knochen, die mich tagelang leiden lassen und so erschöpfen, dass ich vierzehn Stunden am Stück schlafe. Außerdem irritiert sie meine ohnehin schon empfindliche Haut. Anstatt ihm diese Details mitzuteilen, lege ich mich auf die Seite und drehe ihm den Rücken zu.

Das tut an der Schulter und Hüfte weh, ist mir aber egal. Ich möchte ihn auch einmal verletzen. Ich werde mich nicht mehr so von ihm behandeln lassen. Wenn nur einmal jemand denselben Schmerz verspüren würde, den ich empfinde, um mich vielleicht endlich zu verstehen.

Ich bin es leid, selbstlos und rücksichtsvoll zu sein, damit es allen anderen gut geht.

»Du musst zumindest etwas essen.«

»Nicht hungrig«, murmle ich.

Ich glaube, er flucht leise, doch der Schlaf treibt mich davon. Ich höre, wie sich die Tür hinter ihm schließt, dann schlafe ich ein.

Als ich ein paar Stunden später aufwache, bemerke ich einen würzigen Duft. Ich setze mich auf und reibe mir die Augen, bis sie sich an das Dämmerlicht gewöhnt haben. Auf dem Nachttisch steht ein Tablett mit einer Thermoskanne und einem Post-it.

In der Kanne ist Suppe.

Auf dem Post-it das Bild einer Maus.

Siebzehn

Oma begrüßt mich vor dem Haus. Es wirkt jetzt so anders auf mich. Das ist dumm, denn es hat sich nichts geändert. Die Vordertür ist noch immer weiß gestrichen, die hellblaue Fassade abgesplittert, und auf dem Weg zur Eingangstür wächst noch immer Moos zwischen den Steinen.

Das Gras der Vorderwiese ist etwas länger, als hätte es jemand schon eine Weile nicht geschnitten, sich aber bemüht, es in Form zu halten. Der Kinderpool, der immer am Rand bei den Fliederbüschen stand, ist umgedreht und mit Erde, Schlamm und anderem Zeug verschmutzt. Ich bin überrascht, dass noch Luft drin ist. Und die Reifenschaukel, die Lo unbedingt haben wollte, hängt jetzt unbenutzt da. Das Seil ist von der Witterung ausgefranst.

Oma zieht mich an sich und drückt mich fest, während Papa meine Tasche neben mich stellt. Er lächelt Oma zu und küsst mir auf die Wange. Mein Herz hüpft bei dieser kleinen Geste ein wenig. Früher hat er uns immer auf die Wange geküsst, bevor er zur Arbeit gefahren war.

»Ruf an, wenn du mich brauchst, okay?«

Die Hinfahrt war lang und ruhig. Ab und zu hat er mir Fragen gestellt, eher aus Höflichkeit als aus echter Neugierde. Zum Beispiel nach meiner Lieblingsmusik, um die Stille zu überwinden. Ich erinnere mich an seine: Rock aus den Siebziger- und Achtzigerjahren, Bands mit langen Haaren und lauten Stimmen. Papa hat in einer Garagenband Gitarre gespielt, aber sie sind nicht weit gekommen. Mama meinte, sie waren nicht gut genug.

Ich habe ihm gesagt, dass ich Country okay finde.

Das gefiel ihm.

»Mache ich«, lautet meine Antwort, obwohl ich mir sicher bin, dass ich das Telefon in meiner Zeit hier nicht anfassen werde.

Oma dankt ihm, dass er mich gebracht hat, bevor sie meine Tasche nimmt und mich ins Haus begleitet. Als wir eintreten, halte ich die Luft an, weil ich mir nicht sicher bin, was oder wen ich antreffen werde.

Die Wände am Eingang sind noch immer von Bildern übersät, obwohl es deutlich weniger von Lo und mir sind. Ich frage mich, ob Mama jemals die von mir eingesammelten Bilder in meinem alten Zimmer entdeckt hat. Ich habe sie nicht weggeräumt, als ich meine Sachen zusammengepackt habe, denn Mama hat ohnehin nur selten einen Fuß in den kleinen Raum gesetzt.

Ich mache ihr keine Vorwürfe.

Es war schon für mich schwer, in dem Zimmer zu bleiben, in dem meine Schwester gestorben ist. Ich kann mir nicht vorstellen, wie es sich für Mama anfühlen muss, wo es jetzt vollkommen leer ist.

Oma bemerkt meinen Blick und drückt meine Hand. »Denk nicht darüber nach, Liebling. Du bist hier, um eine schöne Zeit zu haben.«

Bin ich das?

Ich konzentriere mich auf die dünne Staubschicht im Regal. Irgendetwas fehlt, aber ich kann mich nicht daran erinnern, was es ist. Eine Schale? Eine Vase? Erfolglos zermartere ich mir das Gehirn und lasse mich lieber von Oma durch das Haus führen.

Es ist sauber, was mich nicht sehr überrascht. Mama hatte schon immer einen Putzfimmel. Ich hatte nur angenommen, dass sie damit aufhören würde, wenn sie sich keine Sorgen mehr machen musste, dass wir von irgendwas einen Anfall bekämen.

»Es sieht aus wie immer«, murmle ich und fühle mich schlecht, dass ich das Schlimmste befürchtet habe.

Ich bilde mir immer noch ein, dass ihr Leben ruiniert wurde, als ich fortgegangen bin. Tief in mir weiß ich, dass das Gegenteil der Fall ist. Ihr Leben war unvorhersehbar, als ich noch hier war und sie die ganze Zeit damit rechnen mussten, dass etwas passiert.

Du bist gegangen, um ihnen etwas Frieden zu geben.

Oma lacht leise. »Deine Mutter ist mit ihrem neuen Job sehr beschäftigt. Sie hat nicht mehr die Zeit, um sich obsessiv dem Putzen und Aufräumen zu widmen, wie sie es vorher getan hat. Hat sie das erwähnt?«

Ein neuer Job? Ich bin überrascht und frage mich, ob Mama Oma erzählt hat, dass wir miteinander gesprochen haben. Es ist schon so lange her, dass wir auch nur ein paar Worte gewechselt haben, und irgendetwas sagt mir, dass Oma nichts davon weiß.

Sie seufzt. »Emmy …«

Ich presse die Lippen zusammen. »Wo arbeitet sie?«

Oma setzt sich auf die Couch und klopft auf das Kissen neben sich. Ohne zu zögern, lasse ich mich auf den vertrauten Platz fallen, versinke im Stoff und erinnere mich an die vielen Male, die ich hier mit Mama gekuschelt habe.

»Sie arbeitet als Krankenschwester an der hiesigen Highschool.« Omas Hand ruht auf meinem Knie, und sie tätschelt es leicht. »Sie hat es geliebt, in der Pädiatrie zu arbeiten, aber nach ihrem Weggang war es schwierig, dort wieder anzufangen.«

Ich spüre Schuld in mir aufkeimen, doch Oma schüttelt den Kopf. »Wag es bloß nicht, dir Vorwürfe zu machen, Emery. Ich weiß gar nicht, ob deine Mutter überhaupt damit klarkommen würde, mit kranken Kindern zu arbeiten. Sie denkt noch immer an Logan, als sie klein war. Ihr jetziger Arbeitsplatz ist ein erster großer Schritt für sie, der ihr die nötige Zeit zum Arbeiten und zum Genesen bietet, bis sie etwas anderes findet. Ich verspreche dir, es geht ihr besser.«

Ich bin still.

Manchmal musste Mama samstags in der Klinik arbeiten. Als Papa gegangen war, nahm sie Lo und mich mit und wir durften in dem kleinen Bereich spielen, den das Krankenhaus für Kinder eingerichtet hatte. Es gab dort ein großes Spielzeughaus, in dem Lo und ich mit anderen Kindern spielten, bis sie zu ihren Untersuchungen mussten.

In dem Sommer, bevor er endgültig auszog, besuchte Papa uns häufig zwischen seinen beruflichen Verpflichtungen, wenn wir mit Mama im Krankenhaus waren. Er brachte uns ins Erdgeschoss, wo es einen langen unterirdischen Tunnel gab, der die zwei Gebäude des Krankenhauses miteinander verband. Dort unten ging er mit uns zu den Automaten und ließ uns herumlaufen.

Kurz vor meinem Umzug habe ich den Tunnel besucht. Er hatte nichts mehr von der Magie meiner Erinnerung an sich. Die Snacks in den Automaten waren überteuert, und bei vielen Bestellungen kam etwas anderes heraus als der Riegel, den man eigentlich haben wollte. Lo störte es damals nicht, ob sie einen Kokos- oder einen Mandelriegel bekam, denn sie aß alles.

Doch mir war es immer wichtig, denn es war nicht das, was ich wollte.

Es ist nicht das, was ich wollte.

»Emmy?«

Ich löse mich aus meinen Erinnerungen und erröte, weil ich so in Gedanken vertieft war. »Tut mir leid. Macht sie … geht es ihr gut? Du weißt schon, mit allem?«

Sie zieht die Schultern ein Stück zurück. »Deine Mutter ist stärker, als sie glaubt.«

Warum glaube ich das nicht?

...

Wir bestellen Pizza. Hawaii für Mama und Peperoni, Salami, Brokkoli und Zwiebeln für mich und Oma. Wir hätten uns auch eine Käsepizza teilen können, aber Oma meinte, dass Mama die Reste gern mit zur Arbeit nimmt.

Als ich höre, wie das Auto in der Auffahrt parkt, werde ich nervös. Die Pizza wartet in der Küche, und im Fernseher läuft eine alte Serie auf einem Kanal, den ich nicht kenne.

Die Tür geht auf.

Ich halte die Luft an.

Ist es möglich, sein Herz zu verschlucken? Es fühlt sich an, als würde es mir in der Kehle stecken und mich erwürgen. Alles nur, weil diese Frau die Türklinke bewegt.

Oma wirft mir ein aufmunterndes Lächeln zu. Sie ist in die Serie vertieft, ich bin zu sehr mit meinen Gedanken beschäftigt, um mich dafür zu interessieren, ob der Mann wirklich mit der Frau seines Bruders geschlafen hat. Offenbar hat er es.

Die Tür geht auf, und Mama tritt ein, ohne zu merken, dass ich mitten im Raum stehe. Mein Herz hämmert wie wild, und ich halte die Luft an, bis sie von der Tasche in ihrer Hand aufblickt.

Sie trägt einen Kittel.

Ihr silberblondes Haar ist unordentlich.

Aber sie ist es.

»Hi«, flüstere ich und wage nicht, näher zu kommen. Ich bemerke die kleinen gelben Enten auf ihrem blauen Shirt. Es ist ein Oberteil, wie sie es im Krankenhaus getragen hat. In der Schule ist das vielleicht nicht nötig, doch ihr ganzer Schrank ist voll damit.

Sie bleibt an der Tür stehen, ihr Blick wandert an mir herunter und kehrt dann zurück zu meinen Haaren. Ich frage mich, was sie darüber denkt. Der Stil ist mir ans Herz gewachsen, und Cam hat vor, mich alle sechs Wochen mitzunehmen, wenn sie sich die Haare machen lässt, damit ich die Frisur behalte.

Als sie den Mund öffnet, fürchte ich mich. Ich beruhige mich damit, dass genug Zeit vergangen ist – sie wird nicht mehr dieselben Fehler machen wie damals, als sie unter Schock stand.

»Hallo, mein Schatz.« Erleichterung durchflutet mich, als ich ihre sanften Worte höre und geradezu in ihre Arme laufe. Sie umarmt mich fest, und ich atme den süßen Geruch von Vanille und Lavendel ein, ihre beiden Lieblingsdüfte.

Ich löse mich aus ihrer Umarmung und sehe ihr ins Gesicht. Sie wirkt müde, als wäre sie älter geworden, doch ich bemerke etwas Entscheidendes, das mich wieder atmen lässt.

Mamas Augen sind nicht golden.

Achtzehn

Mama und ich verbringen den Abend damit, über ihren neuen Job und über Hobbys zu reden. Sie scheint glücklich zu sein und entspannter, als ich sie in Erinnerung habe. Die Erleichterung darüber, dass es ihr gut geht, ist leider nur von kurzer Dauer, weil mein Gewissen mir sagt, dass es ihr nur meinetwegen so schlecht ging.

Aber das hast du gewusst.

Die Tatsache, dass Mama ihren neuen Job mag und einem Handarbeitskreis im Gemeindezentrum beigetreten ist, macht alles erträglicher. Sie musste sich selbst finden. Um den Verlust von Lo zu verarbeiten, und auch den Verlust von mir.

Mamas Lächeln hatte ich fast vergessen. Es wirkt zunächst genauso fremd wie ihr Lachen – luftig und hell. Ich will ihr sagen, wie sehr ich den Klang liebe, fürchte aber, dass sie dann damit aufhört.

Bevor Oma zurückkehrt, bemerkt Mama mein Armband. Ihr Lächeln verschwindet nicht. Und ich hoffe, dass es wieder so sein kann, wie es einmal war.

Emery und Mama.

Sonnenschein und blauer Himmel.
Du bist mein Sonnenschein, Schatz.
Dann bist du mein blauer Himmel, Mama.
Logan wird immer der Regenbogen sein, bunt und glücklich und mühelos, selbst im Sturm.
Ich möchte das Lied spielen, doch ich habe Angst.
Ich will nach Lo fragen, doch ich habe Angst.
Ich will für Mama da sein, doch ...
Ich fürchte mich schrecklich.
Ich fürchte, dass es sie zerbricht, wenn wir über etwas anderes als unser heutiges Leben reden. Wird sie sich dann wieder verschließen? Weinen? Erstarren? Verstummen? Wird sie aufhören, mich als Emery anzusehen, und mich wieder Logan nennen?
Ich will alles über ihren Job wissen, was sie zum Frühstück isst und in ihrer Freizeit tut. Doch ich will auch wissen, ob sie Lo besucht und mit Oma spricht und zu einem Trauerbegleiter geht, wie alle vorgeschlagen haben.
Aber ich kann nicht.
Denn Mama lächelt.
Ihre Augen sind grün.
Ich liebe sie zu sehr, um ihr wehzutun.
In meinem Kopf singe ich das Lied.
In meinem Kopf singt Mama mit mir.
Dann berührt sie mein Armband, betrachtet die Buchstaben und küsst mir auf die Wange, bevor sie ins Bett geht. Es ist noch früh, aber damals ist sie noch früher schlafen gegangen. Ich frage mich, ob sie immer noch Schlaftabletten nimmt.
Oma kehrt nicht sofort zurück, deshalb räume ich die Küche und das Wohnzimmer auf, bevor ich in das Zimmer zurückkehre, an das ich die meisten Erinnerungen habe. Meine Tasche steht neben meinem alten Bett – die neue weiß-blaue Steppdecke darauf

habe ich noch nie gesehen. Sie ist aufgeschlagen und an den Ecken gefaltet, wie man es aus dem Hotel kennt. Oma hat das gemacht, sie war früher Haushälterin.

Das Zimmer ist genauso, wie ich mich daran erinnere. Über dem Nachttisch ist eine Delle von früher in der Wand, als ich mit Lo auf dem Bett herumgehüpft bin und dabei eine Lampe umgestoßen habe. Sie schlug gegen die Wand und zerbrach auf dem Boden. Es war Mamas Lieblingslampe.

Die Wände sind nicht neu gestrichen worden, und das Weiß aus meiner Erinnerung ist jetzt cremefarben. Das ganze Haus könnte eine Renovierung gebrauchen. Schon als wir klein waren, hat Papa immer zu Mama gesagt, dass er damit anfangen würde. Sie wollte eine neue, apfelfarbene Küche, rot und hell und einladend.

Ich schiebe den Gedanken beiseite und betrachte das Bücherregal. Früher standen dort überall Bücher, dazwischen ein verstecktes Bild von Lo. Die von mir zurückgelassenen Bücher stehen jetzt nicht mehr im Regal, deshalb öffne ich den Schrank.

Er ist leer.

Mit klopfendem Herzen blicke ich unter beide Betten und suche nach den Bildern, die ich zum Wohl Mamas gesammelt und dort versteckt hatte. Sie haben mich bis in den Schlaf verfolgt, und die Schuldgefühle waren stärker als meine Schmerzen. Jetzt sind sie fort, und unter dem Bett liegt kein Staub, als hätte jemand extra für mich sauber gemacht.

Ich höre, wie die Vordertür aufgeht und Oma unsere Namen ruft. Ein Gefühl der Panik breitet sich in meiner Brust aus, während ich Kommodenschubladen und Plastikboxen öffne, um zu sehen, was mit Lo geschehen ist. Alle Erinnerungsstücke an sie sind verschwunden, und ich muss sie finden. Ich muss mich vergewissern, dass sie noch da sind.

»Emmy?« Omas Stimme kommt jetzt näher, doch ich kann sie kaum hören. Meine Brust ist so eng, dass ich das Gefühl habe, zu ersticken.

Jemand schüttelt mich.

Jemand ruft meinen Namen.

»*Atmen*«, sagt eine sanfte Stimme.

Nicht Oma.

Es ist Mamas Stimme.

Ich weine an ihrer Brust, während sie sich neben mich auf den Boden setzt, mir den Rücken streichelt und mich tröstet, wie sie es vor langer Zeit getan hat. Sie summt etwas. Es ist nicht unser Lied.

Es ist nicht unser Lied.

Es fühlt sich wie eine Ewigkeit an, bis ich mich endlich lösen kann, und ich mache es erst, als sie ein Taschentuch hervorzieht und mir das Gesicht abwischt. Das macht mich nur noch trauriger, denn es hat mir nie gefallen, so mit Mama zu sein, selbst wenn ich mir ihren Trost so oft erträumt habe.

Wo warst du damals, Mama?

Ich habe dich gebraucht.

Ich würge die Worte herunter, denn in diesem Moment bedeuten sie nichts. Nicht, wenn Mama da ist und mich hält und tröstet und die Frau ist, die ich mir wünsche. Ich habe sie verlassen, so wie Kaiden es gesagt hat, aber nur deshalb, weil es wichtig für sie war.

Aber in einer Sache hat Kaiden unrecht.

Ich brauche Mama mehr als sie mich.

»Ich will nicht vergessen.« Ich bekomme Schluckauf und blicke auf den Leerraum im Zimmer. »Ich will sie nicht vergessen, Mama.«

Ihre Augen glitzern, und der vertraute Goldton dringt durch. Da ist Kummer und noch mehr, etwas Tiefes. Schuld.

»Du wirst sie niemals vergessen«, flüstert sie und streicht mit dem Daumen über meine Wange.

Oma kehrt zurück und hat ein großes Lederbuch in der Hand. Sie reicht es Mama, die es langsam öffnet und über den Inhalt lächelt. Als sie es mir gibt, macht mein Herz einen Sprung.

Es ist ein Fotoalbum von Lo.

Mit allen Bildern …

Ich blicke zu Mama und frage mich, wie ich so an ihr zweifeln konnte. Wenn ich an sie denke, dann denke ich an ihre Traurigkeit, ihre Zurückgezogenheit und ihre Gebrochenheit. Ich sehe nicht die Frau, die mir vorgesungen und mir Kekse gebacken hat, wenn ich traurig war, oder die mir gesagt hat, wie sehr sie mich liebt, einfach so.

Ich habe sie verurteilt.

Sie kritisiert.

Mich gefragt, warum sie mich hat gehen lassen.

Sie wusste, dass es dir besser gehen würde …

»Du hast sie in ein Album getan«, sage ich leise. Es ist keine Frage, nur eine überraschte Feststellung.

Wusste Mama, was ich über sie dachte?

Eine weitere Träne fällt.

»Sunshine«, flüstert sie.

Ich schließe die Augen.

An diesem Abend schläft Mama neben mir in meinem Bett ein, hält mich und streicht mir durch die Haare. Die Bewegung schmerzt, doch ich sage ihr nicht, dass meine Kopfhaut wehtut und dass ich jedes Mal zusammenzucke, wenn sie mit den Nägeln hängen bleibt. Ich will mich daran erinnern, wie es sich vor dem Schmerz angefühlt hat. Es hat mich beruhigt. Mich eingelullt. Mich erleichtert.

Als wir am Morgen aufwachen, sieht sie als Erstes die Haare auf meinem Kissen.

Sie öffnet den Mund.

Ihre Augen werden größer.

Sie flüstert: »Nicht noch mal.«

Sie würgt an ihren Tränen und an Furcht und Sorge, während sie sich aufsetzt und auf das Haarbündel starrt, das neben mir auf dem Kissenbezug liegt. Ihre Augen können nicht woanders hinschauen.

»Nicht noch mal, Logan.«

Und ich kenne die Wahrheit.

Ich werde Mama zerstören.

Aber nicht als Emery ...

Denn Emery gibt es nicht.

Neunzehn

Ich frühstücke nicht und fliehe an den einzigen Ort, an dem ich Frieden finde. Oma will mich aufhalten und sagt, dass ich wenigstens einen Müsliriegel essen soll, aber ich habe keinen Appetit.

Das Konzept von Schmerz ist mir nicht fremd, denn der Schmerz ist eine Konstante in meinem Leben, und mein Körper hat sich daran gewöhnt. Doch dieses Gefühl in meiner Brust ist intensiver als alles, was meine Krankheit verursachen könnte, obwohl sie die eigentliche Ursache für den Schmerz ist.

Niemand will seiner Mutter das Herz brechen …

Als ich Los Grab sehe, ergebe ich mich meinem Schmerz. Der Grabstein ist sauber, keine Spur von Gras, Schmutz oder Vogeldreck, wie beim letzten Mal. Der Bereich um den Stein ist gepflegt und anders als die Wiese am Haus. Jemand ist hier gewesen, vielleicht sogar Mama.

Ich hocke mich auf den unebenen Boden und fahre mit den Fingerspitzen über den Rand des glatten Granits, bevor ich die Buchstaben ihres Namens nachzeichne. Sie sind rauer, und die Vertiefungen fühlen sich unangenehm an meiner Haut an, aber ich achte nicht darauf.

Logan Olivia Matterson.
Geliebte Tochter, Schwester und Freundin.

Ich lege die Hände in den Schoß und starre auf den Stein, als würde gleich etwas geschehen. Wenn ich stark genug daran glaube, dann sehe ich Logan vielleicht. Wie in einem der Bücher, die ich gelesen habe, wo die Geliebten eine zweite Chance mit den Verstorbenen bekommen.

»Das hier ist kein Buch«, flüstere ich.

Der Wind wird stärker, und ich wickle den Mantel enger um mich. Es hat bisher noch nicht geschneit, was für Anfang November ungewöhnlich ist. Zumindest hier. Papa meinte, dass sie in Exeter nicht annähernd so viel Schnee haben.

Ich setze mich hin, überkreuze die Beine und stecke die Hände in die Manteltaschen. »Es tut mir leid, dass ich schon eine ganze Weile nicht mehr hier war. Ich habe beschlossen, für das letzte Schuljahr bei Papa zu leben.«

Ich verlagere mein Gewicht und kratze an einem Fleck auf meinen Jeans. »Du fragst dich vermutlich, warum ich das mache, nach allem, was er getan hat, aber …« Ich schüttle den Kopf. »Vielleicht fragst du dich das gar nicht. Du hast den Menschen immer verziehen. Und es spielt ja auch keine Rolle, oder?«

Ich weiß gar nicht, warum ich warte, als würde sie antworten. Seufzend blicke ich auf meine rissigen Nägel. »Papa gibt sich Mühe, deshalb kann ich ihm keine Vorwürfe machen. Du hättest bestimmt gesagt, es lohnt sich nicht, sauer auf ihn zu sein. Jedenfalls hat er eine neue Frau und einen Stiefsohn, und sie sind … nett.«

Der Wind weht stärker, hört dann ganz auf. Ich frage mich, ob mir Lo damit zeigen will, dass ich weitersprechen soll.

Ich gehe mit der Zunge über meine Lippen und sage: »Unsere Stiefmutter heißt Cameron, aber alle nennen sie Cam. Papa scheint sie wirklich zu lieben. Ich glaube nicht, dass er Mama jemals auf dieselbe Weise angeschaut hat. Sie kümmert sich, Lo. Sie weiß von uns, von *dir*, und sie hilft, wo sie kann. Sie ist sogar mit mir zum Friseur gegangen.«

Ich atme tief ein. Die Luft schmerzt in der Lunge, doch ich schlucke es runter, während ich meine Haarspitzen berühre. »Manchmal wünsche ich mir, dass mich Mama dort besuchen oder häufiger anrufen würde oder … einfach da wäre, so wie Cam es ist. Mama vermisst dich so sehr, Logan. Sie leidet, und ich kann ihr nicht helfen. Es braucht nur eine winzige Erinnerung an meine Krankheit, und sie gerät wieder in den Strudel. Es geht ihr nicht gut, wenn ich hier bin, das weiß ich.

Kaiden, Cams Sohn, hat mich nachdenklich gemacht, ob ich nicht egoistisch bin, weil ich fortgegangen bin. Aber jetzt weiß ich, dass das nicht stimmt. Hoffentlich kannst du mir verzeihen. Ich weiß, ich habe dir versprochen, dass ich dich nie verlassen werde, doch du hättest dasselbe getan, wenn du Mama gesehen hättest.«

Kein Wind.

Nicht die kleinste Brise.

Ich halte die Luft an.

Egoistische Menschen stellen andere nicht an erste Stelle.

Egoistische Menschen opfern nicht alles, was sie haben.

Sie kommen nie an zweiter Stelle.

Sie empfinden keine Qualen.

Meine Qual ist einen Meter fünfundsechzig groß und hat blondes Haar mit silbernen Strähnen und moosgrüne Augen voller Trauer. Ich will glauben, dass es mich stärker macht, wenn ich mich meiner Qual stelle, doch in Wahrheit zieht es mich täglich ein Stück tiefer hinab.

Denn Mama ist egoistisch.

»*Mama* ist egoistisch, Logan.«

Sobald ich die Worte ausgesprochen habe, reagiert mein Körper. Es fühlt sich an wie ein Amboss, der mich zu zerschmettern droht, bevor mich jemand in letzter Sekunde rettet. Wie ein zusätzliches Gewicht zu all dem anderen, das mich bereits in das Grab neben Lo zu drücken versucht.

Ich starre auf den Boden.

Auf das Gras.

Auf die Erde.

»Ich will nicht sterben«, flüstere ich.

Meine Familie ist nicht religiös, und wir sind nie in die Kirche gegangen. Mama wurde als kleines Mädchen jeden Sonntag dazu gezwungen und hat es gehasst. Papa ist noch nie gegangen. Zu uns sagten sie, wir könnten es selber entscheiden, wenn wir älter wären, doch es erscheint mir sinnlos.

Was soll es bringen, jemanden anzubeten, von dem niemand weiß, ob er wirklich existiert? Der Glaube darf nicht blind sein, wenn man ihm folgen soll. Wo liegt der Sinn? Wo ist der Beweis, dass der Glaube an Gott den Tod weniger schrecklich macht?

Vielleicht wirst du Lo sehen.

Vielleicht ...

Das reicht nicht.

Zweifel breitet sich aus, ob ich Lo wirklich eines Tages wiedersehen werde. Zweifel ist die kleine Schwester von Angst – der kleine Dämon, der mir vertraut ist, auf meiner Schulter sitzt und mir alles ins Ohr flüstert, vor dem ich mich fürchten muss.

Was ist, wenn der Tod einfach nur Tod ist?

Wenn ich Lo niemals wiedersehe?

Wenn Mama völlig den Verstand verliert?

Wenn.

Wenn.

Wenn.

Ich werde mit allen Unsicherheiten und inneren Ängsten gefüttert, die mich niederdrücken können. Eines Tages kann ich vielleicht nicht mehr aufstehen. Vielleicht überlebe ich es nicht. Es könnte mir den Rest geben.

Erschöpfung überflutet mich, während ich mit verschwommenem Blick auf Los Grabstein sehe. Ich will mich vorbeugen und ihren Namen berühren, als würde ich ihre Hand berühren, ihr Haar, ihr Gesicht. Ich will sie nur noch ein einziges Mal umarmen.

Nur noch ein Mal.

Ich lege mich auf die Seite, direkt neben ihrem Grab, und stelle mir vor, dass sie bei mir ist, wie im Sommer.

»Ich wünschte, du wärst hier«, sind die letzten Worte, die ich sage, bevor die Natur die Stille zwischen uns ausfüllt.

Irgendwann ... schlafe ich ein.

...

Ich höre Fluchen. Fluchen und Zittern.

Warum ist mir so kalt?

Plötzlich werde ich von Wärme umhüllt und schwebe in der Luft. Alles tut weh. Meine Glieder. Mein Gesicht. Meine Muskeln. Ich glaube, meine Zähne klappern, aber ich bin zu benommen, um mir sicher zu sein.

Ich zwinge mich, über die muskulöse Schulter der Person zu schauen, die mich hält, und sehe, wie Los Grabstein verschwindet. Ich winde mich, schreie und bitte die Person, mich runterzulassen.

»Lo!« Meine Stimme ist heiser, während ich hinter mich greife. »Logan!«

»Hör auf damit, Emery«, verlangt eine vertraute Stimme. Der Griff wird enger und hält mich fest. »Verdammt, Maus. Warum zum Teufel schläfst du hier draußen? Es sind verdammte vier Grad.«

Maus.

Langsam wende ich den Blick und sehe ihm ins Gesicht. Er sieht mich nicht an, sondern blickt nach vorn und hat die Kiefermuskeln angespannt, die aufgebracht zucken. Wenn er nach unten blickt, dann sind seine braunen Augen sicher dunkel, hart – vorwurfsvoll.

»W-wollte ... L-Lo.«

Er spottet und geht den Pfad entlang, als hätte er es schon Tausendmal getan. Als mein Zittern zu stark wird, flucht er erneut und drückt mich noch enger an sich, sein Atem wärmt meine Nasenspitze, während er schneller geht.

»Wenn du noch länger dort gelegen hättest, dann wärst du jetzt endgültig bei ihr«, murmelt er kopfschüttelnd. »Es wird noch kälter. Bald soll es frieren, du Dummkopf.«

Ich will lachen. Wüsste er, woran ich vor dem Einschlafen gedacht habe, dann würde er die Ironie erkennen.

Ich vergrabe mein Gesicht an seinem Hals und spüre, wie er sich verkrampft. Ich will ihn fragen, ob er an ein Leben nach dem Tod glaubt oder an Himmel und Hölle. Glaubt er, dass er in das eine oder andere kommt? Oder glaubt er an gar nichts?

Ich wette, Cam ist mit ihm zur Kirche gegangen.

Anstatt ihn etwas zu fragen, nehme ich die Wärme auf, die mir sein Körper gibt. Wir schweigen, obwohl ich fest davon überzeugt bin, dass er viel zu sagen hat. Ich bin dankbar, dass er nichts von den Dingen sagt, die er mir wahrscheinlich liebend gern an den Kopf werfen würde.

Als er an die Haustür kommt, hört man ein lautes Stöhnen. Oma. Sie bittet ihn hinein und sagt ihm, dass er mich auf mein Zimmer bringen soll. Er zögert, bleibt stehen und sieht sich um, bis ihm Oma die Richtung weist. Kurz frage ich mich, ob noch

Haare auf dem Kissen liegen. Ich habe sie nicht weggetan. Ich konnte es nicht.

Bevor er mich auf die Matratze legt, bemerke ich, dass nichts auf dem Kissenbezug liegt. Innerlich atme ich auf und öffne dann meine kühlen Lider, bis ich sein grimmiges Gesicht sehe.

Er sieht sich nicht im Zimmer um.

Er wühlt nicht in meinen Sachen.

Er sieht mich an. Beobachtet mich.

Er ist ... besorgt.

»W-was machst d-du hier?«

Oma kommt herein, bevor er antworten kann, und scheucht ihn hinaus. »Ich muss sie aus ihren kalten Kleidern rausbekommen. Ich lass dich wieder rein, wenn sie sich umgezogen hat.«

Sie schließt die Tür, sobald er über die Schwelle in den Flur getreten ist. Oma schimpft leise mit mir, während sie mir Mantel und Schuhe auszieht, mir dann bei den Jeans und Socken hilft und mir schließlich auch mein Shirt auszieht. Neben ihr auf dem Nachttisch liegt ein feuchter Waschlappen, und mein Körper genießt die Wärme, als sie ihn mir behutsam an die Haut drückt.

»Mach das nie wieder, Emmy.« Ihre Stimme bricht, und zum ersten Mal erkenne ich, wie viel sie durchgemacht hat.

Ich habe mir immer Sorgen um Mama gemacht.

Das hat sie auch.

Dabei musste sie sich auch noch um mich sorgen, und das war nie leicht für sie. Sie sollte sich nicht um zwei Generationen gebrochener Frauen kümmern müssen.

Ich muss schlucken. »Ich vermisse Logan.«

Sie hält inne, legt den Waschlappen beiseite und tupft mich mit einem trockenen Baumwolltuch ab. »Ich weiß. Das tun wir alle.«

»Ich vermisse auch Mama.«

Sie nimmt meine Pyjamahose und hilft mir beim Anziehen. Das flauschige Material fühlt sich gut auf der Haut an. Das langärmlige Oberteil passt zu der blumigen Hose, und sie beeilt sich, die Decke über mich zu legen, als ich ganz angezogen bin. Dann schiebt sie die Enden unter meinen Körper.

»Ich glaube, deine Mutter vermisst sich selbst auch.«

Zwanzig

Ich wache benommen auf. Etwas fühlt sich seltsam an. Ich blinzle, um mich an das dämmerige Licht zu gewöhnen, und will mich bewegen, merke aber, dass mich etwas festhält.

Ich presse die Lippen zusammen und blicke langsam nach unten auf den gebräunten Arm, der um meine Körpermitte gelegt ist. Überrascht erinnere ich mich daran, was geschehen ist, bevor ich eingeschlafen bin. Oma hat mir gegrillten Käse und Tomatensuppe gebracht, Kaiden hat gesagt, dass Tomatensuppe eklig sei, und …

Kaiden.

In dem Moment, als ich aus seiner Umarmung schlüpfen will, drückt er etwas fester zu. »Es ist noch viel zu früh«, murmelt er mit schlaftrunkener Stimme.

»Was tust du da?«, zische ich und versuche, aus dem Bett zu kommen.

Er lässt mich nicht. »Ich will schlafen, aber du nervst.«

Ich verziehe das Gesicht und versuche erneut, seinen Arm von mir zu bekommen. »Ich kann nicht glauben, dass du in meinem

Bett liegst. Du weißt genau, dass dort drüben noch eins steht, wenn du schlafen willst!«

Er brummt etwas und drückt mich an sich. Es fühlt sich an, als hätte ich eine persönliche Heizung, worüber ich mich normalerweise nicht beschweren würde. Mein Rücken drückt gegen seinen festen Oberkörper, und ich frage mich, wie viel Zeit er mit Workouts verbringt. Als seine Lippen mein Ohr berühren, erstarre ich in seiner Umarmung. »Willst du mich wirklich in dem Bett dort, Maus?«

Ich will ihn gerade zurechtweisen, als ich erkenne, dass er es womöglich gar nicht so meint, wie ich glaube. Seine Stimme klingt nicht anmaßend oder schleimig, sondern wissend. Ich schließe den Mund und blicke auf Los unberührtes Bett. Es ist nicht dasselbe, in dem sie geschlafen hat. Ein paar Tage nach der Beerdigung wurde das Bett ausgetauscht, in dem sie gestorben war. Ich bin überrascht, dass sie überhaupt eine neue Matratze in das Bett gelegt haben. Es ist ja nicht so, als würde es jemand brauchen.

»Das habe ich mir gedacht«, sagt er und atmet kurz aus, sodass es mich an der Wange kitzelt. »Du hast so gezittert, dass ich dir beim Aufwärmen helfen wollte. Jetzt hör auf zu reden.«

Er macht es sich bequem, atmet durch die Nase in meinen Nacken, sodass ich eine Gänsehaut bekomme. Ich wünschte, mir wäre unbehaglich zumute, aber da ist nicht einmal ein Hauch von Schmerz, den ich nutzen könnte, um ihn loszuwerden. Als wüsste er das, zieht er mich näher zu sich und schmiegt meinen Körper gegen seinen.

Oh mein Gott.

Löffeln wir gerade?

Mein Herz dreht durch. Ich habe noch nie zuvor mit einem Jungen gekuschelt, ganz zu schweigen davon, neben einem zu schlafen. Die Tatsache, dass er so entspannt wirkt, verstärkt nur meine Angst.

»Kaiden?«

»Schlaf endlich.«

»Was machst du hier?«

Ich zucke zusammen, als ich seine Zähne an meiner Schulter spüre. »Ich dachte, wir hätten das geklärt. Ich bin ...«

Ich winde mich, um etwas Abstand zwischen unsere Oberkörper zu bekommen, wodurch ich mit meinem Hintern gegen etwas Hartes drücke. »In meiner Heimatstadt, Kaiden.«

Er stöhnt auf und hält meine Hüften fest. »Du musst aufhören, dich zu bewegen. Es sei denn, du willst mir einen Gefallen tun.«

Mit gerunzelter Stirn denke ich über seine Worte nach, während sein Atem wieder regelmäßiger wird. Als ich eins und eins zusammenzähle, schnürt sich mir die Kehle zu, und ich rutsche behutsam weg, bis ich am Rand des ohnehin winzigen Bettes liege. Ich klammere mich an die Matratze, starre auf den Teppich und warte auf seine Antwort.

»Mir war langweilig.«

»Die meisten Leute sehen dann fern oder ... keine Ahnung, verbringen Zeit mit ihren Freunden.« Beim Versuch, es mir bequem zu machen, kämpfe ich mit dem Gleichgewicht und falle fast auf den Boden, bis Kaiden den Arm um mich legt und mich wieder zu sich zieht.

Mir wird überall heiß, als er sich bewegt und dann über mir ist, während ich versuche, ihn nicht anzuschauen. Sein großer Körperbau beherrscht jedoch meine Sinne, als er mich so bedrängt. Ich bemerke, wie sich sein rotes Shirt gerade weit genug von seinem Schlüsselbein löst, dass ich die geformten Muskeln darunter erkenne. Sein natürlicher herber Duft erinnert mich an die Bäume, auf die ich früher geklettert bin. Aber es sind seine Augen, dunkel und durchdringend, die mich fesseln. Als ich sie anblicke, bin ich gefangen.

Ich lecke mir über die trockenen Lippen und murmle: »Es ist ja nicht so, als hättest du kein Gefolge von Leuten, die du zwingen könntest, Zeit mit dir zu verbringen. Wenn du dich so sehr gelangweilt hast, dann hättest du auch Rachel fragen können. Ich glaube nicht, dass es schwer gewesen wäre.«

Seine Lippen bilden ein Lächeln. »Das klingt seltsam nach Eifersucht, Maus. Nur zur Info, ich bin immer noch angepisst von Rachel wegen der Aktion, die sie gebracht hat. Ich wusste nicht, dass sie dir in der Schule den Schlüssel und dann auch den Ersatzschlüssel von draußen genommen hat.«

Wir starren uns einen Augenblick an.

Dann zucke ich mit den Schultern.

Ich erinnere mich vage daran, wie Rachel mich in der Schule angerempelt hat. Meine Sachen sind mir runtergefallen, und sie hat mir geholfen. Und ich war so dumm, sie für nett zu halten.

Er schnippt mir ans Kinn. »Rach und ich standen uns nah, als wir jünger waren. Ehrlich gesagt nervt sie mich jetzt nur noch.«

Ich zögere mit einer Antwort. »Und warum verbringst du dann noch Zeit mit ihr?«

Er antwortet nicht.

»Kaiden.«

Er grinst mich breit an. »Ich muss gestehen, Em, ich mag es, wie mein Name aus deinem Mund klingt.«

Ich halte die Luft an, als er sich vorbeugt, und denke, dass er mich küssen wird. Ich will nicht, dass mein erster Kuss in dem Zimmer stattfindet, wo meine Schwester gestorben ist. Und ich sollte auch nicht wollen, dass es Kaiden ist.

Stattdessen streicht er mit den Lippen über die rechte Seite meines Mundes und wandert dann zu meinem Ohr. »Nostalgie.«

Ich blinzle.

Er drückt sich wieder hoch. »Rachel erinnert mich daran, wie es war, bevor alles auf mich eingestürzt ist. Bevor dein Vater auftauchte, fragte mich Cam ständig nach meinen Gefühlen und all dem Scheiß. Es war …« Er hält inne. »Rachel half mir, alles zu vergessen.«

Ich runzle die Stirn und beobachte, wie seine Züge weicher werden. Er mag Rachel, respektiert sie womöglich. Dennoch sieht es so aus, als würde das, was sie miteinander haben, auf zwei verschiedenen Auffassungen beruhen.

»Ich mag deinen Vater nicht«, fährt er fort und streicht mit den Fingerknöcheln über meinen Kiefer. »Aber ich hasse ihn auch nicht, denn er lenkt meine Mutter ab.«

Es ist schwer zu schlucken, wenn einem das Herz im Hals steckt. »Du sprichst jetzt mehr mit ihr. Das bedeutet vermutlich, dass du etwas von ihr willst. Sie liebt dich so sehr.«

Er hält mit seinen Berührungen inne, seine Knöchel verweilen an meinem Kinn. Er sieht mir nicht in die Augen, doch sein Blick schweift über jede Einzelheit meines Gesichts, als würde er nach etwas suchen.

»Ich mache das für dich«, flüstert er leise.

Ohne ein weiteres Wort legt er sich auf die Seite und zieht mich an sich. Meine Schulter drückt gegen seine Brust, und ich kämpfe nicht gegen ihn an, als er uns so lange bewegt, bis wir beide auf der Seite liegen. Diesmal sind wir einander zugewandt, doch ich kann ihm nicht in die Augen schauen.

Ich konzentriere mich auf sein Shirt, wie sich seine Brust hebt und senkt, und atme langsam aus. »Warum bist du gekommen? Sei ehrlich.«

Seine Hand findet meine zwischen uns. Er führt sie an seine Brust und lässt sie dort liegen, dann legt er einen Arm um mich, bis es keinen Platz mehr zwischen uns gibt. Ich kann ihn nicht wegstoßen, kann meine Hände nicht bewegen.

Will ich das überhaupt?

Eine Weile lauschen wir dem Atem des anderen. Nachdem eine ganze Zeit vergangen ist, lasse ich mich fallen, die eine Hand an seiner Seite, die andere auf der Matratze.

»Du hast dich nicht verabschiedet«, flüstert er.

Ich schließe die Augen und atme seinen Duft ein.

»Ich bin nicht für immer gegangen.«

Seine Stille verrät mir, was ich bereits weiß.

Er kommt auch nicht so gut mit Trennungen klar.

Je länger wir in der Stille liegen, desto mehr versinkt mein Körper in der Behaglichkeit, bis mir die Augenlider schwer werden. Ich bin halb eingeschlafen, als ich seine Hand spüre, die mir ein paar Haare hinter das Ohr streicht. Ich bin zu müde, um darüber nachzudenken, was seine Berührung womöglich mit den zerbrechlichen Strähnen macht.

Er beugt sich zu mir. »Ich hab mir Sorgen um dich gemacht, Em. Deshalb.«

Seine Stimme verschwindet.

Der Raum verschwindet.

Doch seine Wärme bleibt und trägt mich in den Schlaf.

Einundzwanzig

Als die Sonne schließlich aufgegangen ist, wache ich allein auf. Ich brauche eine Weile, bis meine steifen Gliedmaßen mir erlauben, mich zu strecken und aus dem Bett zu steigen. Nachdem ich mir Leggins und ein Sweatshirt angezogen habe, gehe ich in die Küche, wo ich schon den Speck rieche.

Zu meiner Überraschung sitzt Kaiden am Tisch und hat einen Teller Pancakes vor sich. Oma lächelt mir zu, als ich eintrete, und gibt mir ein paar Pancakes auf den Teller, dazu etwas Obst. Ich spähe zu dem leeren Platz neben Kaiden und dem anderen am Tischende, wo Mama normalerweise sitzt, und wäge meine Optionen ab.

Ich setze mich auf Mamas Stuhl.

»Wie hast du geschlafen, Emmy?« Oma stellt den Herd ab und kommt zu uns an den Tisch. Sie setzt sich zwischen Kaiden und mich und stochert in den Eiern auf ihrem Teller.

»Ähm ...« Ich räuspere mich und vermeide Blickkontakt mit Kaiden. »Gut. Ich habe gut geschlafen.« Ich spieße eine Erdbeere auf die Gabel und werfe sie mir in den Mund, blicke dann über die Schulter zu der offenen Tür von Mamas Schlafzimmer. »Wo ist Mama?«

Oma zögert. »Sie ist schon früh zur Arbeit gegangen. Sie hat erwähnt, dass sie einen frühen Termin in der Schule hat.«

Ich presse die Lippen zusammen und nicke.

Ich konzentriere mich auf die Pancakes, als Oma hinzufügt: »Morgen ist der letzte Tag vor den Ferien, sodass sie die restliche Woche zu Hause ist.«

In ihrer Stimme liegt so viel Hoffnung, und ich frage mich, ob sie glaubt, dass alles gut wird. Mama ist mir immer aus dem Weg gegangen, wenn sie es wollte, und ich bezweifle, dass es jetzt anders ist als zu der Zeit, in der ich noch hier gewohnt habe.

Meine Stimme ist leise. »Gut.«

Kaiden durchschaut mich. Als ich aufblicke, hat er den Kopf geneigt und betrachtet mich eingehend. Sein Teller ist zur Hälfte leer, und ich frage mich, wie lange er schon auf ist.

Ich zapple in meinem Stuhl herum. »Was hast du heute für Pläne, Oma? Triffst du dich noch mit Betty von der anderen Straßenseite?«

Sie lächelt. »Wir beiden wollen später einkaufen gehen. Wenn du mitkommen magst, bin ich sicher, dass sie gern etwas von deiner neuen Schule hören würde.« Sie nickt Kaiden kurz zu. »Du bist natürlich auch herzlich eingeladen.«

Zu meiner Überraschung erwidert er das Lächeln. Es sieht seltsam bei ihm aus, wenn man daran gewöhnt ist, dass er normalerweise einen finsteren Ausdruck hat. »Em hat mir vorgeschlagen, mich in der Stadt herumzuführen.«

Omas gezupfte Augenbrauen wandern hoch, bevor sie mich ansieht. »Hat sie das?«

Kaidens Lippen beben. »Ja, sie will mir ihre Lieblingsorte zeigen. Ich freue mich schon seit gestern Abend darauf.«

Ich schließe die Augen und seufze innerlich. Außer der Buchhandlung gehe ich nirgendwohin, und die scheint laut der Website seit einem Monat geschlossen zu sein.

Oma murmelt eine unverbindliche Antwort und wirkt vergnügt. Ihre Mundwinkel sind zu einem kaum sichtbaren Schmunzeln gebogen, und ich weiß, dass sie die Wahrheit kennt.

Ich schneide meine Pancakes. »Die sind gut geworden.«

»Das sagst du oft«, antwortet Kaiden.

Ich blicke zu ihm hoch. »Was?«

»Gut.«

»Was ist falsch an gut?«

»Es ist eine Lüge.«

Oma lacht. »Ihr beide seid interessant zusammen, das muss ich euch lassen.« Sie schiebt ihren Stuhl zurück, nimmt den Teller und steht auf. »Ich lasse euch jetzt allein.«

Zusammen? »Oma …«

Sie tätschelt mir sanft die Schulter, bevor sie aus dem Raum geht.

Kaiden grinst von der anderen Seite des Tisches herüber.

»Was?«, brumme ich und stochere in meinem Essen herum.

»Dann hast du also gut geschlafen?«

Ich bleibe stumm.

»Bist du gar nicht wach geworden?«, hakt er nach.

Ich lass die Schultern hängen. »Warum hast du ihr gesagt, dass ich dich herumführe? Sie weiß, dass du lügst.«

Er wirkt aufrichtig überrascht. »Woher soll sie wissen, dass ich lüge?«

Kopfschüttelnd schiebe ich das Obst über den Teller, bevor ich die Gabel hinlege. »Ich bin nicht oft rausgegangen, als ich hier gewohnt habe, okay?«

Er schnaubt. »Hast du jemals ein Leben gehabt? In Exeter unternimmst du auch nicht viel.«

Ich blähe meine Nasenflügel. »Es gibt Gründe dafür.«

Seine Gabel klirrt gegen den Teller, sodass ich hoch in sein erwartungsvolles Gesicht schaue. »Ich habe den ganzen Tag Zeit, Maus. Was erzählst du mir nicht?«

Ich kneife die Augen zusammen. »Was fragst du mich nicht, Kaiden? Du bist so mit deinem eigenen Blödsinn beschäftigt, dass du niemanden etwas fragst. Du nimmst einfach etwas an.«

»Das ist nicht …«

»Lüg jetzt nicht«, unterbreche ich ihn. »Du machst dumme Annahmen über alles und jeden. Du machst zu, wenn die Dinge nicht so laufen, wie du es willst, und du wirst wütend, wenn dir jemand helfen will. Trotzdem fragst du niemals jemanden nach irgendwas, das relevant sein könnte, weil du nur mit dir selbst beschäftigt bist.«

Er öffnet den Mund, aber es kommt nichts heraus.

Ich hole tief Luft und konzentriere mich darauf, mein Frühstück zu beenden, bevor ich mich um den restlichen Tag kümmere. Ich will nicht mit meiner Oma und Betty einkaufen gehen, aber ich will Kaiden auch nicht herumchauffieren. Er wird sich darüber beschweren, wie wenig man hier machen kann, oder mir einen Spruch dafür reindrücken, dass mein einziger echter Lieblingsort ein muffiger alter Buchladen ist, in dem mehr Staub als Bücher in den Regalen liegt.

Als ich fertig bin, bringe ich meinen Teller zum Küchentresen und beginne, ihn abzuspülen. Kaiden schiebt mich beiseite und stellt seinen Teller in die Spüle, bevor er sich den Schwamm von mir nimmt und weitermacht. Ich sehe überrascht zu, wie er die Teller wäscht und abspült, bevor er sie in den Geschirrständer stellt.

»Du tust so, als hättest du noch nie gesehen, wie ein Mann abspült«, brummt er, stellt das Wasser ab und trocknet sich die Hände am Spültuch.

Papa hat manchmal abgespült, als wir klein waren, doch meistens haben es Mama oder Logan und ich gemacht. Vor allem, wenn Mama uns dafür eine Belohnung gab.

»Ich hatte nur nicht damit gerechnet, dass *du* es machen würdest«, murmle ich und zucke mit den Schultern.

Er antwortet nicht sofort. Dann dreht er sich zu mir und lehnt sich mit der Hüfte an die Arbeitsplatte. »Ich will mich nicht in die Sachen anderer einmischen, solange ich den Eindruck habe, dass ich da nichts zu suchen habe.«

Ich schnaube. »Wirklich? Wenn ich mich recht erinnere, dann hältst du es für nötig, die Schule zu beherrschen, als wärst du der König. Könige mischen sich in alle Angelegenheiten ein. Ich kann nicht einmal in Ruhe einen Salat essen, ohne dass du eine Szene machst.«

»Das ist etwas anderes.«

»Wieso?«

Er schnalzt mit der Zunge. »Die Highschool ist ein gemeiner Ort, vor allem Exeter. Es gab da mal einen Typen, der vor einem Jahr seinen Abschluss gemacht hat und meine Position innehatte. Jeder kannte ihn, respektierte ihn und hörte auf das, was er wollte. Weißt du, was das war? Dass alle miteinander klarkommen.«

Ich verdrehe die Augen. »Nicht alle kommen miteinander klar. Na und? Die Highschool geht nur vier Jahre – eine Minisekunde im großen Lauf der Zeit. Du verschwendest nur deine Zeit, wenn du versuchst, alle auf dieselbe Seite zu bekommen.«

Er sieht weg.

Ich überlege, ob ich ihm von meiner eigenen Erfahrung an der einzigen anderen Schule erzählen soll, die ich kenne. »Logan und ich waren das komplette Gegenteil. Jeder liebte sie, sie war extrovertiert und furchtlos. Ich wurde aufgezogen, weil ich es hasste, mit anderen Leuten zu tun zu haben. Ich habe mich immer lieber in ein Buch vergraben, wo mich niemand stören konnte. Doch selbst an den Tagen, an denen ich geärgert wurde, habe ich es ausgehalten.«

Er sieht mich noch immer nicht an.

»Es gibt schlimmere Dinge im Leben, als ausgegrenzt zu werden. Es ist viel anstrengender, sich anzupassen. Lo und ich waren verschieden, aber ich liebte uns, weil wir so waren, wie wir eben waren. Das haben die anderen vielleicht nicht verstanden, es spielte aber keine Rolle.«

»Ja und?«, fragt er schließlich und verschränkt die Arme vor der Brust. »Wäre es dir lieber, ich würde ihnen erlauben, schlecht über dich zu reden? Willst du, dass die Jungs dich anmachen, dir im Flur hinterherrufen oder Schlimmeres?«

Schlimmeres? »Was …?«

»Du willst es nicht wissen.«

Ich reiße die Augen auf.

»Exeter High ist ein Jagdgebiet«, sagt er leise und kommt näher. Seine Stimme wird tiefer. »Ich habe gesehen, was für üble Dinge mit Personen wie dir geschehen. Ich tue, was ich kann, um diese Raubtiere fernzuhalten, aber sie sind da, und sie lieben Frischfleisch.«

Ich muss schlucken.

Er streicht mir eine Strähne aus dem Gesicht. »Aber du hast nicht ganz unrecht«, fügt er schulterzuckend hinzu. »Es ist ermüdend, sich darum zu sorgen, was andere tun und denken. Notwendig ist es trotzdem.«

Ich ziehe eine Augenbraue hoch. »Und was sind Personen wie ich?«

Er grinst. »Mäuse. Die Stillen, die niemanden belästigen. Hinter denen sind sie her.«

Ich blinzle und flüstere: »Ich kann auf mich selbst aufpassen, Kaiden.«

Er sieht sich mit zusammengepressten Lippen im Zimmer um, dann nickt er. »Ja, Maus. Das sehe ich jetzt.«

Zweiundzwanzig

Kaiden Monroe liebt Frozen Yogurt. Es wirkt seltsam an ihm, genau wie sein Lächeln. Glücklich löffelt er seinen Cookie-Dough-Froyo aus dem Becher und stochert in den Gummibärchen herum, die er als Topping gewählt hat. *Gummibärchen!*

Das Mädchen an der Kasse guckt zu unserem Tisch. Kaiden bemerkt sie gar nicht, doch ich verdrehe die Augen. Ich erinnere mich vage von der Schule an sie. Wie die meisten meiner ehemaligen Mitschülerinnen hat sie schon ihren Abschluss gemacht, so viel weiß ich.

Kaiden bemerkt, dass ich meine Portion kaum angerührt habe, und zeigt mit seinem grellen pinkfarbenen Löffel darauf. Ich muss grinsen, denn die andere Option war violett. »Isst du das oder nicht?«

Ich weiß nicht, warum ihn das überhaupt interessiert. Ich habe darauf bestanden, selbst zu zahlen, also würde ich nicht einmal sein Geld verschwenden, wenn ich es wegwerfen würde.

Er kneift die Augen zusammen. »Was hast du?«

Ich schüttle den Kopf und nehme den Löffel mit dem Schoko-Karamell-Joghurt an die Lippen, um ihn zufriedenzustellen. Er grinst und isst weiter, wobei er schon mehr als die Hälfte verputzt hat, während ich kaum ein Drittel gegessen habe. Seit unserem Frühstück sind noch keine drei Stunden vergangen, deshalb bin ich nicht hungrig.

Oma hat darauf bestanden, dass wir ihren Wagen nehmen und ein wenig herumfahren, deshalb habe ich ihm den alten Buchladen gezeigt, und wir sind durch die kleine Einkaufsstraße spaziert. Es gibt nur wenige Geschäfte und ein kleines Kino, trotzdem gibt es eine ganze Menge Passanten, auch wenn die Läden hier nur selten lange überleben. Ansonsten muss man zum Einkaufen zwei Stunden mit dem Auto fahren.

Den Großteil des Vormittags haben wir schweigend verbracht. Manchmal kommentierte oder kritisierte Kaiden etwas, das uns im Vorbeigehen ins Auge fiel. Meistens aber ging er im Gleichschritt neben mir und sagte kein Wort.

Das war ... friedlich.

Die Kassiererin guckt wieder in unsere Richtung.

Kaiden grinst. »Eine Freundin von dir?«

Hat er es die ganze Zeit über bemerkt? »Nein.«

Er sieht kurz zu ihr rüber, sodass sie errötet und mit ihren Fingern spielt, bevor sie wieder zu mir blickt, ohne sich um ihn zu kümmern. »Es ist ein kleiner Ort. Da kennt man wahrscheinlich jeden.«

Ich esse noch etwas von meinem Joghurt. »Ist das deine Art, mich darum zu bitten, euch vorzustellen? Leider kenne ich ihren Namen nicht.«

Das stimmt nicht. Er lautet Marigold. Ich erinnere mich jetzt wieder, denn ihre Haarfarbe ist wie die der Blume – und ihre Schwestern haben auch Blumennamen. Rose, Lily und Marigold. Mama meinte, ihre Eltern wären Hippies oder so.

Er grinst und schiebt seinen leeren Becher von sich. »Du musst nicht eifersüchtig sein, Maus. Ich gehöre dir allein.«

»Und wenn ich das gar nicht will?«

Er zuckt mit den Schultern.

Das ist alles.

Ich ignoriere ihn und esse ungefähr die halbe Portion, bevor ich satt bin. Ich tupfe mir die Lippen mit einer Serviette sauber, knülle die zusammen und werfe sie in meinen Becher.

»Du willst das wirklich nicht aufessen?«

»Ich bin satt.«

»Du isst kaum etwas.«

»Du hältst kaum den Mund«, entgegne ich.

Er lacht laut auf und legt dabei den Kopf zurück.

Marigold starrt zu mir.

Ich halte ihrem Blick stand.

Sie geht nach hinten.

Ich streiche mir die Haare hinter das Ohr, befeuchte meine Unterlippe und betrachte die Krümel auf dem Tisch. »Ich dachte, es würde mir zu Hause gefallen. Ich dachte sogar, dass Mama vielleicht ...« Ich schlucke meine Worte herunter und spiele mit dem Löffel in meinem Essen.

Ich hole tief Luft und schließe die Augen. »Ich dachte, Mama ginge es gut. Oder zumindest besser. Irgendwas. Ich glaube, es wird ihr niemals wieder gut gehen, Kaiden.«

»Sie scheint ein bisschen neben sich zu stehen«, stimmt er zu.

Ich hebe den Kopf. »Du hast sie getroffen?«

Er lehnt sich zurück. »Als du eingeschlafen bist, kam sie, um nach dir zu sehen. Sie hat das Zimmer nicht betreten. Ich habe gesagt, ich würde euch zwei allein lassen, aber ...«

»Aber was?«

Er sagt nichts.

»Aber. Was?« Ich betone meine Worte, fast knurrend.

»Sie meinte, sie könnte nicht so sein, wie du sie im Augenblick brauchst«, antwortet er nüchtern. »Bin mir nicht sicher, was das heißen soll, aber sie hat dich dabei nicht einmal angesehen. Sie hat die ganze Zeit auf das andere Bett geschaut.«

»Los Bett.«

Er brummt.

»Verstehst du es jetzt?«, frage ich.

Verstehst du, warum es besser ist?

Verstehst du, warum ich gehen musste?

Siehst du, dass ich Mama umbringe?

»Ja, Maus«, murmelt er. »Ich versteh es.«

...

Als wir Los Grab besuchen, sitzt Kaiden neben mir, als würde ich wieder einschlafen. Es ist kälter. Ich will nicht lange bleiben und mich auf gar keinen Fall auf den kalten, harten Boden legen.

Ich habe die Beine überkreuzt und die Hände im weichen Stoff meiner Jackentaschen. »Ich bin immer gern hergekommen, um Logan von meinem Tag zu erzählen. Wenn unsere damaligen Freunde etwas machten, was mich ärgerte, konnte ich mich bei ihr darüber auslassen. Nachdem sie starb, lebte jeder von ihnen so weiter, als wäre es keine große Sache. Ich hatte das Gefühl, die Einzige zu sein, der sie wirklich fehlte.«

Eine von Los engsten Freundinnen war auch mit uns im Cheerleader-Team. Ria Chaplin. Ich fand sie immer nervig, aber Lo liebte sie. Mehr als mich, dachte ich manchmal. Ich erinnere mich daran, wie Lo unsere Pläne umwarf, um sich nach der Schule mit ein paar anderen Mädchen bei Ria zu treffen. Sie haben mich nie eingeladen, doch Lo erzählte mir danach immer von ihren albernen Spielen und dem Tratsch, den sie von Rias älterer Schwester hörten.

Ria sagte Logan, ich würde sie zurückhalten. Eines Tages nach dem Training hörte ich, wie sie sich darüber unterhielten, dass ich nicht so talentiert wäre. Ich wollte nie in das Team, sondern bin nur für Lo eingetreten. Sie bat mich inständig darum. Meine Leidenschaft für Cheerleading war nicht annähernd so groß wie ihre.

Ich schüttle den Kopf und fahre mir mit der Zunge über die Schneidezähne. »Eines dieser Mädchen kam mit seiner Mutter zur Beerdigung, aber sie sprach kein einziges Wort mit mir. Ein paar andere aus der Gruppe waren auch da, und alle wollten nur so schnell wie möglich wieder gehen.«

Kaiden verändert seine Position und legt einen Arm über das Knie. »Vielleicht kamen sie nicht so gut damit zurecht.«

Mein Kiefer zuckt. »Sie kamen ganz gut damit zurecht. Ria wollte zu McDonald's gehen, um sich einen Shake zu holen, bevor sie alle nach Hause fuhren. Ich konnte einen ganzen Monat nichts essen, und sie wollte sich auf der Beerdigung einen *Shake* holen.«

Er ist still.

Mein Blick geht zu Los Grab, bevor ich langsam wieder Kaiden ansehe. Er beobachtet mich ohne einen eindeutigen Ausdruck im Gesicht. Zumindest ist da kein Mitleid.

»Besuchst du deinen Vater?«

Er schaut zu Boden. »Ja.«

Ich nicke.

»Vielleicht hast du recht.« Ich seufze. »Vielleicht wussten die Mädchen nur nicht, wie sie sich verhalten sollen, und ich bin seitdem wütend auf sie. Macht mich das zu einem schlechten Menschen, wenn ich Lo gegenüber schlecht über sie rede? Sie fand Ria und die anderen toll.«

Er grinst. »Nein, es gibt Schlimmeres, was du über Leute sagen kannst.«

»Was denn?«

Er zuckt wieder mit den Schultern.

Ich ziehe die Knie an die Brust und lege mein Kinn darauf. »Manchmal glaube ich, dass Logan da ist. Wenn ich einen schlechten Tag habe, dann ist es, als würde ich sie spüren. Im Wind. In der Sonne. In der Musik.« Ich drehe mich leicht zu ihm. »Fühlst du das auch manchmal?«

Er blinzelt nicht. »Nein.«

Ich kann nicht sagen, ob er lügt oder nicht. Ich wünschte, es gäbe einen Hinweis, eine zuckende Augenbraue oder ein verweilender Blick. Es kommt mir fast vor, als würde er diese Kunst beherrschen – als hätte er jahrelang geübt. Wie lange belügt er sich schon selbst?

Ich lege den Kopf zurück und blicke in den Himmel. »Ich habe einen Artikel darüber gelesen, dass Menschen als etwas anderes zurückkehren. Einmal hat eine Frau ein Schwangerschafts-Fotoshooting gemacht, und dabei ist ein Marienkäfer auf ihr gelandet. Der Fotograf machte ein Foto davon, als die Frau erklärte, dass ihre verstorbene Mutter Marienkäfer liebte. Beim Fototermin zum ersten Geburtstag des Babys landete ein Marienkäfer auf dem Strampler des Kindes. Davon machten sie auch ein Foto.«

Er verzieht ungläubig das Gesicht. »Du kannst nicht wirklich glauben, dass sich die Mutter der Frau in einen Marienkäfer verwandelt hat, oder?«

»Warum denn nicht?«, sage ich herausfordernd und blicke auf Los Grab. »Manchmal müssen wir solche Dinge glauben, um durch den Tag zu kommen. Wenn ich zum Beispiel einen Regenbogen sehe, vor allem dann, wenn es nicht geregnet hat, dann möchte ich einfach glauben, es ist Logan.«

»Das ist unmöglich.«

Ich zweifle an vielen Dingen – an Gott, dem Jenseits, daran, was nach dem Tod kommt. Nicht weiterzuexistieren, macht mir Angst. Was ist, wenn wir unseren letzten Atemzug machen und dann alles vorbei ist? Was dann?

Ich rutsche vor und lege die Hand auf den kalten Marmor. Ich krümme die Finger auf der Oberfläche, als würde ich Los Hand halten. »Vielleicht ist es das«, stimme ich ihm leise zu. »Aber vielleicht ist es das auch nicht. Wer kann schon sagen, was da draußen ist und was nicht? Das weiß keiner genau.«

Deshalb tun wir so.

Wir tun so, als wären unsere Liebsten uns noch immer nah.

Wir tun so, als ginge es uns gut.

Das ist kein Leugnen.

Es ist Bewältigung.

Es ist Beruhigung.

Es ist unser Weg, einen weiteren Tag zu durchstehen.

Meine Hand ist kalt. »Sollen wir reingehen? Oma ist wahrscheinlich noch eine Weile unterwegs, deshalb haben wir den Fernseher für uns.«

Er neigt den Kopf. »Du willst fernsehen?«

»Was sollen wir sonst machen?«

Er verzieht den Mund zu einem teuflischen Grinsen. »Mir würde da eine Menge einfallen, Maus. Ein Haus für uns allein kann uns eine Menge Ärger bescheren.«

Mein Herz macht einen kleinen Hüpfer, aber ich befehle ihm, damit aufzuhören. Ich stehe auf und streife mir den Dreck von den Leggins. »Dann ist es wohl gut, dass ich noch nie Ärger gemacht habe, oder?«

Mit einem belustigten Ausdruck stellt er sich neben mich, vielleicht ein bisschen zu nah. Andererseits haben wir so dicht aneinandergepresst geschlafen, dass der geringe Abstand zwischen uns ganz willkommen ist.

»Gib es zu, Maus.«

Ich ziehe die Augenbrauen hoch. »Was denn?«

Er beugt sich vor, und seine Lippen streifen mein Ohr, bis mich die Wärme seines Atems erschauern lässt. »Du willst wissen, wie sich Ärger anfühlt.«

Für den Bruchteil einer Sekunde schließe ich die Augen und nehme den Moment in mich auf, bevor ich den Kopf in die Richtung drehe, wo sein Mund ist. Wenn ich mich nur leicht bewege, berühren sich unsere Lippen. Es könnte mein erster Kuss werden, und ich bin mir sicher, es wäre ein guter Kuss. Kaiden scheint zu wissen, was er tut, wobei ich mir gar nicht vorstellen mag, wie er es mit anderen Mädchen macht.

Wie viele Personen besucht er in den Schulferien? Dass er normalerweise niemanden zu seiner Lieblingsstelle unter dem Baum bringt, hat er bereits zugegeben. Mich hat er dorthin gebracht. Mich hat er besucht.

Ich genieße diesen Sieg von ganzem Herzen.

Dann vergrabe ich ihn tief in mir.

Sein Atem liebkost meinen Mund, lädt mich ein. Mit der Nase streiche ich über seine Wange, während ich seinen maskulinen Duft aufnehme.

Ich atme aus. »Danke, aber ich verzichte.«

Dann gehe ich davon.

Dreiundzwanzig

Irgendwann während der Wiederholung von *America's Funniest Home Videos* schlafe ich neben Kaiden auf der Couch ein. Ich erinnere mich nicht daran, wie ich mich zusammengekuschelt und Kaidens Bein als Kissen benutzt habe, doch genauso wache ich auf. Sein Arm liegt über mir, und sein Atem ist gleichmäßig.

Ich höre Oma in der Küche reden und mit dem Geschirr klappern und merke, dass sie mit Kaiden spricht. Ich tue so, als würde ich noch schlafen, schließe die Augen und versuche, nicht an den harten Muskel unter meiner Wange zu denken.

»Ich glaube, es wäre gut für sie«, sagt Oma leise und kommt näher. »Ich wünsche mir nichts mehr, als dass sie wieder so miteinander umgehen, wie sie es früher getan haben. Es war ... schwer.«

Kaiden scheint zu merken, dass ich nicht mehr schlafe. Der Druck seines Arms wird stärker. »Und was glaubst du, wessen Schuld das ist?«

Es folgt eine bedeutungsschwere Pause. »Ich verurteile meine Tochter nicht für ihr Verhalten, junger Mann. Ich wünsche mir einfach, dass sie wieder glücklich werden.«

Ich spüre Blicke auf mir und zwinge mich, reglos zu bleiben.

Der süße Geruch von Zimt legt sich wie eine unsichtbare Decke um mich, und trotz des angespannten Gesprächs entspanne ich mich.

»Ich habe für heute Abend einen Tisch für uns vier reserviert.« Ich höre Schritte, dann sehe ich durch meine schmalen Augenschlitze Omas dunkelblaue Schuhe. »Es ist ihr Lieblingsrestaurant, und sie haben sicherlich auch was, das dir schmeckt.«

Sie küsst mir leicht auf die Schläfe.

»Ich liebe sie beide«, sagt sie leise und streicht behutsam über mein Haar. Trotz des unangenehmen Gefühls an der Kopfhaut unterdrücke ich eine Grimasse. »Ich weiß nur nicht, was ich tun kann, damit es ihnen wieder besser geht.«

Kaidens Daumen streicht über die nackte Haut an meinem Bauch, wo sich mein Shirt während des Schlafens ein wenig hochgezogen hat. Ich reiße mich zusammen, um keine Geräusche zu machen, doch wegen der kaum wahrnehmbaren Bewegung meines Körpers drückt er etwas fester zu.

»Glaubst du, es hilft ihnen, wenn sie sich beim Abendessen gegenübersitzen müssen?«, fragt er zweifelnd.

»Was kann ich sonst tun?«

»Manchmal kann man gar nichts tun.«

Oma entfernt sich, ihre Berührung verschwindet zusammen mit dem Kirschblütenduft ihrer Lotion. »Das glaube ich nicht. Wenn man Menschen so sehr liebt wie ich diese beiden, dann findet sich ein Weg, um ihnen bei der Heilung zu helfen.«

»Und wenn die Verletzung zu stark ist?«

Oma hält inne. »Heilen bedeutet ja nicht, dass die Verletzung ganz aufgehoben wird. Es bedeutet nur, dass sie nicht länger unser Leben beherrscht. Ich hoffe, dass du das weißt. Ich erkenne verletzte Seelen, mein Junge. Du und Emery, ihr seid euch ähnlich, deshalb bist du auch stark. Es spielt keine Rolle, welche Schlacht du kämpfst. Wichtig ist nur, dass du zu kämpfen bereit bist.«

»Und womit kämpft Emery?«

Oma antwortet nicht sofort. »Wenn du das noch nicht weißt, dann ist es nicht meine Aufgabe, es dir zu sagen. Du bist ihretwegen gekommen. Du machst dir Sorgen. Gib ihr die Zeit, es dir selbst zu erzählen.«

Ich schlucke und versuche, meinen donnernden Herzschlag zu beruhigen. Kann Kaiden es spüren? Hören? Die Angst, dass er die Wahrheit erfährt, lässt mein Herz immer lauter trommeln, bis es mir in den Ohren dröhnt.

Oma verlässt das Zimmer, und ich bleibe reglos liegen. Ich öffne die Augen und sehe den stumm gestellten Fernseher. Die Sendung, die gerade läuft, kenne ich nicht. Es ist fast halb fünf, verrät mir die Uhr.

»Du kannst jetzt aufstehen«, sagt er.

Ich lecke mir über die Lippen und setze mich auf, blicke ihn durch meine Wimpern hindurch an. »Ich wollte nicht auf dir einschlafen.«

Er verschränkt die Arme vor der Brust. »Deine Großmutter scheint zu glauben, dass wir uns ähnlich sind. Ich bin mir nicht sicher, ob ich das als Kompliment auffassen soll oder nicht.«

Ich runzle die Stirn. »Bin ich etwa so schlimm?«

Er sieht mich an. »Du verheimlichst mir etwas.«

Seine Anschuldigungen bringen mich dazu, die Augen zu verdrehen, was er nicht witzig findet. »Nur weil ich dir nicht alles erzähle, bedeutet es doch nicht, dass ich etwas verheimliche. Es gibt eine Menge, was wir nicht voneinander wissen, Kaiden.«

Er verzieht den Mund. Es wirkt fast so, als würde er mögliche Antworten abwägen. Er kann mir nicht widersprechen, weil ich recht habe. Das wird ihn aber nicht davon abhalten, irgendeine abfällige Bemerkung zu machen, seine Art der Verteidigung.

»Ich vermute, jetzt kommt der Moment, wo wir langweilige Fakten austauschen?«, fragt er trocken. »Soll ich dir sagen, dass meine Lieblingsfarbe Schwarz ist, ich Emo-Musik höre und mich in der Dunkelheit meines Zimmers hasse?«

Ich hebe die Augenbrauen und unterdrücke ein Kichern. »Keine Ahnung. Ist das so?«

Er betrachtet mich.

Ich lächle und zucke mit den Schultern. »Wahrscheinlich bist du ein Typ, der die Farbe Grau mag, auch wenn sie langweilig ist. Erdgrau, nicht Hellgrau. Und du hörst keine Emo-Musik, was auch immer das ist, sondern Rap. Vielleicht auch Rock. Ich wette, du hasst Country, allein schon aus Prinzip, und das Einzige, was du in der Dunkelheit deines Zimmers treibst ...«, ich bremse meinen Redefluss und erröte. »Na, du weißt schon.«

»Nein, weiß ich nicht.« Er beugt sich zu mir und flüstert: »Was treibe ich in der Dunkelheit meines Zimmers, Maus?«

Sein Atem kribbelt mir in der Nase, sodass ich sie rümpfe. »Was wahrscheinlich jeder Junge macht.«

»Nämlich ...?«

Ich reiße die Augen auf. »Du kannst nicht ernsthaft erwarten, dass ich es ausspreche. Meine Oma ist irgendwo im Haus.«

Er sieht mich vergnügt an. »Sag mir, was ich in meinem Zimmer mache.«

Ich schlucke. »Schlafen.«

»Und?«

Ich versuche wegzusehen, aber er lässt mich nicht. Er dreht meinen Kopf, damit ich ihn ansehe, unsere Blicke fest aufeinander gerichtet. Seine Finger bleiben an meinem Kinn, damit ich nicht wegschauen kann.

»Filme gucken?«

Er feixt. »Falsch.«

»Hausaufgaben machen?«

»Versuch es noch mal.«

Mein ganzes Gesicht glüht.

»Sag es, Maus.«

»Du b-berührst dich?«

Sein Gesicht leuchtet auf. Ich versuche, mich wegzudrehen, aber er hält mich fest. »Sag mir: Berührst du dich?«

Meine Kinnlade fällt herunter.

Völlig unmöglich, dass er mich das gerade gefragt hat.

Wobei ... er ist Kaiden.

»Darauf antworte ich nicht.«

Er lässt mein Kinn los. »Also ja.«

»Was? Nein, ich ...«

Er zwinkert. *Zwinkert.* »Wir tun es alle. Wenn es dir peinlich ist, bestätigst du nur, dass du es dir selbst besorgst.«

Mein Nacken kribbelt.

Um ihn nicht anzustacheln, schwinge ich meine Beine nach vorne und stelle die Füße auf den Boden. »Ich sollte wahrscheinlich mal nachsehen, ob Oma Hilfe braucht. Also ...«

Er zieht mich zurück auf die Couch, als ich schon halb stehe, sodass ich zurückfalle. Ich ziehe den Arm zurück und reibe ihn, sodass er mich genau betrachtet. »Du bist dran.«

Ich ...?

»Du bist kein typisches Barbiemädchen, deshalb bin ich mir sicher, das Rosa nicht deine Lieblingsfarbe ist. Ich vermute, es ist Gelb, denn das trägst du am meisten. Ich weiß, dass du besessen bist von diesem fröhlichen Song über Sonnenschein und den ganzen Scheiß, deshalb stehst du wahrscheinlich auf Indierock und Country. Mainstream Pop. Du bist ein Nerd und verbringst die meiste Zeit in deinem Zimmer mit Hausaufgaben und Lesen. Natürlich nur, wenn du dich nicht gerade berührst.«

Ich nehme ein Kissen und werfe es ihm an die Brust. »Kannst du mal damit aufhören? Ich berühre mich nicht!«

In dem Augenblick kommt Oma rein und schmunzelt. »Interessantes Gespräch. Emmy, deine Mutter hat gerade angerufen. Wir treffen sie in einer halben Stunde im *Le Sal*.«

Ich nicke und bemühe mich, so zu tun, als hätte Oma nicht gehört, wie ich Kaiden erzähle, was ich in meinem Zimmer tue oder nicht tue. »Das klingt gut. Ich sehne mich schon lange nach ihrer Schokoladenmousse.«

Sie nimmt die Autoschlüssel. »Ich wärme schon mal den Wagen vor. Falls du dich noch umziehen willst, wir fahren in zehn Minuten. Wir wollen dem Verkehr zuvorkommen.«

Ich nicke und sehe zu, wie sie ihren Mantel zuknöpft, bevor sie Kaiden und mich wieder allein lässt. Er hält noch immer das Kissen, das ich auf ihn geworfen habe, deshalb nehme ich ein anderes und schlage auf ihn ein. »Du bist so ein Arsch.«

Er grinst nur.

Ich seufze und lege das Kissen zurück auf die Couch. »Nur zur Info, ich mag fast jede Musik, bin aber mit Rockmusik aufgewachsen. Das ist eine meiner Vorlieben.«

Sein Blick wandert über mein Gesicht. »Ich kann wahrscheinlich noch eine Menge mehr über dich erraten.«

Bitte nicht, stöhne ich innerlich.

Aber ich weiß genau, dass er mich nur noch mehr quälen würde, wenn ich ihn bitten würde, aufzuhören.

»Du bist noch nie geküsst worden.«

Meine Augen werden groß.

Er rückt näher. »Du hast noch nie mit jemandem geschlafen.«

Sein Knie berührt mein Bein.

»Du hast noch nicht gelebt, Em.«

Ich presse die Lippen zusammen und lehne mich zurück, um ein wenig Abstand zwischen uns zu bekommen. »Und das soll mir dabei helfen?«

Er schmunzelt. »Es ist ein Anfang. Besser als das, was du schon immer gemacht hast.«

»Wenn man es genau betrachtet«, bemerke ich, »habe ich mit dir geschlafen, also kannst du den Punkt schon einmal von der Liste streichen.«

Seine Augen funkeln. »Ist das eine Einladung, dir dabei zu helfen, weitere Punkte von der Liste zu streichen?«

»Träum weiter.«

Er tippt mir an die Nase. »Ich bin mir sicher, dass du heute Nacht eine willkommene Rolle darin spielst. Vor allem, wenn du deinen Hintern gegen meinen …«

Die Tür geht auf, und ich bringe Kaiden mit einem tödlichen Blick zum Schweigen. Sein Feixen verrät mir, dass er das Gespräch auf später verschiebt, worauf ich mich nicht unbedingt freue.

Oma blickt kurz zu uns und zieht den Mantel aus, ohne ein Wort zu sagen. Wahrscheinlich muss sie das auch gar nicht, denn ihr Blick wirkt genauso belustigt wie der von Kaiden. Ich stehe auf, glätte mein Shirt und betrachte mein Outfit. Ich bin zu faul zum Umziehen, gehe in mein Zimmer und ziehe mir Socken und Schuhe an, dann nehme ich einen Schal und meine Jacke.

Kaiden und Oma unterbrechen ihre Unterhaltung, als ich wieder auftauche.

Oma lächelt.

Kaiden zwinkert mir zu.

Vierundzwanzig

Le Sal ist das bekannteste Restaurant der Stadt. Sie servieren alles: von Pizza und Chicken Wings hin zu Hummer. Im Sommer ist die Terrasse voller Gäste, die unter beigefarbenen Sonnenschirmen an Glastischen sitzen und sich lebhaft unterhalten.

Selbst Papa ist gern hier gewesen. Er hat sich immer Steak und Kartoffeln bestellt, sosehr Lo auch wollte, dass er etwas Neues ausprobierte. Doch sie war auch nicht besser. Wir haben jedes Mal Hähnchenstreifen mit Pommes genommen, allerdings manchmal eine andere Soße.

Bei unserer Ankunft ist es sehr voll, und Oma ist froh, reserviert zu haben. Während wir auf unseren Tisch warten und Kaiden sich an meinen Rücken presst, sehe ich mich um. Der Lärm im Vorderbereich ist überwältigend, deshalb hoffe ich, dass wir weiter nach hinten gesetzt werden. Mama hasst es dort, weil sie den Eindruck hat, dass uns die Kellnerinnen dort übersehen. Ich wünsche es mir, um nicht wieder Kopfschmerzen zu bekommen.

Kaiden beugt sich zu mir. »Ein protziger Ort für eine so kleine Stadt.«

Ich muss kichern. »Hast du gerade protzig gesagt?«

Er grinst zurück.

Wir treten näher an den Empfangstisch. »Ich bin immer gern hergekommen. Wir haben daraus eine Gewohnheit gemacht und waren mindestens einmal die Woche hier. Donnerstags war immer am besten, weil es nicht so voll war.«

Nachdem uns die Managerin nach unserer Reservierung gefragt hat, sucht sie unseren Namen und teilt uns mit, dass Mama schon da ist. Ich bin erleichtert, als wir in den hinteren Raum geführt werden, wo Mama in einer Ecke sitzt.

Als sie uns sieht, verzieht sie die Lippen zu einem Lächeln. Es hält nicht lange, und ich frage mich, was sie denkt.

Willst du das wirklich wissen?

Die Managerin gibt uns Speisekarten und überprüft, ob wir ausreichend Besteck an den Plätzen haben, dann teilt sie uns mit, dass unsere Kellnerin gleich kommt. Bevor ich darüber nachdenken kann, wie wir uns setzen, zieht Kaiden den Stuhl neben mir hervor und macht eine Geste, dass ich mich hinsetzen soll. Oma setzt sich neben Mama, ich ziehe Schal und Jacke aus und lege sie beide über die Stuhllehne, bevor ich mich setze.

Wir sehen schweigend auf der Karte nach Getränken und Speisen und teilen kurz danach einer quirligen Brünetten unsere Bestellung mit, die Kaiden anlächelt, als wäre er der Einzige am Tisch. Als sie meine Hähnchenstreifen mit Pommes aufschreibt, bin ich mir nicht einmal sicher, ob sie hört, welchen Dip ich will, so sehr himmelt sie ihn an.

Ein bitteres Gefühl kehrt zurück in meine Brust, und ich will es verdrängen. Ich weiß, was es ist, aber ich will es nicht wahrhaben.

Eifersucht.

Als sie gegangen ist, schweigen wir weiter. Kaiden blickt zu mir und dann zu Mama, ohne ein Wort zu sagen. Vielleicht erwartet er, dass sie mit dem Gespräch beginnt.

Ich spiele mit der Papierhülle meines Strohhalms, falte sie wie ein Akkordeon und glätte sie dann wieder.

Oma beginnt das Gespräch. »Und, wie war euer Tag? Ihr solltet Joanne erzählen, wo ihr überall wart.«

Ich winde mich auf meinem Platz und spiele mit der Serviette. »Ich war mit Kaiden in der Stadt, und wir haben Frozen Yogurt gegessen.«

Mama nickt und wirkt interessiert. »Hast du dir was gekauft?«

Ich schüttle den Kopf.

Es gab ein paar Bücher, die ich mir fast gekauft hätte, als wir in einem kleinen Buchladen waren. Kaiden wollte sie sogar bezahlen, aber sie waren viel zu teuer. Ich habe ihn aus dem Laden gezogen, bevor er sie für mich kaufen konnte.

Kaiden sinkt in seinen Platz, und seine entspannte Körperhaltung verrät mir, dass er gleich ein Gespräch beginnen wird, das ich nicht will. »Warum hast du sie nicht angerufen?«

Ich halte die Luft an.

Mama öffnet den Mund.

Er beugt sich vor und trinkt einen Schluck Wasser. »Es erscheint mir seltsam, dass du deine Tochter zu einem Mann ziehen lässt, der eure Familie verlassen hat.«

Ich trete ihn unter dem Tisch, doch er zuckt nicht einmal.

Er stellt sein Glas ab. »Ich gebe zu, es geht mich nichts an, aber deine Tochter lebt jetzt mit mir. Und da du dich nicht zu kümmern scheinst, muss es jemand tun.«

»Kaiden«, warne ich.

Er blickt nicht weg, sondern weiter zu Mama.

Sie blinzelt kurz, und als sie den Kopf dreht, sehe ich das Glitzern ihrer feuchten Augen. Ich schließe meine, will nicht sehen, wie sich die Farbe ihrer Augen ändert.

»Du hast recht«, sagt sie leise.

Ich reiße die Augen auf.

Sie sieht ihn an, nicht mich. »Ich kann nicht hier sitzen und so tun, als wäre ich eine gute Mutter für Emery.«

Die Überraschung lässt mich erröten.

Ihr Blick geht zu mir. »Mein Schatz, ich muss besser werden. Ich muss ... damit es dir besser geht.« Ich halte die Luft an und bete, dass sie nicht weiter darüber spricht. Sie wirft mir ein kleines, trauriges Lächeln zu. »Ich habe mich vor einiger Zeit bei einer Selbsthilfegruppe angemeldet. Einer meiner Kollegen hat mir eine Broschüre auf den Schreibtisch gelegt, und ich konnte sie nicht wegwerfen. Ich weiß, dass ich schon vor langer Zeit hätte gehen sollen, aber ...«

Aber was?

Aber du hattest Angst?

Aber du hast es geleugnet?

Aber du dachtest, alles wäre in Ordnung?

»Es hilft. Es war ihre Idee, dass ich Logans Bilder in ein Album tue und euer altes Zimmer in etwas anderes verwandle. Ich ... ich besuche ihr Grab mehrmals die Woche. Sie haben mir vor Augen geführt, wie schlecht ich seit ihrem Tod mit allem umgegangen bin, und ich kann mich nicht oft genug dafür bei dir entschuldigen. Ich weiß nicht, wie ich es wiedergutmachen kann, deshalb dachte ich, es wäre vielleicht das Beste, wenn du zu deinem Vater ziehst. Du und er ... er verdient es, dich wieder in seinem Leben zu haben.

Dass du hier bist, bedeutet mir alles, und das habe ich dir nicht gezeigt«, fährt sie fort und streckt die Hand nach mir aus. »Wenn ich mehr von der Hilfe bekomme, die ich schon vor Jahren hätte annehmen sollen, dann können wir es wieder versuchen. Ich muss ...« Sie schließt die Augen und drückt mir die Hand, und ich akzeptiere den Schmerz – ihren und meinen. »Ich brauche nur noch etwas Zeit. Du hast mir Jahre und so viel Liebe gegeben, deshalb fällt es mir schwer, dich um mehr zu bitten. Doch das brauche ich.«

Zeit.

Zeit ist mein größter Feind.

Versteht sie das nicht?

Doch dann sehe ich sie an. Sehe sie richtig.

Ich sehe die Züge, die ich auch in meinem Gesicht bemerke, wenn ich einen Blick in den Spiegel wage. Ich sehe Kummer und Schmerz und unausgesprochene Gefühle in den Ringen unter ihren Augen. Ihre Wangen sind nicht nass, die Leute starren uns nicht an, und es gibt nichts Ungewöhnliches an uns.

Wir sind eine Familie beim Abendessen.

Wir sind eine Familie mit Problemen. Wir sind voller Unvollkommenheiten und Mängeln und Schwierigkeiten, so wie jeder andere hier im Raum.

Wir sind nur begraben unter jahrelang aufgestauter Frustration, Wut und Schuld.

Sie will Zeit.

Ich werde ihr Zeit geben.

Sie drückt mir noch einmal die Hand, und wir lehnen uns wieder zurück.

Wir essen in Frieden – in notwendiger Stille.

Kaiden sieht mich an.

Ich sehe nicht zurück.

...

Als wir nach Hause zurückkehren, zieht mich Kaiden von Mama und Oma weg. Er nimmt die Decke aus dem Kofferraum seines Autos und geht mit mir zu Los Grab. Ich protestiere nicht und frage auch nicht, warum er das tut. Ich lasse ihn meine Hand halten, bis er sie loslässt, um die Decke auf den Boden zu legen.

Es ist viel zu kalt, um lange draußen zu bleiben, aber ich genieße die unangenehme Kühle. Wir gewöhnen uns viel zu sehr an Dinge, an die wir uns nicht gewöhnen sollten – akzeptieren vieles, anstatt es infrage zu stellen. Deshalb ziehe ich die Knie an die Brust und blicke auf Los Grabstein.

Es wird bereits dunkel, und es wird noch kälter werden. Weil Kaiden immer mit mir schimpft, wenn ich draußen bin, wird es wohl keine Ausflüge mehr zum Baum oder Grab geben, wenn der Winter erst einmal da ist. Der Schnee wird uns die Möglichkeit nehmen, vor unserer Familie zu fliehen, und ich frage mich, ob er das genauso bedauert wie ich.

Ich frage nicht.

Ich sitze da.

Ich starre vor mich hin.

Ich schmolle.

Ich schließe die Augen und lege die Wange auf mein Knie. Die Wärme meiner Leggins überträgt sich auf meine kalte Haut, und ich lege die Arme ein wenig enger um die Schienbeine.

»Was hat sie damit gemeint?«, fragt er und durchbricht nach ein paar Minuten die Stille.

Ich öffne die Augen und sehe, wie er mich betrachtet.

»Sie hat gesagt, dass es dir besser gehen muss.«

Ich presse die Lippen zusammen.

»Emery«, knurrt er fast.

Ich seufze, denn ich wusste, dass es nur eine Frage der Zeit war, bis das geschieht. Das kranke Mädchen kann nicht ewig versteckt bleiben, nicht einmal vor jemandem, der kein Problem sehen will.

Er behandelt mich wie jeden anderen.

Er verarscht mich.

Er ist grob.

Er ist grausam.

Seltsamerweise will ich nicht, dass er damit aufhört.

»Spielt das eine Rolle?«, ist meine Antwort.

Seine Augen verengen sich.

Ich rücke näher zu ihm. Für Wärme, für Trost, für alles außer der Wahrheit, die er sucht. »Ich bin oft wütend auf dich wegen der Dinge, die du machst. Als würde es dich gar nicht kümmern, wenn du die Gefühle anderer verletzt – Cams, Rachels, meine.«

Mein Kopf ruht an seiner Schulter, die sich kurz verkrampft, bevor er sich wieder entspannt. Er hebt den Arm und legt ihn mir um die Taille, zieht mich näher zu sich. Ich seufze, als ich seine Wärme spüre.

Wir sehen unseren Atem.

Meine Nase kribbelt und wird taub.

Ich beiße mir auf die Lippe, bevor ich es rauslasse. »Ich bin aber zu dem Schluss gekommen, dass es besser ist, als so zu tun, als wäre man gut. Es gibt eine Menge verlogener Menschen auf der Welt, Kaiden Monroe. Du bist vielleicht ein Arschloch, aber du bist wenigstens echt.«

Sein leises Lachen erfüllt die Nachtluft.

Ich hebe das Kinn und betrachte ihn durch meine Wimpern. Er senkt den Kopf, um mir in die Augen zu sehen, und so bleiben wir. Nah, und doch nicht nah genug. Distanziert, und doch nicht distanziert genug.

Er weiß mehr, als mir lieb ist.

Aber er weiß nicht, was wichtig ist.

Ich schlucke. »Kaiden?«

»Hm?«

Ich lehne mich näher an ihn, lege eine Hand auf seinen muskulösen Bauch. Er hat nichts Weiches an sich. Er wirkt immer sprungbereit, kampfbereit.

Ich weiß nicht, was ich sagen soll.

Ich kann nicht um das bitten, was ich will, weil ich nicht weiß, ob wollen das richtige Wort ist.

Ich brauche es.

Seine Wärme.

Seine Ablenkung.

Er hat gesagt, ich soll nicht nur existieren.

Ich soll leben.

Er kann mir dabei helfen.

»Erinnerst du dich, wie ich gesagt habe, dass ich verzichte?«, flüstere ich und erhebe mich langsam auf die Knie, damit unsere Gesichter auf einer Höhe sind.

Seine Augen werden dunkler.

»Kann ich das zurücknehmen?«

Seine Nasenflügel beben, als er die Hand an meine Wange legt, behutsam, doch zugleich feurig. Die Spannung zwischen uns baut sich auf und entfacht ein Feuer in der Kälte.

»Was ist, wenn ich nicht gut darin bin?«, flüstere ich.

Er grinst. »Dann üben wir.«

Das ist alles, was er sagt, bevor seine Lippen auf meinen sind, viel weicher als erwartet. Sie streichen einmal über meine, zweimal, ein drittes Mal. Er weicht gerade so weit zurück, dass er meine Lippen mit seinem Atem neckt, neigt dann meinen Kopf zur Seite, bevor er mich wieder küsst.

Diesmal fester.

Hungriger.

Gieriger.

Ich merke schnell, was ich tun muss, und folge ihm, drücke meine Finger in seine Seite, sodass er zusammenzuckt. Ich lasse los und kralle mich mit der Hand in sein Shirt, halte ihn fest, während er mir mit seinen Lippen den Mund öffnet und mit der Zungenspitze über meine Unterlippe fährt, bevor seine Zunge meine kostet.

Ich keuche, als seine Hände an meinem Körper heruntergleiten, meine Hüften festhalten und sich dann wieder lösen. Er schmeckt nach Marinara-Soße und Zitronenwasser, und er riecht wie der Wald, und der ganze Augenblick überwältigt mich.

Seine Hand wandert zu meinem Haar.

Meine an sein Gesicht.

Die andere Hand legt er an meinen unteren Rücken.

Ich lege meine an seinen Bizeps.

Ich bin mir nicht sicher, wo ich ihn berühren soll, doch er lässt mich nicht lange genug grübeln, um an meiner mangelnden Erfahrung zu verzweifeln. Er presst meinen Rücken zu sich, schiebt mich in seinen Schoß und positioniert meine Beine links und rechts von ihm. Meine Hüfte knackt, und ich zucke zusammen, zwinge mich aber dazu, mich nur auf Kaiden zu konzentrieren. Ich gebe einen überraschten Laut von mir, als ich mich auf ihn setze und spüre, wie etwas Hartes gegen die Innenseite meines Schenkels drückt.

Er zieht sich zurück, doch nur, um meine Wange zu küssen, bis er mit seinen Lippen meinen Hals hinunterstreicht. Ich erschauere, und es liegt nicht an der Kälte. Mein Körper ist überhitzt, während er mit den Zähnen über die Haut an meinem Hals fährt, dann saugt er kurz an der Stelle über meinem Puls. Es fühlt sich gut an, zu gut, wie er an derselben Stelle knabbert und saugt und leckt.

»K-Kaiden.« Ich drücke eine Hand an seinen Hinterkopf und will, dass er weitermacht. Er stöhnt, als sich meine Hüften unwillkürlich auf seinem Schoß bewegen, dann beißt er mich sanft.

Es brennt, doch er leckt den Schmerz sofort weg.

Seine Hände berühren meine Hüften, drücken sie nach unten, damit unsere Körper sich so nah wie möglich sind. Er weiß nicht, dass meine Hüften ein Schmerzauslöser sind, aber ich will nicht aufhören, um es ihm zu sagen. Ich halte das stechende Gefühl einfach aus, denn ich spüre eine neue Hitze zwischen meinen Beinen brennen, die immer intensiver wird, während er mich stärker liebkost und seine Hände verlangender werden. Mit diesem Schmerz kann ich umgehen.

Ich bewege mich, sehne mich nach Reibung. Er stöhnt und hilft mir, einen Rhythmus zu finden, schiebt seinen Körper gegen meinen, während er fester zudrückt. Sein Mund bahnt sich einen Weg zu meinem Halsansatz, bevor mein Schal im Weg ist.

Er schiebt ihn nicht beiseite.

Er zieht mir nicht die Jacke aus.

Er konzentriert sich nur auf mich.

Meine Wärme.

Mein Verlangen.

Mein stummes Bitten.

Unsere Münder treffen sich erneut, und seine Küsse sind leichter, aber genauso gierig wie meine. Meine Zunge tanzt mit seiner, meine Hüften zucken, und plötzlich keuche ich, greife nach seinen Schultern und lehne die Stirn an seine.

Ich verliere fast den Verstand, als ich spüre, wie er seine Hand zwischen uns schiebt und anfängt, mich durch die Leggins zu reiben. Niemand hat mich jemals dort berührt, und das Gefühl ist umwerfend. Ich drücke gegen seine Hand, und er presst so fest, dass ich den Kopf zurücklege und mich von dem kribbelnden Gefühl überwältigen lasse, bis ich es überall spüre.

»Verdammt, Em«, stöhnt er, während ich das Gefühl gegen seine Hand auslebe. Er küsst mir die Wange, mein Kinn, und dann die Lippen, als meine Bewegung schließlich aufhört.

Ich schlucke und versuche, wieder zu Atem zu kommen, löse mich von ihm. Seine Augen sind dunkel, sein Gesicht gerötet, und seine Brust hebt und senkt sich so schnell wie meine.

Wenn so das Leben ist, dann will ich auf jeden Fall mehr davon.

»Ich habe noch nie ...« Ich erröte, schüttle den Kopf und blicke nach unten, wo sich unsere Körper begegnen. Das Geständnis verbrennt meinen Körper. »Noch nie hatte ich einen von jemand anderem.«

Er grinst.

Verschlagen.

Wissend.

Das ist ... Kaiden.

»Warte nur auf meinen Schwanz, Maus.«

Ich reiß die Augen auf.

Er lacht ... und begleitet mich zurück ins Haus, als wäre es ein ganz normaler Abend.

Fünfundzwanzig

Der Badezimmerspiegel offenbart mir eine neue Röte auf den Wangen. Nicht von der Krankheit oder kalter Luft, sondern von Kaiden. Vielleicht hätte ich so tun können, als wäre es die Liebkosung des frühen Winters gewesen, während ich Schal und Mantel ablegte, aber meine geschwollenen Lippen verrieten etwas anderes.

Deshalb liegt Kaiden mit dem Kissen und der Decke, die Mama ihm gegeben hat, auf der Couch. Zuerst glühte mein Gesicht, als sie uns beiden einen vielsagenden Blick zuwarf, bevor sie ihm die Sachen für die Nacht gab, aber dann habe ich gelächelt.

Denn Mama hat es gemerkt.

Mama hat mich gesehen.

Rote Wangen, geschwollene Lippen und das alles.

Jetzt habe ich mich in meinem Zimmer eingekuschelt und berühre meine Lippen, die sich nach den vergangenen Stunden wieder normal anfühlen. Ich bin auf der Couch hin und her gerutscht, als ich mit den anderen ferngesehen habe, denn Kaiden hat immer wieder Wege gefunden, mich mit dem Knie anzustupsen oder beiläufig mit der Hand über meinen Arm zu streichen. Deshalb bin ich ins Bett gegangen. Mama und Oma habe sich mir angeschlossen und eine Gute Nacht gewünscht, bevor wir auf unsere Zimmer gingen.

Ich habe die Lese-App auf meinem Handy geöffnet, doch seit fünf Minuten lese ich immer wieder dieselbe Seite. Ich bin abgelenkt, mein Kopf spielt immer wieder durch, was draußen passiert ist, bis mein Herz genauso wild klopft wie vorhin.

Nicht einmal mein Lieblingsroman kann mich davon abhalten, daran zu denken.

Mein erster Kuss.

Mit *Kaiden*.

Den typischen Klischees nach hätte mich jemand anderes küssen müssen – ein Bandfreak, ein Theaternerd, irgendein Außenseiter. Nicht mein Stiefbruder. Nicht die Person, die mich seit meinem Umzug isoliert hat, abwechselnd heiß und kalt war, wie der kaputte Wasserhahn unten in der Küche.

Ich versuche, mich wieder auf das Buch zu konzentrieren.

Zwei Sätze weiter öffnet sich meine Tür.

Ich halte die Luft an.

»Es sollte mich nicht überraschen, dass du liest«, bemerkt er, dann schließt er leise die Tür und schleicht in mein Zimmer.

Ich setze mich im Bett auf. »Du solltest nicht hier sein. Es gibt einen Grund dafür, dass du Bettzeug für die Couch bekommen hast.«

Er grinst und hört erst damit auf, als er sich über mich beugt. »Vielleicht möchte ich mich nur vergewissern, dass du gut zugedeckt bist. Hmm? So macht man das als besorgtes Familienmitglied.«

Ich erröte. »Nenn dich nicht Familienmitglied. Nicht, nachdem …« Ich wedle mit der Hand durch die Luft, schüttle den Kopf und vermeide seinen Blick.

Er setzt sich auf die Bettkante, nimmt mein Handy und blickt aufs Display, dann verzieht er enttäuscht das Gesicht. »Ich bin überrascht, dass du nichts Unanständiges liest. Ich habe gehört, dass viele Leute Geschichten über alle möglichen Sexpositionen lesen und das dann Forschung nennen.« Er wirft mein Handy zurück auf die Matratze. »Ist das der Grund, warum du liest, Maus?«

Ich verdrehe die Augen. »Ich lese, weil ich Bücher liebe. Hör auf, immer nur an Versautes zu denken.«

»Geht nicht. Versaut ist mein zweiter Vorname.«

Ich streiche über die Decke. »Siehst du, ich bin gut zugedeckt. Deine Aufgabe ist also erledigt.«

Er legt den Kopf schief. Ohne ein Wort dreht er sich um und legt sich ins Bett, sodass ich rutschen und ihm Platz machen muss. Nachdem er es sich gemütlich gemacht hat, nimmt er den Großteil des Bettes in Beschlag, den Kopf auf einen untergeschlagenen Arm gestützt, den anderen weit ausgebreitet, als wollte er mich einladen, ihn als Kissen zu verwenden.

»Was tust du da?«, flüstere ich und erinnere mich an letzte Nacht. Mein Blick geht zur Tür, besorgt, dass jemand womöglich sein Fehlen auf der Couch bemerkt. Normalerweise steht Mama mitten in der Nacht auf, vor allem dann, wenn sie keine Schlaftablette nimmt.

Anstatt abzuwarten, ob ich zu ihm komme, zieht er mich an sich. Halb liege ich auf ihm, während er sich in die Matratze wühlt und einen Arm um mich legt.

»Ernsthaft?«

Er sieht mich an. »Tu nicht so, als würdest du es nicht mögen. Kannst du ernsthaft behaupten, dass du letzte Nacht gestört wurdest? War es unangenehm mit mir? Oder hast du schon lange nicht mehr so gut geschlafen, weil es so schön war?«

Ich antworte nicht.

Er dreht den Kopf, sodass er an die Decke schaut. Sein Atem ist gleichmäßig, ruhig. »Ich höre immer, wie du dich nachts hin und her wälzt. Du schläfst nicht oft durch, oder?«

Woher weiß er das?

Ich muss ihn nicht fragen, denn ich erinnere mich daran, dass er sich nachts immer aus dem Haus schleicht und erst spät zurückkehrt. Er muss an meinem Zimmer vorbei, und Mama hat mir immer gesagt, dass es sehr laut ist, wenn ich nachts unruhig bin. Ich vermute, es ist noch schlimmer geworden.

Leise gestehe ich: »Ich habe Albträume.«

Zu meiner Überraschung antwortet er nicht sofort. Er hält mich etwas fester, als wollte er mich trösten. Es ist seine Version einer Umarmung – um mir zu zeigen, dass er da ist.

»Und letzte Nacht?«

Ich lecke mir über die Lippen. »Da hatte ich keinen.«

»Hast du sie jede Nacht?«

Ich halte inne und überlege, ob ich lügen soll. Wenn er weiß, dass ich sie fast jede Nacht habe, wird er mich fragen, wovon sie handeln. Das würde jeder wissen wollen.

»Nicht jede Nacht«, erkläre ich.

Er weiß genug, um langsam zu nicken. »Ich bleibe eine Weile bei dir. Wahrscheinlich sollte ich besser wieder weg sein, bevor mich deine Oma oder Mutter hier findet.«

Ich stimme zu.

Für einen langen Augenblick sind wir still, horchen nur auf das Atmen und den Herzschlag des anderen und die Geräusche des alten Hauses. Ich höre die Kühltruhe, die Eis produziert, und wenn ich mich stark konzentrieren würde, dann könnte ich das leise Tropfen vom Waschbecken im Badezimmer hören.

Ich beschließe, die Stille zu durchbrechen, und lege die Wange mit einem leisen Seufzer an seine Brust. »Ich weiß nicht, warum du so nett zu mir bist, oder zumindest so nett, wie du sein kannst, aber danke dafür.«

Seine Brust bewegt sich, und ich bin irritiert, bis ich bemerke, dass er über mich lacht. Ich löse mich von ihm und sehe ihn mit gerunzelter Stirn an.

»Ich kann dir versichern«, murmelt er mit leiser Stimme und dunklem Blick, »meine Absichten sind nicht nett, Maus. Aber wenn du mir dafür danken willst, dass ich dein erster Kuss war, dann gern geschehen. Auch wenn ich es bedauerlich finde.«

Er findet es bedauerlich, mich geküsst zu haben?

Ich verkrampfe mich, leg mich wieder zurück und sage kein Wort. Er spürt offenbar, dass etwas nicht stimmt, denn er schiebt mich weg, bis ich ihn wieder ansehe.

»Sei nicht so verlegen.«

Mein Kiefer zuckt. »Du hast gerade gesagt ...«

»Andere Typen würden dich nicht so kommen lassen, wie ich es getan habe, Emery.« Seine Worte bringen mich zum Schweigen. »Sie würden nur nehmen und dir nichts zurückgeben. Wegen mir ist jetzt jeder andere Mann für dich verdorben.«

Womöglich glaubt er, dass ich jetzt ins Schwärmen gerate oder ihn küsse und ihm erneut danke. Doch ich tue nichts dergleichen.

Stattdessen kämpfe ich gegen das Lachen an, das mich zu überwältigen droht.

Er kneift die Augen zusammen.

Ich schüttle den Kopf und tätschle ihm die Brust. »Du hast bestimmt recht, Kaiden. Aber genau diesen Satz habe ich in ungefähr vierzig verschiedenen Büchern gelesen. Vielleicht ist er trotzdem wahr, aber an deiner Präsentation musst du noch ein wenig arbeiten, damit der Effekt größer ist.«

Jetzt ist er still.

Dann bebt seine Brust erneut.

Er zieht mich an sich, und kurz danach schlafe ich ein, ohne mich um seine Warnung zu kümmern.

Es wird sowieso keine Rolle spielen, denn Kaiden ist … Kaiden. *Mein* Kaiden. Die richtige Person, um eine andere Perspektive auf mein Leben zu bekommen.

Niemand kann sich mit ihm vergleichen.

Niemand wird die Gelegenheit dafür bekommen.

Sechsundzwanzig

Seit den Ferien schleicht sich Kaiden fast jede Nacht in mein Zimmer. Es gibt keine Erwartungen, nur traumlosen Schlaf und gelegentliches Streicheln, von dem ich mir sicher bin, dass es kein Zufall ist. Es ist schön, sogar willkommen, wenn ich höre, wie sich die Tür öffnet und die Matratze zur Seite neigt. Manchmal wache ich von Küssen auf oder von Händchenhalten. Manchmal auch von leisem Schnarchen, das mich kichern lässt.

Der Dezember ist mit voller Kraft gekommen, und der Schnee bedeckt alles weiß. Diese Jahreszeit habe ich schon als Kind nicht gemocht. Lo hat mich immer rausgeschleppt, um Schneemänner und Iglus zu bauen, doch ich habe jedes Mal protestiert, bis Mama meinte, dass es gut sei, nach draußen zu gehen.

Jetzt verabscheue ich das kalte Wetter aus nachvollziehbaren Gründen, auch wenn es niemand wirklich versteht. Mit sinkender Temperatur werden meine Gelenke so steif, dass ich sie fast eine ganze Stunde nach dem Aufwachen nicht richtig bewegen kann, und ich verspüre den ganzen Tag einen dumpfen Schmerz, bis ich Handschuhe trage und versuche, mich warm zu halten. Aber Handschuhe sind im Unterricht keine Option, deshalb ertrage ich den Schmerz, wenn ich mir mit dem Stift in der Hand Notizen mache.

Selbst mein Heizlüfter schafft nicht, was Kaidens warmem Körper gelingt. Ich lege mich mit mehreren Kleiderschichten ins Bett, manchmal sogar in meinem flauschigen Bademantel, damit es wärmer ist. Doch es hilft nicht immer. Die kalte Luft macht meinem Körper zu schaffen, und das erinnert mich an die Zeit, als Lo Probleme hatte, aus dem Bett zu kommen, weil ihr Körper so angeschwollen und verkrampft war, dass man sie aus unserem Zimmer führen musste.

Die Schule ist eine willkommene Ablenkung von den Schmerzen und Qualen und den nächtlichen Begegnungen mit Kaiden. Die meisten Mädchen wären wahrscheinlich verwundert, wenn er sie nach solchen Abenden auf dem Flur ignorieren würde, aber mir ist es lieber so. Niemand sieht ihn so, wie er ist. Für mich lässt er zu Hause die Maske herunter, wenn wir uns alberne Geschichten aus unserer Vergangenheit erzählen, die mehr bedeuten, als er jemals wissen wird.

Während des Buchklubs am Donnerstag sitzt Annabel neben mir statt an ihrem üblichen Platz. Sie hat schon in Geschichte ständig zu mir rübergesehen, ohne etwas zu sagen. Ich war kurz davor, ihr ein gemeinsames Mittagessen vorzuschlagen, aber ich habe mich zu sehr an den leeren Tisch gewöhnt, der mir vierzig Minuten Ruhe schenkt.

Annabel streicht sich das Haar hinter das Ohr, als sie sich setzt. »Ich glaube nicht, dass die anderen unsere Buchvorschläge mögen.«

Drei der Mädchen sind schon seit zwei Monaten nicht mehr gekommen. Offensichtlich war das Anstarren von Mr Nichols nicht die Mühe wert, die vielen Bücher zu lesen und darüber zu reden.

Nach den Ferien haben wir über Jodi Picoults *Beim Leben meiner Schwester* gesprochen, gegen das eins der Mädchen protestiert hatte. Sowohl Mr Nicols als auch Annabel haben meine Wahl verteidigt, indem sie meinten, dass man darüber sprechen sollte, unabhängig davon, was mit den Protagonisten geschieht.

Niemand will Geschichten über die Wirklichkeit lesen.

Mr Nichols hat die kleine Meerjungfrau gefragt, warum sie das denkt, worauf sie nur spöttisch reagierte. Sie hätte keine Lust, über Bücher zu reden oder darüber, warum sie sie nicht lesen will. Aber ich kenne die Antwort, die sie nicht aussprechen wird.

Die Menschen haben Angst vor der Wahrheit. Sie wollen nicht wahrhaben, dass täglich guten Menschen schlechte Dinge passieren. Menschen quälen sich. Menschen sterben. So ist das Leben.

Die kleine Meerjungfrau nannte mich morbide.

Ich nannte sie naiv.

Mr Nichols bat uns, respektvoll zu sein.

Je mehr wir über das Buch sprachen, desto hitziger ging es zu. Irgendwann ging es nicht mehr um den Inhalt, sondern darum, weshalb Autoren über realistische Themen schreiben.

Fiktion ist die perfekte Möglichkeit, um von Dingen zu erzählen, über die im echten Leben niemand sprechen will. Wenn man in einem Buch über die Probleme einer Figur liest, dann findet man Wege, aus der Ferne damit umzugehen. Es schmerzt nicht so stark, was nicht bedeutet, dass es nicht wehtut.

Chronische Krankheiten sind echt.

Der Tod ist echt.

Viele Menschen möchten nicht von solchen Dingen lesen, sie fürchten, sie könnten ihnen selbst passieren. Abstand oder nicht, man versetzt sich immer in die Rolle der Person, über die man liest.

Doch Angst verschwindet nicht, wenn man sie leugnet.

Sie wird nur größer.

Wächst.

Und es wird unmöglich, gegen sie anzukämpfen.

Annabel holt ihren Buchvorschlag hervor, Margaret Atwoods *Report der Magd*, und rutscht herum, bis sie bequem auf ihrem Stuhl sitzt.

Ich lächle sie an. »Die anderen mögen es nicht, in einer Welt zu leben, in der es keine unheimlichen Vampire gibt, die Frauen beim Schlafen zusehen, und auch keine Kinder, die sich in einer Arena gegenseitig abschlachten. Sie werden es überleben.«

Sie kichert. »Wenn man es so betrachtet, dann tun wir ihnen eigentlich nur einen Gefallen. Wir konfrontieren sie mit der Realität, bevor diese es tun kann.«

Ich grinse zurück.

Mr Nichols kommt in den Raum und lächelt uns an. Bisher sind wir die Einzigen, doch ein paar Mädchen stehen bei den Computern auf der anderen Seite des Raums. Sie kichern und scherzen und sehen sich womöglich online etwas an, das sie nicht tun sollten. Ich sehe ständig, wie sich Leute durch die Firewall hacken, die die Schule bei Social-Media-Seiten eingerichtet hat.

»Bereit für eine neue Runde?«, fragt er und stellt seine Tasche auf den Tisch vor seinem Stuhl.

Annabel verdreht die Augen. »Sie meinen, mit den anderen Mädchen über geschmackvolle Literatur streiten? Ja, ich bin bereit.«

Belustigung flackert in Nichols' Gesicht auf, doch er sagt nichts weiter zu der Bemerkung. »Ich habe überlegt, das Buch auf den Lehrplan für nächstes Jahr zu setzen. Also bin ich gespannt, welche Diskussion wir heute anhand unserer ersten Leseeindrücke führen.«

Annabel zieht eine Grimasse. »Das ist ein Buch, über das man

Nachforschungen anstellen muss. Es ist nicht wie Emerys Buch letzten Monat. Atwood verarbeitet hier politischen Einfluss.«

Nichols setzt sich und nimmt seine Ausgabe, deren Seiten mit vielen bunten Post-its markiert sind. Etwas sagt mir, dass er bereits ausgiebig über das Buch geforscht hat, vor allem, wenn er es im Unterricht durchnehmen will.

Annabel muss es auch bemerkt haben, denn sie wirkt zerknirscht. »Warum wollen Sie das überhaupt im Unterricht durchnehmen? Es gibt sicher viel Gegenwind, und die meisten werden sich eh lieber die Serie ansehen, anstatt es zu lesen.«

Er schmunzelt über ihre Zweifel an seiner Entscheidung. »Emery hat es gut zusammengefasst. Literatur bietet uns nicht immer den Inhalt, den wir uns wünschen. Es ist wichtig, die Erwartungen an Schüler zu ändern, einschließlich der Frage, wie politische und persönliche Erfahrungen Menschen in ihrem Alltag beeinflussen.«

Ich bemerke, wie er mich ansieht, während er den letzten Teil sagt.

Als wir mit dem Kurs beginnen, sind nur ein paar andere Mädchen dabei. Angesichts der schwindenden Teilnehmer im Kurs scheint es so, als würde der Buchklub nach den Weihnachtsferien nicht weiterexistieren. Ich weiß, dass er ein Testlauf war, aber ich hatte gehofft, dass bedeutend mehr Schüler mitmachen würden.

Während wir über unsere Lektüre reden, beginnt vor meinen Augen alles zu verschwimmen. Ich blinzle die Verschwommenheit weg, während ich zu dem Mädchen blicke, dessen Namen ich immer vergesse, hole ein paarmal tief Luft und schaukle leicht auf meinem Stuhl. Aus der nicht so fernen Distanz meines Bewusstseins formt sich ein schwerer und unbarmherziger Kopfschmerz.

Es sind schon mehrere Wochen vergangen, seit sich der letzte an meinen Schläfen niedergelassen hat. Ich dachte, ich wäre endgültig davon befreit, doch vielleicht kann mir der Neurologe Antworten geben, zu dessen Besuch mir Cam geraten hatte. Sie nimmt Medikamente gegen chronische Migräne, deshalb kann sie mir als neuer Patientin einen Termin verschaffen.

Ich reibe mir die Augen und versuche, mich auf Mr Nichols' Aussage zu konzentrieren. Er spricht über Feminismus und die erzwungene Unterwerfung der Hauptfigur.

Überlebensmodus.

Kenne ich gut.

Warum bin ich auf einmal so benommen?

Ich versuche, mich abzulenken, indem ich überlege, wie ich mich in die Diskussion einbringen kann. Ich könnte darüber reden, wie Frauen in einer neuen Form des Feminismus gegeneinander antraten. Das Überleben der Stärksten und all das.

Doch es scheint mir keine gute Idee zu sein, jetzt den Mund zu öffnen, deshalb schlucke ich das Bedürfnis herunter, mich zu übergeben, und sammle mit zittrigen Händen meine Sachen zusammen.

Nichols erwähnt das Farbmotiv.

Rot für die Mägde.

Blau für die Ehefrauen.

Grün für die Hausdienerinnen.

Ich werde grün.

Annabel starrt mich an.

Mr Nichols nennt meinen Namen.

Auf wackligen Beinen stolpere ich aus der Bibliothek. Schwindel übermannt mich bei jedem Schritt, während ich zu dem nächsten Mülleimer laufe, den ich auf dem Flur finde.

Jemand ruft meinen Namen.

Es wird lauter.

Mir wird schlechter.

Ich übergebe mich, während mir jemand das Haar zurückhält.
Es ist nicht Annabel.
Sondern Mr Nichols.
Wenn ich könnte, würde ich fluchen.
Stattdessen entleere ich meinen Magen und flehe, in Ohnmacht zu fallen, um weiteren Demütigungen zu entgehen.
Sei vorsichtig, was du dir wünschst.

Siebenundzwanzig

Vom Rücksitz des Autos werfe ich meinem Vater tödliche Blicke zu, während sich Mama am Telefon, das ich an mein Ohr drücke, zu sammeln versucht. Obwohl ich ihnen versichert habe, dass es mir gut geht, haben Papa und Cam mich für eine zweite Meinung ins Krankenhaus geschleppt, von wo aus er Mama anrief, während eine mürrische alte Krankenschwester meine Werte überprüfte.

Der diensthabende Arzt sah sich meine Unterlagen an, kontrollierte meine Temperatur, gab mir Medikamente gegen Schmerzen und Übelkeit und verwies mich an die Neurologie, genauso wie ich es vorhergesagt hatte. Ich habe schon viel Zeit in Krankenhäusern verbracht, deshalb weiß ich, dass die Untersuchung nicht die zusätzlichen zweihundertfünfzig Dollar wert war, die mein Vater für seine Überreaktion bezahlen musste.

Er meinte, ich würde das nicht verstehen.

Das ist eine Elternsache.

Darüber hätte ich wohl gelacht, wenn Mama nicht weinend angerufen hätte, als wir gerade die Notaufnahme verließen. Cam rieb mir über den Rücken und versprach, so schnell wie möglich einen Termin in der Neurologie zu vereinbaren. Papa hatte die

Nerven, mich entschuldigend anzugucken, als ich ans Telefon ging.

Wenigstens hat Mama angerufen.

Nach zwanzig Minuten panischer Sorge kann ich sie endlich davon überzeugen, dass es mir gut geht. Ich sage ihr, dass mein Kopf weniger schmerzt, meine Bauchmuskeln nicht mehr so verkrampft sind und dass meine Übelkeit nachgelassen hat.

Lo ging es auch nicht so, Mama.

Irgendwie beruhigt sie das. Wenn Lo nicht unter diesen Symptomen gelitten hat, dann kann es keinen Zusammenhang geben. Ich glaube es jedenfalls nicht, deshalb lüge ich sie nicht an. Der Arzt meinte sogar, dass eine Migräne ganz normal sei und man sich keine Sorgen machen müsste.

Die Ärzte dachten allerdings auch, dass du magersüchtig bist.

Ich verdränge den Gedanken.

Als Oma mir sagt, dass sie sich um Mama kümmern wird, beende ich das Telefonat und starre hinaus in die Nacht. Die Straßen sind mit einer dünnen Schneeschicht bedeckt, die vom Licht der Straßenlaternen glitzert, und der Wind weht in den vereisten Bäumen. Die Heizung für die Rückenlehnen ist maximal eingestellt, und ich sitze auf meinen Händen, die von der Sitzheizung geröstet werden.

»Du hättest sie nicht anrufen sollen.«

Für einen Augenblick denke ich, dass keiner darauf antworten wird. Cam sieht kurz zu mir, bevor sie Papa fragend anschaut. Er spannt die Schultern an und seufzt.

»Sie ist deine Mutter, Emery.«

Sie ist deine Mutter.

Das ist eine Elternsache.

Ich schüttle den Kopf. »Du hast Geld verschwendet, das man

gut für die Ferien gebrauchen könnte. Ich habe dir doch gesagt, dass es mir gut geht.«

Das Auto wird an einer Ampel langsamer. »Wir mussten sichergehen. Man weiß nie …«

»Das stimmt«, unterbreche ich ihn. »Man weiß es nie. Aber ich habe Jahre damit verbracht, meinen Körper lesen zu lernen. Oma hat früher so schlimme Migräne bekommen, dass sie sich übergeben hat, anschließend ging es ihr besser. Bei allem, was mit mir nicht in Ordnung ist, ist das hier wirklich normal.«

Im Auto ist es still, als er weiterfährt. Während wir uns dem Haus nähern, riskiert er einen Blick durch den Rückspiegel zu mir. Ich rechne nicht damit, Traurigkeit in seinen Augen zu sehen. Wenn ich intensiv in das Dunkel seiner Iris blicke, dann finde ich vielleicht den Smaragdsplitter, von dem Mama mir immer erzählt hat.

Papa sagt nichts mehr und Cam auch nicht. Ich bleibe stumm, als er den Blinker betätigt und in die Auffahrt fährt. Keiner von uns löst den Gurt, als der Wagen zum Stehen kommt. Wir sitzen einfach da, mit der Heizungswärme und dem leisen Summen des Radios in der Luft.

Wir sehen uns weiter im Spiegel an, und ich schlucke den plötzlichen Gefühlsschwall herunter, der sich in meiner Kehle bildet. Papa macht sich Sorgen, vielleicht fühlt er sich sogar schuldig, weil er sich nicht stärkere Sorgen macht.

Sein Blick zeigt mir, dass es ihm leidtut – nicht, weil er Mama angerufen hat, sondern weil er nicht da war. Er will es wiedergutmachen.

Ich mache es ihm nicht leicht.

Meine Lippen fühlen sich trocken an, deshalb befeuchte ich sie. »Wenn es eine Sache der Eltern ist, sich Sorgen zu machen, dann ist es wahrscheinlich eine Sache der Kinder, sich darüber zu ärgern.«

Das ist mein Friedensangebot – eine ausgestreckte Hand. Dankbar nimmt er es an und nickt, bevor er den Motor abstellt und uns ins Haus führt.

Kaiden wartet in meinem Zimmer und sieht nicht sehr erfreut aus. Cam hat ihm eine Nachricht geschrieben, um ihm mitzuteilen, wo wir sind, aber er hat nicht geantwortet. Ich hatte angenommen, dass er mit seinen Leuten unterwegs war.

Er steht vom Bett auf und wirft mir einen wütenden Blick zu, die Lippen fest zusammengepresst. Ich frage mich, was er sieht, wenn er mich betrachtet. Die Medizin, die sie mir gegen die Übelkeit und den Schmerz gegeben haben, hat sehr geholfen, aber ich sehe wahrscheinlich genauso müde aus, wie ich mich fühle.

»Fang jetzt nicht an«, sage ich, schlüpfe aus meinen Schuhen und nehme Jogginghose und Sweatshirt aus dem Schrank.

Er streckt die Hand aus. »Gib mir dein Handy.«

Ich runzle die Stirn. »Warum?«

Seine stahlharte Stimme sagt mir, dass seine Geduld schon vor Stunden am Ende war, deshalb ziehe ich das Handy aus meiner Tasche und lege es in seine Hand. Er tippt darauf herum, löst die Sperre auf eine Weise, die ich gar nicht kennen will, und reicht es mir dann mit unverändertem Ausdruck zurück.

»Nutz meine verdammte Nummer.«

Mehr sagt er nicht, bevor er aus dem Zimmer geht.

Ich starre auf mein Handy, der neue Kontakt als Direktwahl Nummer zwei, gleich hinter meiner Voicemail. Er hat Mama und Oma auf die dritte und vierte Stelle geschoben, sodass sein Name der erste ist, den ich sehe.

Ich blicke über die Schulter zur offenen Tür, schüttle den Kopf, schließe sie und ziehe mich um. Nachdem ich mir das Gesicht gewaschen und die Zähne geputzt habe, kuschle ich mich unter die Decke und in das Kissen.

Etwas später geht meine Tür auf, doch die Matratze neigt sich nicht sofort. Ich drehe mich nicht um und vermute, dass Papa oder Cam nach mir sehen. Ich habe sie vorhin zufriedengestellt, als ich in der Krankenhauscafeteria ein paar Happen Toast gegessen habe, während wir auf meine Entlassung warteten. Nach unserer Rückkehr habe ich nichts mehr gegessen und auch keine Lust, mich mit ihnen deswegen zu streiten.

Laut Krankenhauswaage bin ich ein paar Pfund schwerer geworden. Angesichts meiner Appetitlosigkeit in den letzten Tagen hat mich das überrascht, doch die zehn Pfund Unterschied zeigten sich auf zwei verschiedenen Waagen.

Cam meinte, es wäre meine Winterkleidung, und Papa war froh, dass ich etwas zugenommen habe. Nachdem ich ungewollt zu viel Gewicht verloren hatte, um als gesund angesehen zu werden, sieht es jetzt so aus, als würde ich mich in die richtige Richtung bewegen.

Als sich das Bett nach einer gefühlten Ewigkeit neigt, wird mir die Decke weggezogen, bis sich ein warmer Körper an meinen Rücken drückt.

Kaiden legt den Arm um meinen Bauch, und sein Atem kitzelt meinen Nacken. »Fühlst du dich besser?«

Ich kuschle mich in seine Umarmung, lasse den Rücken wie gewöhnlich an seiner Brust. »Ein wenig. Ich habe nur Kopfschmerzen bekommen, das war alles.«

Er gibt mir zu verstehen, dass er mir nicht glaubt.

Eine Weile sind wir still. »Kaiden?«

»Hmm?«

Ich atme aus. »Es tut mir leid, dass du dir Sorgen gemacht hast.«

Er umarmt mich fester. »Das habe ich nicht.«

Ich verdrehe die Augen und sage: »Es ist okay, sich Sorgen zu machen. Ich werde es auch niemandem verraten. Es kann unser kleines Geheimnis sein.«

Ich kreische leise, als er mich mit einem Ruck umdreht, bis ich auf dem Rücken liege und er über mir. »Ich kann mir andere Geheimnisse zwischen uns vorstellen, die wesentlich unterhaltsamer sind.«

Ich beiße mir auf die Unterlippe, lege die Hände an seine Taille und halte mich an seinem lockeren Shirt fest. »Ich bezweifle, dass du jetzt irgendwas willst. Ich habe heute gekotzt, erinnerst du dich? Nicht sehr attraktiv.«

Er senkt seine untere Körperhälfte gegen mich, und seine Erektion beweist mir das Gegenteil. »Vertrau mir, Maus. Ich will dich.«

Ich muss schlucken. Er grinst.

»Und wenn ich mir nicht die Zähne geputzt habe?«

»Ich rieche die Zahnpasta.«

Er beugt sich langsam näher.

»Und wenn ich Nein sage?«

»Dann höre ich auf.«

Seine Lippen sind meinen so nah.

Unser Atem vermischt sich. »Und wenn ich dir sage, dass ich krank bin?«

»Kopfschmerzen, oder?«

Nein. Ja ...

Ich packe sein Shirt und begegne seinen Lippen auf halbem Weg mit einer sanften Berührung. Er drängt nicht und benimmt sich nicht so animalisch, wie wir es bisher getan haben. Unsere Lippen streichen ein paarmal über die des anderen, bevor er sich nach unten drückt, sodass ich seine Härte zwischen meinen Beinen spüre.

Ich zucke zusammen, als er mit einer Hand an meine Hüfte fasst, doch als er fester zudrückt, schreie ich auf. »Warte. Hör auf.«

Er drückt sich auf die Arme, rollt sich von mir und betrachtet mein Gesicht. »Em?«

Ich schüttle den Kopf und spüre, wie mein Gesicht vor Scham heiß wird. »Es tut mir leid. Ich hab nur ...«

Er legt sich hin und öffnet den Arm, damit ich mich an ihn kuscheln kann, als würde es ihn nicht stören, dass ich ihn gebeten habe, aufzuhören. Schließlich hat er es versprochen, und ich habe keinen Grund zu der Annahme, dass er sein Wort nicht halten würde, wo er in letzter Zeit ungewöhnlich nett zu mir ist.

Na ja, größtenteils.

»Meine Schwester ist an einer unheilbaren Autoimmunerkrankung gestorben«, flüstere ich an seiner Brust. Ich schließe die Augen und stelle mir Logan vor. »Sie hat es nie gezeigt, aber ich weiß, dass sie starke Schmerzen durchlitten haben muss, vor allem in den Monaten vor ihrem Tod.«

Seine Hand streichelt meinen Oberarm. »Ist das so ein Zwillingsding? Dass du ihren Schmerz gespürt hast?«

Plötzlich fällt mir das Atmen schwer. »Nein.«

Er streichelt weiter meinen Arm.

»Kaiden, ich habe dieselbe Krankheit.«

Seine Hand erstarrt.

Achtundzwanzig

Ich weiß nicht, was ich erwartet habe, das hier jedenfalls nicht.

Kaiden springt aus dem Bett, als würde es brennen, und ich befürchte schon, dass er einer dieser ungebildeten Menschen ist, die glauben, sie könnten sich bei mir anstecken. Doch in seinem Gesicht ist weder Sorge noch Abscheu zu sehen, sondern etwas wesentlich Dunkleres. Eine Mischung aus Zorn und Verrat und noch etwas, von dem ich mir nicht sicher bin, ob man es wirklich mit den anderen beiden vermischen sollte.

Ich setze mich langsam auf und zucke zusammen, als das laute Geräusch meiner knackenden Hüfte und Ellbogen durch die Stille hallt. Sein Blick folgt dem Geräusch und geht dann zu meinem Gesicht, bevor er den Rest meines Körpers betrachtet.

»Kaiden …«

»Nein.« Seine Stimme ist zu scharf, um zu widersprechen.

Ich schließe den Mund und sehe zu, wie er irgendetwas in meinem Gesicht sucht. Sein Blick wandert tiefer und gleitet über meinen Körper. Bei manchen Erkrankungen kann man im fortgeschrittenen Stadium erkennen, wie sie sich äußerlich auf den Betreffenden auswirken, doch meistens ist es ein unsichtbarer, innerer Kampf.

Die Menschen glauben, dass Krankheit ein Gesicht hat.

Sie finden, Krankheit sei ein hässliches Wort.

Früher war es mir peinlich, krank zu sein – vielleicht ist es das noch immer. Wer bei klarem Verstand ist, der wird nicht denken, dass Krankheit etwas Schönes ist. Die meisten Menschen verbinden Krankheit mit etwas, das man beherrschen kann, als wäre man selbst schuld, wenn man krank ist.

Ich kann doch laufen, sprechen und in die Schule gehen.

Dann muss es mir doch gut gehen.

»Du wirst nichts finden«, sage ich schließlich und wische mir die verschwitzten Hände an den Beinen ab.

Endlich sieht er mich wieder an.

Dann flucht er. *Laut.*

Er reißt die Tür zu meinem Zimmer auf, und sie schlägt gegen die Wand und hinterlässt ein Loch an der Stelle, wo die Türklinke dagegenstößt. Ich zucke zusammen, klettere aus dem Bett und folge ihm in den Flur.

»Kaiden, komm schon. Es ist ...«

Auf der Hälfte der Treppe bleibt er stehen. »Warum zum Teufel hast du mir nichts gesagt?«

Es ist völlig ausgeschlossen, dass unsere Eltern uns nicht hören. Seine laute, vorwurfsvolle Stimme erinnert mich daran, was ich befürchtet hatte. Sie hätten ihn warnen sollen, bevor ich eingezogen bin.

Aber ich werde nicht zulassen, dass er mir Vorwürfe macht. »Wann hast du mich je gefragt?«

Er verzieht das Gesicht und kehrt drei Stufen zurück, sodass wir auf Augenhöhe sind. »Soll ich etwa raten, dass du krank bist,

Emery? Dass du stirbst oder irgend so eine Scheiße? Ich bin kein gottverdammter Gedankenleser.«

Mein Kiefer zuckt. »Ich sterbe nicht. Und du hast gewusst, dass meine Schwester gestorben ist! Hast du jemals daran gedacht, nach der Ursache zu fragen? Hast du jemals aufgehört, in deinem Selbstmitleid zu baden und an jemand anders als dich selbst zu denken? Nein!«

Unten geht das Licht an, und Papa und Cam tauchen an der Treppe auf. Sie blicken verwirrt zu uns hoch, Papa hat den Arm um Cams Schulter gelegt und runzelt die Stirn.

Er fragt: »Was ist hier los?«

Kaiden ignoriert sie und kneift die Augen zusammen. »Du hättest es mir von selbst sagen können. Es ist ja nicht so, als hättest du nicht ausreichend Gelegenheit dazu gehabt, seit du hier bist.«

Ich werfe die Arme hoch. »Du. Hast. Nicht. Gefragt!«

Cam kommt die Treppe hoch. »Kaiden, Schatz …«

Er wirbelt herum. »Wusstest du, dass sie krank ist? Habt ihr mich alle verarscht? Ich wette, sie war aus anderen Gründen im Krankenhaus, und ihr habt mich angelogen.«

Cam kommt näher. »Kaid …«

Er weicht zurück. »Das ist nicht anders als das, was du bei Papa gemacht hast. Weißt du was, Cam? Ich bin achtzehn. Ich kann mit dem Scheiß umgehen, den mir das Leben entgegenwirft.«

»Wirklich?«, frage ich zweifelnd hinter ihm und bin jetzt genauso spöttisch, wie er es vorher war. »Von meinem Standpunkt sieht das nicht so aus. Du bist so von deinem Ärger eingenommen, dass du dabei keinen Gedanken an andere verschwendest. Und vor allem nicht an mich, dabei habe ich nur versucht, ehrlich zu dir zu sein.«

Er dreht sich so schnell um, dass ich fast umfalle und mich gerade noch an der Wand festhalten kann. »Nachdem du monatelang hier gelebt hast. Tu nicht so, als wärst du unschuldig.«

Ich beiße die Zähne so fest zusammen, dass es schmerzt.

Papa fährt dazwischen. »Wir sollten alle kurz innehalten und uns beruhigen.«

Kaiden lacht, doch es klingt manisch. »Ich vermute, du willst mir sagen, dass du besser bist? Wie lange weißt du schon, dass deine Tochter krank ist? Dass sie dieselbe Krankheit hat, die dir bereits deine andere Tochter genommen hat? Nur deshalb hast du sie doch aufgenommen, oder? Du hast Mitleid mit ihr.«

Das ist ein Schlag in die Magengrube, der mich zutiefst trifft, weil ich das schon seit einiger Zeit vermutet habe. Es spielt keine Rolle, ob es stimmt oder nicht, der Gedanke ist da. Und unabhängig davon, ob es der ausschlaggebende Grund war, bin ich davon überzeugt, dass es zumindest eine gewisse Rolle gespielt hat.

Cam sieht ihn kopfschüttelnd an. »Ich habe lange genug zugelassen, dass du so mit ihm sprichst. Diese Sache geht dich nichts an. Es war nichts, was du wissen musstest.«

Ich schwöre, dass er knurrt, als er die Stufen hinunterstürmt und sich an unseren Eltern vorbeidrängt. Er nimmt seine Jacke, und ich höre Schlüssel klirren, bevor er zur Tür eilt.

»Kaiden!«, ruft Cam, als sie ihm folgt.

Papa sieht mich an.

Ich weiß nicht, was ich sagen soll.

Er streitet nicht ab, was Kaiden ihm vorgeworfen hat, und ich hinterfrage es nicht. Spielt es jetzt noch irgendeine Rolle? Worte schmerzen. Es ist gut, dass ich eine hohe Schmerztoleranz habe.

Etwas geht kaputt, bevor die Tür zuschlägt. Papa und ich gehen hinunter und sehen eine auf dem Boden zerbrochene Vase und Cam, die auf die Scherben starrt. Er drückt ihr den Arm und sagt, dass er den Besen holt. Ich weiß nicht, was ich sagen soll, deshalb zähle ich die Scherben – acht große Stücke und sechsundzwanzig kleine. Ich erinnere mich daran, dass die Vase von ihrer Urgroßmutter ist.

Unbezahlbar.

Die Schmerztabletten von vorhin haben nachgelassen, und in meinen Schläfen pocht der Kopfschmerz wieder. Ich blinzele die Tränen meiner Verärgerung weg, während meine Augen tief hinten vor Irritation pulsieren. Ich weiß, dass es wahrscheinlich am Stress liegt, der hier immer dann entsteht, wenn es nicht nach Kaidens Wünschen läuft.

Ich bedaure nicht, dass ich es ihm gesagt habe.

Ich bedaure, dass ich dachte, er könnte damit umgehen.

Menschen wie er werden niemals so stark sein wie wir. Sie haben die Wahl, wie sie fühlen, leben und denken.

Wir nicht.

Wir sind zum Kämpfen gezwungen.

Und manchmal … wollen wir das nicht.

Neunundzwanzig

Stärke hat ihren Preis. Wenn ich in den letzten Jahren irgendetwas gelernt habe, dann, dass man gezwungen ist, zu kämpfen, auch wenn man keine Kraft hat und selbst im schlimmsten Fall nicht aufgeben darf.

Man kann Stärke nicht definieren. Wir alle haben sie. Wir denken nur nicht, dass wir sie haben, weil sie unter Schichten von Schmerz, Depression und Angst begraben liegt. Du weißt nicht, wie stark du bist, bis du keine andere Wahl hast, als stark zu sein.

Nachdem ich wieder nach oben gegangen bin, schließe ich meine Tür ab und lege mich unter die warme Decke. Auf der leeren Seite des Bettes ist nur ein schwacher Duft von Kiefer und Zeder geblieben. Ich drehe mich auf die andere Seite und mache die Augen zu.

Meine Tür schließe ich nur sehr selten ab.

Ich könnte hinfallen, und dann könnte niemand hinein und mir helfen.

Ich könnte Schwierigkeiten haben, aus dem Bett zu kommen.

Doch das ist nicht der wahre Grund.

Bisher wollte ich Kaiden nicht fernhalten. Nun, wo ich seine

Reaktion erlebt habe, hasse ich mich dafür, dass ich mich überhaupt auf ihn eingelassen habe. Freund oder nicht, Stiefbruder oder nicht, ich habe angefangen, ihn zu mögen – ihm zu vertrauen.

Zeitverschwendung.

Die Tränen trocknen, bevor sie herunterlaufen können. Immerhin ein wenig Stärke, von der ich nicht dachte, dass ich sie noch aufbringen könnte, weil meine Brust genauso wehtut wie mein Kopf.

Als ich am nächsten Morgen aufwache, küsst mich ein vertrauter Duft dicht an meinem Rücken. Eine Nase drückt in meinen Nacken, warmer Atem kribbelt auf meiner Haut und verrät mir, wer sich hier so an mich kuschelt, als wäre der letzte Abend nur ein Traum gewesen.

Ich winde mich aus seiner Umarmung, doch er hält mich fest und zieht mich wieder an seine Brust. »Ich will, dass du meinen Vater kennenlernst.«

Dreißig

Mit Blick auf die Uhr des Armaturenbretts scheint es eine stumme Übereinkunft zwischen uns zu geben, dass wir es heute nicht zur Schule schaffen. Das hatte ich mir ohnehin schon vorgenommen und gehofft, dass sich am Montagmorgen niemand mehr an mein kleines Missgeschick von Donnerstag erinnern wird.

Ich weiß gar nicht genau, warum ich zugestimmt habe, mit ihm zu kommen, doch bevor ich noch darüber nachdenken konnte, war ich schon angezogen und folgte ihm nach draußen. Im Vorbeigehen bemerkte ich, dass meine Schlafzimmertür unversehrt war, was darauf schließen lässt, dass das Knacken von Türschlössern ebenfalls zu Kaidens Fähigkeiten gehört.

Es überrascht mich nicht weiter.

Allerdings überrascht es mich, dass Kaiden zu dem Friedhof fährt, wo wir schon so viel Zeit verbracht haben. Er nimmt nicht den üblichen Weg zu der umzäunten Lichtung, sondern geht zu einer Stelle mit vielen Grabsteinen.

Da zwei der drei Eingänge zum Friedhof mit einer Kette versperrt sind, vermute ich, dass wir nicht hier sein sollten. Der Boden ist mit Schnee bedeckt, aber es ist nicht so viel, dass man stecken bleiben würde. Die Wege sind nicht geräumt, und die meisten Grabsteine sind von Schneewehen umgeben, sodass man nur schwer zu ihnen gelangen kann.

Kaiden stellt den Motor ab und starrt wortlos aus dem Fenster.

Ich blinzle und blicke zu der Steinreihe, die er betrachtet. »Hier ist dein Vater begraben?«

Er nickt kurz.

Ich fahre mir mit der Zunge über die Unterlippe und sehe mich um. »Du besuchst ihn oft, oder?«

Er zögert. »So habe ich den Baum entdeckt. Ich bin ständig hierhergekommen und habe das Arschloch angeschrien, bis ich einmal eine Runde gehen musste. An einem Abend bin ich über den Zaun geklettert und habe die Stelle gefunden. Es ist mein Lieblingsort.«

»Weil du ihm nah bist?«

Er widerspricht mir nicht.

Er schnallt sich ab und öffnet die Tür, dann lässt er mich allein und geht durch den festen Schnee, der unter seinen Stiefeln knirscht. Ich kann es von dort hören, wo ich sitze und ihn beobachte.

Ich gebe ihm einen Moment für sich, sehe ihn vor einem Stein in der Mitte der Reihe knien. Er streicht mit der nackten Hand über die Vorderseite, wischt den Schnee ab. Nach ein paar Augenblicken steige ich aus dem Auto, ziehe mir die Mütze über die Ohren und gehe zu ihm.

Ich bemerke leicht verwischte Fußabdrücke auf der anderen Seite des Steins, als wäre noch jemand hier gewesen. Besucht Cam ihn auch? Dann realisiere ich, dass die Abdrücke identisch mit denen sind, die Kaiden gerade frisch hinterlassen hat. Seit gestern Nachmittag hat es nicht mehr geschneit.

»Du bist gestern Abend hier gewesen«, flüstere ich.

Er steht auf und wischt sich den Schnee von den Händen. »Er erdet mich auf eine Weise, wie es niemand anderes kann. Er verurteilt mich nicht.«

»Er hört dir einfach zu«, sage ich für ihn.

Er murmelt seine Zustimmung.

Genau wie ich mit Lo, spricht Kaiden mit seinem Vater. Ich dachte, er würde diesen Mann völlig ignorieren, aber wahrscheinlich verbringt er mehr Zeit hier als in seinem Zimmer.

Vor allem, seit er in meinem schläft.

Ich reibe mir die Arme und betrachte die Schrift unter dem Namen. Es ist ein typisches *Geliebter Ehemann und Vater*, und Kaiden muss meinen Blick bemerken.

Er lacht trocken. »Lustig, oder? Cam hat den Stein für ihn bestellt. Da waren sie nicht einmal mehr verheiratet. Die ganze Sache ist ein Witz.«

Ich starre ihn an und frage mich, ob er scherzt oder nicht. Er wirkt nicht so, scheint nur ausweichen zu wollen.

»Hör auf, sie so zu nennen.«

»Das ist ihr Name«, entgegnet er trocken.

»Sie ist deine Mutter.«

Keine Antwort.

Ich seufze. »Du hast gesehen, wie meine Mutter und ich zusammen sind, Kaiden. Wir haben keine perfekte Beziehung. Wir haben eine Menge durchgemacht, die Sache mit Logan und ja, auch das, was mit mir passiert. Denn ob es dir gefällt oder nicht, ich *bin* krank. Sie hat das nicht gut verkraftet, aber ich werfe es ihr nicht vor.«

»Vielleicht solltest du das.«

Ich zucke mit den Schultern, stecke die Hände in die Taschen und beobachte meinen Atem in der kalten Luft. »Ich wüsste nicht, warum. Wir können nicht ändern, was gesagt oder getan wurde.

Wenn wir uns die ganze Zeit mit negativen Dingen beschäftigen, dann werden wir für den Rest unseres Lebens wütend sein. Warum sollen wir uns davon beherrschen lassen?«

Er dreht den Kopf zu mir. »Wie kannst du das einfach auf sich beruhen lassen? Deine Mutter hat dich verletzt.«

Ich schließe die Augen und atme die kalte Luft ein, die mir stechend die Lungen füllt. »Ich habe sie genauso verletzt. Verstehst du es immer noch nicht?«, flüstere ich und öffne wieder die Augen. »Wir haben nur ein Leben. Eine Chance. Eine einzige Gelegenheit zu leben. Warum soll ich es mit mehr Schmerz verbringen, als ich ohnehin schon habe? Jeder kann mich verletzen, aber wenn ich entscheide, es nicht zuzulassen, dann kann ich etwas Trost in dem finden, was das Leben mir gibt. Es ist nicht viel, aber es ist immerhin etwas.«

Für den Bruchteil einer Sekunde sehe ich Bewunderung in seinen Augen. Sie verschwindet mit einem Wimpernschlag, doch sie war da. Das gibt mir die Hoffnung, dass ich zu ihm durchdringe, dass er es vielleicht langsam begreift.

»Warum bist du gestern Abend hergekommen?«, frage ich, bevor er noch etwas sagen kann.

Er runzelt die Stirn.

Ich hole weiter aus. »Es muss einen Grund dafür geben. Du hättest irgendwo hingehen können, oder? Zu einem Freund oder so. Aber du hast dich entschieden, hierher zu kommen.«

Sein Blick geht zum Grab seines Vaters, während er über seine Antwort nachdenkt. Ich glaube, er konzentriert sich auf die von der Witterung abgeplatzten Kanten, denn er blickt nicht mehr weg. »Du findest Trost bei den Lebenden. Ich finde ihn bei den Toten. Wie gesagt, er verurteilt mich nicht. Es spielt keine Rolle, was ich für ein Arschloch bin, bei diesen Besuchen geht es nur um mich und meinen Vater.«

Ist das eine Entschuldigung? Wahrscheinlich ist es das, auf seine eigene, seltsame Art. Ich werde den Moment sicher nicht mit einer Frage ruinieren. Etwas sagt mir, dass er es sowieso abstreiten würde.

Ich unterdrücke ein Lächeln. »Und worüber hast du mit deinem Vater gesprochen?«

Er sieht mich nicht an. »Du hast vor einer Weile erwähnt, dass es schwer ist, Menschen an einer Krankheit leiden zu sehen. Da hast du nicht von meinem Vater und deiner Schwester gesprochen, oder?«

Langsam schüttle ich den Kopf. »Nur zu deiner Information: Cam hatte unrecht, als sie meinte, es betrifft dich nicht. Ich bin in dein Zuhause gekommen, in dein altes Zimmer gezogen, deshalb habe ich es auch zu deiner Angelegenheit gemacht.«

Er schnalzt mit der Zunge. »Deine Schwester ist an derselben Krankheit gestorben, die du hast …«

Ich höre seine unausgesprochene Frage. »Jeder von uns könnte morgen sterben, Kaiden. Menschen sterben die ganze Zeit. Werde ich an Lupus sterben? Ich weiß es nicht. Vielleicht. Vielleicht auch nicht. Die Krankheit verläuft nicht immer tödlich, und im Augenblick wird viel daran geforscht.«

Er kneift die Augen zusammen. »Lupus? Das ist es, was du hast?«

Ich nicke.

»Und es gibt keine Antworten?«

»Bezüglich meiner Sterblichkeit?«

Er murrt.

Es scheint nichts zu bringen, ihm ein aufmunterndes Lächeln zuzuwerfen, und es wirkt womöglich trauriger als alles andere. »Willst du ein Geheimnis wissen? Manchmal denke ich, dass es mir tot besser ginge. Ich würde Mama nicht mehr verletzen, hätte keine Schmerzen und könnte bei Lo sein. Ich will dich nicht anlügen, Kaiden. Eine Weile ging es mir richtig schlecht. Ich war tagelang im Krankenhaus, manchmal mehrere Wochen. Ich habe depressive Phasen, wenn es richtig übel ist, weil ich dann akzeptieren muss, dass mein Körper mich im Stich lässt. Es ist ...« Ich weiß nicht, was ich tun soll, also zucke ich mit den Schultern. »Das habe ich noch niemandem erzählt.«

Er schluckt sichtbar. »Denkst du das noch immer?«

Tue ich das? Ich habe meine Momente, wo ich allem entkommen will. Ich habe das immer für ein Zeichen von Schwäche gehalten, doch inzwischen glaube ich, es sind einfach menschliche Momente. Wir alle wollen Frieden, Erlösung. Lo hat ihren Frieden gefunden. Kaidens Vater auch. Warum nicht ich? Habe ich all das Leiden verdient?

»Nein«, antworte ich vorsichtig. »Ich glaube, die Dinge geschehen aus einem bestimmten Grund. Meine Medizin hilft gegen die Entzündung, die das größte Problem sein kann. Es geht um Ausgewogenheit. Richtig essen, nach Möglichkeit aktiv bleiben und sich daran erinnern, nicht zu übertreiben.«

Er legt die Hand auf das Grab seines Vaters. »Denkst du, er hatte Angst?«

Er muss es nicht weiter erklären. »Ich glaube, an einem bestimmten Punkt hat ihn die Angst verlassen.«

»Als hätte er den Tod begrüßt?«

Ich schüttle den Kopf, trete näher zu ihm und lege die Hand auf seinen Arm. »Die Befreiung, Kaiden.«

Bevor er noch etwas sagen kann, klingelt mein Handy in der Tasche. Als ich es herausziehe, lese ich Cams Namen auf dem Display. Ich antworte und trete beiseite, um Kaiden Zeit mit seinem Vater zu geben.

Ihre muntere Stimme begrüßt mich. »Du hast einen Termin

heute um eins bei einem Neurologen. Ich komme früher von der Arbeit und fahre mit dir hin, okay? Dein Vater hat es auch angeboten, aber ich glaube, es ist so besser, weil ich den Arzt kenne. Dr. Aberdeen ist ein guter Mann. Er wird dir helfen.«

Papa hat angeboten, für mich seine Arbeit zu verlassen?

Ich spähe zu Kaiden, der murmelnd mit dem Grabstein seines Vaters spricht. Ich räuspere mich, drehe ihm den Rücken zu und sage: »Das weiß ich sehr zu schätzen, Cam.«

»Gern geschehen, Süße. Ich hol dich zu Hause ab, okay? Ich kann bei der Schule anrufen, damit sie dir erlauben ...«

»Äh, das ist nicht nötig.«

Es folgt eine Pause. »Du bist gar nicht in der Schule?«

Ich verziehe den Mund. »Ich bin mit Kaiden auf dem Friedhof. Er ist ... er ist gerade bei Adams Grab. Ich glaube, er brauchte es, nach dem, was gestern Abend war. Er liebt ihn sehr.«

Diesmal klingt sie leichter. »Er ist nicht der Einzige.«

Ich bin mir nicht sicher, was sie damit meint, und sage ihr, dass ich sie später treffe, bevor ich das Gespräch beende. Ich schiebe das Handy wieder in die Tasche und kehre zurück zu Kaiden.

»Ist es in Ordnung, wenn wir aufbrechen? Mir ist etwas kalt.«

Er nickt kurz, und wir gehen zurück zum Auto. Nachdem wir eingestiegen sind und uns aufwärmen, dreht er sich zu mir. »Ich bringe niemals jemanden hierher.«

Huch?

Er ist nicht der Einzige ...

Ich dachte, Cam meinte, dass sie Adam ebenfalls liebt. Das ergibt Sinn, schließlich ist er der Vater ihres einzigen Kindes. Aber vielleicht ... meinte sie auch, dass Kaiden jemand anderen liebt.

Mich konnte sie damit nicht meinen.

Oder doch?

Einunddreißig

Zum ersten Mal seit Monaten fühle ich mich wie ein Mensch. Es ist so seltsam, dass ich weine. Nicht vor Schmerz, sondern weil ich nicht mehr weiß, wie es ohne ist.

Dr. Aberdeen und mein Rheumatologe haben die Theorie entwickelt, dass die Medizin gegen meine Entzündungen der Grund für meine Migräne war. Mit der neuen Medikation, die weiter gegen meine Symptome hilft, und einer zusätzlichen Pille gegen drohende Kopfschmerzen bin ich ein neuer Mensch.

Um das zu feiern, überrascht mich Kaiden, indem er uns nach der Schule am Freitag zu einem kleinen Restaurant fährt. Es ist wesentlich gemütlicher als das *Le Sal* und hat eine entspannte Atmosphäre, die ich liebe. Sein Umgang mit der Managerin lässt darauf schließen, dass er öfter hier ist.

Er greift nach meiner Hand und verschränkt unsere Finger miteinander, sodass mir Schockwellen durch den Arm fahren, bis mein Herz schneller schlägt. Als er mit mir ohne die Managerin nach hinten geht, weiß ich, dass er alles geplant hat. Unser Tisch steht abseits von den anderen, am weitesten entfernt von den leisen Gesprächen der frühen Abendgäste.

»Du magst keinen Lärm«, bemerkt er, als er sieht, wie ich mich in dem halb leeren Raum umsehe.

Ich knabbere an meiner Lippe und werfe ihm ein schüchternes Lächeln zu.

Seitdem ich ihm von meiner Krankheit erzählt habe, hat er viel recherchiert und verschiedene Artikel über Ursachen und Symptome gelesen. Wenn er bemerkt, wie ich von meinen Hausaufgaben zu ihm sehe, schließt er alles und schnauzt mich an, was ich für ein Nerd sei oder wie verstrubbelt mein Haar wäre.

Er tut das nur, damit es so aussieht, als wäre es ihm egal, aber ich weiß, dass es ihm nicht egal ist. Es sind kleine Dinge, wie wenn er beim Einschlafen eine Extradecke über mich legt oder Papa und Cam sagt, dass ich in bestimmte Restaurants nicht gehen kann, weil die Speisen dort nicht für mich geeignet sind und ich zu schüchtern bin, es ihnen selbst zu sagen. Er legt überall alberne Bildchen aus, von meinem Schrank bis zu meinem Badezimmerspiegel – Post-its mit küssenden Lippen und Frozen Yogurt und einer Sonne mit Sonnenbrille.

Er nervt mich nicht damit, mich an meine Medizin zu erinnern, wie Papa es tut, oder mahnt mich an Abenden zur Ruhe, an denen ich genug Energie habe, um noch länger Hausaufgaben zu machen oder zu lesen. Er lässt mich mein Leben führen und unterstützt mich bei allem, was ich damit zu tun gedenke.

Neulich haben wir abends Brownies gemacht. Double Chocolate. Ich habe so viel Teig gegessen, bis mir der Bauch wehtat, und danach viel zu viele warme Brownies, während wir uns ein paar Filme ansahen. Es war großartig, und es macht Spaß mit ihm.

Nachdem eine Kellnerin unsere Getränkebestellung aufgenommen hat, sind wir allein, um uns die Speisekarte anzusehen. Ich lächle, als ich das große Angebot sehe, und überlege, einen der billigsten Salate zu nehmen, nur um seine Reaktion zu sehen.

Er wird wohl kaum meinen Teller auf den Boden werfen und verlangen, dass ich eine Pizza bestelle.

Ich sehe ihn an, wie er in die Speisekarte schaut, wobei seine Zungenspitze aus dem Mundwinkel ragt. Ein leichtes, aufgeregtes Gefühl erfüllt mich, während ich ihn so vor mir sehe. Er liest die Speisekarte mit so einer Intensität und Präzision, dabei wirkt er zugleich so jungenhaft.

Süß ist nicht das richtige Wort, um Kaiden Monroe zu beschreiben, warum habe ich also das Bedürfnis, ihn genauso zu nennen?

Er bemerkt meinen Blick, doch ich weiche seinem nicht aus. »Was ist?«

Ich schüttle den Kopf. »Nichts. Ich ...« Meine Zunge fühlt sich schwer im Mund an, weil er mich so aufmerksam ansieht. »Ich, ähm, weiß nicht, was ich nehmen soll.«

»Lügnerin«, sagt er amüsiert und lehnt sich zurück. »Du kannst nehmen, was du willst. Die Hähnchengerichte sind ganz gut. Ich glaube, ich hatte mal das Marsala. Sie sind aber auch bekannt für ihren Fisch, und ich habe gehört, dass Lachs gut ist bei Autoimmunerkrankungen, also ...« Er räuspert sich und reibt sich den Nacken, wobei er auf die Speisekarte blickt, um meinen Blick zu meiden.

Ich kneife die Augen zusammen. »Wirst du etwa ... rot?«

Er runzelt die Stirn, blickt aber nicht auf.

»Oh mein Gott.« Ich lache und grinse breiter, als ich es seit Ewigkeiten getan habe. »Kaiden Monroe wird rot! Ich glaube, ich muss ein Foto machen. Die Schule hat doch einen Instagram-Account, oder? Vielleicht sollte ich sie taggen, damit sie es reposten können.«

Er brummt etwas und legt die Karte beiseite, wirft mir einen wütenden Blick zu, der eher wie ein Schmollen wirkt. »Ich werde gar nicht rot. Ich habe nur gehört, dass es gut für dich sein kann.«

Ich spiele mit und nicke. »Da bin ich mir sicher. Google schlägt gern die besten Lachsgerichte für Menschen vor, die an Entzündungserkrankungen leiden.«

Sein Blick wandert wieder nach unten.

Als die Kellnerin zurückkehrt, bestelle ich den Lachs mit Kartoffelpüree und grünen Bohnen, während ich Kaiden anlächle. Er nimmt das Parmesanhühnchen mit denselben Beilagen, aber ich weiß, dass er die grünen Bohnen nicht essen wird, denn er lässt sie immer liegen, wenn Cam sie macht. Er weiß, dass ich sie essen werde.

Danach sind wir wieder allein, und ich spiele mit dem eingewickelten Besteck. »Ich finde es süß, dass du recherchierst. Nicht viele Menschen machen sich solche Mühe, weil sie lieber glauben, was sie wollen, anstatt die Fakten zu erfahren.«

Er geht nicht auf das Kompliment ein, was mich überrascht. »Wie meinst du das?«

Ich mache es mir auf dem Stuhl bequem und gebe ein lautes Seufzen von mir, als ich an die vielen albernen Klischees denke, die ich über die Jahre gehört habe. »Wenn man eine Krankheit hat, die niemand sehen kann, dann glauben einem viele Leute nicht. Wenn sie dir ausnahmsweise doch glauben, dann geben sie die dümmsten Dinge von sich, zum Beispiel, dass man geheilt werden kann, wenn man mehr schläft oder gesünder isst.«

Ich beiße die Zähne zusammen und erinnere mich an ein Gespräch, das ich einmal an meiner alten Schule hatte. Meine Sportlehrerin versuchte, mich zum Mitmachen zu animieren, obwohl ich eine Bescheinigung hatte, dass ich an schlechten Tagen nicht teilnehmen musste. Ich tat das nicht häufig, nur dann, wenn langes Stehen zu schmerzhaft für meine Knie und Hüften war. Sie meinte, wenn ich kein Junkfood essen und mehr Sport treiben würde, dann würde es mir auch wieder gut gehen.

Die richtige Ernährung ist sicher wichtig, wenn man gesund bleiben will, aber Gesundheit ist kein universelles Konzept. Das Essen einer Karotte lässt keine Schwellung zurückgehen, und ein kilometerweiter Lauf würde mir sicher nicht dabei helfen, am nächsten Tag besser zu gehen.

Ich lege die Hände in den Schoß. »Die Leute haben gefestigte Meinungen über Krankheit. Sie glauben, dass man nicht krank werden kann, wenn man nicht übergewichtig oder alt oder so ist. Weißt du eigentlich, wie oft mir Leute sagen, dass ich gar nicht krank sein kann, weil ich noch viel zu jung dafür bin? Oder wie oft mir vorgehalten wurde, dass ich eine Essstörung habe, weil ich zu dünn bin?

Es ist auch so schon anstrengend genug, denn mein Körper greift sich selbst an. Aber wenn mich dann auch noch jemand anders angreift, dann wird es zu viel. Ich muss mich ständig mit Leuten auseinandersetzen, die ihre eigenen Schlüsse ziehen, sobald sie hören, dass ich eine Autoimmunerkrankung habe. Als würde ich geheilt werden, wenn sie mir mitteilen, dass ich mich weniger stressen soll. Und ich will gar nicht erst von denen anfangen, die der Überzeugung sind, ich würde nur so tun, als wäre ich krank. Die Leute verlassen sich zu sehr auf das, was sie sehen können, weil man nur das glaubt, was man auch sieht. Aber in Wahrheit ist es andersherum.«

Ich lecke mir über die trockenen Lippen und greife nach dem Wasser, nehme mir Zeit, um die Stille aufzunehmen.

»Wie gehst du damit um?«, fragt er, als ich mein Glas abstelle.

»Ehrlich?« Ich zucke mit den Schultern. »Gar nicht.«

Er runzelt die Stirn.

Ich erkläre es ihm. »An manchen Tagen ist es leichter, einfach an mir abprallen zu lassen, was andere Leute sagen, aber das heißt nicht, dass es mir völlig egal ist. Ich bin nur gut darin, so zu tun.«

Sein Kiefer zuckt. »Du solltest das überhaupt nicht tun müssen.«

»Was soll ich denn machen, Kaiden?«, frage ich, aufrichtig neugierig. »Wir sind menschlich. Wir sagen böse, schmerzhafte Dinge. Wir sind naiv. Wir sind grausam. Wenn du an meiner Stelle wärst, was ich dir niemals wünsche, dann würdest du das Leben auch mit anderen Augen sehen. Du hörst auf, jeden Tag für selbstverständlich zu halten, weil du keine Ahnung hast, ob du am nächsten Morgen aufwachst. Das klingt vielleicht hart, aber es ist wahr.«

»Sag das nicht«, knurrt er leise.

Ich hebe unschuldig die Hände. »Du willst die Wahrheit? Sie ist nicht schön, oder? Ich habe zugesehen, wie Lo abgerutscht ist, aber es gibt einen großen Unterschied zwischen Beobachten und Erleben. Sie hat ihren Schmerz oder ihre Angst nie gezeigt, wenn sie es verbergen konnte. Stattdessen tat sie so, als könnte es ihr nichts anhaben, bis ...«

»Es das tat«, beendet er den Satz.

Ich nicke stumm.

»Hast du Angst?«

Jede einzelne Sekunde, jede Minute und jede Stunde.

Ich flüstere: »Hättest du keine?«

Er kann so tun, als wäre er stark und als würde ihn nichts berühren, doch ich durchschaue ihn. Er leidet. Der Tod seines Vaters belastet ihn noch immer. Die Möglichkeit, seine Mutter zu verlieren oder mich, erschreckt ihn. Jeder von uns kann so tun, als wäre er unbesiegbar, und der Öffentlichkeit eine Fassade präsentieren, doch hinter unseren Masken verbergen sich tränenverzerrte Gesichter.

Anstatt einer Antwort legt er die Arme auf den Tisch und betrachtet den Raum. »Es gab ein paar Todesfälle auf der Exeter. Einer hatte Krebs. Erinnerst du dich, was Rachel dir am ersten Tag erzählt hat? Es gab ein Mädchen mit Morbus Hodgkin. Sie hatte fast ihr ganzes Leben damit gekämpft, aber es kehrte immer wieder zurück. In der zehnten Klasse wurde es schlimmer, und sie starb. Es gab eine große Trauerfeier für sie.«

Ich verziehe das Gesicht. »Das ist so traurig.«

Er nickt kurz. »Riley ...« Seine Stimme ist rau, deshalb räuspert er sich. »Riley war eine gute Freundin von mir. Sie war sehr lebhaft, aber sie hatte eine Menge Probleme, und niemand konnte ihr helfen. Nicht einmal ich. Scheiße, wenn ich gewusst hätte, was sie vorhatte ...« Er hält inne und holt tief Luft. »Sie wurde von den anderen geärgert, als die von ihrer Essstörung erfuhren. Nein. Eigentlich wurde sie schon immer geärgert. Sie war früher übergewichtig, da fing das Mobbing an. Sie sagte immer, dass sie unbedingt abnehmen wollte, damit man sie in Ruhe ließ, und als sie damit begann, wirkte sie glücklicher. Ich wusste nicht, dass sie hungerte, um das zu schaffen. Erst später bemerkte ich, wie sie das Mittagessen ausließ und nach der Schule keinen Snack mehr wie früher aß. Als ich sie darauf ansprach, tat sie so, als wäre es keine große Sache.

Und dann begannen die Gerüchte, dass sie in der Schule kotzen würde. Sie war ein paarmal von anderen Mädchen dabei erwischt worden, die es allen anderen erzählten. Zu dem Zeitpunkt hatte sie bereits so viel Gewicht verloren, dass sie wie eine lebendige Leiche aussah. Sie aß und verschwand dann, aber ich glaubte nie, dass sie sich übergab ...«

Seine Nasenflügel beben. »Ich hätte etwas dagegen tun sollen, doch damals hörte noch niemand auf mich. Ich sagte den anderen, dass sie sie in Ruhe lassen sollten, aber nur wenige hielten sich daran. Dann hörten ein paar Lehrer die Gerüchte und kontaktierten ihre Eltern. Es war wie eine Spirale. Sie konnte die negative Aufmerksamkeit nicht mehr ertragen.«

Ich halte die Luft an, als ich die Traurigkeit in seinen Worten höre. »Kaiden?«

Unser Essen kommt und wird vor uns auf den Tisch gestellt, was die Intensität des Augenblicks verstärkt. Als die Kellnerin verschwindet, sieht Kaiden mich an.

»Sie hat sich umgebracht.«

Ich öffne den Mund.

Ich bemerke das leichte Zittern seiner Hand auf dem Tisch, deshalb beuge ich mich vor und lege die Hand auf seine. Er sieht mich an, als wüsste er nicht, was geschieht, dann dreht er die Hand und verschränkt seine Finger mit meinen.

Ich ignoriere den köstlichen Geruch des Essens vor uns und frage: »Ist das der Grund, weshalb du die anderen davon abgehalten hast, mir Stress in der Schule zu machen?«

»Ich will nicht, dass dir irgendwas geschieht.«

Ich werfe ihm ein dankbares Lächeln zu.

Er seufzt und lässt meine Hand los. »Es spielt wahrscheinlich keine große Rolle, oder?«

Mein Lächeln verschwindet.

Nein, wahrscheinlich nicht.

Zweiunddreißig

In wenigen Wochen ist Weihnachten. Eines Abends bitten mich Papa und Cam nach dem Essen um ein Gespräch, also bleibe ich zurück, während Kaiden nach oben geht, um alles für einen weiteren Filmabend vorzubereiten.

Manchmal wünsche ich mir, ich könnte Papa besser lesen, doch es ist schwer, weil sich sein Ausdruck nie verändert. »Worum geht es? Habe ich etwas angestellt?«

Cam macht große Augen. »Oh nein, überhaupt nicht. Dein Vater und ich haben nur über unsere Pläne für die Feiertage nachgedacht. Normalerweise machen wir hier ein Abendessen in der Familie. Du weißt schon, ein großes Essen nach der Bescherung und all das. Es ist eine Tradition, dass die ganze Familie hier ist.«

Ich kämpfe gegen das Bedürfnis, bei dem Gedanken zusammenzuzucken, dass ihre ganze Familie das jedes Jahr tut, und blicke auf die Serviette auf dem Tisch. Sie ist weiß, mit Schneemännern und Rentieren darauf.

Mama hat früher immer das Haus dekoriert, genau wie Cam. Ich weiß nicht, wann sie damit aufgehört hat.

Hat Papa jemals erwähnt, dass er mich zu ihrem Fest einladen möchte? Wenn wir um die Feiertage herum miteinander telefoniert haben, hat er mir nur frohe Weihnachten gewünscht und gesagt, dass er mir mein Geschenk per Post schickt. Es war jedes Mal ein Amazon-Gutschein, den ich immer erst ganz am Schluss ausgab, denn ich wollte nichts benutzen, das von ihm kam.

Papa bringt mich zurück in die Gegenwart. »Wir haben uns gefragt, ob du vielleicht geplant hattest, über die Feiertage zu deiner Mutter zu fahren.«

»Nicht, dass wir dich hier nicht haben wollen«, springt Cam ein und lächelt mich an. »Wir hoffen sogar, dass du sie mit uns verbringst. Ich glaube, Kaiden würde sich freuen. Ihr beide kommt so gut miteinander aus.«

Wenn sie wüssten, wie gut.

»Ähm … ich habe mit ihr noch nicht darüber geredet«, gestehe ich. Oma rief neulich an, nachdem ich ein paar SMS mit Mama ausgetauscht hatte, und fragte, was wir hier planen würden. Als ich ihr sagte, dass ich es nicht genau wüsste, hat sie nicht weiter gedrängt.

»Glaubst du, sie würde vielleicht auch kommen wollen?«, fragt Cam aufgeregt. »Deine Großmutter natürlich ebenfalls. Es könnte schön für sie sein, dich hier zu sehen. Du könntest ihnen dein Zimmer zeigen. Die Büchersammlung, die du begonnen hast. Vielleicht die Stadt.«

Mein Blick geht zu Papa. Er wirkt ein wenig unbehaglich, aber nicht annähernd so, wie ich mich fühle. »Ich halte das für eine gute Idee«, gesteht er.

Ich blinzle ein paarmal. »Du … was?«

Er holt tief Luft. »Deine Mutter und ich sind aus offensichtlichen Gründen nicht gut miteinander ausgekommen. Wir haben unsere Differenzen, aber wir haben auch dich. Wenn du Weihnachten mit ihnen verbringen möchtest, dann verstehen wir das.

Aber wenn du dich dazu entschließt, sie mit uns zu verbringen, dann würden wir die Einladung auf sie erweitern. Dann kannst du uns alle am selben Tag sehen.«

Ich weiß nicht, was ich sagen soll. Papa und Mama nach all den Jahren im selben Raum? Oma hat nie etwas Schlechtes über ihn gesagt, aber ich weiß, dass sie Mama liebt. Ich kann nicht behaupten, dass sie ihm die Schuld dafür gibt, wie es ihr jetzt geht, aber ich würde es auch nicht ausschließen.

»Glaubst du ... ich meine, ist das wirklich eine gute Idee?«, zweifle ich stirnrunzelnd. »Du und Mama habt schon lange nicht mehr miteinander gesprochen, oder? Sie ist nicht mehr dieselbe Person, die du kennst.«

Cam reibt Papas Arm. »Wir haben gestern Abend mit deiner Mutter telefoniert. Dein Vater hat die Einladung offengelassen, für den Fall, dass sie kommen wollen. Sie ist hier jederzeit willkommen, Em. Ich hoffe, du weißt das.«

Ich starre sie an.

Papa richtet sich auf. »Cam hat recht. Deine Mutter und ich werden immer eine Vergangenheit haben, aber du bist uns beiden wichtig. Sie kann herkommen und uns besuchen. Ich weiß, es ist ein ganzes Stück zu fahren, doch vielleicht wäre es gut für uns alle, wenn wir an Weihnachten zusammen sind.«

»Mama und du?«

»Und du.«

»Also ... im selben Raum?«

Er schmunzelt, was seltsam wirkt bei jemandem, der sonst so ernst ist. »Ja, Emery. Tatsächlich schien sie an der Idee interessiert zu sein. Deine Großmutter meint, es wäre gut.«

»Spaß«, verbesserte Cam. »Sie meinte, es wäre ein Spaß. Sie sagte sogar, dass sie sich darauf freuen würde, Kaiden wiederzusehen.«

Ich versinke auf meinem Stuhl. Sie hatten keine Ahnung, dass er zu mir gefahren war, bis wir einen Tag vor meiner geplanten Rückkehr gemeinsam auftauchten. Papa hatte misstrauisch geguckt, und Cam wirkte glücklicher als je zuvor. Doch keiner hatte darüber ein Wort verloren.

»Ja, Oma mochte ihn«, murmle ich.

Papa brummt etwas.

»Also kommen sie?«, frage ich.

»Das liegt an dir«, erwidert er und zieht die Schultern zurück. »Deine Mutter und ich haben uns darauf geeinigt, dass es deine Entscheidung sein soll. Wir haben nichts dagegen, wie auch immer du dich entscheidest.«

Wollte ich Weihnachten dort verbringen?

Nein.

Es ist ein brutales Geständnis, aber es stimmt. Mama und ich sprechen jetzt mehr miteinander als vorher, aber es ist immer noch angespannt. Sie ruft alle paar Wochen an, um mir zu erzählen, wie die Selbsthilfegruppe läuft, oder um mir Geschichten von der Arbeit und den Ausreden der Kinder zu erzählen, damit sie dem Unterricht fernbleiben und im Büro der Krankenschwester dösen können. Wir schreiben uns hin und wieder eine SMS, und die Antworten sind sporadisch.

Ich will mich nicht beschweren.

Sie bemüht sich.

Aber Weihnachten gemeinsam? Ich sollte mich über das Angebot freuen, und zugleich bin ich etwas wütend, weil sie erst jetzt auf die Idee kommen. Wo war unsere Einladung, bevor ich eingezogen bin? Dachten sie, ich will nicht kommen? Haben sie überhaupt an mich gedacht, von dem Gutschein abgesehen?

Ich presse die Lippen zusammen und zwinge mich zu einem beruhigenden Atemzug, dann atme ich durch die Nase wieder aus.

Das ist ein Neustart, erinnere ich mich. »Es könnte schön sein. Ich vermisse sie.«

Cams Lächeln wird breiter.

Papa bleibt stoisch. »Bist du dir sicher?«

Und du?

»Ja«, würge ich hervor und zucke mit den Schultern. »Ich glaube, Weihnachten hier wird nett werden. Anders.«

Da ich nicht weiß, was ich noch sagen soll, frage ich, ob ich hochgehen kann. Oben warten mein warmes Bett und ein neuer Film auf mich. Das ist Millionen Mal besser als dieses Gespräch.

Sie wünschen mir eine Gute Nacht.

Als ich nach oben komme, werde ich von Kaidens Feixen begrüßt. »Irgendwas sagt mir, dass dieses Weihnachtsfest das interessanteste wird, das wir je hatten.«

»Lauschst du etwa?«, murmle ich, nehme meinen Schlafanzug und gehe ins Badezimmer.

Sein Lachen verfolgt mich, als ich die Badezimmertür schließe.

...

Ich wache von warmen Küssen an meiner Schulter und meinem Rücken auf, weil ich auf dem Bauch liege. Schläfrig nehme ich das Kissen aus meinen Armen und drehe mich auf die Seite.

Kaiden hat sich auf den Ellbogen gestützt und starrt auf mich herab. Blinzelnd blicke ich zu den Leuchtziffern meines Weckers und gähne, als ich feststelle, dass es erst drei Uhr morgens ist. Mit einem verschlafenen Lächeln lege ich den Kopf auf das Kissen.

»Warum bist du wach?«

»Konnte nicht schlafen.«

»Hmm.«

Er grinst und beugt sich vor, unsere Lippen berühren einander.

Seit den Ferien haben wir nicht mehr gemacht, als uns zu küssen. Manchmal wandern seine Hände herum, doch sie kommen nie weit. Das Mutigste, was ich je gewagt habe, war, meine Hände unter sein Hemd zu schieben, um seinen muskulösen Bauch zu spüren.

Das hier fühlt sich anders an. Der Raum ist wie elektrisiert, als er mich unter sich zieht und meinen Mund erforscht. Jede Bewegung seiner Zunge wird von meiner imitiert.

Er berührt meine Taille.

Ich berühre seine.

Er schiebt die Hand unter mein Shirt.

Ich schiebe meine unter seins.

Bevor ich mich besinne, wird der Kuss intensiver. Er stöhnt, als ich mich nach oben bäume, während er sich zugleich nach unten drückt. Sein Gewicht fühlt sich gut an, seine Körperhitze dringt mir in die Haut.

Ich schlinge die Arme um seinen Hals, als er an meiner Unterlippe knabbert, bevor er meinen mit Küssen übersät. Er stützt sich mit den Händen ab, um mich nicht zu zerquetschen, die eine wandert an meiner Taille entlang und schlüpft unter mein Shirt, dann bahnt sie sich wieder nach oben.

»Ist das okay?«, flüstert er an meinem Hals.

Ich schlucke, die Augen geschlossen von dem Gefühl seiner Hand an meinem Bauchnabel. »Ja.«

Er küsst meinen Hals, bevor er mit der Hand weiter nach oben streicht und mich erschauern lässt, während er sich meiner Brust nähert. Ich habe darauf verzichtet, im Bett einen BH zu tragen. Manchmal habe ich Kaiden dabei erwischt, wie er auf meine Brüste gestarrt hat, was mich selbstsicherer macht. Ich fühle mich schön. Begehrt.

Sein Daumen streicht über die Unterseite meiner nackten

Brust, sodass ich die Luft anhalte. Er nutzt den Moment, um mich wieder zu küssen, seine Zunge berührt meine, bevor er die Hand auf meine Brust legt.

Wir stöhnen im selben Moment, als er zudrückt und dann meinen harten Nippel mit der Daumenspitze streichelt. Ich küsse ihn fester, schlinge die Arme stärker um ihn und dränge mit der Hüfte gegen seine. Unser Atem wird lauter, während er gegen die Stelle presst, wo ich die stärkste Reibung brauche, er geht mit der Hand von einer Brust zur anderen, bis ich mich unter ihm winde.

»Kaiden«, flüstere ich und vergrabe mein Gesicht in seiner Brust, als sein Becken sich schneller bewegt.

Er stützt sich auf die Ellbogen, küsst mich sanft aus jedem möglichen Winkel, bevor er sich zurückzieht und auf mich hinabsieht. Seine Hand ruht zwischen meinen Brüsten, und er betrachtet mich eingehend.

»Was tun wir?«, frage ich und bin mir nicht sicher, was als Nächstes geschieht.

Er beißt sich auf die Unterlippe, bevor er die Hand unter meinem Shirt hervorzieht. »Wir können aufhören …«

»Nein!«, platzt es aus mir heraus, bevor ich zutiefst erröte.

Seine Schultern beben vor Lachen, und ich verberge mein Gesicht in den Händen. »Hey, versteck dich nicht. Wir können machen, was du willst. Oder auch gar nichts.«

Ich spähe durch die Finger zu ihm. »Ich bin nicht so gut darin, Kaiden. Du hast viel mehr Erfahrung als ich.«

»Woher weißt du das?«

Ich sehe ihn an. »Benimm dich nicht wie eine engelsgleiche Jungfrau. Es ist peinlich genug, dass ich zugeben muss, eine zu sein.«

Er streicht mir das Haar aus dem Gesicht. »Ich will nicht, dass es dir peinlich ist, Em. Vertrau mir, ich kenne eine Menge Mädchen in der Schule, die damit angeben, mit wie vielen Jungs sie Sex hatten. Das ist nicht besonders attraktiv.«

Ich spotte. »Ja klar, aber Jungfrauen sind es?«

Er hebt die Schultern. »Es ist zumindest heißer, als zu wissen, dass jemand wortwörtlich jeden zwischen seine Beine lässt. Es ist etwas verdammt Besonderes, wenn man die eine Person ist, der du genug vertraust, um mit ihr intim zu werden. Sogar schmeichelhaft. Und ich sage das nicht nur, damit du mich ranlässt. Ich bin nur ehrlich.«

Ich blinzle und nage an der Innenseite meiner Wange. »Ich habe das Gefühl, es wäre nicht gut für dich.«

Er pickt an meinen Lippen. »Maus, darüber musst du dir keine Sorgen machen. Falls oder wenn wir an diesen Punkt kommen, dann wird es für uns beide gut sein.«

Ich erröte und winde mich unter ihm. »Und wenn ich will, dass dieser Punkt jetzt ist?«

Ich höre, wie sich seine Atmung verändert.

Ich lege meine zitternde Hand an sein Gesicht. »Lass uns ehrlich sein, Kaiden. Ich mag es nicht, wenn Leute von meiner Krankheit wissen. Es ist zu anstrengend, jedem zu erklären, wie es ist. Ich weiß, dass du Nachforschungen angestellt hast und dass du behutsam mit mir umgehst. Ich … ich weiß, dass es beim ersten Mal wehtut. Ich weiß, dass es wegen meines Zustands stärker wehtun könnte. Aber die Schmerzen waren in letzter Zeit minimal, und ich weiß nicht, wie lange das anhalten wird.«

Sein Adamsapfel bewegt sich. »Was genau willst du mir damit sagen? Du musst es mir genauer erklären, damit ich dich richtig verstehe.«

Ich sehe ihn fest an, drücke mich hoch und küsse ihn auf die Lippen. »Ich will, dass du der Erste für mich bist, Kaiden. Es gibt niemanden sonst, dem ich vertraue.«

Ich glaube, er hört zu atmen auf.

Das Warten auf seine Antwort bringt mich fast um, denn er könnte ja auch entscheiden, dass er es nicht will. Oder, dass wir warten sollten. Oder, dass ich zu zerbrechlich bin.

Nach einer gefühlten Ewigkeit fragt er: »Du sagst mir aber, wenn es zu viel wird?«

Ich lecke mir über die Lippen und nicke.

Er betrachtet mich intensiv, streicht mit dem Daumen über meine Wange, bevor er ebenfalls nickt. »Ich habe mit niemandem geschlafen, seit du hier eingezogen bist.«

Ich mache große Augen. »Aber Rachel …«

Er schüttelt den Kopf und küsst mich erneut. »Das habe ich nur gesagt, um dich zu ärgern. Ich bin ein Arschloch, vergessen? Ich mache blöden Scheiß.«

»Findest du das hier blöd?« Ich hasse es, wie verletzlich ich klinge, doch die Frage ist es wert, gestellt zu werden.

»Mit meiner Stiefschwester zu schlafen?«, erwidert er trocken. »Wahrscheinlich. Mit Emery Matterson schlafen? Einer Kämpferin? Einer Person, die unglaublich stark ist und widerstandsfähig und nicht auf meinen Scheiß hört? Nein. Das finde ich ganz und gar nicht blöd.«

Seine Worte fühlen sich warm in meinem Herzen an, doch nicht so sehr wie seine Hand, die meine nimmt und unsere Finger miteinander verschränkt. Er drückt sie leicht, küsst mich, streicht mit den Lippen über meine Wangen und mein Ohr.

»Ich glaube«, flüstert er, und sein Atem kitzelt mich, bis ich erschauere, »das ist größer als wir beide. Es ergibt Sinn. Wahrscheinlich mehr als alles andere.«

»Warum?«

»Weil wir zusammenpassen.«

Tun wir das?

»Spürst du es nicht?«, murmelt er und nippt an meinem Ohrläppchen.

Das Gefühl in meiner Brust wird größer.

In meinem Bauch kribbelt es.

Ja, will ich ihm sagen. *Ich spüre es schon seit Monaten.*

Bevor ich überhaupt wusste, was es war.

Leben. Nicht bloß existieren.

»Ich hole ein Kondom.«

Dreiunddreißig

Ich werde nervös, als er über mir ist und seine Hände über meinen Körper streichen. Die Packung neben uns auf der Matratze erinnert mich daran, warum er sie geholt hat. Ich dachte nie, dass ich jemals eine sehen, und schon gar nicht, dass ich sie gebrauchen würde.

»Hör auf zu denken«, sagt er und stützt sich ab, um mir in die Augen zu sehen.

Meine Hände ruhen an seiner Taille. »Ich kann nichts dagegen tun. Ich weiß, was jetzt passiert, und denke die ganze Zeit, dass ich es versauen werde. Du weißt schon, irgendwas falsch mache.«

Er grinst, hebt den Arm und streicht mir das Haar aus dem Gesicht. »Was glaubst du denn, was du tun wirst?«

»Ich …« *Ich weiß es nicht.*

Er küsst mich, kostet mich langsam, bevor er sich leicht zurückzieht. »Ich verspreche dir, dass du es nicht versauen wirst. Das kannst du überhaupt nicht. Also hör auf, immer daran zu denken, und sag mir lieber, was du willst.«

Was ich will?

Seine Hände wandern beiläufig meinen Körper hinunter, verharren unmittelbar unter meinem Nabel. Sein Daumen streicht über das Gummiband meiner Pyjamahose, bis mir zwischen den Beinen heiß wird und ich mich winde. »Wo fühlst du, dass du mich willst, Maus?«

Ich öffne den Mund, schließe ihn wieder.

Sein Daumen taucht unter das Gummi, berührt meine Haut. »Komme ich der Stelle näher?«

Ich gebe ein Geräusch von mir, das sowohl verzweifelt als auch nervös klingt. Er berührt meinen Hals mit seinen Lippen, küsst und saugt und leckt, bis ich mich gegen ihn bäume. Er stöhnt zustimmend, doch als seine Hand verschwindet, protestiere ich.

»Was willst du, Emery?«, fragt er wieder an meinem Hals, liebkost mein Schlüsselbein und dann meine Schulter. »Sag es mir.«

Meine Augenlider zucken kurz, dann greife ich nach seinem weichen Baumwollshirt und ziehe es hoch. »Ich will, dass du dein Shirt ausziehst.«

Er greift nach hinten an seinen Kragen und zieht es aus, wirft es dann auf den Boden. »Erledigt. Was noch?«

Mein Herz hüpft in meiner Brust, während ich den leichten Wellen seines durchtrainierten Bauches folge. Er erschauert, als ich mit den Händen seinen Körper hochstreiche und an seinen Schultern verharre. Seine Haut fühlt sich weich und warm und makellos an. Die Muskeln in seinen Armen sind angespannt, weil er sich über mir abstützt, und ich folge ihnen mit einem Finger, bis er die Augen schließt und ihm der Atem stockt.

Ich nutze die Gelegenheit und stützte mich auf die Ellbogen, um ihn zu küssen. Er ist überrascht, erwidert den Kuss aber schnell, unsere Lippen und Zungen und unser Atem tanzen und verschlingen sich, bis ich nach meinem Shirt greife und es auch hochschiebe. Er hilft mir, zieht es mir über den Kopf, bis wir beide von der Taille aufwärts nackt sind.

Seine Blicke brennen auf meiner Brust, und er streichelt mit den Handknöcheln darüber, bis ich zittere. Als ich seine Hand nehme und sie ganz auf meine Brust lege, komme ich ihm entgegen, bis er mich so drückt, wie ich es will.

»Berühr mich«, flüstere ich, küsse seine Wange, seinen Hals, alles, um mich ihm nah zu fühlen.

Er enttäuscht mich nicht. Er stützt sich auf die Ellbogen und rutscht ein Stück zur Seite, sodass er seine ganze Aufmerksamkeit auf eine Brust richten kann, sie streichelt, küsst und mich damit verrückt macht. Meine Nippel werden unter seiner Berührung hart, und als er sich vorbeugt und einen in den Mund nimmt, schreie ich auf, bis ich die Hände auf mein Gesicht lege, um still zu sein.

»Hmm«, murmelt er, zieht leicht mit den Zähnen daran, bevor er die Seite der Brust küsst. »Vergiss nicht, dass du leise sein musst, Maus. Ich will nicht, dass unsere Eltern reinkommen.«

Oh mein Gott. »Wir müssen abschließen ...«

»Längst erledigt«, murmelt er, bewegt seinen Mund zur anderen Brust und wiederholt seine Bewegungen, bis ich keuche und ihn nur noch mehr will.

»K-Kaiden.«

Er sieht mich durch seine Wimpern hindurch an. »Ja?«

Ich halte sein Gesicht, streiche mit dem Daumen über seine Unterlippen. »Kann ich ... wäre es okay, wenn ich dich berühre?«

Seine Augen glühen, bis sie zu flüssiger dunkler Schokolade werden. »Du solltest etwas genauer sein. Wo möchtest du mich berühren?«

Ich lecke mir über die Lippen und nehme meinen Mut zusammen, um mit der Hand langsam an seinem Körper tiefer zu gehen, noch tiefer und tiefer, bis sie kurz über seinen Shorts liegt. Er trägt sie tief auf der Taille. Nur noch eine winzige Bewegung ...

»Scheiße«, murmelt er und legt die Stirn an meine. »Deine Augen sagen alles, und es bringt mich um.«

»Entschuldigung?«

Er schüttelt den Kopf. »Nein. Du bist so verdammt heiß, wenn du machst, was du willst.«

Ich werde rot und ziehe an seinen Shorts.

»Willst du, dass ich sie ausziehe?«, fragt er, führt meine Unterlippe in seinen Mund und saugt daran.

»J-Ja.«

»Willst du meinen Schwanz sehen, Maus?«

Mir läuft geradezu das Wasser im Mund zusammen, als ich nicke, worauf er meine Hand loslässt und mir dabei hilft, seine Shorts runterzuziehen.

Meine Augen werden groß, als ich ihn aus dem Stoff schnellen sehe, und ich kann mein Starren nicht unterdrücken. Ich weiß nicht, was ich erwartet habe, aber es war nichts, das so groß und rosa und geädert ist.

Ich blinzle. »Oh, mein Gott.«

Er zuckt. Zuckt.

»Er hat sich bewegt«, flüstere ich.

Er lacht, tritt seine Shorts auf den Boden vor dem Bett. »Ja, das kommt vor.«

Ich stöhne, als mir bewusst wird, dass dieses Ding versuchen wird, in mich hineinzukommen. »Du wirst nicht passen. Das wird niemals klappen, Kaiden.«

»Hey«, murmelt er, und seine Lippen beben, als wollte er weiterlachen. »Vertrau mir, Em. Es wird passen. Menschen machen das täglich.«

»Ja, aber …« Ich weiß nicht, was ich sagen soll, und schüttle den Kopf.

»Willst du es machen?«, fragt er mich zum millionsten Mal.

»Ja.«

»Willst du mich berühren?« Er nimmt meine Hand und bewegt sie langsam tiefer zu dem Ding, von dem ich noch immer fasziniert bin. »Worte, Maus. Willst du meinen Schwanz berühren? Ich weiß, dass ich es will.«

Ich verschlucke mich am Sauerstoff. »Ja«, krächze ich.

Er grinst. »Willst du, dass ich dich berühre? Dass ich dir diese süße kleine Pyjamahose ausziehe, bis wir beide nackt sind? Ich weiß, dass du darunter keinen Slip trägst.«

Ich mache große Augen. »Woher weißt du das?«

Er beugt sich näher, als würde er mir ein Geheimnis mitteilen. »Weißt du überhaupt, wie oft ich am Tag auf deinen Hintern starre? Ich weiß genau, ob du Unterwäsche trägst oder nicht.«

Mein ganzes Gesicht wird heiß.

»Und?« Er leckt sich über die Lippen. »Kann ich?«

Eine Sekunde lang denke ich über meine Antwort nach. Ich weiß nicht, warum, denn ich will, dass es passiert – dass ich mit Kaiden schlafe. Meine Unschuld verliere. Mich ... normal fühle. Ein normaler Teenager, der normale Dinge tut, sorglose Teenagerdinge.

Ich weiß auch, dass es aus vielen Gründen eine furchtbare Idee ist.

Aber das ist mir egal.

Ich flüstere ein gerade noch hörbares »Ja«.

Und sofort landet meine Hose auf dem Boden zwischen seinen abgeworfenen Kleidern.

Die Nervosität kehrt jetzt mit voller Kraft zurück, denn wir sind beide vollkommen nackt. Meine Hand ist wieder an seinem Bauch, seine Blicke wandern über mich, und ich bin plötzlich so unsicher, dass ich am liebsten die Decke über meinen Körper ziehen würde.

Mein Bauch ist flach, aber meine Beine sind nicht mehr so dünn, wie sie mal waren. Ich bin mir plötzlich ihrer Rundheit bewusst im Unterschied zu meinen hervorstehenden Rippen, denn vor meinem Umzug hatte ich viel Gewicht verloren. Ich bin nicht mehr proportional. Nicht so dünn wie zuvor, aber auch nicht fett. Der Zwischenzustand meines Körpers hat ihn in fremdes Territorium verwandelt.

Doch Kaiden scheint das nicht zu stören. Seine Blicke gehen zu mir, bevor sie wieder über meine Nacktheit streichen und jeden Quadratzentimeter in sich aufnehmen. »Versteck dich nicht. Du bist so schön, Emery. Du bist schön, und du bist *mein*.«

Dieses eine Wort, diese vier Buchstaben, das ist genau, was ich brauche, um den Mut zu meinem nächsten Schritt aufzubringen und die Hand um seinen harten Penis zu legen. Er stöhnt laut auf und bäumt sich gegen mich, zuckt in meiner Hand, während ich feststelle, wie meine Finger um ihn aussehen. Ich weiß nicht genau, was ich tun soll, drücke ihn ein wenig, bevor ich die Hand auf und ab bewege.

Er flucht, wobei die meisten Worte keinen Sinn machen, die er sagt. »So gut. Das fühlt sich so verdammt gut an.«

»Kannst du es mir zeigen?«

Seine Augen sind geschlossen, der Kopf nach hinten geneigt, und ich glaube, dass er mir vielleicht nichts zeigen muss. Ich will es trotzdem. Er stärkt mein Selbstvertrauen, indem er es mich erleben lässt.

»Zeig mir, wie du dich berührst«, flüstere ich, und er wird härter in meiner Hand.

»Scheiße, das ist so heiß.« Er legt die Hand um meine und beginnt, beide schneller zu bewegen, als ich es getan habe, drückt stärker, um mehr Druck unter die Spitze zu bekommen. Die Geräusche, die er dabei macht, während sich seine Hüften bewegen, machen mich feucht, und ich verspüre das starke Verlangen, alles mit ihm zu erleben, solange ich sein Gesicht so sorglos und frei und schön sehen kann, wie es jetzt ist.

Er stöhnt meinen Namen, flüstert ihn wie eine Bitte, bis ich bemerke, dass sich ein kleiner Tropfen an seiner Spitze bildet. Ich folge meinem Drang und streiche unter seiner Hand mit dem Daumen über die Feuchtigkeit, die sich dort sammelt, bis er würgend meinen Namen ausspricht und so heftig in meiner Hand zuckt, dass er die Stirn in meine Halsbeuge drückt und unsere Hände hektisch und gierig werden.

Einen Moment später spüre ich, wie etwas Feuchtes auf meinen unteren Bauch spritzt, während er immer wieder meinen Namen nennt, bevor er schließlich meine Hand loslässt.

Sein Atem wird gleichmäßiger, und er drückt sich hoch, küsst mich hungrig, bis unsere Zähne aneinanderschlagen. »Ich muss dich schmecken. Lass mich dich küssen, Maus. Lass mich wissen, wie süß du zwischen deinen schönen Beinen bist.«

Mein ganzer Körper ist entflammt, und ich will Nein sagen, denn es ist mir peinlich, doch der Gedanke daran, was er tut, erweckt etwas Neues in mir.

»O-Okay.«

Das Lächeln, mit dem ich belohnt werde, wirkt so, als hätte ich ihm eine Million Dollar versprochen, und ich würde laut auflachen, wenn mir nicht so heiß wäre.

Ich sehe, wie er sich langsam an meinem Körper herablässt, dann spreizt er meine Beine und küsst die Innenseite meiner Schenkel, wobei er immer weiter nach oben wandert.

»Oh mein Gott«, wimmere ich, als er mit der Zunge über meine Öffnung streift. Ich sehe, wie sein Kopf zwischen meinen Beinen verschwindet, sein Mund und sein Atem und seine Zunge an meiner intimsten Stelle. Ich winde mich unter ihm, während er mir sanft die Beine geöffnet hält und mich genüsslich verschlingt, wobei er sich besonders dem Nervenbündel widmet, das danach verlangt.

Als seine Zunge in mich eintaucht, kralle ich die Finger in sein Haar und vergrabe mich in seine Kopfhaut. Unbeabsichtigt bäume ich mich auf, sodass sein Gesicht noch tiefer an mir ist, seine Nase streicht über meine Klit, während mich seine Zunge an den Rand des Orgasmus bringt.

»Zu doll. Zu doll.« Ich schüttle den Kopf, während sich etwas in mir aufbaut und Kaiden nicht nachgibt und mich immer weiter leckt, während er Geräusche macht, die wie meine klingen, und ich an seinen Haaren ziehe und mich bewege, um mehr Reibung zu spüren.

Es ist ein intensives Gefühl, wie sich mein Bauch erwärmt und kribbelt und ich die Beine an seinem Kopf zusammenpresse. Es ist überwältigend und faszinierend und macht süchtig. Als wollte ich nicht, dass er aufhört, obwohl er es andererseits muss, bevor ich den Verstand verliere.

Als ich komme, ist mein Orgasmus intensiver als je zuvor, und ich muss mir ein Kissen vor das Gesicht drücken, um nicht gehört zu werden. Meine Beine zucken und drücken gegen ihn, während er weitermacht und sein Mund offene Küsse gegen mich drückt, bis ich schließlich mit heftigem Keuchen auf die Matratze sinke.

Meine Hüften schmerzen, weil meine Beine so gespreizt waren, doch die Befriedigung, die mich überschwemmt, hilft mir dabei, das leichte Unbehagen zu vergessen.

Kaiden nimmt mir das Kissen weg und wischt sich über den Mund, bevor er mit einer Hand über meine Wange streicht. »Ich wäre fast schon wieder gekommen, als ich dich gehört habe.«

Ich schlucke und weiß nicht, was ich sagen soll.

»Ich will in dir sein«, sagt er und beobachtet mich, um eine Reaktion zu sehen.

Nach einem kurzen Augenblick nicke ich und erkenne, dass jetzt der Moment gekommen ist. Ich werde meine Unschuld an den Jungen verlieren, der mich tausend verschiedene Sachen hat fühlen lassen, seitdem ich bei ihm eingezogen bin.

Er hat mich beleidigt.
Mich geärgert.
Mich isoliert.
Aber er hat mir auch sein Zimmer überlassen.
Hat mir Omeletts gemacht.
Und mir seinen Lieblingsplatz gezeigt.

Meinetwegen hat er Cam eine Chance gegeben, war nett zu meinem Vater und hat sich mir gegenüber geöffnet, was er anderen gegenüber nicht tut.

»Ich will es auch.« Ich lege die Hände an seine Schultern und drücke, erkenne vielleicht zum ersten Mal, wie wahr diese Aussage ist.

Es ist seltsam. Nie zuvor habe ich über diesen Moment nachgedacht – mich nie gefragt, wie es wäre oder mit wem ich es erleben würde. Ich habe immer angenommen, dass es niemals geschehen würde, weil ich bis dahin längst bei Logan wäre.

Er nimmt das Kondom und reißt die Packung auf, hockt sich auf die Knie, um es überzustreifen. Ich bin wie hypnotisiert, während ich ihm zusehe, und spüre, wie mein Herz durchdreht, als er sich wieder nähert und mich küsst.

Ich erwidere den Kuss und lege die Arme um seinen Hals, halte ihn nah bei mir. Er schmeckt anders, nach mir, wie mir bewusst wird, aber ich denke nicht weiter darüber nach, denn ich spüre ihn an meiner intimsten Stelle.

Er nimmt die Hand, um sich richtig zu positionieren, dann

gleitet er langsam in mich hinein, hält inne, dehnt mich und bringt mich durch den Schmerz zum Keuchen. Weiter, noch weiter, der Schmerz wird stärker. Tränen sammeln sich in meinen Augen, während ich versuche, gleichmäßig zu atmen.

»Es t-tut weh«, wimmere ich, drücke ihn fester, bis unsere Oberkörper aneinandergepresst sind. Ich brauche den Druck, um den Schmerz zum Verschwinden zu bringen.

Ich wusste, dass es wehtun würde, aber es fühlt sich an, als würde ich zerreißen, trotz der Feuchtigkeit von davor. Er ist so groß, da spielt es keine Rolle, dass er übervorsichtig ist. Ich winde mich und versuche, das Stechen zu lindern, doch es wird nur schlimmer. Viel schlimmer.

»Nein, nicht so«, kommentiert er und klingt auf andere Weise gequält. »Scheiße, Em. Du bist so eng. Du quetschst meinen Schwanz.«

»T-tut mir leid.« Meine Stimme klingt heiser, und eine Träne löst sich und läuft mir die Wange hinab. Muss es sich so anfühlen? Als würde jemand mir eine glühende Stange zwischen die Beine stoßen? Als würde meine Hüfte brennen und müsste gelöscht werden?

»Das muss es nicht.« Er küsst mich, greift zwischen uns und reibt mit kleinen, kreisförmigen Bewegungen zwischen meinen Beinen. »Du musst dich entspannen, okay? Ich weiß, es tut weh. Ich kann es etwas besser machen.«

Ich schließe die Augen und hoffe, dass ich nicht noch mehr Tränen vergieße, aber selbst als ich merke, wie sich mein Körper unter seiner Bewegung lockert, wird der Schmerz dadurch nicht geringer. Er zieht sich aus mir heraus und langsam wieder hinein, wobei er ein Stück weiter geht als zuvor. Immer wieder macht er das. Er wiederholt die Bewegung, spielt mit meiner Klit, küsst mich, saugt an meiner Lippe und meinem Kinn, bis ich seinen Namen flehend ausspreche.

Damit er nicht aufhört.

Ich will es. *Brauche* es.

Will *dieses Mädchen* sein. Nicht das kranke.

Diejenige, die bei Kaiden landet.

Diejenige, die das erlebt, was sie niemals erwartet hat.

Aber ich will auch, dass es vorbeigeht. Ich will, dass der Schmerz aufhört und die Lust beginnt, wie in den Büchern. Ich will meine Hüften bewegen können, um seinen zu begegnen, als wüsste ich, was ich tue. Ich will mich selbstsicher und sexy fühlen und wissen, dass er nicht genug von mir bekommen kann.

Doch so fühlt es sich nicht an.

Es schmerzt. Ich bin an Schmerzen gewöhnt, aber dieser ist anders als der alltägliche. Meine Hüften schmerzen, und ich glaube, ich werde Kaiden womöglich mit meiner festen Umarmung erwürgen, so wie ich mein Kissen drücke, wenn meine Hüften oder Knie oder der ganze Körper von einem Anfall schmerzen.

»Musst du aufhören?« Seine Stimme ist belegt, lustverzerrt. Er will es nicht, doch er schlägt es vor, und ich will ihn nicht enttäuschen oder diesen Moment verkürzen, wenn er doch eigentlich perfekt sein soll.

»N-Nein.«

»Emery...«

»Mach bitte weiter«, bitte ich und küsse ihn so, wie er mich geküsst hat. Verlangend. Gierig. Sehnsüchtig. »Ich will, dass du kommst. Und ich will, dass du es in mir tust.«

Ich weiß nicht, woher diese Worte kommen, doch ich meine sie. Jedes einzelne.

»Scheiße.« Die Worte müssen die richtigen gewesen sein, denn er nimmt das Tempo wieder auf und dringt schneller und fester in mich ein. Ich beiße mir so fest auf die Lippe, dass ich zu bluten befürchte, doch ich merke, wie ich ein neues Gefühl in der Magengrube spüre, als er die Position verändert, sodass er sich anders in mir bewegt und an meinem Beckenknochen reibt.

Ich keuche, als er wieder gegen meine Klit kommt, mich neckt und reibt, während er immer wieder in mich eindringt.

Er flucht, stöhnt, macht Geräusche, die ich nicht für möglich gehalten hätte. Sein Küssen wird jetzt fiebrig und verzweifelt, und ich spüre alle Gefühle, die er normalerweise tief in sich verschlossen hält, in mich eindringen. Meine Brust schwillt, als er meinen Namen flüstert, sein verschwitztes Haar an meiner Halsbeuge, bis er mit den Hüften zuckend gegen mich stößt.

Das Kopfende des Bettes schlägt mit lautem Klopfen gegen die Wand, deshalb flucht er und packt es mit einer Hand, während er mit der anderen an meine Hüfte fasst, um mich davon abzuhalten, nach oben zu gleiten, während er in mich eindringt.

Alle anfängliche Beherrschung ist verschwunden, jetzt ist er unbändig – jagt einen Gipfel, der kurz vor ihm wartet. Wie sich sein Körper fester und tiefer bewegt, bis er ein letztes Mal in mich hineinstößt und meinen Namen an meinem Hals stöhnt, lässt mich keuchen und die Finger in seinen Rücken graben. Ich halte ihn fest, während er seinen Höhepunkt erreicht, sein Herzschlag rasend an meiner Brust, als er in mir kommt.

Der Raum ist von unserem Atem erfüllt und riecht nicht länger nach Bäumen und Zimt. Er riecht nach uns. Nach dem, was wir gerade getan haben.

Kaiden zieht sich vorsichtig heraus, lässt mich zusammenzucken, bevor er sich neben mich fallen lässt. Seine Hand findet meine auf dem Laken, und er verschränkt die Finger mit meinen, während unser Atem sich beruhigt.

»Geht es dir gut?«, fragt er leise.

Ich muss schlucken. *Ja. Nein. Vielleicht.* »Ja.«

Er setzt sich auf und betrachtet mich eingehend, sieht meine feuchten Wangen im Licht der Straßenlaternen vor dem Fenster. Sein Kiefer zuckt. »Du hättest sagen sollen, dass ich aufhören ...«

»Das wollte ich nicht, Kaiden.«

Wir sehen uns weiter an, bevor er aus dem Bett steigt. »Ich hole einen Waschlappen und mach dich sauber. Warte.«

Ich hole tief Luft und höre die Toilettenspülung und dann das Wasser im Waschbecken. Mein Herz macht seltsame Geräusche. Ich hatte gerade zum ersten Mal Sex, da scheint es normal, anders darauf zu reagieren.

Ich bewege die Beine und merke, wie wund sie sich anfühlen, weil sie so lange gespreizt waren. Ich setze mich auf und betrachte meine leicht blutigen Schenkel, doch abgesehen von ein paar Tröpfchen auf dem grauen Laken ist da nichts weiter.

Kaiden kommt herein und sieht, wie ich die Spuren betrachte.

»Ich dachte, es wäre schlimmer«, gestehe ich, und die Hitze kriecht mir den Nacken hinauf. »Du weißt schon, Blut und so.«

Er hat zwei Waschlappen gebracht. Mit dem ersten wischt er meinen Bauch sauber, dann legt er ihn an die Seite und nimmt den anderen, um mir sorgfältig die Beine abzuwischen, bevor er dazwischen tupft.

Ich halte die Luft an, weil ich so empfindlich bin, und er entschuldigt sich dafür. »Ich habe das noch nie gemacht«, sagt er, ohne mich anzusehen.

»Was?«

Als er fertig ist, trocknet er mich mit einem Handtuch ab. »Jemandem die Unschuld genommen und sie dann sauber gemacht.«

Ich weiß nicht, was ich sagen soll, deshalb strecke ich nur den Arm aus und streichle sein Gesicht. Er blickt schließlich auf, seine

Züge weicher als gewohnt. Schüchtern. »Danke. Es hat wehgetan, aber ich bin froh, dass wir es gemacht haben.«

Er küsst mich. »Du solltest pinkeln gehen. Ich habe gehört, dass das wichtig ist, damit Mädchen keine Blasenentzündung oder so bekommen.«

Kichernd küsse ich ihn zurück, dann hilft er mir aus dem Bett. Er reicht mir meine Hose und mein Shirt, ich ziehe mich an und gehe ins Badezimmer. Ich verdränge das Stechen, gehe zur Toilette und wasche mich, bevor ich mich im Spiegel betrachte.

Ich bin rot im Gesicht, und mein Haar ist durcheinander, doch das Lächeln ist eigentlich alles, was ich sehen kann. Es liegt an Kaiden. Er hat meine schmalen oder nach unten verzogenen Lippen, an die ich mich schon so gewöhnt hatte, wieder zum Lächeln gebracht.

Als ich zurück ins Zimmer komme, hat Kaiden sich angezogen und liegt auf seiner üblichen Seite im Bett. »Weißt du«, sagt er leise und breitet den Arm aus, damit ich mich neben ihn legen kann, »ich glaube, es ist gut, wenn deine Mutter kommt.«

Ich verschlucke mich fast. »Willst du jetzt wirklich über meine Mutter reden??«

Er grinst. »Ich meine ja nur, es bedeutet, dass sie sich Mühe gibt. Es bedeutet, dass sich die Dinge ändern.«

Ich bin still, während ich über seine Worte nachdenke.

Er hat recht.

Vielleicht wenden sich die Dinge endlich zum Guten.

Vierunddreißig

Bevor die Sonne ganz aufgegangen ist, werde ich von Übelkeit und einem brutalen Magenkrampf geweckt. Mein Rücken und meine Hüften schmerzen, als ich aus dem Bett gleite, mir den Bauch halte und ins Badezimmer humple. Ich schaffe es kaum rechtzeitig, bevor ich wenig bis nichts in die Toilettenschüssel erbreche, die Magensäure in meinem Hals brennt und mich auf dem kalten Boden zum Würgen bringt.

Kaiden muss aus dem Zimmer geschlichen sein, bevor ich wach wurde, sonst wäre er sicher gekommen, um nach mir zu sehen. Als ich mich ein wenig besser fühle, stütze ich mich mit einer Hand im Rücken ab, wasche mein Gesicht, putz die Zähne und kehre zurück ins Zimmer.

Die Laken und Decken sind noch immer zerwühlt von den Eskapaden der letzten Nacht, was mich schmunzeln lässt, trotz Pochen im Rücken. Es überrascht mich nicht, dass es zieht, wenn man bedenkt, was wir gestern Nacht getrieben haben, deshalb nehme ich eine Schmerztablette, bevor ich die Decke wieder hochziehe.

Ich kuschle mich ein und umarme das Kissen, das Kaiden immer benutzt, nehme seinen Duft in mich auf, bis mich der Schlaf wieder übermannt.

Zum Glück lässt mich die Übelkeit in Ruhe.
Doch etwas anderes belastet mich.
Traurigkeit.
Logan ist nicht hier, um ihr alles zu erzählen.

Fünfunddreißig

Endlich kommen die Weihnachtsferien, und ich bin froh, dass die Schule vorbei ist. Obwohl mir meine neuen Medikamente die Kopfschmerzen vom Leib halten, haben mich die Winterböen und der Prüfungsstress geschafft. Zum Glück habe ich in der Schule nichts mehr verpasst, doch meine Energie ist verbraucht, wenn ich nachmittags nach Hause komme.

Mr Nichols hat verkündet, dass der Buchklub nicht weitergeführt wird, wenn die Schule im Januar wieder beginnt. Es gab nicht genug Interessierte, und die Schule hielt es für unpassend, wenn es nur er und zwei junge Mädchen wären. Ich bin mir nicht sicher, worüber sie sich Sorgen machten. Nichols hat sich niemals irgendeiner Schülerin gegenüber unangemessen verhalten, auch wenn die Mädchen gnadenlos mit ihm umgegangen sind. Vielleicht sorgt sich die Schule auch nur um *seine* Sicherheit.

Papa und Cam erzählen mir, dass es einen Lesekreis in der Stadtbücherei geben soll, an dem ich teilnehmen kann, doch ich halte es für besser, einfach in meinem Zimmer zu lesen. So muss ich wenigstens nicht über den Standpunkt eines Autors diskutieren oder den Grund, warum Bücher immer besser sind als die echte Welt.

Die Fiktion kann eine Wahrheit enthüllen, die in der Wirklichkeit verborgen bleibt. Es gibt nichts, wovon Bücher nicht handeln können, unabhängig davon, wie Leser sie interpretieren. Wir können akzeptieren oder leugnen, was wir wollen, aber die Fakten bleiben auf dem Papier verewigt.

Kaiden weiß, dass ich aufgewühlt bin, weil der Buchklub zu Ende ist, aber er sieht auch die Blässe meiner Haut und die Ringe unter meinen Augen. Er sagt, dass es wahrscheinlich besser ist, wenn ich früher nach Hause komme, um mich auszuruhen.

Mehr Zeit, um später Unfug zu treiben, fügt er hinzu. Er scherzt darüber, aber ich glaube, dass er damit nur seine Sorgen überspielt. Humor ist seine Bewältigungsstrategie. Auf diese Weise muss er nicht akzeptieren, was direkt vor ihm liegt.

Die Wahrheit.

Es sind erst ein paar Wochen vergangen, seit wir das erste Mal Sex hatten, und seitdem hatte ich zu viel Angst vor den Schmerzen, um es noch mal zu tun. Manchmal machen wir rum, bis wir einschlafen, und an anderen Abenden erkunden wir den Körper des andern so lange, bis er mein Zögern spürt, weiterzugehen.

Er drängt mich nie.

Er nimmt nur, was ich zu geben bereit bin.

Morgen ist Heiligabend, und Kaiden scheint nicht erfreut darüber zu sein. Er hat mir erzählt, dass Cam alle früh aufstehen lässt, um Zimtschnecken zu essen und ein Geschenk unserer Wahl zu öffnen.

»Mama hat uns immer gefragt, was wir zu Weihnachten wollen«, erzähle ich ihm, als er mich nach Traditionen in unserer Familie fragt. »Normalerweise konnten wir etwas Kleines auswählen, einen Schlafanzug oder ein Buch. Manchmal durften wir auch unsere Strümpfe nehmen, sie waren dann voller Bonbons und kleinen Sachen.«

Bei unserer letzten Weihnachtsfeier als ganze Familie hatte Papa mir meine beiden Wünsche geschenkt, obwohl wir nur einen erfüllt bekommen sollten. Ich habe die *Harry-Potter*-Bücher immer noch in einem eigenen kleinen Regal stehen, dazu ein paar Actionfiguren, Zauberstäbe und Sammlerstücke, die Papa mir über die Jahre hinweg geschenkt hat. Er hatte mir damals auch einen Hufflepuff-Schlafanzug gekauft, den ich noch immer in meiner Kommode habe, obwohl er mir nicht mehr passt. Ich wollte ihn wegwerfen, als Papa ausgezogen ist, aber ich brachte es nicht übers Herz.

Ich muss schmunzeln. »Lo hat sich so aufgeregt, als er mir in einem Jahr mehr Geschenke gab als ihr. Sie sagte ihm ständig, sie wollte nichts, und dann bekam sie einen Anfall, als ich meine Geschenke aufmachte. Mama war den restlichen Abend wütend auf Papa, doch das hat ihn nicht gestört, denn ich bin vor Aufregung fast auf der Treppe hingefallen, um den neuen Schlafanzug anzuziehen.«

Logan bekam einen Cinderella-Pyjama, denn sie sah sich den Film ununterbrochen an und redete immer davon, ihren eigenen Traumprinzen zu finden. Mama neckte Papa immer damit, wie schwer es für ihn sein würde, sobald ihre kleinen Mädchen auf Dates gingen, denn zweifellos würde Lo eine Menge davon haben.

Mein Lächeln verschwindet, ich lecke mir über die Unterlippe und sehe vom Film zu ihm. »Jedenfalls begannen unsere Traditionen üblicherweise am Weihnachtsabend. Nach dem Essen öffneten wir ein Geschenk und naschten dann Kekse, während wir darauf warteten, dass *Der Grinch* lief. Danach mussten wir immer ins Bett, weil Santa auf dem Weg war.«

Ich verdrehe die Augen und lache leise. »Ich glaube, Lo hat mir einmal zu erklären versucht, dass Santa nicht existiert. Sie hatte in Mamas Schrank geschnüffelt und eingepackte Geschenke mit Santas Namen darauf entdeckt.«

Er wirkt belustigt. »Du hast ihr nicht geglaubt? Hat sie dir die Geschenke gezeigt?«

Ich schüttle den Kopf. »Ich glaube, als sie merkte, dass ich noch immer an diesen gruseligen Typ glaubte, hat sie es mir nicht verderben wollen. Außerdem bin ich mir ziemlich sicher, dass unsere Mutter die Geschenke woanders versteckte, nachdem sie mitbekommen hatte, dass Lo danach gesucht hatte.«

Er drückt mich kurz mit dem Arm, den er um mich gelegt hat, dann lockert er ihn wieder. »Deine Schwester hat dich sehr geliebt, stimmt's?«

Ich lege die Wange an seine Brust. »Natürlich hat sie das. Logan hat jeden geliebt. Es spielte keine Rolle, wie man sich benahm, sie ignorierte die schlechten Dinge und betrachtete nur die guten. Wie damals, als Papa wegging. Sie war nicht so lange wütend auf ihn wie ich.«

»Wann ist sie …?«

Ich beiße mir auf die Lippe, schließe die Augen und atme laut aus. »Sie starb ein Jahr nachdem er uns offiziell verlassen hatte. Doch er war davor schon weg. Geistig. Körperlich. Ich hoffe, dass Logan unsere Eltern nie so erlebt hat wie ich, als sich ihr Zustand verschlechterte. Ich bin es ihr schuldig gewesen, sie so lange wie möglich im Dunkeln darüber zu lassen.«

Sein Daumen streicht kreisförmig über meinen Arm. Ich kuschle mich an ihn und das Gefühl, das er mir gibt. »Warum?«

Ich nehme seine Hand und verschränke unsere Finger miteinander, lass einen Moment vergehen, bevor ich ihm antworte. »Sie hat mich an Santa glauben lassen. Sie verdiente es, so lange wie möglich an unsere Eltern zu glauben.«

Ich wünschte nur, sie hätte es noch ein wenig länger tun können.

...

Den ganzen nächsten Tag schmerzt mir die Schulter, sodass es schwierig ist, den Plätzchenteig so auszurollen, wie Cam es mir erklärt. Nachdem ich halb auf Kaiden liegend aufgewacht war, war meine ganze Seite steif. Als er merkte, wie ich mich abmühte, wollte er mir beim Aufstehen helfen, aber ich versicherte ihm, alles wäre in Ordnung.

Jetzt betrachtet er mich von der anderen Seite der Kücheninsel, wo Cam ihn hingesetzt hat, damit er die Plätzchen zum Abkühlen auf das Backpapier legt. Er hatte vorgeschlagen, ich solle lieber im Bett bleiben und Filme gucken, aber ich konnte Cam schon hektisch herumwuseln hören und wollte ihr helfen.

Papa fuhr los, um Mama und Oma abzuholen, als wir gerade anfingen, und sagte, er würde sie erst zu ihrem Hotel fahren, bevor er mit ihnen für ein frühes Abendessen bei uns zurückkäme. Seit heute Morgen bin ich nervös und die ganze Zeit besorgt, wie Mama sich benehmen wird, wenn ich nicht gerade von Plätzchen oder Speiseplänen oder Weihnachtsmusik abgelenkt werde.

Kaiden kommt zu mir, stupst mich sanft aus dem Weg und übernimmt. »Ich kann einfach nicht zusehen, wie du sie verdirbst«, bemerkt er und zwinkert mir zu.

Cam ringt nach Luft. »Kaiden!«

Ich mache eine wegwerfende Bewegung. »Er hat recht. Ich mache das nicht sehr gut. Vielleicht kann ich beim Verzieren helfen, wenn sie fertig sind?«

Cams Ausdruck hellt sich auf. »Natürlich, Süße! Das ist Kaidens Lieblingspart. Als er klein war ...«

Kaiden stöhnt auf.

»… hüpfte er immer auf seinem Stuhl herum, bis wir den Zuckerguss zum Färben und Auftragen fertig hatten. Er brauchte mindestens zehn Minuten für jedes Plätzchen und die perfekte Verzierung, während er jeden anschrie, der einfach nur Glasur und Streusel drauftat.«

»Papa hat sie nicht einmal ganz glasiert. Er hat einfach einen Löffel Glasur auf die Plätzchen gegeben und dann die Streusel genommen, die am nächsten standen.«

Cam lacht. »Das hat er absichtlich gemacht.«

Ich schmunzle. »Bist du immer noch so?«

Kaiden sagt: »Nein«, während Cam gleichzeitig antwortet: »Ja!«

Ich blicke zwischen ihnen hin und her und sehe, wie Cams Augen strahlen, wenn sie ihren Sohn betrachtet. Die Feiertage sollen Menschen zusammenbringen, und offensichtlich tun sie das hier.

Cam blickt von ihm zu mir. »Normalerweise ist er nicht so besessen, aber wenn wir ihn bei einem Backwettbewerb anmelden würden, dann würde er garantiert den ersten Platz gewinnen.«

Kaidens Gesicht färbt sich rot. »*Mama.* Du meine Güte.«

Cam macht große Augen und sieht ihn an.

Er brummt etwas und rollt den Teig aus, ohne ihre tränenfeuchten Augen zu bemerken.

Ich kann nicht anders, als sie zu beobachten, denn ihr wässriger Blick ist anders als der, den ich von Mama gewohnt bin. Cams Blick ist voller Begeisterung und Liebe, weil Kaiden sie diesmal nicht mit ihrem Vornamen angesprochen hat. Das ist so schön, dass ich die beiden in diesem Augenblick auf keinen Fall stören will.

Ich zeige mit dem Finger hinter mich und entschuldige mich, gehe dann hoch in mein Zimmer. Ich könnte ehrlich zugeben, dass ich mich ein wenig hinlegen muss, stattdessen sage ich, dass ich

Geschenke einpacken muss. Angesichts der Tatsache, dass ich gar kein Geld habe, ist das eine ziemlich dumme Ausrede, aber niemand sagt etwas.

In meinem Zimmer spiele ich mit dem Perlenarmband an meinem Handgelenk, bevor ich zu meiner Kommode gehe und den alten Schlafanzug von Harry Potter herausnehme. Ich fahre mit den Fingern über das abgenutzte, schmuddelige Material, dann lege ich ihn aufs Bett und betrachte ihn.

Wenn Kaiden Cam an sich heranlassen kann, dann kann ich dasselbe mit Papa tun. Und Mama, wenn sie mich lassen würde. Der Unterschied zwischen ihnen besteht darin, dass Papa schon vor langer Zeit einen Schritt auf mich zugemacht hat – als er meinem Umzug zustimmte, als er mich abholte, als er mich für einen Besuch zurückbrachte. Er hat sich mehr Mühe gegeben als Mama. Jetzt ist sie an der Reihe, meine Nähe zuzulassen.

Nachdem ich mit ein paar Sachen im Zimmer herumgebastelt habe, stehe ich wieder auf und lächle über das Ergebnis meines improvisierten Weihnachtsgeschenks. Papa hat nicht darum gebeten, aber gerade das macht es für mich besonders.

Ich streiche mit der Hand über den dicken Rahmen, in dem sich mein flach gedrücktes Hufflepuff-Shirt mit einem Foto von Lo und mir als Kind befindet, und schlucke den Kloß in meiner Kehle hinunter.

Nachdem ich etwas Geschenkpapier von Cam geklaut habe, klebe ich die Enden zu und stelle das Geschenk zur Seite. Dann folge ich Kaidens Ratschlag, nehme den Laptop vom Nachttisch, und starte einen kitschigen Weihnachtsfilm, bevor ich mich in die Decke hülle.

Ich habe noch immer leichte Schmerzen, lege mich auf den Rücken und merke, wie mir die Augenlider schwer werden, bevor ich mich dem Schlaf ergebe.

»*Emery.*«

Jemand schüttelt mich, drängt mich aus einem Schlummer, den ich nicht beenden will. Ich spüre, wie sich die Erschöpfung in meinem Körper niederlässt – die Glieder schwer, das Gehirn vernebelt und der Rücken wund. Ich knurre etwas und versuche, den Eindringling zu ignorieren, doch er macht immer weiter.

»*Wach auf, Baby.*«

»Geh weg, Kaiden«, murmle ich und will ihn wegschieben. Normalerweise lässt er mich schlafen, wenn ich es brauche, deshalb verstehe ich nicht, warum er mich jetzt so bedrängt.

Jemand räuspert sich. »Nicht ich, Maus.«

Meine Augen gehen auf, und als Erstes sehe ich Mama mit besorgtem Lächeln auf der Bettkante sitzen. Oma und Kaiden stehen daneben, Kaiden lehnt an der Kommode, und Oma guckt belustigt zu mir.

»Nennt dich dein Stiefbruder immer Baby?«, fragt Oma. Ihre Neugierde ist vermischt mit einem scherzhaften Unterton, der mich erröten lässt.

Mama drückt mir die Schulter. »Du siehst etwas blass aus, Em.«

Em. So hat sie mich schon lange nicht mehr genannt. Es klingt fast komisch aus ihrem ungeschminkten Mund.

»Es geht mir gut«, sage ich und setze mich auf. Sie hilft mir, bemerkt meine Langsamkeit und drückt mich dann an sich, bis ich ihren Lavendelduft einatme.

»Wann seid ihr angekommen?« Ich blicke zu Oma und lächle, strecke den Arm aus, um ihr die Hand zu drücken, bevor ich mich von Mama löse.

»Erst vor zehn Minuten«, antwortet sie.

»Ich freue mich, dass ihr da seid.«

Sie späht zu Kaiden, dann zu Oma und dann wieder zu mir. »Kann ich einen Moment mit dir allein sprechen?«

Wahrscheinlich ist es keine gute Idee, Kaiden zum Bleiben zu bitten, denn ich weiß nicht, worüber sie mit mir reden will. Angesichts ihrer kritischen Blicke auf sein zwangloses Verhalten vermute ich aber, dass er auch Thema sein wird.

»Wir sind dann unten«, sagt Oma und zieht Kaiden mit sich. Er gibt nach und wirft mir ein Grinsen zu, dann schließt Oma die Zimmertür hinter ihnen.

»Sei bitte vorsichtig, mein Schatz.«

Ich blinzle langsam, weiß überhaupt nicht, in welche Richtung dieses Gespräch führt.

Sie nimmt meine Hand. »Dieser Junge ist ganz klar verliebt in dich, und die Umstände sind nicht gerade ideal für euch.«

Zuerst wundere ich mich über das Gefühl in meiner Brust, doch während ich über ihre Worte nachdenke, wird es immer stärker.

Dann erkenne ich, dass es Wut ist.

»Nein.«

Sie öffnet den Mund.

»Nein«, wiederhole ich und ziehe meine Hand aus ihrer. »Du kannst mich nicht vor anderen Menschen warnen. Ich liebe dich, Mama, aber dieses Recht hast du vor langer Zeit aufgegeben.«

»Em ...«

»Kaiden war von Anfang an auf meiner Seite«, erkläre ich behutsam. »Er ist nervig und manchmal fast unfreundlich, aber er ist auch realistisch, vermutlich mehr als jeder andere, den ich kenne. Er sagt die Dinge, wie sie sind, auch wenn es schmerzt. Ich brauche ihn in meinem Leben.«

Sie ist sprachlos.

»Er ist mein Freund«, fahre ich leise fort und vergewissere mich, dass sie mich ansieht. »Er ist mein einziger Freund, seit Logan gestorben ist. Wenn es hier schwierig wird, weil Papa mich nicht versteht oder mich andere in der Schule ärgern, dann ist er da. Du nicht. Du bist der Grund, weshalb ich überhaupt hierhergekommen bin, was ich dir nicht vorwerfe. Wir haben das beide gebraucht, Mama. Du hast Zeit gebraucht, bevor du danach fragen konntest, und ich brauchte Abstand, bevor ich es zugeben konnte.«

Mama und ich, wir waren schlecht füreinander.

Doch wir können besser werden.

»Du hast mich zu Papa gebracht. Zu Kaiden.«

Ihre Augen glitzern nicht, aber ihre Lippen beben, als würde sie gleich die Fassung verlieren. Das werde ich nicht zulassen, denn ich bin nicht traurig. Also soll sie es auch nicht sein.

»Ich bin glücklich, Mama.«

Ich meine es so.

Ich nehme wieder ihre Hand. »Hier zu sein, das macht mich glücklich. Jetzt ist es an der Zeit, dass du auch glücklich bist.«

Das lässt sie schmunzeln. »Ich versuche es, Sunshine.«

Endlich glaube ich ihr einmal.

Sechsunddreißig

Papa hat Tränen in den Augen, als er sein Geschenk öffnet. Er starrt es so lange an, dass ich mich frage, ob ich nicht besser etwas anderes hätte nehmen oder ihm gar nichts schenken sollen.

Dann umarmt er mich. Eine innige Umarmung wie früher, als ich noch klein war. Er hat mich und Lo immer in die Arme genommen und uns gedrückt, bis wir laut kicherten und ihn ebenfalls drückten.

Ich muss auch weinen, weshalb wiederum Cam emotional wird. Mama und Oma sitzen auf der Couch und beobachten uns, wobei Oma lächelt und Mama das genaue Gegenteil tut. Sie verzieht den Mund und runzelt die Stirn, was auch Kaiden bemerkt.

Ich konzentriere mich wieder auf Papa und streiche über den Rahmen in seinen Händen. »Das ist mir das liebste Geschenk, was ich von dir bekommen habe. Ich dachte …«

Ich zucke mit den Schultern und weiß nicht mehr, was ich gedacht habe.

Papas Adamsapfel hüpft, als er mir über das Gesicht streicht. »Ich liebe dich, mein Mädchen. Ich habe dich immer geliebt und werde es immer tun.«

Warum hast du dich dann nicht stärker um mich bemüht?, will ich fragen. Doch ich tue es nicht, weil ich mich daran erinnere, dass wir nach vorn blicken wollen und nicht zurück.

Mamas Stirnrunzeln wird stärker, als ich mich wieder auf den Platz zwischen ihr und Oma setze. Zum Glück ist Geschenketausch vorbei, wir sind satt vom Essen, und Papa wird sie wohl bald zu ihrem Hotel bringen.

Während des Essens war Mama ziemlich still. Sie fragte nach der Schule, und ich antwortete, dass es ganz okay sei. Cam erwähnte den Buchklub, deshalb erzählte ich, dass es damit vorbei ist, dann erwähnte Papa mein Zeugnis, weil ich es mit lauter Einsen auf die Liste der Schulleiterin geschafft habe.

Niemand war überrascht.

Als Mama Kaiden nach der Schule fragte, schien sie dafür einen bestimmten Grund zu haben. Ich beobachtete sie, als er eine beiläufige Antwort gab und Cam sich einmischte und berichtete, dass er Kurse am College besucht, um schon vor dem Abschluss der Highschool im Juni Punkte dafür zu sammeln.

Dann fragte Mama ihn nach dem College.

Ich hatte noch gar nicht darüber nachgedacht, dass Kaiden wahrscheinlich wegziehen würde. Er hatte kein einziges Mal davon gesprochen, dass er aufs College gehen würde. Er redet kaum über die Kurse, die er an den Vormittagen besucht.

Ich wusste nicht einmal, dass er sich an verschiedenen Colleges beworben hatte, bis Cam erzählte, dass die Colgate University ihn bereits angenommen hat, um dort Lacrosse zu spielen. Offensichtlich waren in den vergangenen zwei Jahren ein paar Scouts bei seinen Spielen und haben ihm verschiedene Angebote gemacht, nachdem sie ihn hatten spielen sehen.

Massachusetts will ihn.

Philadelphia.

Maryland.

Natürlich fragte Mama, warum er ein College in New York ausgewählt hätte, wo er doch auch weiter wegziehen könnte, aber Kaiden gab keine Erklärung. Sie kann sich denken, was sie will, doch seine Familie ist hier – seine Vergangenheit. Nicht alle von uns wollen dem entkommen.

Jetzt betrachtet Mama uns, als würde sie sich auf etwas einen Reim machen. Ich versuche nicht mehr herauszufinden, was es sein könnte, das tut mir nur noch mehr weh. Oma wechselt immer wieder zu leichteren Gesprächsthemen, wenn es schwierig oder die Stille zu unangenehm wird. Darin war sie schon immer gut.

Nach den Geschenken nimmt Oma ihre Sachen und macht sich fertig, damit Papa sie zurück zu ihrem Hotel bringen kann. Als ich in die Küche gehe, um mir ein Glas Wasser und meine Medikamente zu nehmen, stehen Mama und Papa am Arbeitstisch und haben mir den Rücken zugewandt.

»… muss das nicht wissen.«

»Wie lange, Joanne?«, flüstert Papa harsch und verschränkt die Arme. Sein Rücken und seine Schultern sind angespannt, während er sie ansieht.

Ich bleibe hinter der Wand versteckt und beiße mir auf die Lippe, während ich Mama von der Tür aus beobachte. Sie hat den Kopf gesenkt und ihre Hände an der Tischkante, als wäre sie ein Kind, das man tadelt. »Ich war wütend, Henry. Du kannst mir keine Vorwürfe machen, nach dem, was du mir gesagt hast.«

Papa wirft die Arme hoch. »Sie ist immer noch meine Tochter, verdammt. Hast du ihr je von den Bedingungen erzählt, die du mir aufgezwungen hast?«

Ich schlucke. Wovon redet er?

»Nein.«

»Nein«, wiederholt er nüchtern. »Sie hat mich jahrelang gehasst. Ich bin kein Idiot. Wenn sie die verdammte Wahrheit kennen würde, dann wäre jetzt wahrscheinlich alles anders zwischen uns.«

Eine Hand legt sich um meinen Arm, und ich schrecke zusammen. Ich blicke über die Schulter und sehe Kaiden, der den Finger an die Lippen hält, damit ich still bleibe. Ich lehne mich gegen ihn und spähe zurück zu meinen Eltern.

»Einer von uns muss es ihr sagen, Joanne. Es interessiert mich nicht, wer es macht, aber sie muss wissen, dass ich ihr nie absichtlich aus dem Weg gegangen bin.«

Überrascht mache ich einen Schritt zurück, und Kaiden legt mir einen Arm um die Taille. Als ich mich wieder gesammelt habe, will ich mich aus seiner Umarmung lösen, um sie zu konfrontieren. Kaiden hält mich fest und zieht mich trotz meines stummen Protestes zurück.

Als wir im Wohnzimmer sind, drehe ich mich um und funkle ihn böse an. »Echt jetzt? Ich muss mit ihnen reden.«

»Musst du nicht.«

»Kaid…«

»Vertrau mir«, sagt er leise und lässt mich los, als er merkt, dass ich auf ihn höre.

Seufzend stelle ich fest, dass Oma uns interessiert beobachtet. Ich ignoriere, was sie sich womöglich denkt, gehe stattdessen zu ihr und umarme sie. »Ich bin so froh, dass du hier bist. Ich glaube aber, ich gehe jetzt hoch. Vielleicht sehe ich mir noch einen Film mit Kaiden an oder so.«

Sie zieht eine ihrer weißen Augenbrauen nach oben. »So nennt ihr das heutzutage?«

Ich werde rot im Gesicht, während Kaiden grinst. »So ist es nicht.«

Oma verdreht die Augen und haut mir auf den Hintern, als ich mich umdrehe. »Ich bin alt, aber nicht naiv, Emmy. Ich persönlich habe kein Problem damit. Wahrscheinlich war ich sogar wesentlich schlimmer in meiner Jugend, und er ist wirklich ein Hübscher. Du hättest es schlechter treffen können.«

Ich stöhne auf und gehe zur Treppe, während Kaiden mir folgt. »Ich mag deine Oma.«

Ich stupse ihm gegen den Arm. »Das wundert mich nicht, sie hat dich beinahe als heiß bezeichnet.« Als die Tür zu meinem Zimmer geschlossen ist, setze ich mich mit überkreuzten Beinen aufs Bett und spiele mit dem Saum meines Shirts. »Warum hast du mich nicht mit ihnen reden lassen? Es schien mir ein guter Zeitpunkt zu sein, um ihnen zu sagen, dass ich alles mit angehört habe.«

Er seufzt und setzt sich neben mich, schnippt dann gegen eine Strähne auf meiner Schulter. »Dein Vater hat gesagt, er will es dir erzählen, also lass ihn zu dir kommen.«

»Aber *was* will er mir erzählen?«

Er grinst. »Du hasst es, neugierig zu sein, oder?«

Ich blicke auf die faltige Decke und zucke leicht mit den Schultern. »Wenn man jeden Tag verbringt, ohne zu wissen, was passieren und wie man sich fühlen wird, dann sehnt man sich nach Antworten. Wenn ich mir sicher sein könnte, dass ich morgen schmerzfrei und voller Energie aufwache, dann würde ich Dinge tun, die ich jetzt nicht tun kann, weil ich zu müde bin, um die Decke vom Körper zu nehmen oder vom Bett ins Badezimmer zu gehen. Ich würde mir die Nägel machen lassen, weil es nicht wehtun würde, wenn die Kosmetikerin meine Finger berührt oder meine Hand biegt, wie sie es tun muss. Ich würde mir die Haare in einer dummen Farbe färben, was ich wahrscheinlich anschließend bereuen würde, aber ich könnte es einfach tun, weil mein Haar nicht ausfallen oder die Kopfhaut brennen würde.

Ich hasse es, keine normale Neunzehnjährige zu sein. Genau wie du sollte ich meinen Abschluss machen, stattdessen wurde ich zurückgestuft, weil ich zu viel Unterricht verpasst hatte. Ich sollte wie du nach einem College Ausschau halten, aber ich habe keine Ahnung, ob …« Ich hole tief Luft, und meine Brust schmerzt. »Wer weiß, ob es in meiner Zukunft ein College geben wird? Es ist jetzt schon schwer, zum Unterricht zu gehen. Die Energie für zusätzliche Collegekurse aufzubringen wäre womöglich zu schwer.«

Sein Kiefer zuckt. »Das weißt du nicht. Wenn irgendwer aufs College gehört, dann du. Du liebst die Schule, warum auch immer, also fang an und suche dir Colleges aus, die du dir gern anschauen möchtest. Ich will nichts von der anderen Scheiße hören. Wenn ich gehen kann, dann kannst du das auch.«

Ich ziehe die Knie an die Brust, schüttle den Kopf und sehe in seine ernsten Augen. »Ich mag es, dass du die Dinge so einfach siehst, Kaiden. Doch das sind sie nicht. Und warum gehst du auf die Colgate und nicht auf eines der anderen Colleges, die dir Angebote gemacht haben? Warum gehst du überhaupt, wenn du es gar nicht willst? Ich bin mir sicher, dass es noch nicht zu spät ist, deine Meinung zu ändern, wenn du woanders hinwillst. Jede Schule, die dich in ihrem Team haben will, würde wahrscheinlich eine Ausnahme machen, auch wenn die Fristen schon abgelaufen sind.«

»Wir reden nicht über …«

»Doch, das tun wir«, unterbreche ich ihn und greife nach seiner Hand. Er weicht nicht zurück, wie ich erwartet hatte, sondern verschränkt unsere Finger miteinander, als wäre es seine übliche Art. »Ich weiß, dass du gut in der Schule zurechtkommst, aber Sport hat dir schon immer mehr bedeutet als eine akademische Ausbildung. Du liebst Lacrosse, und ich habe gehört, dass du richtig gut darin bist. Zumindest scheint das die ganze Schule zu denken. Cam sagt es auch, und sie wird kaum lügen, selbst wenn sie deine Mutter ist.«

Er grinst, was die Ernsthaftigkeit von vorher auflockert. »Und die drei Pokale mit unserem Schulnamen drauf schaden auch nicht.«

Ich lächle ihn an. »Hat Colgate ein besseres Team als die anderen?«

Er zögert. »Nein.«

»Also, warum solltest du dahin gehen?«

Er zieht die Schultern zurück. »Maus ...«

»Wenn ich die Gelegenheit dazu hätte, dann würde ich wegziehen«, gestehe ich und drücke seine Hand. »Ich würde mir die Welt ansehen. Ich wollte immer nach Virginia ziehen, wusstest du das? Manchmal gehe ich sogar auf die Website der University of Virginia, sehe mir ihre Campusbilder an und lese mir ihr Programm durch. Ich tue so, als wäre ich einer ihrer Studenten, die gerade im Innenhof oder in der Bibliothek fotografiert werden. Du weißt, dass ich eine Menge Zeit dort verbringen würde, um zu lesen und zu lernen.«

»Dann geh doch nach Virginia.«

Wenn es so einfach wäre.

»Und was ist mit dir?«, bohre ich weiter.

Er antwortet nicht.

Ich lasse seine Hand los und sehe ihn so ernst wie möglich an. »Kaiden, nicht alle sind so glücklich im Leben. Wir müssen das annehmen, was uns gegeben wird. Im besten Fall könnte ich online aufs College gehen. Da ist es nicht so schlimm, wenn man mal fehlt oder nicht besteht, weil man zu selten teilnimmt oder keine Notizen von den Vorlesungen hat. Ich würde mir keine Sorgen machen müssen, dass ich über den riesigen Campus laufen muss, wenn ich einen Tag habe, an dem das Aufstehen schmerzt. Oder mir mit jemandem im Wohnheim ein Zimmer zu teilen, der nicht versteht, wie krank ich bin und dass ich viel Schlaf brauche. Ich weiß, was für mich am besten ist und was für mich funktionieren kann. Du musst herausfinden, was das für dich ist.«

Er öffnet den Mund und schließt ihn dann wieder. »Ich mache es für meine Mutter«, sagt er nach einer Weile. »Es war ihre Idee, dass ich die Collegekurse besuche und Punkte sammle. Um einen Vorsprung zu haben. Sie dachte über meine Zukunft nach, als ich zu sehr mit dem Tod meines Vaters beschäftigt war. Ich habe mich dafür entschieden, weil …«

Weil es Cam glücklich gemacht hat.

Ich streiche ihm mit der Hand über den Arm. »Wenn du wegfahren könntest, ohne dass dich irgendetwas zurückhält, wohin wäre es?«

Die hoffnungslose Romantikerin in mir wünscht sich, dass er sagt: *Wo du bist!*, doch in Wahrheit kann er wahrscheinlich gar nicht dorthin, wo ich landen werde.

Deshalb bin ich dankbar, als er leise antwortet: »Maryland.«

...

Am Weihnachtstag gibt es einen frischen Schneesturm, der alles weiß bedeckt. Papa braucht etwas länger, um Mama und Oma zu holen, doch als sie ankommen, steht das Frühstück mit heißer Schokolade schon auf dem Tisch.

Ohne nachzufragen, macht Papa den Fernseher an, wo *Fröhliche Weihnachten* läuft, was eine alte Tradition von uns ist, die wir jedes Jahr fortgeführt haben. Der Film läuft den ganzen Tag auf demselben Sender, als Hintergrundgeräusch zur Bescherung und zum Verdauen des Mittagessens. Ich schlafe dabei immer ein, während mich der kleine Ralphie und sein Luftgewehr zum Schmunzeln bringen.

Mama küsst mir die Wange, bevor sie sich zum Essen neben mich setzt, auch wenn sie die ganze Zeit sagt, sie hätte keinen Hunger. Ich glaube, sie fühlt sich seltsam in der Nähe von Cam, obwohl Cam sehr gastfreundlich ist. Wahrscheinlich würde ich es auch seltsam finden, meinen Ex-Mann mit seiner neuen Familie zu sehen.

Es war schon für mich seltsam genug, meinen Vater mit ihnen interagieren zu sehen, nachdem er seine eigene Familie zurückgelassen hat.

Aber hat er das wirklich?

Nach dem Frühstück gehen wir für die Bescherung ins Wohnzimmer. Kaiden und ich setzen uns nebeneinander auf den Boden, alle anderen machen es sich auf den Sofas und Sesseln bequem. Papa reicht ein Geschenk nach dem anderen herum, und nach fast zwei Stunden gucken wir uns im Fernsehen *Stirb langsam* an und streiten darüber, ob dieser Film als Feiertagsfilm bezeichnet werden kann.

Die Antwort ist Nein, aber Papa muss natürlich eine andere Meinung haben. Selbst Kaiden bricht lachend zusammen, als er Papas Argumentation hört. Bisher hat Kaiden noch nicht einmal gegrinst, wenn Papa beteiligt war.

Vielleicht geschehen an Weihnachten wirklich Wunder.

Kurz vor dem Nachmittag fragt Mama, ob sie mit mir reden kann. Papa schaut zu uns rüber und wirft Mama einen bedeutungsvollen Blick zu, als wollte er ihr sagen, dass sie sich nicht vor dem Gespräch drücken soll.

Ich beiße mir auf die Lippe und folge ihr in die Küche.

»Ich weiß, dass du zugehört hast«, beginnt sie und lächelt kurz.

»Mutterinstinkt, vermute ich. Obwohl das nicht immer der beste Instinkt ist, dem man folgen sollte.«

»Was meinst du damit?«

Sie befeuchtet ihre Lippen und blickt hinter sich auf den offenen Türrahmen. Der Film beginnt von Neuem, und man kann die Gespräche hören, vor allem Cams helles Lachen.

»Als dein Vater mir gestand, dass er mich nicht mehr liebte, war ich verletzt.« Sie holt tief Luft und nickt langsam. »Obwohl ich es vorhergesehen hatte, machte es das nicht leichter, als er es aussprach. Ich war so wütend auf ihn, dass er sich keine Mühe gegeben hatte, selbst wenn er da war. Als wäre das Leben mit uns für ihn eine Qual, die er lieber vermied, indem er länger bei der Arbeit blieb.

Ich will nicht in die Einzelheiten gehen, was ich gedacht, vielleicht auch vermutet habe, unsere Trennung stand fest. Als er um die Scheidung bat, ließ ich mich von meinen Gefühlen übermannen. Ich sagte ihm, wenn er sich schon nicht um seine Kinder gekümmert hat, als er noch da war, dann bräuchte er sich auch jetzt nicht um sie zu kümmern, wenn er weg wäre. Ich hielt es für das Beste. Er war nicht derjenige, der Logans Symptome oder Verhaltensänderungen bemerkte. Er war nicht da für die Arzttermine. Er hatte immer eine Ausrede. Deshalb nahm ich ihm jede Gelegenheit, es wiedergutzumachen.«

Mir fällt das Atmen schwer, wenn ich die Frau ansehe, die da neben mir sitzt. Sie ist reglos, angespannt, als wüsste sie, dass ihr Verhalten vielen Menschen geschadet hat.

»Jahrelang«, bringe ich schließlich hervor. »Du hast ihn die ganze Zeit ferngehalten? Als ich geweint und gefragt habe, warum Papa fortgegangen ist, da hast du niemals etwas gesagt. Warum hast du das getan?«

Sie hat Mühe, mir in die Augen zu sehen. »Wir machen

schlimme Dinge, wenn wir wütend sind, Emery. Unsere Entscheidungen werden von unseren Gefühlen gelenkt, und ich habe mich von meinem Schmerz steuern lassen.«

»Hast du ihm gesagt, dass er nicht mehr anrufen soll?«

Sie schließt die Augen. »Ja.«

»Hast du ihm gesagt, er soll uns nicht zu den Feiertagen einladen?«

Ein Kopfnicken.

Meine Nasenflügel beben. »Du wusstest, wie ich mich seinetwegen gefühlt habe, Mama. Ich war so wütend, dass er uns nicht haben wollte. Warum sollte irgendeine Mutter glauben, dass es richtig ist, wenn ihre Kinder einen solchen Hass empfinden?«

Sie hat darauf keine Antwort, also bleibt sie stumm. Ich wette, wenn sie jetzt aufblicken würde, dann würde ich ihre goldenen Augen sehen. Doch ich habe genug von ihnen.

»Bereust du es?«, frage ich.

»Mehr, als du dir vorstellen kannst«, sagt sie schließlich und greift nach meiner Hand. »Sunshine, ich bereue so viel. Es ist schwer zu ertragen. Dein Vater, Logan, du ...«

»Wag es nicht, so zu tun, als hättest du mich verloren!« Ich stehe auf und schiebe den Stuhl weg. »Du warst diejenige, die mich zum Gehen gezwungen hat. Wie oft hast du mich Logan genannt? Oder dich vor dem Abendessen in den Schlaf geweint? Ich kann verstehen, dass es schwer war, aber du warst nicht die Einzige. Oma hat eine Enkeltochter verloren und ich meine Zwillingsschwester! Wir hatten alle mit dem Verlust zu kämpfen. Nicht nur du.«

Sie hält die Hände vors Gesicht und nickt, denn sie weiß, dass ich recht habe. »Das verstehe ich jetzt. Die Gruppensitzungen haben mir geholfen zu erkennen, wie falsch ich mich verhalten habe.

Es tut mir so leid, mein Mädchen. Wenn ich alles noch mal und anders machen könnte, dann würde ich es tun.«

Ich blicke sie lange an und weiß nicht, was ich darauf antworten soll. »Wäre es das wert? Ich glaube, es war das Beste für mich, dass ich weggegangen bin, und wenn es durch irgendeine wundersame Begebenheit möglich wäre, es noch mal anders zu machen, dann weiß ich nicht, ob ich das annehmen würde. Warum Los Tod noch einmal durchleben? Selbst wenn wir die Wahl hätten, anders darauf zu reagieren, hätte ich es niemals hierher geschafft und erlebt, wie es ist, eine Familie zu haben.«

Ich denke an Cams Hilfsbereitschaft.

Papas stummes Beschützen.

Kaiden. Einfach ... Kaiden.

»Ich vermisse euch.« Denn selbst mit dem Wissen darüber, was Mama getan hat, vermisse ich die schönen Erinnerungen und die Vertrautheit, die ich zu Hause spüre. Ich vermisse die Sonntagsausflüge und unsere dummen Traditionen. Ich vermisse es, wie mich Los Freunde ärgern, weil ich einfach nicht wie meine Zwillingsschwester bin.

Doch ich weiß tief in meinem Herzen und ohne den Hauch eines Zweifels, dass ich das hier mehr vermissen würde.

Ich würde die Neckerei vermissen.

Die Filmabende.

Das Kuscheln am Abend.

Kaiden ärgert mich und kümmert sich um mich und berührt mein Innerstes auf jede erdenkliche Weise. Wir sind Familie, klar, doch wir sind auch Freunde. Wenn es jemals eine Zeit gäbe, in der ich die Zukunft planen könnte, dann würde ich alles riskieren, damit wir sogar noch mehr werden.

Doch so funktioniert mein Leben nicht.

Kaiden wird nach Maryland gehen.

Ich werde hierbleiben.
»Ich würde nichts wiederholen wollen, Mama.«
Sie sieht mich verwundert an.
»Weil wir nichts ändern können.«

Siebenunddreißig

Die Metalltribüne ist unbequem zum Sitzen, während ich zusehe, wie Jungs in Laufshorts und schlabbrigen Shirts durch die Turnhalle sprinten. Mr Jefferson wollte nicht, dass ich zum Training komme, doch Kaiden sagte ihm irgendetwas, woraufhin der Trainer brummend antwortete und mich an die Seite winkte. Ich hätte eigentlich auch nichts dagegen gehabt, in die Bibliothek zu gehen und mich zum Lesen auf einen Stuhl zu setzen, von dem mir nicht das Steißbein wehtun würde. Aber ich habe versprochen, Kaiden zuzusehen, und sein Lächeln macht das Unbehagen wieder wett.

Nach der ersten halben Stunde wechselte Jefferson die Trainingsübungen. Ich versuchte zu verstehen, was er von der Seitenlinie aus rief, war aber fast sofort verloren. Es erinnert mich daran, wie ich früher neben Papa saß, während er sich Football ansah. Für mich war das einfach ein Haufen Männer in engen Hosen, die einem Ball hinterherliefen. Papa liebte es.

Als die Spieler in Mannschaften aufgeteilt wurden, erlebte ich Kaiden in seinem Element. Es dauerte nicht lange, um zu erkennen, warum jeder sagt, dass er einer der besten Spieler an der

Schule sei. Er dominierte das Feld, flog an den Gegnern vorbei und schoss die meisten Tore.

Er hat mir erzählt, dass sein Vater ihn spät an die Schule schickte, damit er länger spielen konnte. Seine Technik verbessern. Mehr Erfahrung sammeln. Wegen Adam hat er jetzt diese ganzen Möglichkeiten.

Kann seine Zukunft selbst gestalten.

Es ist fast vier, als ich aufstehe und zur Toilette gehe, während Kaiden weiter gegen seine Mitspieler kämpft. Ich muss schmunzeln, als ich sie höre, während ich durch die Seitentür verschwinde. Die meisten im Team sind befreundet, deshalb ist es witzig, ihnen dabei zuzusehen, wie sie sich gegenseitig verspotten. Kaiden ist auf den Schulfluren vielleicht beeindruckend, doch beim Spiel ist er der Kaiden, den ich kenne.

Während der letzten paar Wochen hatte ich so schlimme Rückenschmerzen, dass ich irgendwann nach Antworten gegoogelt habe. Es wäre nicht so schlimm gewesen, wenn ich nicht nach dem Pinkeln auch noch eine leichte Schmierblutung bemerkt hätte, ohne dass meine Periode folgte. Normalerweise weigere ich mich, im Internet zu recherchieren, aber es kam mir sinnlos vor, Papa und Cam Sorgen zu bereiten, wenn ich selbst ausschließen konnte, dass vielleicht irgendetwas nicht in Ordnung war. Das einzig sinnvolle Suchergebnis war eine mögliche Blasen- oder Nierenentzündung, deshalb bat ich Papa um Vitamine und Cranberry-Gummis und sagte ihm, dass ich etwas Neues ausprobieren würde.

Ich rede mir ein, dass sie helfen werden, doch das Blut taucht immer noch auf, und der Schmerz ist durchgehend da, wenn auch meistens erträglich.

Es ist nichts, versichere ich mir.

Auf dem Weg zurück zur Sporthalle sehe ich Mr Nichols auf

dem Flur. Ich lächle, winke kurz und zögere an der Tür, von der aus ich sehe, dass das intensive Spiel immer noch läuft.

»Emery«, grüßt mich Nichols. Er späht durch das kleine Fenster. »Ah, Lacrosse. Kaiden spielt, oder?«

Ich nicke und reibe mir über den Arm. »Er nimmt mich später mit nach Hause, deshalb dachte ich, dass ich mir mal ansehe, wie er spielt. Alle sagen, er wäre so gut.«

»Wie lautet Ihr Urteil?«

Ich lächle ihn an und zucke mit den Schultern. »Ich bin keine Sportexpertin, deshalb kann ich das nicht sicher sagen. Aber er macht viele Tore, und darum geht es wahrscheinlich.«

Er grinst. »Kein großer Sportfan, was?«

»Nein.«

Er betrachtet die Jungs wieder, dann dreht er sich zu mir. »Wie läuft es so? Es ist komisch, nach der Schule keine Buchklubtreffen mehr zu haben.«

»Sie scheinen aber trotzdem beschäftigt zu sein.« Ich zeige auf den Papierstapel, den er im Lehrerzimmer kopiert haben muss.

»Ein Lehrerjob ist nie vorbei«, sinniert er.

Wir schweigen.

Ich zeige mit dem Daumen zur Sporthalle und räuspere mich. »Ich sollte mal zurück, bevor Kaiden glaubt, ich hätte ihn sitzen lassen.«

Als ich die Tür öffne, sagt er: »Ich weiß nicht, was Sie gemacht haben, aber er hat sich sehr verändert. Ich habe auch die anderen Lehrer über sein Verhalten reden hören. Offenbar tun Sie ihm gut.«

Ich erröte und streiche mir mein Haar hinter das Ohr. »Ich denke nicht, dass ich das bin. Glauben Sie mir, Kaiden ist Herr seiner selbst.«

Er lächelt nur. »Sie trauen sich nicht genug zu, Emery. Ich

glaube nicht an Zufälle, und es sieht so aus, als hätte er sich verändert, nachdem Sie gekommen sind.«

Ich mache eine wegwerfende Handbewegung und suche nach einer Antwort, um seine Behauptung zu widerlegen. »Vielleicht war ihm nur langweilig, jemanden zu spielen, der er nicht ist. Ich habe gehört, dass so was passiert, wenn man seinen Abschluss macht.«

Er brummt eine Antwort, scheint mir nicht zu glauben. »Apropos, wie sehen Ihre Pläne fürs nächste Jahr aus?«

Meine Augenbrauen wandern hoch. »Ähm, äh ...« Ich verziehe das Gesicht und spiele mit der halb geöffneten Tür. »Ich habe da noch gar nicht drüber nachgedacht.«

Lüge.

»Haben Sie schon überlegt, ein paar weitere Kurse für Collegepunkte zu besuchen? Ich gebe in diesem Semester einen Kurs für Kreatives Schreiben, und ich weiß, dass es auch ein paar andere Lehrer gibt. Es könnte Ihnen dabei helfen, ein paar Punkte aus dem Weg zu schaffen. In einigen Kursen ist noch Platz, und wir sind noch nicht zu weit im Semester, um dazuzukommen.«

Ich lecke mir über die Lippen und überlege, was ich ihm sagen soll. Dass ich nicht sicher bin, ob ich aufs College gehen werde? Dass ich keine Ahnung habe, was ich machen will? Ich würde erklären müssen, warum ich keine Pläne schmiede, und das ist nichts, was ich im Augenblick ausführen möchte. Er mag mein Lieblingslehrer sein, der von Anfang an auf meiner Seite stand, aber das bedeutet nicht, dass ich ihm erklären will, warum meine Zukunft morgen ist und nicht nächstes Jahr. Oder in fünf Jahren.

»Ich werde es mir überlegen«, sage ich schließlich und lächle ihn auf dieselbe Weise an, wie ich es immer tue, wenn man mir glauben soll.

Mr Nichols scheint beruhigt, denn er kann meinen Ausdruck

nicht so interpretieren wie Kaiden. Der würde wissen, dass ich Unsinn rede und womöglich an das Schlimmste denke.

Ich winke Nichols zum Abschied zu und kehre zurück in die Turnhalle. Kaiden späht von der Seitenlinie zu mir, sein Haar verschwitzt und strubbelig, während er Wasser aus seiner Plastikflasche trinkt. Selbst aus der Entfernung kann ich die zusammengekniffenen Schlitze seiner Augen sehen, wie sie von der Tür zu meinem Gesicht wandern. Ich wackle nur mit den Fingern und setze mich, wobei ich den Schmerz in meinem Rücken und in den Gelenken ignoriere.

Die Beine ausgestreckt, beobachte ich, wie das Training zum Ende kommt und die Jungs zur Umkleidekabine gehen. Ich packe meinen Rucksack, verlasse die Tribüne und warte am Ausgang auf Kaiden.

Jefferson kommt zu mir. »Normalerweise mag ich es nicht, wenn Leute da sitzen und zuschauen«, sagt er mürrisch, schiebt sich das Klemmbrett unter den Arm und verschränkt beide Arme vor der Brust. »Das lenkt die Jungs ab. Aber ich hab Monroe noch nie so ehrgeizig spielen sehen wie eben, vor allem nicht beim Training.«

Ich bin überrascht, während er mich betrachtet. »Ihr Vater hat seine Mutter geheiratet, oder?«

Ich schlucke. »Ja, Sir.«

»Ich sehe sie bei fast jedem Spiel«, bemerkt er. »Sie sind stolz, vor allem seine Mutter. Sie jubelt immer am lautesten. Ich vermute, ab sofort werden Sie auch dabei sein, richtig?«

»Ähm ... ja?«

Ich bin mir sicher, dass Kaiden mich nicht zu Hause bleiben lässt, deshalb habe ich wohl keine Wahl. Als er mir sagte, dass ich zu seinem Training kommen soll, erklärte ich ihm zunächst, dass ich Hausaufgaben machen müsste. Unsere Diskussion dauerte zehn Minuten, bevor er mich mit Küssen auf Nacken und Schulter ablenkte, was dazu führte, dass wir mehr Berührungen als Worte austauschten.

Und jetzt bin ich hier.

Allein von der Erinnerung daran werde ich rot und ziehe meinen Rucksack höher auf die Schulter. »Ich weiß, seine Mutter freut sich schon auf die neue Saison, auch wenn es schwer für sie sein wird, weil es seine letzte ist. Aber ich habe gehört, dass es wahrscheinlich auch die beste wird.«

Er grinst und nimmt sein Klemmbrett. »Wenn Sie öfter kommen, dann schaffen wir es bestimmt bis ganz nach oben.«

Mein Gesicht wird heiß, und er grinst und geht. Zum Glück kommt Kaiden kurz danach, frisch geduscht, wieder in Jeans und Shirt. Während wir zum Auto gehen, schaue ich zu ihm und spiele dabei mit meinem Rucksack.

Ich spitze die Lippen und frage: »Denken die anderen, dass zwischen uns etwas läuft?«

Er runzelt die Stirn. »Warum?« Wir kommen beim Auto an, steigen aber nicht ein. Er sieht mich über das Dach hinweg an. »Hat jemand was zu dir gesagt?«

»Nicht direkt ...«

»War das vorhin Nichols?«

»Was?«

Sein Kiefer zuckt. »Ich habe euch beide vor der Turnhalle reden gesehen. Hat er etwas gesagt?«

Ist er etwa ...? Ich muss kichern. »Bist du eifersüchtig? Auf Mr Nichols?«

Er ist verärgert. »Sei nicht blöd.«

Ich muss lachen. »Du bist es!« Ich schüttle den Kopf und steige ins Auto, stelle den Rucksack ab und warte, dass er auch einsteigt.

»Dein Trainer hat gerade eine Bemerkung gemacht, dass ich weiter zum Training kommen soll, damit du so spielst wie heute.«

Seine Schultern werden locker. »Ist das alles?«

Ich verdrehe die Augen und zucke mit den Schultern. »Es war die Art und Weise, wie er es gesagt hat. Als wollte er behaupten, du hättest besser gespielt, weil ich da war. Irgendwie kommt mir das seltsam vor. Er weiß, dass ich deine Stiefschwester bin.«

»Und was wollte Nichols?«

»Oh mein Gott, Kaiden. Echt jetzt?«

Er startet das Auto und stellt die Heizung an, bevor er losfährt. »Der Typ geht mir auf den Wecker. Ständig redet er mit dir.«

»Eifersucht«, singe ich. »Zu deiner Information, er hat mich nur gefragt, was ich für das nächste Jahr plane. Er meint, ich sollte Collegekurse belegen, um Punkte zu sammeln.«

»Das solltest du wirklich«, stimmt er zu.

»Wir werden sehen.«

»Hör auf, so zu tun, als würdest du es nicht können.«

»Hör auf, so zu tun, als könntest du die Zukunft vorhersagen«, schieße ich zurück und starre aus dem Fenster. »Es ist ja nicht so, als wäre es eine schlechte Idee, ich will mich nur noch nicht festlegen.«

»Worauf willst du dich überhaupt festlegen?«

Die Frage kommt überraschend. Warum fragt er mich so etwas? Ich will mich darauf festlegen, durch das Abschlussjahr zu kommen. Das ist alles, woran ich denken kann.

Er meint aber etwas anderes.

»Sind wir Freunde, Kaiden?« Meine Stimme klingt unsicher, woran ich gewöhnt bin. Allerdings nicht, wenn es darum geht, uns zu definieren.

Der Wagen kommt zum Halt. »Musst du das wirklich fragen, Maus?«

Ich öffne den Mund. »Nun ...« *Nicht?* »Ja, vermutlich. Du hast gesagt, du magst keine Zuschreibungen. Ich erwarte ja auch nichts, aber ich wüsste gern, ob wir Freunde sind, weil ...«

... du der Einzige bist, den ich habe.

»Ja«, sagt er sanft, als könnte er meine Gedanken lesen. »Wir sind Freunde.«

Ich lächle und entspanne mich. »Ich will nicht rührselig oder so werden, aber du bist quasi mein bester Freund. Annabel und ich reden manchmal in der Schule miteinander, aber wir haben bisher keine Telefonnummern ausgetauscht und uns auch nicht verabredet.«

»Dann bin ich also dein bester Freund, weil du niemanden sonst hast«, stellt er fest und scheint davon unbeeindruckt zu sein.

Ich strecke den Arm aus und ergreife seine freie Hand auf dem Schaltknüppel. »Ich habe Lo immer als meine beste Freundin angesehen, auch nach all der Zeit, denn sie hat mich so geliebt, wie ich bin.«

Er drückt mir die Hand. »Willst du etwa, dass ich es ausspreche?«

Ich verdrehe die Augen. »Du musst es mir nicht sagen. Es ist die Art, wie du mich trotz meiner Probleme akzeptierst. Auch wenn du wütend auf gut aussehende Englischlehrer bist.«

Er flucht leise. »Findest du ihn gut aussehend?«

Ich grinse nur.

Er seufzt. »Übrigens bist du auch meine beste Freundin, Maus.«

Ich lächle innerlich.

»Trotzdem mag ich Nichols nicht«, brummt er, bevor er den ganzen Heimweg schweigend meine Hand hält.

...

Die Wochen vergehen ohne Unterbrechung. Schule, Training, Hausaufgaben, Filmabende. Ich erlebe das erste Lacrosse-Spiel der Saison, bei dem Cam am lautesten jubelt und Papa so laut schreit und ruft, dass ich Kopfschmerzen bekomme. Exeter gewinnt die ersten beiden Spiele und verliert das dritte, doch das tut unserer guten Laune keinen Abbruch.

An den Abenden, an denen ich mich halbwegs menschlich fühle, bitte ich Kaiden, mir zu sagen, wie er von mir berührt werden will. Zunächst mit den Händen, dann mit dem Mund. Er erwidert den Gefallen jedes Mal grinsend und reagiert eingebildet, wenn ich mir das Kissen vor das Gesicht drücken muss, weil ich so laut komme.

Es sind mehr als zwei Monate vergangen, seit wir miteinander geschlafen haben, und es ist nicht so, dass ich es nicht wieder tun wollte. Tatsächlich dachte ich vor nicht langer Zeit, dass wir es wieder tun würden, da bewegte ich mich einmal falsch und musste vor Schmerz laut schreien. Er besorgte mir ein paar Schmerztabletten und deckte uns beide zu, bevor wir einschliefen.

Am Valentinstag finde ich Schokolade in meinem Spind. Die Schokolade ist von einer teuren Marke, von der ich noch nie gehört habe, und auf der Karte ist eine Maus, die ein Stück Käse mit Schleife in der Hand hält. Ich stelle sie zu Hause auf meinen Nachttisch und lächle jedes Mal, wenn ich sie anschaue.

Kurz nach Valentinstag wachte ich wieder mit Haarbüscheln auf dem Kopfkissen auf. Kaiden flippte allerdings nicht aus wie Mama, weshalb ich mich etwas besser fühlte. Er merkte trotzdem, dass es mir nicht gut ging, küsste mir die Wange und versicherte mir, es wäre keine große Sache. Doch das war es.

Ich weinte, als er mich festhielt, und erzählte ihm, wie sehr ich mein Haar liebte. Mein Haar ist meine Weiblichkeit. Es verleiht mir

Selbstbewusstsein. Mit jedem Anfall verlor ich mehr davon, und jedes Mal wurde es kürzer.

Am Tag nach meinem Zusammenbruch in Kaidens Armen fuhr er mit mir zum Salon seiner Mutter, und meine übliche Friseurin verpasste mir einen Kurzhaarschnitt aus einer Zeitschrift, in der ich zusammen mit Kaiden nach Frisuren gesucht hatte. Es ist ein Stil, mit dem ich spielen kann. Ich kann meine Haare strubbelig und niedlich tragen oder sie an der Luft trocknen lassen, sodass sie gepflegt und sexy aussehen. Als ich mein abgeschnittenes Haar auf den weißen Fliesen sah, kamen mir die Tränen, aber ich hätte noch stärker geweint, wenn es auf dem Kopfkissen gelegen hätte.

Ich musste es loslassen, auch wenn ich dazu gezwungen war. Kaiden meinte, ich würde schön aussehen. Cam umarmte mich und sagte, ich sei umwerfend. Und Papa küsste mir die Wange und sagte, ich würde wie Mama aussehen.

Ihre Bestätigung machte es leichter, selbst an Tagen, an denen ich das Gefühl hatte, mir würde jeder auf den nackten Hals und die Ohren starren. Ich konnte mich nicht länger hinter dem Vorhang meiner Haare verstecken, wenn mir unbehaglich zumute war. Die Leute konnten mich angaffen, und ich würde es merken – ich würde ihre Blicke in meinem Gesicht brennen spüren. Ich hatte mir sogar überlegt, Papa zu fragen, ob ich mir die Ohren stechen lassen könnte, nur um mich wieder mehr wie ein Mädchen zu fühlen. Als würden mich die anderen deshalb anstarren, weil ich ohne die langen Locken weniger weiblich wirkte.

Kaiden meinte, ich sei dumm.

Dann sagte er mir wieder, wie schön ich sei.

Scheiß auf die anderen, Maus. Sie spielen keine Rolle.

Ich wollte fragen, ob er es tut, aber ich kannte die Antwort schon. Seine Meinung war wichtiger als meine eigene, schließlich musste ich mich nicht ständig ansehen. Er fand mich auch ohne lange Haare oder gepiercte Ohren und ohne Make-up schön. Ich war vielleicht nicht auf die Art feminin, wie es die meisten Leute dachten, aber das bedeutete nicht, dass er nicht Zeit mit mir verbringen oder mich küssen oder Filme mit mir ansehen wollte.

Papa und ich verbringen jetzt mehr Zeit zusammen als vorher. Wenn er nach dem Essen fernsieht, dann setze ich mich zu ihm und kommentiere die Sendungen, die er sieht, normalerweise Sport oder Nachrichten. Manchmal lässt er mich entscheiden, und ich muss grinsen, wenn er so tut, als würden ihn die Realityshows interessieren, die ich auswähle. Wenn sich Kaiden und Cam anschließen, dann nörgeln die Männer an einem der Mädchen herum, während Cam und ich es verteidigen, auch wenn wir ihnen insgeheim zustimmen, wenn sie über das alberne Verhalten lästern.

Exeter ist für mich zu dem Zuhause geworden, von dem ich gar nicht wusste, dass es mir fehlt. Die Familienessen sind immer erfüllt von ungezwungenen Gesprächen und witzigem Gezanke, die Spieltage sind voller Teamgeist, und mit jeder weiteren Woche verstärkt sich das Gefühl, dass ich Teil von etwas bin, das mehr als eine zerbrochene Familie ist.

Nach dem Englischunterricht bin ich auf halbem Weg zu meinem Spind, als ich hinter mir Kichern höre. Ich spüre ein vertrautes Kribbeln von ungewollter Aufmerksamkeit im Nacken und schaue beiläufig über die Schulter, während ich die Bücher abstelle und meinen Mantel herausnehme.

Rachel und ein paar andere Mädchen, mit denen ich sie die ganze Zeit abhängen sehe, starren zu mir. Eine von ihnen wirft das Haar nach hinten, als sie mich ansieht, und Rachel grinst wie eine Grinsekatze. Es macht mich unruhig, als sie den anderen etwas sagt und dann zu mir kommt.

Ich schließe meinen Spind und drehe mich zu ihr.

Sie sieht mich von oben bis unten an. »Es sieht so aus, als würde es dir guttun, in einer Beziehung zu sein, Em. Man sagt, dass man mindestens zwanzig Pfund zunimmt, wenn man verliebt ist.«

Ich starre sie an. »Ich bin in keiner Beziehung.«

Sie schnaubt spöttisch. »Hör schon auf. Als du neu hier warst, da habe ich dir gesagt, dass Kaiden immer bekommt, was er will. Die Leute reden weiter, auch wenn er ihnen sagt, dass sie es nicht tun sollen. Seine Teamkollegen sind geschwätziger als Cheerleader.«

Ich presse die Lippen zusammen und sehe zu ihren Freundinnen. Sie verfolgen unseren Austausch interessiert, zusammen mit ein paar anderen. Kaiden hat nach dem Mittagessen geschwänzt, um den Geburtstag eines Freundes aus der Mannschaft zu feiern. Er meinte, er würde mich nach der Schule abholen.

»Kaiden und ich …«

»Du gehst zum Training«, unterbricht sie mich und zieht eine ihrer perfekt gezupften Augenbrauen hoch. »Niemand sonst darf das. Er sitzt beim Mittag mit seinen Mannschaftskollegen und dir zusammen. Sie haben dich geradezu adoptiert.«

»Das liegt daran, dass wir zusammenwohnen.«

»Wie gesagt …« Sie kommt näher. »Seine Mannschaftskollegen tratschen gern. Jedes Mal, wenn er mit dir flirtet, dich berührt oder auf eine bestimmte Weise ansieht, erfahren wir davon. Und komm schon, *Maus*. Du siehst ihn an, als wäre er dein Retter.«

Woher kennt sie meinen Spitznamen? Bis vor ein paar Monaten hat er nie mit mir mittaggegessen und noch weniger während der Schulzeit mit mir gesprochen. Als mein Tisch das erste Mal voll war, war ich so schockiert, dass ich einfach nur dasaß und die Jungs angestarrt habe, während sie herumscherzten.

Guck nicht so überrascht, Maus.

Das hat er mir gesagt.

Ich seufze. »Wir sind Freunde, Rachel.«

»Mit gewissen Vorzügen, wie ich Kaiden kenne.«

Ich gebe ihr keine Antwort darauf.

»Ich sage ja nur«, erklärt sie, »dass du auf Kohlehydrate verzichten und häufiger ins Fitnessstudio gehen solltest. Unabhängig davon, ob du zugibst oder leugnest, was ohnehin jeder sieht, ist es kein Geheimnis, dass du zugenommen hast.«

Das Selbstvertrauen, das mir Kaiden mit jedem Blick schenkt, köchelt und verdampft mit jedem Schlag, den mir Rachel versetzt. Sie will mich am Boden liegen sehen, so wie es jedes böse Mädchen tut. Sie nährt sich von meiner Reaktion, vor allem, wenn es mich unterlegen macht.

Sie hat mich gewarnt, dass sie nicht freundlich bleiben würde, wenn sie ernste Konkurrenz werden würde. Doch ich glaube nicht, dass sie die Dynamik zwischen Kaiden und mir versteht. Ich bin nicht einmal sicher, ob wir es tun.

Rachel starrt mich an, neigt den Kopf und betrachtet meine Kurzhaarfrisur. »Ich meine, vielleicht liegt es auch nur an der neuen Frisur. Oder es gibt einen anderen Grund dafür, dass du so zunimmst …«

Sie kann nicht ernsthaft andeuten, dass ich schwanger bin. »Warum kümmerst du dich nicht einfach um deine Angelegenheiten? Es spielt keine Rolle, ob oder warum ich zugenommen habe.«

Sie verdreht die Augen, gibt aber nach. »Wie du meinst, Maus. Schönen Gruß an Kaiden. Er sollte wirklich mal auf meine Nachrichten reagieren. Er fehlt mir.«

Mit zusammengebissenen Zähnen gehe ich zur Tür, lasse ihr lautes Gelächter hinter mir zurück.

Ich habe schon bemerkt, dass meine Kleidung anders sitzt, vor allem die Jeans. Es ist nicht die Taille, die die Hose enger macht, es sind meine Beine. Und obwohl ich mich davon nicht beeinflussen lassen will, sieht mein Spiegelbild anders aus. Meine Wangen sind voller, die Knochen stehen nicht mehr so vor, mein Kinn ist runder als gewohnt.

Zuerst fand ich, ich würde besser aussehen. Gesünder. Ich passe noch immer in meine Kleidung, deshalb ist es kein großer Gewichtsunterschied, aber er ist überraschend. Meine Essgewohnheiten haben sich in letzter Zeit nicht geändert. Wenn überhaupt, dann habe ich wegen der pochenden Schmerzen eher weniger Appetit.

Wenn selbst die Leute in der Schule es schon bemerken, was denken dann alle zu Hause? Kaiden hat mich in letzter Zeit immer häufiger nackt gesehen und davon geredet, wie sehr er meinen Körper liebt. Er folgt meinen sanften Kurven und liebkost jeden Zentimeter Haut, als könnte er nicht anders. Er hat meine äußerliche Veränderung kein einziges Mal kommentiert.

Als ich in sein Auto steige, bemerkt er meine schlechte Stimmung sofort. »Was ist passiert?«

»Deine Freunde reden gern.«

»Sie sind Idioten.«

Ich starre auf meine Hände, die ich im Schoß gefaltet habe. »Findest du, dass ich fett werde?«

»Was für eine beschissene Frage ist das denn?«

»Eine, auf die du ehrlich antworten sollst.«

Seine Antwort kommt umgehend. »Du bist nicht fett, Maus. Nicht einmal annähernd. Wer auch immer das gesagt hat, ist ein Arschloch, mit dem ich mich gern auseinandersetze.«

Am liebsten würde ich Rachel verpfeifen, aber ich will nicht mit den Konsequenzen zu tun haben. Wenn man insgesamt nur wenig Energie hat, dann will man sie nicht an falsche Leute verschwenden.

»Spielt keine Rolle«, murmle ich.

»Du bist wütend. Es spielt eine Rolle.«

Ich seufze laut. »Irgendetwas war in letzter Zeit komisch. Ich weiß, dass ich zugenommen habe, aber ich hätte nicht gedacht, dass es irgendjemand bemerken würde.«

Viel zu lange ist er still, starrt aus dem Fenster und hält die Hand am Schaltknüppel. »Du glaubst doch nicht, dass du …?«

Ich gebe ihm einen Klaps. »Echt jetzt? Weißt du nicht mehr, als ich dich vor zwei Wochen angezickt habe, weil ich so launisch war, und du mir Schokolade und Tampons gebracht hast, als du gemerkt hast, dass ich fast verblute? Oder vor zwei Monaten, als ich nicht aus dem Bett kam, weil meine Periode so stark war und du mir das Wärmekissen von deiner Mutter gegeben hast?«

Er hebt abwehrend die Hände. »Mist. Sorry.«

Ich schüttle den Kopf und starre aus dem Fenster. »Ich bin einfach … wütend. Ich wollte nicht ausflippen, aber ich will auch nicht, dass andere mein Gewicht kommentieren. Erst hat man mir vorgeworfen, ich sei magersüchtig, als ich wegen meiner Krankheit stark abgenommen hatte. Und jetzt …«

Er streckt den Arm aus und nimmt meine Hand in seine, wie ich es bei ihm mache, wenn er sich aufregt. Wegen seines Vaters oder wenn er einen schlechten Tag hatte. Es braucht nur eine kleine Berührung.

Ich sehe auf unsere Hände. »Stört es dich, dass Leute glauben, wir sind zusammen? Sie wissen, was wir füreinander sind. Die Gerüchte werden unschön sein.«

»Sie werden nichts sagen.«

»Zu dir«, entgegne ich. »Aber was ist nach dem Abschluss? Ich werde für alle das Mädchen sein, das so aussieht, als hätte sein Stiefbruder es geschwängert. Das ist …« Ich rümpfe die Nase. »Das ist widerlich, um ehrlich zu sein.«

Er schnaubt. »Du findest es aber nicht widerlich, wenn ich so lange deine Pussy lecke, bis du in die Kissen schreist.«

»Kaiden!«

»Um deine Frage zu beantworten«, sagt er schamlos, »mir ist es egal, was andere Leute über uns denken. Wir sind Freunde. Freunde flirten miteinander. Etwas anderes müssen sie nicht wissen.«

»Aber sie nehmen an …«

»Man wird dir keine Schwierigkeiten machen, wenn ich weg bin«, verspricht er, und sein Tonfall ist zu entschieden, um ihm zu widersprechen.

Wenn wir nur wüssten, ob es stimmte …

Achtunddreißig

Das wechselhafte Wetter im März bringt eine seltsame Mischung aus Schneestürmen und warmen, sonnigen Tagen, sodass mehr Schüler krank sind als in der ersten Schulwoche. Da viele von ihnen am St. Patrick's Day zusammen gefeiert hatten, fehlten fast die gesamten zwei ältesten Jahrgänge. Die Schule schloss für ein verlängertes Wochenende in der Hoffnung, dass am Montag wieder mehr Schüler anwesend wären.

Kaiden und ich verbringen den Freitag im Bett und sehen uns Filme an. Obwohl er ebenfalls auf der Party eines Freundes war, gehörte er zu den wenigen, die mit einer laufenden Nase davongekommen sind. Hätte ich seinen Überredungsversuchen zugestimmt und wäre mitgegangen, dann hätte es mich ziemlich sicher voll erwischt, und ich würde mir die Lunge aus dem Leib husten, so wie die meisten unserer Mitschüler.

Während der Abspann unseres dritten Films an diesem Tag läuft, strecke ich mich aus und kuschle mich in die Kissen. Sie sind angenehm warm und schmiegen sich an meinen Körper. »Hast du schon weiter übers College nachgedacht?«

Der April steht vor der Tür, und ich habe gehört, wie Mr Jefferson mit Cam über Kaidens College-Auswahl gesprochen hat. Offensichtlich halten ihm zwei einen Platz frei, falls er seine Meinung noch ändert. Er sagt immer, dass er darüber nachdenken wird, und macht dann dicht.

Mit zusammengepressten Lippen klappt er seinen Laptop zu, schaut nach der Uhrzeit auf meinem Wecker und zuckt schließlich mit den Schultern. »Nicht viel.«

Lügner. Ich habe gesehen, wie er im Internet recherchiert hat, als er dachte, ich wäre eingeschlafen. Auf dem Bildschirm war der Campus der University of Maryland, als würde er ihn sich genau ansehen. Er hat auch die Statistiken der Lacrosse-Mannschaft herausgesucht und Artikel über ihre letzten Spiele gelesen.

Ich streichle mit den Fingern über seinen Arm, bis er mein Handgelenk packt und seine Hand in meine schiebt, dann sage ich: »Ich wollte in diesem Semester eigentlich Kreatives Schreiben und Geschichte für Collegepunkte wählen, wie Mr Nichols vorgeschlagen hat, aber ich weiß nicht, ob ich das schaffe. Wahrscheinlich hätte ich einen machen können, aber ich …«

Meine Energie sollte besser für andere Dinge gespart werden. Ich sollte mich auf mich konzentrieren, ohne mir Sorgen wegen irgendwelcher Collegepunkte zu machen, die ich womöglich niemals brauchen würde.

Kaiden beobachtet mich mit leicht gerunzelter Stirn, als wollte er herausfinden, ob ich nur scherze oder ob das mein Ernst ist. Er hasst es, wenn ich schlecht über mich rede, weil er der Realität dahinter nicht ins Auge sehen will. Ich bin krank. Ich bin erschöpft. Ich komme aktuell kaum mit dem Minimum zurecht.

Etwas ist nicht in Ordnung.

Tief in mir weiß ich das.

Als er sieht, dass ich meine Möglichkeiten wirklich überdacht habe, drückt er meine Hand. »Jefferson denkt, ich sollte das Angebot in Maryland annehmen«, brummt er und lehnt den Hinterkopf an den Bettrahmen. »Er hat so was gesagt wie ›Sei kein Idiot, Junge.‹«.

Das bringt mich zum Lachen. »Er hat recht. Ich habe gehört, wie Cam Papa erzählt hat, dass du dort ein Vollstipendium bekommst, der Campus ist schön, und es wäre auch nicht schrecklich weit, um zu Besuch zu kommen. Deine Mutter scheint zu wollen, dass du hingehst. Sie will, dass du glücklich bist.«

Er wird nicht zugeben, dass er nicht so weit weg von ihr sein will, das würde seinen Stolz verletzen. Er hat so viel Zeit damit verbracht, wütend auf sie und seinen Vater zu sein, dass er nicht zugeben kann, wie sehr er sie vermissen würde, wenn er wegzöge.

»Es ist ja nicht für immer«, füge ich leise hinzu und lege meine Wange an seine Schulter. Wir sitzen für eine Weile da, halten Händchen und horchen auf das Atmen des anderen.

Für immer ist eine erschreckende Vorstellung.

Als er meine Hand drückt, zucke ich von dem stechenden Schmerz zusammen, der mir den Arm hinauffährt. Ich verdränge ihn, setze mich auf und sehe ihn an, bis er den Kopf dreht. Er grinst nur, als wüsste er, was ich denke, bevor ich sanft die Lippen auf seine drücke.

Ich will nicht ans College denken.

Ich will nicht an meine Gesundheit denken.

Ich will an gar nichts denken.

Er ist derjenige, der mir den Mund öffnet, mit der Zungenspitze über meine Unterlippe leckt, bevor er den Kuss verstärkt. Er schiebt den Laptop weg, bevor er die Hände an meine Taille legt und mir dabei hilft, mich auf seinen Schoß zu setzen. Ich knie über ihm und ziehe ihm langsam das Shirt nach oben, bis wir uns voneinander lösen, damit ich es auf den Boden werfen kann. Er tut es mir gleich und öffnet dann meinen BH, um leidenschaftlich meine Brüste zu küssen.

Ich bewege mich über seinen Schoß, als er einen meiner Nippel in den Mund nimmt und sanft mit den Zähnen daran zieht, bevor er ihn zwischen den Lippen drückt. Ich lege den Kopf zurück und reibe mich weiter an ihm, bis er stahlhart zwischen meinen Beinen ist. Ich packe sein Haar, während er sich auf gleiche Weise mit meiner anderen Brust beschäftigt, stöhne seinen Namen und steigere die Intensität der Reibung, die ich brauche, um zu kommen.

»Du solltest das Angebot annehmen«, hauche ich. »Wir wissen alle, wie sehr du es willst.«

Er weicht etwas zurück und grinst, sieht mich vergnügt an. »Redest du jetzt ernsthaft immer noch darüber?«

Ich küsse ihn, knabbere an seiner Unterlippe und nicke. »Das ist wichtig, Kaiden. Du bist fast fertig mit der Highschool. Das heißt, dass du eine Menge Entscheidungen treffen musst.«

Er dreht uns um, sodass er jetzt über mir ist, grinst und zieht meine Leggins nach unten. Ich hebe meine Hüften, um sie über meinen Hintern zu bekommen, und sehe zu, wie er sie auszieht und achtlos über die Schulter wirft.

Er küsst meinen Bauch. »Im Augenblick möchte ich nur entscheiden, wie ich dich kommen lassen werde. Sag mir, Maus. Finger, Zunge oder Schwanz?«

Mir stockt der Atem.

Er wartet auf eine Antwort.

Ich lecke mir die Lippen. »Ich will dich …« Meine Brust hebt und senkt sich heftig, während ich die Beine spreize, verschämt, zugleich verlangend. »Ich will dich wieder fühlen, Kaiden.«

In seinen Augen flammt die Hitze auf, und er hebt fragend eine Augenbraue. »Dann wählst du also Option Nummer …?«

Ich stöhne auf und bedecke mein Gesicht. »Du willst, dass ich es sage? Ich bin bereit, Kaiden. Ich weiß, dass es Monate her ist und du wahrscheinlich frustriert bist, weil ...«

Er kommt tiefer und küsst mich fest, dabei fährt er mit seiner Hand zwischen uns, bis seine Finger durch meinen Baumwollslip über meine empfindlichste Stelle streichen. »Ich spüre schon, wie feucht du bist«, lobt er und leckt mir über die Lippen, bevor er mit den Zähnen über meine Wange bis zu meinem Hals streicht.

Ich beiße mir auf die Lippen und bäume mich auf, bis er die Hand fest zwischen meine Beine drückt. »Eine Sache will ich aber klarstellen, Maus. Ich war nie frustriert darüber, dass du nicht dazu bereit warst, wieder mit mir zu schlafen. Wenn wir es tun, dann musst du dich wohl damit fühlen. Tust du das?«

Ich schlucke. »Ja.«

Er setzt sich auf, wandert mit der Hand über mich, bis er mich langsam durch den Stoff berührt und mit dem Handballen Druck auf meinen Nervenknoten ausübt. »Wie fühlst du dich?«

»G-Gut. Mir geht es gut.« Ich würge an den Worten, als er mit einem Finger unter meinen Slip geht und mich streichelt.

»Ja? Definiere gut.«

Ich stöhne seinen Namen, während er meine Klit umkreist, bevor er weiter nach unten geht und einen Finger in mich hineinschiebt. »Hör auf, mich zu quälen.«

»Sagst du mir, wie ich dich kommen lassen soll?«, drängt er, und am liebsten würde ich ihm das Kissen ins Gesicht schlagen.

Ich grabe die Fingernägel in seine Oberarme und beiße zurück: »Wirst du mir sagen, dass du das Angebot aus Maryland annimmst?«

Er lacht und drückt noch fester auf meine Nervenenden, bevor er einen weiteren Finger benutzt. »Gib mir einen guten Grund dafür.«

Ich lege eine Hand auf seine, damit er schneller wird, und antworte mit meinen Hüften auf seine Bewegungen.

»Weil deine Familie das von dir will.«

»Hm. Das reicht nicht als Grund.«

Ich lege die freie Hand an sein Gesicht, streiche mit dem Daumen über seine Unterlippe, und seine Züge werden sanfter. »Weil ich es will. Ich liebe dich, Kaiden. Ich sage nicht, dass ich verliebt in di...« Ein langes Stöhnen entfährt mir, als er die Finger in mir krümmt und das Tempo steigert, bis mein Bauch kribbelt. »... aber ich liebe dich als Freund und jemanden, dem ich vertraue. Weshalb du nach Maryland gehen und Lacrosse spielen und uns stolz machen solltest.«

Ich bin kurz davor, zu kommen, als er plötzlich aufhört, sich zu bewegen. »Du liebst mich, Maus?«

Ich bewege die Hüften, versuche das Gefühl zu jagen, das sich gerade aufgebaut hatte. »B-bitte mach weiter.«

»Tust du das?«, flüstert er und gehorcht nicht.

Seine Lippen sind so knapp über meinen, dass ich seinen warmen Atem spüre und das Popcorn rieche, das wir zuvor genascht haben. »Natürlich tue ich das, Kaiden. Ich meine es so. Du bist mein Freund. Du hast mir hier immer den Rücken gestärkt, sogar dann, als ich dich fast gehasst habe, weil du mir auf seltsame Art gezeigt hast, dass ich dir etwas bedeute.«

Er bewegt die Finger ein paarmal auf genau die richtige Weise, schnell und fest, bevor ich seinen Namen schreie. Er bringt mich mit einem brutalen Kuss zum Schweigen, lässt mich während meines Orgasmus über seine Hand reiten, meine Hüften zucken und beben und schmerzen auf die allerschönste Weise. Als ich mich zurück aufs Bett fallen lasse, werden seine Küsse sanfter, länger und intensiver.

Er zieht sich zurück, legt die Stirn an meine und stupst an meine Nase. »Ich liebe dich auch, Maus.«

Ich schlucke den rauen Atem hinunter, den er in mir ausgelöst hat. »Ich will, dass du nach Maryland gehst, weil einer von uns leben muss.«

Er ist still.

Zu still.

Denkt.

Sinniert.

Einer von uns muss leben.

Mein Herz krampft sich zusammen, und ich lege ihm die Arme um den Hals. »Ich würde jetzt gern Angebot Nummer drei nehmen.«

Was auch immer er gedacht hat, wird jetzt verdrängt von einem unverschämten Grinsen, bevor er an meinen Lippen knabbert und sich dann von mir löst, um seine Hose und Boxershorts mit einer Bewegung auszuziehen. Er will auch nicht weiter nachdenken.

Meine Wangen werden heiß, als ich ihn in seiner ganzen Pracht sehe, stolz und selbstbewusst. Als er wieder auf das Bett steigt, zieht er mir den Slip aus und nimmt ein Kondom aus dem Nachttisch, von dem ich gar nicht wusste, dass es dort ist.

Er zwinkert mir zu, reißt die Packung auf und rollt das Gummi über. »Man kann nie zu gut vorbereitet sein, oder?«

Ich verdrehe die Augen, stütze mich auf die Ellbogen und küsse ihn, bevor noch irgendwas gesagt werden kann.

Er nimmt sich Zeit und küsst jedes Stück Haut, das er erreichen kann. Als er sich endlich in Position begibt, flehe ich um mehr.

Mehr Berührungen, mehr Küsse, mehr Zeit.

Diesmal ist es anders als beim letzten Mal. Es schmerzt noch ein wenig, aber nicht annähernd so schlimm. Er ist langsam, behutsam, und versucht, meine Hüften nicht so zu packen, wie er es gern tun würde. Er dringt aus anderen Winkeln in mich ein, sodass er noch tiefer kommt, und ich ringe nach Luft und kratze ihn und wimmere um alles, was er mir gibt.

Als er mir sagt, dass ich auf ihn klettern soll, zögere ich zunächst, bis er meine Sorgen wegküsst. Seine Finger streichen durch das wenige Haar, was mir auf dem Kopf geblieben ist, während er mir sagt, dass er es will, dass ich umwerfend bin, dass ich seine beste Freundin bin. Alles. Er lässt mich alles fühlen – schön, selbstbewusst, normal.

Er hilft mir dabei, sich in mich einzuführen, dann gibt er das Tempo vor. Ich habe keine Ahnung, wie gut es sich in dieser Position anfühlen wird, doch ich kann nicht anders und werde schneller, als er mir auf genau die richtige Weise entgegenkommt, bis ich den Kopf nach hinten werfe und ein vertrautes, warmes Gefühl meinen Bauch erfüllt.

Erst als er im selben Moment nach oben stößt, in dem ich nach unten drücke, schreie ich seinen Namen und löse mich. Er stützt mich, als ich beinahe meine Sinne verliere, dreht uns beide wieder um, bis er immer weiter in mich eindringt, sodass das Bett gegen die Wand schlägt.

Das Geräusch des quietschenden Bettes und des Kopfteils an der Wand packt mich erneut, während er anfängt, in mir zu zucken. Als er ein letztes Mal in mich stößt, komme ich mit ihm und halte ihn so fest an mich gedrückt, dass er sich nicht mehr lösen könnte, selbst wenn er wollte.

Wir sind beide verschwitzt und atemlos, als wir danach daliegen. »Und?«, flüstere ich und lasse ihn schließlich los, damit er sich auf die Seite rollt. »Gehst du nach Maryland?«

Seine Belustigung kommt in Wellen heraus, aber da ist noch

etwas anderes, tief in ihm vergraben. »Ich werde am Montag mit Jefferson über Maryland reden.«

Ich lächle traurig und schlafe ein.

Neununddreißig

Im April und Mai gibt es mehr Sonnenschein als Regenschauer, wofür ich dankbar bin. Die Wärme haucht allem und jedem neues Leben ein, was gut zur Vorfreude auf den Abschluss im Juni passt. Die Schüler im letzten Jahr reden über ihren Ausflug nach Orlando, die Lehrkräfte reden über die Sommerferien, und ich freue mich darauf, dass ich nichts mehr mit Rachel zu tun haben werde.

Ich weiß, dass ich Kaiden glauben sollte, wenn er sagt, dass mich niemand im neuen Schuljahr belästigen wird, aber man kann es nicht vorhersagen. Bisher konnte ich die Kommentare immer ignorieren, weil sie im Vergleich zu allem anderen nichts bedeuteten, doch die bösartigen Quälereien, mit denen ich jetzt zu tun hatte, wenn Kaiden nicht an meiner Seite ist, sind brutal.

Alles wegen Rachel.

Ich weiß, dass es Eifersucht ist. Ich weiß auch, dass alles besser wird, wenn sie ihren Abschluss macht. Andererseits braucht es immer nur eine einzige Person, um einen Aufstand zu beginnen, damit andere mitmachen. Wie es ihre Freundinnen getan haben.

Anstatt niedlicher Bilder mit Mäusen auf Klebezetteln finde ich Bilder von Ratten und Walfischen an meinem Spind und Tisch. Bei den Ersten habe ich nur die Augen verdreht und sie zusammengeknüllt und weggeworfen, bevor Kaiden sie fand.

Dann kam das Geflüster.

Die Schwangerschafts-Gerüchte.

Die Blicke.

Bruderfickerin ist mein neuer Spitzname.

Jemand nannte mich Lesbe, als ich über den Flur ging, und ich griff sofort an mein Haar und strich mir über die kurzen Strähnen.

Zunächst dachte ich, das Gerede würde von allein aufhören. Als es das nicht tat, nahm ich an, Kaiden würde es beenden, denn es war völlig ausgeschlossen, dass er nicht mitbekam, wie die Leute über mich redeten. Zu meinem Pech spricht man aus demselben Grund nicht über heikle Themen mit ihm, wie man ihm auch nicht widerspricht.

Man hat Angst vor ihm.

Ich kann es niemandem vorwerfen. Er ist vielleicht zugänglicher geworden, zumindest in meinen Augen, doch sein aufgesetzter finsterer Ausdruck, den er von halb acht morgens bis um drei im Gesicht hat, ist geblieben. Sie sehen ihn als unantastbar auf den Fluren und unbesiegbar auf dem Platz. Das ist für jemanden wie mich eine tödliche Kombination.

Aber ich bin nicht ganz hilflos.

Nicht einmal, als Rachel zu mir kam und mich fragte, ob ich bei der diesjährigen Modenschau der Schule mitmachen wollte … als Model für Übergrößen. Offensichtlich gibt es einen Klub für Leute, die an Modedesign interessiert sind, in dem man Punkte für das Gemeindecollege sammelt. Sie arbeiten mit lokalen Geschäften zusammen, um Stoff für die Veranstaltung zu bekommen. Eine coole Idee.

Deshalb lächle ich und sage, dass ich das gern tun würde, allerdings schon Pläne mit Kaiden habe. Ich bin noch nie spitzzüngig gewesen, aber es scheint der Situation angemessen zu sein. Ich will Rachel nicht die Genugtuung geben, mich zu ärgern, indem sie mich fett oder etwas anderes nennt.

Ich bin stärker als das.

Das war ich schon immer.

An den Trainingstagen sehe ich die halbe Zeit Kaiden zu und verbringe die andere lesend in der Bibliothek. Einmal traf ich Mr Nichols und half ihm beim Umräumen seines Klassenzimmers, weil er auf den Bücherregalen Platz für neuen Lesestoff machen wollte. Er bot mir Bücher an, die nicht mehr im Lehrplan standen, deshalb kam ich mit fünf gebrauchten Taschenbüchern nach Hause, die ich innerhalb von zwei Wochen durchhatte.

Kaiden mag es, mich Lehrerliebling zu nennen, aber ich glaube, er verbirgt nur seine Eifersucht, die mich noch immer schmunzeln lässt, wann immer er mich in Nichols' Klassenzimmer sieht.

Annabel und ich sprechen in der Woche immer mal wieder miteinander, aber wir verabreden uns nie. Sie wird nervös, wenn Kaiden auftaucht, während wir nach dem Unterricht noch reden oder gemeinsam über den Flur gehen. Zuerst dachte ich, sie würde auf ihn stehen, doch ihr schiefer Blick und distanzierter Ausdruck verraten mir, dass es etwas anderes ist. Ihr scheint unbehaglich zumute zu sein.

Wir wären wahrscheinlich niemals beste Freundinnen geworden, aber irgendwie dachte ich, wir wären befreundet. Einmal saß sie mit mir beim Mittagessen und ging vorzeitig, als Kaiden und seine Freunde kamen. Sie erzählt mir von einem Buch, das sie gerade liest, und gibt mir Leseempfehlungen, aber sobald uns jemand sieht, geht sie mit gesenktem Blick davon. Es ist nie etwas vorgefallen, und ich habe sie auch nie nach dem Grund gefragt.

Manchmal ist es leichter, Dinge einfach zu akzeptieren.

Was es nicht weniger einsam macht.

Kaiden meint, die die meisten Mädchen auf der Exeter wären ohnehin keine guten Freundinnen, doch ich glaube nicht, dass das stimmt. Seine Wahrnehmung von Menschen ist anders als meine. Ich versuche, das Gute in ihnen zu sehen. Er glaubt, er weiß, wie sie wirklich sind.

Fies.

Falsch.

Sein Schutz verblasst langsam, denn die Leute sehen ihn jetzt mit anderen Augen an. Ein Absolvent. Ein Softie. Schließlich hat er ausgerechnet mich unter seine Fittiche genommen. Jemanden, der anders ist.

Als Kaiden Cam und Papa von seinen Plänen erzählt, an die University of Maryland zu gehen, nimmt Cam ihn in die Arme und beginnt zu weinen. Papa verlagert unbehaglich das Gewicht, als würden wir sie bei einem intimen Moment stören. Vielleicht fragt er sich auch, warum ich mich nicht stärker um eine Aufnahme an den Colleges bemüht habe, die mich interessieren.

Er kennt den Grund. Er ist nicht blöd.

Cam besteht darauf, zu feiern, deshalb fahren wir zu einem neuen Restaurant, das vor ein paar Wochen aufgemacht hat. Die gelben Wände und die Holztheke und -stühle verleihen ihm eine gemütliche Atmosphäre, und durch die Leuchter über den gedeckten Tischen wirkt es etwas feiner. Es ist eine Mischung aus gemütlich und stilvoll, als würden meine beiden Leben zu einem Ort verschmelzen, an dem ich mit Leuten sitze, die mir eine Chance gegeben haben, von der ich niemals dachte, dass ich sie verdient hätte.

Papa überredet Kaiden, neben Cam zu sitzen und nicht neben mir, was unsere übliche Sitzordnung durcheinanderbringt. Als er mir den Stuhl hervorzieht, lächle ich ihn an, bevor ich mich setze und zusehe, wie er neben mir dasselbe tut.

Unsere Beziehung hat sich seit Weihnachten sehr verändert. Mama hat uns die Möglichkeit gegeben, eine echte Beziehung aufzubauen, die sie uns vor vielen Jahren verwehrt hat, und Papa und ich haben seit den Feiertagen viel miteinander geredet. Über Logan. Über Mama. Über das Leben.

Wir haben die Verbitterung überwunden, die sich über den Zeitraum von zehn Jahren festgesetzt hatte. Keiner von uns will in der Vergangenheit verweilen, denn es ist sinnlos, das Vergangene ändern zu wollen. Darin stimmen wir beide überein, auch wenn wir es aus verschiedenen Gründen tun.

Widerwillig liest er sogar Bücher, die ich ihm empfehle, obwohl Cam meint, dass ihm Zeitungen und *Reader's Digest* lieber sind. Ich überfordere ihn nicht und zwinge ihm nicht die Liebesromane auf, die ich so sehr liebe, dafür aber Fantasy mit Zauberern und Feen und Drachen. Er tut so, als würde er sie nicht mögen, doch da ist ein Glänzen in seinen Augen, wenn er mir sagt, dass er eins beendet hat. Es ist dasselbe Glänzen, das ich beim Lesen bekomme.

»Wir sollten Sachen für das Wohnheim einkaufen gehen!«, zwitschert Cam, als wir dem Kellner unsere Bestellungen aufgeben. Ich unterdrücke ein Lachen, als Kaiden dem Mann einen tödlichen Blick zuwirft, nachdem er verstohlen auf meine Brust gespäht und dabei meine überbackene Aubergine notiert hat.

Papa trinkt von seinem Wasser. »Ich glaube, dafür ist es noch ein bisschen früh.«

Kaiden nickt zustimmend. »Der Einzug wird frühestens Ende August sein, und jetzt ist es nicht einmal Juni.«

Cam runzelt die Stirn. »Die Zeit vergeht so schnell. Wenn wir es jetzt machen, dann wird noch nicht so viel weg sein wie später.« Sie klatscht in die Hände und schaut mich an. »Warum kommst du nicht mit, Em? Das wird bestimmt spaßig! Vielleicht kannst du dir schon Gedanken darüber machen, was du mitnehmen willst, wenn du aufs College gehst.«

Ich öffne den Mund und will gerade eine höfliche Antwort geben, als Kaiden sagt: »Das wird ihr bestimmt gefallen. Oder, Em?«

»Ähm …«

Papa lächelt und tätschelt mir den Arm. »Klingt wirklich nach Spaß. Du solltest mitgehen.«

Ich blicke die drei an und merke, dass ich nicht ablehnen kann. Kaiden grinst, und Cam wirkt hoffnungsvoll. Niemand außer Kaiden hat mich bisher nach dem College gefragt. Deshalb sage ich, dass ich gern mitkomme, und bemerke, wie Kaiden ein Siegerlächeln hinter seinem Limonadenglas verbirgt.

Es ist schon spät, als wir nach Hause kommen, doch wir sehen uns alle noch einen Film an, bevor wir schlafen gehen. Ich ziehe mir im Badezimmer gerade mein Shirt über, als mir plötzlich schwindlig wird. Ich halte mich an der Kante des Schminktisches fest und blinzle mehrmals, bis es verschwindet. Ich hole tief Luft und höre, wie sich meine Zimmertür leise öffnet und schließt, was bedeutet, dass Kaiden für die Nacht gekommen ist.

Ich gehe noch einmal aufs Klo und zögere, als ich auf meinen schaumigen Urin in der Toilettenschüssel blicke. Er hat einen rosigen Farbton, der mein Herz schneller schlagen lässt.

Das sind die Vitamine, sage ich mir.

Das kommt vom Essen.

Vom wenig Trinken.

Ich spiele das Spiel immer weiter und suche Ausreden, bis ich von vorn anfange. Das mache ich schon seit Monaten.

Ich betätige die Spülung, gehe zum Waschbecken und wasche mir die Hände, dabei ignoriere ich den Schmerz in meinen Fingern und Handgelenken. Ich betrachte mich kurz im Spiegel und bemerke meine rosige Nase und Wangen, wo sich ein Ausschlag bildet.

Das kommt von meiner Periode.
Das ist der Wetterwechsel.
Das ist der Stress zum Schuljahresende.

Als ich die Tür öffne und das Licht ausmache, empfängt mich Kaiden, der ohne Oberteil auf meinem Bett liegt. Er hat den Laptop bereits angemacht und auf die übliche Position zwischen uns gestellt.

Er blickt auf und runzelt die Stirn, was bedeuten muss, dass ich schlimmer aussehe als gedacht, wenn er es so schnell bemerkt. »Geht es dir gut?«

Ich nicke und krabble ins Bett, lege mir die Decke über die Beine und kuschle die nackten Zehen in die weichen Laken. »Nur müde. Ich bin froh, dass es Wochenende ist. Ich werde versuchen, etwas Hausaufgaben zu machen und Schlaf nachzuholen.«

Er grinst, und seine Augen erhitzen sich von der Erinnerung an die vergangenen Nächte. »Hat dich jemand wach gehalten, Maus?«

Die letzten zwei Nächte hat er mich aufgeweckt, indem er mich langsam ausgezogen und geküsst hat, bis ich nackt und feucht war. Ich bin zweimal gekommen, einmal von seinem Mund und dann von seinem Schwanz. Er lacht immer, wenn er mich dazu zwingt, es auszusprechen, weil ich dann knallrot werde.

Wenn du es nicht sagen kannst, dann kannst du es auch nicht haben.

Er macht mich zu sehr an, als dass ich ihn aus dem Bett werfen könnte, und ich gebe immer widerstrebend nach. Das Ergebnis ist für uns beide schön, deshalb hält sein übermütiges Grinsen im Gesicht nie lange. Bis er einen Kommentar darüber macht, wie mein Gesicht aussieht, wenn ich komme, was mich noch stärker erröten lässt, als wenn er mich bestimmte Wörter aussprechen lässt.

»Du bist ganz blass«, bemerkt er, als ich nicht sofort antworte.

Ich muss schlucken. »Wie gesagt, ich bin müde.«

Er verzieht den Mund. »Verarsch mich nicht. Ich weiß, wie du aussiehst, wenn du Schmerzen hast.«

Ich antworte nicht.

Er verändert die Position, sodass er mir zugewandt ist, und betrachtet mich eingehend. »Wenn du müde bist, dann hast du glasige Augen. Manchmal hast du Augenringe. Wenn du Schmerzen hast, dann bist du angespannt und versuchst, dich auf irgendwas anderes zu konzentrieren. Deine Schultern sind nach hinten gezogen, und du tust alles, um dich nicht mehr als nötig zu bewegen.«

Er zeigt auf meine Hände, die ich im Schoß habe. »Du ballst eine Faust, als würde es dabei helfen, gegen Dinge anzukämpfen, und öffnest dann die Hand, wenn du erkennst, dass du damit nur noch mehr Schaden anrichtest. Soll ich fortfahren?«

»Kaiden ...«

»Und das«, sagt er. »Deine Stimme ist tiefer und klingt auf eine Weise müde, die nicht nur von Erschöpfung kommt. Ich hasse es, wenn ich dich so sprechen höre und wie du alle anlächelst, die keine Ahnung haben.«

Ich blicke auf meine Hände.

»Ich hasse es für dich, Em.«

Ich hasse es noch mehr für mich.

»Können wir uns einfach den Film ansehen?«

»Soll ich dir Schmerztabletten holen?«

Als wir vom Essen nach Hause kamen, hatte ich schon überlegt, eine zusammen mit meinen anderen Medikamenten zu nehmen, mich dann aber dagegen entschieden. Manchmal möchte man so tun, als wäre man von den zusätzlichen Tabletten nicht auch abhängig. Ich nehme schon fast zwanzig am Tag – dreimal täglich drei starke Dosen Steroide, die Antibabypille, Eisenkonzentrate, Medikamente gegen Migräne, die jetzt auf vier Tabletten erhöht wurden, Vitamin-D-Tabletten gegen meinen Mangel, Ingwer-Haarergänzungsmittel zur Stärkung meiner Wurzeln und viel zu oft auch noch Schmerztabletten. Ibuprofen zum Frühstück, Excedrin zum Mittag-, Paracetamol zum Abendessen.

Kaiden seufzt und klettert aus dem Bett, verschwindet aus dem Zimmer. Als er ein paar Minuten später wieder auftaucht, hat er ein Glas Wasser in der einen Hand und zwei rote Pillen in der anderen.

»Danke«, murmle ich, weil ich weiß, dass es keinen Sinn macht, mit ihm darüber zu diskutieren.

Er ignoriert den angehaltenen Film. »Wann warst du das letzte Mal beim Arzt?«

Ich hätte vor mehr als vier Monaten einen Folgetermin haben sollen, aber der wurde wegen eines Familiennotfalls abgesagt. Die Ärztin war zwei Monate weg, und niemand hat mich wegen eines neuen Termins angerufen. Ich weiß, ich hätte mich darum kümmern sollen, insbesondere, weil eins meiner verschreibungspflichtigen Medikamente zur Neige geht, aber ich habe mich nicht dazu durchringen können, den Telefonhörer in die Hand zu nehmen.

Denn, na ja ...

Ich schlucke und sage: »Vor Weihnachten.«

Er flucht. »Du musst hin.«

»Ich bin ...«

»Du bist nicht in Ordnung«, blafft er. »Ich wünschte, dass du es wärst, Emery. Ich bin wütend, dass du hier sitzt und so tust, als wäre es keine große Sache, dass du dich schlecht fühlst. Und alles nur, um mich zu beruhigen. Ich bin aber nicht deine Eltern. Ich bin nicht deine Mutter und zum Glück auch nicht dein Vater. Es ist okay, wenn du mir eingestehst, dass es dir nicht gut geht.«

Ich muss weinen, während ich versuche, meinen Atem zu beruhigen. »Warum sollte ich das tun? Sieh dich doch an, Kaiden.

Ich mag es nicht, wenn es anderen Leuten meinetwegen schlecht geht.«

Er rüttelt leicht an meinem Kinn. »Begreifst du es denn nicht, Maus? Das heißt Familie. Man macht sich Sorgen. Wenn dich jemand liebt, dann durchleben diese Personen dasselbe Elend, weil sie nichts für dich tun können.«

Ich schlucke. »Aber Mama …«

»Ihr geht es besser, oder?«

Sie ruft fast täglich an, um mir von der Selbsthilfegruppe zu erzählen. Ich hatte ihr vorhin kurz eine SMS geschickt, weil ich ihren Anruf verpasst habe, als wir noch beim Essen waren, und sie hat erwähnt, dass sie ein Stellenangebot am örtlichen Krankenhaus erhalten hat. Es ist nicht in der Kinderklinik, wo sie früher gearbeitet hat, aber sie wirkte aufgeregt. Sie erhält mehr Geld dort und noch andere Vorteile, und Oma hat mir vor einer Weile erzählt, dass es dort sogar einen Mann gibt, der auf derselben Etage als Arzt arbeitet und von dem sie oft erzählt.

»Mama geht es großartig«, antworte ich und spüre, wie sich etwas von der Spannung in mir löst.

Es ist toll, dass sie einen neuen Job bekommen hat, aber wenn sie auch wieder zu daten beginnt, werde ich mich noch besser fühlen. Ich habe mitangesehen, wie sie ihre ganze Freizeit in mich und Logan investiert hat und kurz danach in mich allein. Da war kein Platz für jemand anderen. Ich hatte den Verdacht, dass sie sich mit jemandem traf, bevor es mit Lo schlimmer wurde. Ihre Stimmung änderte sich plötzlich, und ich glaube nicht, dass es nur an ihrer kranken Tochter lag. Sie hörte auf, sich die Haare zu machen und zu schminken, als würde sie aufhören, jemandem imponieren zu wollen.

Oma sagt, sie trägt jetzt wieder Lippenstift.

Das lässt mich schmunzeln.

»Ich will das Leben anderer Leute so unkompliziert wie möglich machen. Ich habe akzeptiert, dass meins nicht so einfach sein kann, aber deshalb muss es nicht genauso für alle anderen sein.«

»Das ist doch lächerlich«, schimpft er. »Em, dein Schmerz wird immer auch unser Schmerz sein. Was nichts Schlechtes sein muss.«

Verwirrt und zweifelnd blicke ich ihn an. »Ich sehe nicht, was daran gut sein soll.«

»Das macht es wirklich.«

»Was?«

Er hält inne. »Liebe. Das Leben.«

Ich blinzle.

»Ich habe dir gesagt, dass ich dich liebe.«

Ich erinnere mich.

»Du musst morgen nicht zum Einkaufen mitkommen«, sagt er, geht an seinen Laptop und beendet den Film.

»Ich habe es Cam zugesagt.«

»Sie wird es verstehen.«

Ich seufze und sehe zu, wie er das Filmangebot durchsieht und schließlich einen Disney-Film wählt. »Was machst du da? Ich dachte, du hasst Disney.«

»Tu ich auch«, brummt er. »Aber du nicht. Außerdem sind sie leichter, wenn es einem nicht so gut geht.«

Ich habe ihm vor langer Zeit erzählt, dass ich früher immer *Pocahontas* geguckt habe, wenn ich krank war. Als ich ihn jetzt auf dem Bildschirm laufen sehe, muss ich stärker weinen als vorher, und Kaiden breitet die Arme aus, damit ich mich an ihn kuschle.

Ich nehme seine Brust als Kissen und weigere mich, den Schmerz in der Hüfte zu registrieren, auf der ich liege. Er schießt mir durch den Körper und lässt mir eine Träne über die Wange laufen, doch ich halte Kaiden nur noch fester, während der Film läuft.

Kurz vor dem Einschlafen flüstere ich: »Ich liebe dich, Kaiden.«
Ich liebe dich, und es tut mir leid.
Ich liebe dich, und ich wünschte, die Dinge wären anders.
Er streicht mir das Haar zurück und küsst mir auf den Kopf. »Du fühlst dich warm an, Maus. Versuche, ein wenig zu schlafen.«

...

Ich wache von einem heftigen Magenkrampf auf und kotze über das Bett. Die abrupte Übelkeit und der saure Geschmack nach Abendessen, Mundwasser und Magensäure lenken mich zu sehr ab, um mich zu schämen. Kaiden flucht und fällt fast hin, als er beim Aufstehen mit dem Fuß hängen bleibt.

Ich stöhne und halte mir mit einer Hand den Bauch, mit der anderen den Rücken, während ich eine zweite Welle Übelkeit hochkommen spüre. Mir laufen die Tränen über das Gesicht, als ich mich über das Bett hinweg übergebe, diesmal in den Mülleimer, den Kaiden gerade noch rechtzeitig vor mich stellt.

»Mein Gott, Em«, murmelt er und sieht mich besorgt an. Er hält mir den Kopf, aber seine Berührung macht es nicht besser.

Ich leere meinen Mageninhalt und weine. Würde Kaiden den Eimer nicht halten, dann wäre er mir runtergefallen. Meine Arme fühlen sich wie Bleigewichte an.

»E-Etwas ist n-nicht in Ordnung …«, wimmere ich, als ich endlich wieder atmen kann. Ich will nur Wasser, um meinen Mund auszuspülen, doch mein Körper ist völlig ausgetrocknet.

»Scheiße. Okay.« Er sieht sich um. »Meinst du, dir wird wieder schlecht?«

Ich schüttle den Kopf und lass die Tränen auf meine Oberschenkel fallen. Im Raum stinkt es fürchterlich, und ich muss mich umziehen, bevor ich mich von dem Gestank wieder übergebe.

Er bringt den Eimer schnell ins Badezimmer, betätigt die Spülung und macht kurz darauf die Dusche an. Mein Blick geht langsam zur Uhr.

Zwei Uhr siebenundzwanzig.

Ich stöhne erneut und spüre den Drang, die Augen zu schließen, mein Körper schwankt auf die Seite, von der ich weiß, dass sie mit etwas beschmutzt ist, in das ich mich nicht legen will.

»Wow«, sagt er und fängt mich auf. »Wir müssen dich sauber machen. Kannst du ins Bad gehen?«

Ich kann kaum nicken, stehe aber mit seiner Hilfe auf und taumle wacklig ins Bad. Ich ziehe mein rechtes Bein hinter mir her, sodass Kaiden die Hauptlast meines Gewichtes trägt. Er stützt mich, während er mir die Schlafanzughose auszieht und versucht, mir das Shirt über den Kopf zu ziehen. Ich bemühe mich, ihm zu helfen, doch meine Arme bewegen sich nicht so leicht.

»Mein r-rechter A-Arm«, weine ich und merke, dass meine ganze rechte Seite taub und unbeweglich ist.

Er flucht weiter, während er mich hochhebt und zur Wanne trägt. Er steigt vollständig angezogen hinein und ist sofort durchnässt. Das Wasser ist nicht zu kalt oder zu heiß, als er den Duschkopf nimmt und mich abspült. Ich lehne mich mit dem Rücken an seine Brust, er hat einen Arm fest um meine Taille gelegt, während er mir das Wasser über die Haare laufen lässt.

Er spricht mit sich selbst, doch ich verstehe sein Gemurmel nicht. Ich sollte mich schämen, weil ich völlig nackt bin und stinke, aber selbst dafür bringe ich nicht die nötige Energie auf.

In dem Moment weiß ich es.

»Nicht normal«, wiederhole ich. »I-irgendwas …«

»Ich weiß, Maus«, krächzt er, greift nach den Armaturen und stellt das Wasser ab. Wir sind beide triefnass, als er vorsichtig ein

Handtuch nimmt und mich abtrocknet. Ich bin mir nicht sicher, wie er es schafft, denn allein kann ich nicht stehen.

Er trocknet sich nicht extra ab, sondern trägt mich aus der Wanne und setzt mich auf den Toilettendeckel. Als er sieht, dass ich nicht umkippe, zieht er schnell sein durchnässtes Shirt und die Pyjamahose aus, bis er nur noch Boxershorts trägt.

»Warte«, sagt er und eilt aus dem Zimmer. Ich höre, wie er mit den Laken und Decken raschelt, sie wahrscheinlich vom Bett nimmt.

Ich schließe die Augen, lehne den Kopf an die Wand und sinke in mich zusammen. Das Badezimmer ist kalt, und das Handtuch, in das er mich gewickelt hat, wärmt mich kaum.

Kaiden ruft nach Papa und Cam. Ich erschrecke angesichts der Verzweiflung in seinem Ton, unternehme aber nichts, sondern bleibe sitzen.

Hilflos.

Hat sich Lo jemals so gefühlt?

So bezwungen? So …

Warme Hände sind an meinen Armen zu spüren, dann gleitet weicher Stoff über meinen Kopf, die Schultern, und den Oberkörper. Er schiebt mir vorsichtig die Arme durch die Ärmellöcher, dann kniet er sich hin und zieht mir langsam eine Jogginghose über die Füße.

»Bin … nicht … dran … gewöhnt.« Meine Zunge liegt mir schwer im Mund.

… *dass du mich anziehst*, möchte ich ergänzen.

Ich schaff es nicht.

Als ich angezogen bin, höre ich Papas laute Stimme aus dem Raum nebenan. Cam keucht erschrocken, womöglich sieht sie den Zustand meines Zimmers. Kaiden sagt ihnen, dass wir im Badezimmer sind, und plötzlich wird alles chaotisch.

»Was ist passiert?«, will Papa wissen und nimmt Kaidens Platz vor mir ein. Er legt mir die Hände ans Gesicht und auf die Stirn und wird hektisch. »Sie glüht ja. Emery? Schatz …«

»Ich habe versucht, das Erbrochene abzuwaschen«, sagt Kaiden und fährt sich mit den Fingern durch sein nasses Haar. Seine Stimme ist kratzig, Cam steht neben ihm und hat eine Hand auf seine Schulter gelegt.

»Sie muss ins Krankenhaus«, sagt Papa und legt mir vorsichtig einen Arm an den Rücken und den anderen unter mein Knie. Er keucht, als er mich hochhebt, hält mich an seiner Brust und geht mit mir durch das Zimmer.

Cam und Kaiden folgen uns die Treppe hinunter. Kaiden hat die Autoschlüssel für Cams Auto in der Hand und meine Jacke in der anderen. Als wir nach draußen kommen, fühlt sich die Nachtluft gut an meinem überhitzten Körper an.

»P-apa«, krächze ich, ohne zu wissen, was ich sagen will.

»Wir holen dir Hilfe«, verspricht er und öffnet die Hintertür.

Kaiden schlägt vor, sich nach hinten neben mich zu setzen, doch Papa blafft ihn förmlich an, dass er fahren soll. Erst da merke ich, dass Kaiden nur eine graue Jogginghose und einen schwarzen Hoodie ohne Schuhe oder Socken trägt.

Er und Cam setzen sich nach vorn, während Papa mich auf dem Rücksitz festhält. Wahrscheinlich sieht es lustig aus, wie ein Mann von seiner Größe hinten eingequetscht sitzt. Er streicht immer wieder mit der Hand über meine Wange, während er mich eindringlich ansieht, seine Augen glasig, bis sie … smaragdfarben sind.

»Pa…«, versuche ich erneut, es kommt nur ein Lallen heraus.

»Pst. Ruh dich aus.«

Meine Lider werden schwer. »Mü…«

»Ruh dich aus«, ist das Letzte, was ich höre.

Vierzig

In meinen Ohren dröhnt ein schrilles Piepsen, das irgendwo aus der Nähe kommt. Es hallt in meinem Schädel und lässt mich jammern, bis sich etwas um meinen Arm legt.

Wo …?

»Henry!«, ruft eine Stimme, die ebenfalls schrill klingt. Es ist eine Mischung aus Verzweiflung und Erleichterung und … Angst?

Ich öffne die Augen, und es ist dunkel. Die große rechteckige Lampe über mir ist aus, wofür ich wegen des pochenden Schmerzes in meinen Schläfen dankbar bin. Meine Augen tränen von einem Stechen im Inneren, als ich mich zu bewegen versuche.

»Bleib ruhig liegen«, sagt Cam. Sie muss mich nicht nach unten drücken, denn mein Körper hat sich nicht aufgerichtet. Da ist kein Wille, keine Energie, um auch nur gegen das Unbekannte meiner Umgebung anzugehen.

Die Worte sind da und kreisen mir durch den Kopf. Ich kann sie auf den Lippen spüren, aber sie dringen nicht nach draußen. Ich versuche, den Mund zu öffnen … nichts. Stattdessen konzentriere ich mich auf Cam, den Raum, auf alles, was mir verraten könnte, wo ich bin und was gerade geschieht.

Ihr helles Haar und die freundlichen Augen beruhigen mich ein wenig, allerdings nicht genug, um mir das Gefühl zu geben, ich hätte das Gröbste hinter mir. Ich weiß zwar nicht, was mir geschieht, doch nach einer Weile erkenne ich das Gefühl der festen Matratze und kratzigen Laken. Die dünne weiße Decke über mir ist auch nicht besser. Der Stoff ist rau und gar nicht weich und schmerzt auf der Haut, wo sie nicht von dem grässlichen papierdünnen blauen Nachthemd bedeckt wird.

Ich sehe an mir herunter und sehe überall Kabel an mir. Zwei verschiedene Nadeln stecken in meinem Arm, ein Monitor ist an meinen Finger angeschlossen, und ich habe schwarze Manschetten an einem Arm und einem Bein. Irgendwas fließt durch meine Adern, ein starkes Medikament, das einen Großteil der Schmerzen dämpft, die ich sonst sicherlich fühlen würde. Es fühlt sich warm und kribbelig an und entspannt mich, aber nicht so sehr, dass ich es nicht merken würde.

Mein Herz spielt verrückt vor Angst, während ich mich bemühe, alles zu begreifen. Wie lange habe ich geschlafen? Wie lange bin ich schon hier?

Papa kommt hereingestürzt und erbleicht, als er mich sieht, sein teures Handy fällt ihm fast aus der Hand. In dem Moment weiß ich, dass etwas geschehen sein muss, denn sein Telefon ist normalerweise das Wichtigste für ihn. »Mein Schatz.« Seine Stimme ist voller Sorge, während er sich an Cams Platz neben mein Bett stellt. »Die Ärzte werden gleich kommen und dir alles erklären, was sie mir erzählt haben, okay?«

»P-Pa...?« Sein Gesicht ist faltiger, älter, als ich es je gesehen habe. Das habe ich ihm angetan. Meine gelallten Worte und mein ungewisser Zustand haben ihn zerbrochen.

Ich sehe mich langsam im Zimmer um, blinzle die Tränen weg,

die nicht nur von dem Kopfschmerz kommen. »W-Wo ... ist ... K-Kaiden?«

Ich schlucke den Klumpen in meinem Hals hinunter und will wissen, warum sich meine Zunge so schwer anfühlt. Sie drückt in meinen Mund und ertränkt jede Silbe, die über die Lippen will.

Cam guckt über Papas Schulter und lächelt kurz. »Er wartet draußen. Es dürfen nicht mehr als zwei Personen in die Intensivstation.«

Ich reiße die Augen auf. »Ich bin auf der ... Intensivstation?«

Ich war noch nie hier. Bei meinen bisherigen Aufenthalten war ich immer auf einer normalen Station, wo ich mir ein Zimmer mit wütenden alten Leuten teilen musste, die sich über das Essen beschwerten oder darüber, dass es nichts Gescheites im Fernsehen gab.

Papa hockt sich neben mich, sein Adamsapfel hüpft, und seine Augen haben einen Grünton, an den ich mich noch nicht gewöhnt habe. »Emery, du bist sehr, sehr krank. Irgendwann in der Nacht hattest du einen Schlaganfall. Es ist wirklich ein Wunder, dass du nicht an deinem Erbrochenen erstickt bist, als dir übel wurde, denn deine rechte Körperhälfte funktioniert nur noch minimal. Und das ist ...« Er würgt an den Worten. »Das ist nicht alles, Liebling.«

Mein Blick geht zu der Hand, die er hält.

Meine linke Hand.

Ich starre viel zu lange auf meinen rechten Arm, der eine Nadel seitlich am Handgelenk hat, die ich nicht spüre. »Sch-Schlaganfall?«

Er nickt.

Ich habe von Schlaganfällen gehört. Alte Leute hatten sie, wann immer ein Notruf über den Polizeisender in Mamas Haus kam. *Männlich, dreiundsechzig, Schlaganfall. Weiblich, einundsiebzig, Schlaganfall.*

Nicht neunzehn. Nicht ich.

Cam kommen die Tränen, und ihre Augen verändern ihre Farbe nicht. Nicht im Dunkeln. Nicht von den Tränen. Sie sind wie immer. »Wir haben deine Mutter schon angerufen, Süße. Sie und deine Großmutter sind auf dem Weg.«

Ich streiche mit der Zunge über meine trockenen Lippen. Es fühlt sich jetzt leichter an, doch der Druck in meiner Brust hat nicht nachgelassen. »K-Kaiden? Er muss ... sich Sorgen machen. Bitte ...«

Ein Arzt kommt herein und schließt die quietschende Tür hinter sich. Ich kenne Kaiden. Sicherlich tigert er durch das Wartezimmer, die Haare zerwuselt, und beschimpft jeden, der ihn fragt, ob er etwas will. Ob er noch barfuß ist? Hat ihm jemand Schuhe besorgt? Krankenhausschlappen? Eine Tasse Kaffee?

»Ms Matterson«, begrüßt mich der Doktor. Er drückt Papa die Schulter, wie er es womöglich schon hundertmal seit unserer Ankunft getan hat.

»Emery«, flüstere ich und hole erleichtert Luft, als ich das Wort korrekt artikuliere.

Sein Haar ist dunkel. Noch nicht ergrauend, wie bei den meisten Ärzten, mit denen ich bisher zu tun hatte. Sein Gesicht ist faltenfrei und freundlich, als hätte er bisher noch keine echten Tragödien erlebt. Gibt mir das Hoffnung, oder werde ich diejenige sein, die ihn zerbricht?

»Emery«, korrigiert er sich, wäscht sich die Hände am Waschbecken in der Ecke und trocknet sie ab. »Ich bin Dr. Thorne. Ich bin Ihnen zugeteilt worden, als Sie hier ankamen. Nachdem ich mir Ihre Krankenakte durchgelesen und die Aufnahmen, das EKG und die Laboruntersuchungen angesehen habe, die heute Nacht bei Ihnen durchgeführt wurden, habe ich Ihren Rheumatologen für zusätzliche Informationen kontaktiert. Ich brauche noch ein paar Beschreibungen von Ihnen, wie Sie sich fühlen, um einen besseren Eindruck zu bekommen.

Können Sie mir die Symptome nennen, die Sie haben? Ist da irgendetwas Ungewöhnliches, das Sie während der letzten Monate bemerkt haben? Jedes Detail hilft.«

Papas Atem ist unregelmäßig, und ich frage mich, ob er heulen wird. Ich habe das noch nie zuvor bei ihm gesehen und bin mir auch nicht sicher, ob ich das will. In Tränen ausbrechen und losheulen, das sind zwei verschiedene Dinge. Es würde bedeuten, dass sich die Situation verändert hat. Wenn man in Tränen ausbricht, dann ist man unsicher. Wenn man heult, dann weiß man es.

Ich will es nicht wissen.

Ich will nicht, dass Papa es weiß.

Aus irgendeinem Grund habe ich Probleme damit, den Arzt anzusehen. Stattdessen blicke ich von Papa zu Cam zur Tür. Ich denke an Kaiden und stelle mir vor, dass er direkt dahintersteht. Das sollte er, schließlich gehört er zur Familie.

In den Ohren nehme ich das Trommeln meines Herzens wahr, das in einem rockigen Rhythmus schlägt. Es klingt überhaupt nicht normal. Das geht schon viel zu lange so, und ich habe mir eine Ausrede nach der anderen ausgedacht, als ob es etwas daran geändert hätte. Es übertönt die Geräusche der verschiedenen Maschinen, an die ich angeschlossen bin. *Klopf klopf. Klopf klopf. Klopf klopf. Klopf. Klopf.*

»Emery?«, wiederholt Dr. Thorne.

»K-Kopf…schmerzen.«

Er nickt und sieht zu dem Computermonitor, den ich vorher nicht bemerkt hatte. »Es sieht so aus, als wären Sie im Winter wegen einer Migräne gekommen, die zu einem Ohnmachtsanfall geführt hat?«

Ich antworte nicht.

Papa sagt: »Ja. Ihr wurde in der Schule schlecht, und sie fiel um, bestand aber darauf, dass es von der Migräne kam.«

Ich presse die Lippen zusammen und blicke schließlich zum Arzt. »Ich habe danach einen Neuro…logen besucht, der mir neue Medikamente verschrieben hat.«

»Haben die geholfen?«

»Ja.« *Nein. Ich weiß es nicht mehr.*

»Sie haben keine Kopfschmerzen mehr?«

Keine Antwort. Meine Lippen kribbeln.

Sein Blick geht wieder zum Monitor, bevor er weitere Fragen stellt. »Haben Sie irgendeine Gewichtsveränderung bemerkt?«

Ich weiß, dass jede Veränderung direkt vor ihm steht, dokumentiert bei meinen unzähligen Besuchen und Untersuchungen. »Zunahme. Ich weiß n-nicht genau, w-wie viel.«

»Blutergüsse? Blutungen? Schwindel?«

Ein Gefühl der Erschöpfung überschwemmt mich. »Dr. Thorne, ich bin m-müde. E-Es tut mir leid, aber ich will wissen, was los ist … Ich habe mich noch nie … Ich hatte noch nie …«

Ich bin daran gewöhnt, hier zu sein.

Ich bin an die Fragen gewöhnt.

Die Mutmaßungen.

Den Medizinerjargon.

Aber nicht an die Intensivstation.

»Bitte«, flüstere ich gebrochen.

Papa drückt mir die Hand, und ich ignoriere den Schmerz, der auf seinen Griff folgt.

Der Arzt dreht den Computer weg und sieht mich mit geschlossenem Mund an. Ich kenne das nur zu gut, die Distanz, die er zwischen uns bringt, während er überlegt, wie er die Nachricht übermitteln soll.

»Wir machen noch weitere Untersuchungen«, beginnt er, ohne jemand anderen außer mir anzusehen. Ich weiß die Bemühung zu schätzen, die er im Unterschied zu allen anderen Ärzten auf sich nimmt. Es hat mich immer geärgert, wenn die Ärzte nur mit Mama gesprochen haben, als könnte ich nicht begreifen, was sie sagen, und wäre weniger von der Diagnose betroffen. Als wäre ich gar nicht die Patientin. »Die Scans, die heute Nacht gemacht wurden, haben zahlreiche alarmierende Dinge gezeigt. Ihr Gehirngewebe zeigt Anzeichen einer ausgedehnten Entzündung, wie auch der Bereich um Ihr Herz. Und Ihre Nieren …«

Ich halte den Atem an.

Mein Herz dröhnt.

Die Uhr an der Wand tickt laut.

Seine Stimme klingt samtweich. »Emery, Ihre Nieren tauchten kaum auf den Bildern auf.«

Blinzelnd schüttle ich den Kopf.

Seine Augen sind noch sanfter als seine Stimme, doch sein Körper ist aufrecht, angespannt und professionell. »Ihre Kreatinin- und BUN-Werte waren ebenfalls alarmierend. Sobald der Radiologe Ihre Werte gelesen hat, wurde das Labor kontaktiert, um einen zusätzlichen Test für die glomeruläre Filtrationsrate durchzuführen, der uns Auskunft über die Funktion Ihrer Nieren gibt.«

Meine Unterlippe bebt, doch ich weigere mich zu weinen. Ich weiß, was er sagt, bevor er es überhaupt ausspricht. Nachdem ich gehört habe, wie Mama mit Oma über Lo gesprochen hat, habe ich im Internet nachgesehen, woran sie gestorben ist.

Nierenversagen.

»Die gute Nachricht ist, dass es Behandlungsmöglichkeiten gibt«, fährt er fort, obwohl sein Optimismus weiter reicht, als ich sehen kann. »Je nachdem, was die Laborergebnisse zeigen, können wir die beste Vorgehensweise festlegen. Ihr Rheumatologe wird daran beteiligt sein, um mit Ihnen über die Medikamente zu reden, die Sie gerade nehmen …«

Es geht immer und immer so weiter.

Er sagt mir, dass die Kopfschmerzen wahrscheinlich in Verbindung mit meinen Nierenproblemen stehen, und fragt nach Problemen beim Wasserlassen.

Blutiger oder dunkler Urin? Schwierigkeiten beim Wasserlassen?

Als ich den Mund öffne, um zu antworten, kommt nichts über meine Lippen. Mein Gehirn ist zu beschäftigt mit all den Monaten, in denen ich rosafarbenen Urin gesehen habe. Der leichte Hauch von Blut auf dem Toilettenpapier. Der Schaum. Der Rückenschmerz.

Wie lange habe ich es schon gewusst, ohne es mir einzugestehen? Wie lange schon hätte ich etwas sagen können, anstatt so zu tun, als wäre alles in Ordnung?

Du hättest es stoppen können.

Verlangsamen.

Irgendwas.

Thorne muss wissen, dass ich Veränderungen bemerkt habe, denn er nickt nur, bevor er mir die nächsten Schritte nennt.

Papa und Cam hören aufmerksam zu, während Thorne ihnen etwas erklärt, nicken die ganze Zeit und unterbrechen ihn manchmal mit Fragen.

Was ist ein Nephrologe?

Muss sie operiert werden?

Wie lange muss sie hierbleiben?

Die Fragen und Antworten werden so schnell abgefeuert, dass ich nicht weiß, ob ich sie alle aufnehmen kann. Ich denke daran, was in den letzten vierundzwanzig Stunden passiert ist.

Ich denke an Papa.

Cam.

Kaiden.

Wie viele Ärzte haben mir in der Vergangenheit erzählt, dass ich gesund wäre? Dass ich zu jung sei, um den Schmerz zu erleiden, den ich spürte? Wie oft bin ich abends weinend eingeschlafen, weil ich mich nicht bewegen konnte? Wie viele Ärzte werden für das Ergebnis verantwortlich sein, das uns droht?

Ich schlucke, als sich Dr. Thorne entschuldigt, aus der Tür schlüpft und uns alles verdauen lässt.

»Ich möchte Kaiden s-sehen«, sage ich Papa und Cam. Es sollte nicht das Erste sein, was mir aus dem Mund kommt, doch die Worte lassen sich nicht aufhalten. Ich will Kaiden.

»Em«, sagt Cam sanft. »Süße, ich weiß, dass er dich auch sehen will …«

»Bitte?« Meine Stimme bricht, als ich sie mit feuchten Augen ansehe, bis sie nachgibt. »Ich will ihn nur … sehen. Das ist alles … alles, worum ich bitte.«

Sie blickt zu Papa und nickt.

Er sieht zu, wie sie aus dem Raum geht, bevor er sich zu mir dreht, seine Hand noch immer auf meiner. Er sieht, wie sich seine dunkle Haut von meiner zerbrechlichen Blässe abhebt. Seine Hand ist doppelt so groß wie meine, und die Wärme seiner Handfläche dringt in mich ein.

Sehr lange glaube ich, dass er nichts sagen wird. Er fragt mich nicht, wie ich mich fühle, denn das ist sinnlos. Er fragt nicht, was ich denke, weil er genau weiß, dass ich es nicht sagen würde.

Mit gedämpfter Stimme sagt er: »Da ist eine Karte mit einer Maus auf deinem Nachttisch. Ich habe sie gesehen, als er uns gerufen hat …« Er schluckt und holt tief Luft. »Er hat dich einmal Maus genannt.«

Ich weiß nicht, was ich sonst tun soll, und nicke.

Als sich die Tür wieder öffnet, ist es Kaiden, der mich mit großen Augen anblickt. Er wirkt blasser, als ich ihn je gesehen habe, vielleicht noch blasser, als ich selbst im Augenblick bin. Sein Haar ist wie erwartet durcheinander, steht in alle Richtungen ab, als wäre er sich ununterbrochen mit den Fingern durchs Haar gefahren.

Papa blickt zwischen uns hin und her. »Dann lasse ich euch zwei mal allein.«

Er hat dich einmal Maus genannt.

Im nächsten Augenblick ist Kaiden neben mir, ragt über mir, blickt auf mich hinab, als würde ich verschwinden. Tu ich das? Werde ich das?

Ich lecke mir wieder über die Lippen.

»Ich war scheiße besorgt«, knurrt er und sieht die Kabel, die mich umgeben. Sein Blick schießt zu dem Monitor, der meinen unregelmäßigen Herzschlag aufzeichnet, bevor er sich wieder zu mir dreht. »Fast hätte ich es riskiert, verhaftet zu werden, nur um dich zu sehen. Weißt du, wie verdammt schwer es war, da draußen zu stehen, während sie dich hier drin hatten?«

»Ich …«

»Die Krankenschwestern sind alles Arschlöcher«, informiert er mich cool und blickt zur Tür. »Sie haben mir die ganze Zeit erzählt, jemand würde kommen und mir Antworten geben, aber niemand ist aufgetaucht. Diese Türen haben sich kein einziges Mal geöffnet, Emery.«

Emery. Nicht Maus.

»E-Es tut mir leid«, flüstere ich und presse die Lippen zusammen. Was kann ich sonst sagen?

»Mama hat gesagt …« Seine Nasenflügel beben. »Mama hat gesagt, dass es dir nicht gut geht. Sag es mir ehrlich. Was zum Teufel ist los?«

Das ist die Millionen-Dollar-Frage, oder? Im Augenblick wird mein Blut untersucht, um zu sehen, wie schlimm es ist. Thorne war vielleicht optimistisch, dass wir je nach Ergebnissen womöglich das Fortschreiten verlangsamen und den Schaden begrenzen können, doch ich spüre eine Ruhe in mir, die nicht dort sein sollte, und sie liegt nicht an der Medizin.

»Em.« Er streicht mir mein Haar hinter das Ohr und betrachtet mich eingehend, seine Unterlippe bebt ganz leicht.

»Gehst du … trotzdem nach M-Maryland?«

Er starrt mich an. »Was zum Teufel hat das denn damit zu tun? Wir reden jetzt nicht über das College.«

»Gehst du?«

Er blinzelt.

»Kaiden …« Ich hole tief Luft und fühle meine eigene Schutzmauer in Stücke brechen. »Ich will, dass d-du nach Maryland gehst, okay? Das würde mich g-glücklich machen.«

Sein Adamsapfel hüpft, und sein Groll verstärkt sich, während er mein Gesicht betrachtet.

»Cam wäre auch g-glücklich darüber«, fahre ich fort und lege meine Finger um seine Hand. Er sieht mich ungläubig an. »Ich werde d-dich besuchen, wenn ich kann. Wenn du Spiele h-hast, ich werde … kommen und dich sehen und anfeuern.«

Sein Ausdruck verändert sich, ohne dass ich ihn deuten kann. Ich erkenne den Schmerz in seinen zusammengepressten Lippen. Kaiden Monroe war nie dumm. Er weiß, dass ich ihm dieses bisschen Hoffnung biete, um die Wirklichkeit leichter zu machen, die uns mit voller Kraft treffen wird, ob wir dafür bereit sind oder nicht.

Ich schlucke den Klumpen in meinem Hals herunter und

lächle ihn kurz an. »S-Sag Cam nichts davon, denn sie w-will dich überraschen, aber sie hat schon ein p-paar ... Maryland-Sweatshirts und -Sachen gekauft. Ich b-bin mir sicher, dass ich schon einen dieser Schaumstofffinger gesehen habe.«

Seine Lippen verziehen sich kurz, dann werden sie schmal. Das winzige, blitzschnelle Verdrängen seiner Wut zeigt, dass er sich bemüht. Er versucht, seine Wut loszulassen.

Ich konzentriere mich auf das, was ich sagen will, nehme mir eine Minute und bringe dann ein kleines, trauriges Lächeln zustande. »Und ... ich glaube, sie hat für uns alle was zum Anziehen gekauft, vielleicht ... sogar mit deinem Namen auf dem Rücken.« Wir wussten beide, dass sie das tun würde. Ich bin mir sicher, dass seine Trikotnummer auf jedem Shirt stehen wird, das sie bei seinen Spielen trägt.

Er dreht unsere Hände und drückt meine. »Deine Haut ist so blass.«

Das muss etwas heißen, wenn man bedenkt, dass wir im Dunkeln sitzen. Nur eine Zimmerecke wird vom Leuchten des Computermonitors erhellt. Das kleine Fenster in der Tür lässt kaum etwas von dem Flurlicht herein.

Ich streiche mit dem Daumen über seinen Handrücken, bemerke die glatte Haut und die kleinen braunen Sommersprossen. »Ich habe gehört, dass das Essen am College viel b-besser ist als das Zeug auf der Highschool. Es gibt Mahlzeiten, zu denen es ... kein Rätselfleisch gibt.«

Er schmunzelt, doch es klingt nicht so, wie er bei anderen Gelegenheiten gelacht hat.

»Kaiden?«, murmle ich, und mein Daumen hält in der Bewegung inne.

»Ja?«

»D-Danke.« Er blinzelt zu mir auf. »Danke, dass du ... mein

Freund bist. Mein bester Freund. Jeder hätte auf mich zugehen und versuchen können, mich kennenzulernen, aber niemand hat es getan. Nur du.«

Er spitzt die Lippen. »Wie gesagt, sie haben nur blind befolgt, was ich ihnen gesagt habe.«

Ich schüttle den Kopf. »Annabel hat mit mir gesprochen, obwohl du g-gewollt hast, dass mich alle in Ruhe lassen. Manchmal haben die Mädchen versucht, von mir Tratsch über dich zu erfahren. Sie waren alle bereit, zu nehmen, aber nicht zu geben. Nicht einmal Annabel.«

Eine Weile antwortet er nicht. »Ich war egoistisch. Ich wollte nicht, dass du dich mit irgendwem anders anfreundest.«

Ich lächle nur.

Ich weiß, ist meine stumme Antwort.

»Aber du«, füge ich hinzu, »warst immer da.«

Er gestattet sich ein Grinsen. »Vor allem, wenn du es nicht wolltest.«

Da habe ich dich am meisten gebraucht.

Die Tür geht auf, und Dr. Thorne kommt herein, gefolgt von Papa und Cam. Sein Gesicht sagt alles. Es ist ernst. Entschieden. Ich halte mich zurück, starre auf den dunkelhaarigen Mann. Er sieht mitfühlend aus – seine Augen ertrinken in unausgesprochenen Entschuldigungen und Antworten, die vorher noch nicht da waren.

Da hatte er noch Hoffnung.

»Ms Matterson«, beginnt er. »Es tut mir leid, dass ich Ihnen das mitteilen muss ...«

Ich höre seine Worte, doch ich begreife sie nicht. Stattdessen versuche ich, Kaiden zu beruhigen, dessen Körper heftig neben mir zittert.

Papa sieht aschfahl aus.

Cam weint.

Wo ist Mama?

Nierenversagen.

Endstadium.

Thorne erklärt, dass die Krankheit bereits die inneren Organe angegriffen und meine Nierenfunktion zum Erliegen gebracht hat. Die Kopfschmerzen kommen von einer Mischung aus Entzündungen des angegriffenen Gewebes und den Giftstoffen, die von meinen geschädigten Nieren nicht richtig gefiltert werden. Die Gewichtszunahme kommt von Wassereinlagerungen in meinen Beinen und meinem Gesicht.

Lo hat am Ende nicht so ausgesehen, als hätte sie zugenommen. Sie war zerbrechlich, als könnte auch nur eine Berührung sie zerquetschen. Ihre Augen waren eingefallen, und ihre Haut hatte einen fast blassgelben Weißton. Es hieß, dass ihre Leber zu dem Zeitpunkt ebenfalls schon angegriffen war.

Als sich Thorne räuspert, blickt er alle im Raum an. »Es gibt eine Komplikation bei den Behandlungsoptionen, über die Sie alle aufgeklärt werden müssen.« Er konzentriert seinen Blick auf mich. »Der nächste Schritt wäre die Dialyse, denn Ihr Körper ist nicht länger in der Lage, sauberes Blut in Ihrem Organismus zu filtern. Wir haben festgestellt, dass Ihr Herz durch die Belastung in Mitleidenschaft gezogen wurde. Das Ausmaß der Entzündungen an den Herzklappen setzt sie einem enormen Druck aus, weshalb Ihr Herz viel stärker arbeiten muss, um richtig zu funktionieren. Das hat zu dem Schlaganfall und hohen Blutdruck geführt, den Sie jetzt noch haben.

Eine Dialyse beansprucht das Herz von Patienten, die sie langfristig benötigen. Wenn Patienten freiwillig zur Dialyse gehen, obwohl sie wissen, dass sie herzkrank sind, sind die Chancen auf einen tödlichen Herzinfarkt sehr hoch.«

Jemand ringt nach Luft.

Jemand würgt ein Schluchzen heraus.

Und ich ... starre ihn nur an.

Es ergibt alles Sinn.

Mein Mangel an Freunden. Meine fehlende Bereitschaft, mich festzulegen, eine vielversprechende Laufbahn einzuschlagen, zu träumen. Ich wollte niemals jemanden daten – mir Zeit für Menschen in meinem Leben nehmen. Ich suche tausend Gründe, die mich davon abhalten, wirklich zu leben, und das letzte Puzzlestück enthüllt den wahren Grund dahinter.

Es soll nicht sein.

Die Erkenntnis trifft mich mit voller Wucht, schneidet durch mich hindurch, zerreißt mich. Doch ich heiße sie willkommen – die Wahrheit.

Vielleicht war ich deshalb nie zufrieden mit dem Leben, weil ich nicht dazu bestimmt bin, ein richtiges Leben zu führen. Ich bin nicht dafür bestimmt, meinen zukünftigen Ehemann zu treffen oder Kinder zu kriegen. Je weniger Menschen sich um mich sorgen, desto weniger Menschen werde ich verletzen, wenn alles zu Ende geht.

»Was sagen Sie da?«, knurrt Kaiden ihn an und kommt näher zu mir, als könnte sein Schutz etwas ändern. »Wenn ihre Nieren versagen und Dialyse die einzige Möglichkeit ist, sie davon abzuhalten, zu ... sterben, dann muss sie es machen!«

Cam tritt vor. »Liebling ...«

»Sie könnte sterben, verdammt!«, schreit er und weckt mit seinem markerschütternden Ton wahrscheinlich alle anderen Patienten in den Nebenräumen.

»Hören Sie«, sagt Dr. Thorne langsam, »es ist so oder so keine einfache Entscheidung. Sie haben recht. Dialyse ist notwendig, um die Giftstoffe aus dem Blut zu filtern, bevor sie es noch schlimmer machen, aber sie könnte eben auch zu einem tödlichen Herzinfarkt führen.«

Drei Augenpaare drehen sich zu mir.

Ich sitze nur da, von Kissen gestützt auf einer harten Matratze. Die Maschinen um mich herum piepsen immer noch, die Monitore zeigen, wie ich mich fühle, weil mein Herzschlag beschleunigt.

Sie betrachten mich stumm.

Ich blicke durch den Raum ins Leere.

Eine leere Wand.

Eine freie Fläche.

Nichts Wichtiges oder Aufregendes.

Dr. Thorne tritt näher. »Emery, der beste Schritt wäre jetzt, so schnell wie möglich mit Ihrem Rheumatologen zu sprechen und eine Anpassung der Medikamente zu erwägen. Wenn wir die Entzündung verringern und im Zaum halten können, dann sind Ihre Chancen wesentlich besser, dass es mit der Dialyse gut verläuft, als wenn wir uns heute Nacht für eine Notdialyse entscheiden.«

Meine Lippen öffnen sich leicht, und ich blinzle.

Einmal.

Zweimal.

Ein drittes Mal.

»Wo ist Mama?«, krächze ich und drehe den Kopf langsam zu Papa. Seine Wangen sind nass und sein Ausdruck voller Panik.

»Sie sollte jede Minute hier sein«, antwortet er, und seine Stimme klingt fremd.

Ich nicke.

»Emery«, sagt er und kommt zu mir. Ich bemerke, wie er Kaiden betrachtet, bis er sich an die Stelle meines beschützenden Freundes stellt. »Schatz, es gibt eine Menge zu bedenken. Wenn deine Mutter kommt, dann sollten wir drei uns zusammen hinsetzen und alles besprechen.«

Was besprechen? Das würde ich ihn jetzt gern fragen, vor unserem wartenden Publikum. Will er darüber reden, welche Option mich schneller sterben lässt? Oder mich länger leiden lässt? Will er Mamas Meinung ausdiskutieren und sie weinen sehen, wenn ich ihnen sage, dass ich nicht zustimme?

Meine Augen sind trocken.

Warum sind meine Augen so trocken?

Ich hole tief Luft, drehe mich zum Arzt und ignoriere, wie die Blicke der anderen in meinem Gesicht brennen. »Wie lange?«

Er bewegt den Unterkiefer von einer Seite zur anderen. »Das hängt davon ab.«

»Maus«, wispert Kaiden gebrochen.

»Wenn ich nicht …« Ich schlucke, meine Nasenflügel zucken, und meine Kehle schnürt sich zu. »Wenn ich keine Dialyse mache, wie … wie lange?«

Kaiden knurrt.

Papa steht der Mund offen.

Dr. Thorne holt tief Luft. »Sie befinden sich im Endstadium vom Nierenversagen. Um ehrlich zu sein, nicht lange. Aber jeder Mensch ist anders.«

Ich schließe die Augen. »Und auch wenn wir zuerst versuchen, meine Medikation umzustellen, besteht die Möglichkeit …?«

»Ja.«

Im Raum wird es unheimlich still.

Als ich die Augen wieder öffne, sehe ich sofort Papa. »Dann gibt es nichts zu d-diskutieren.«

»Emery …«

»Gott. Scheiße!« Kaiden schlägt mit der Hand gegen die Wand

und stürmt hinaus, während Cam ihm folgt, wobei sie mit der Hand über dem Mund ihr Schluchzen unterdrückt.

Thorne geht zu mir und stellt sich direkt neben Papa. »Wir können es für Sie so angenehm wie möglich machen, wenn es das ist, was Sie entscheiden, Emery. Wenn Sie weiter mit Ihrer Familie darüber reden wollen, dann gehe ich jetzt, und Sie rufen mich bitte, wenn Sie sich entschieden haben. Okay?«

Ich bin mir nicht sicher, ob ich nicke oder antworte, doch er lässt Papa und mich allein. Als die Tür hinter ihm geschlossen ist, schießt Papa hoch.

»Du stirbst nicht.«

»Doch, das tue ich.«

»Emery ...«

»Papa!« Ich beiße die Zähne zusammen. »Du hast ihn gehört. Mein Herz wird nicht g-gut auf die Behandlung reagieren. Ich weiß, du w-willst das nicht hören, aber du musst. Ich werde sterben. Lo hat es gewusst, bevor sie gestorben ist, und ich weiß es ... auch.«

Die Ruhe überflutet mich.

Die fehlenden Tränen.

»Es geht um das Wie«, fahre ich fort und versuche, stärker zu klingen, als ich bin. »Ich will nicht mehr leiden, Papa. Der ganze Aufwand, meine Medikamente zum millionsten Mal anzupassen, sinnlos. Die Medikamente hätten die Entzündung verringern müssen. Und ... und es wird keine Rolle spielen, ob wir abwarten, du weißt das.«

Er legt die Hände ans Gesicht, schüttelt den Kopf und versucht, gleichmäßig zu atmen. »Ich habe dich gerade erst zurück, Em.«

Ich nicke nur.

»Ich will nur ...« Die Tränen überwältigen ihn.

Gefühle.

Realität.
Akzeptanz.
»Wir hatten ein Jahr, Papa.«
»Das ist nicht *genug*.«
Es klopft an der Tür.
»Sunshine?«
Mama.

Einundvierzig

Über der kleinen Baumgruppe vor dem Krankenhaus wölbt sich ein Regenbogen. Ich kann nicht alle Farben erkennen, denn meine Sicht ist in dem Rollstuhl, in dem ich vor dem großen Fenster sitze, eingeschränkt. Ich bin nicht einmal annähernd auf Augenhöhe der Glasscheibe, und das Ziegelgebäude verbirgt einen Teil von dem Gruß, den Lo geschickt hat, das weiß ich.

Letzte Nacht saß Mama bei mir und weinte stundenlang, während Papa von dem Zustellbett aus zusah, das jemand ins Zimmer gebracht hat. Es wirkt noch unbequemer als mein Bett, und ich teile Thorne mir, dass sie es mal auswechseln sollten. Es ist schon schlimm genug, wenn Patienten unbequem liegen müssen, aber Familienangehörigen sollte es nicht genauso ergehen.

Er sagte mir, dass er es weitergeben wird.

Was ich bezweifle.

Kaiden war bis heute Morgen um acht Uhr weg. Ich war erneut eingeschlafen, wurde aber immer wieder wach. Die Krankenschwestern kamen und gingen, Papa flüsterte mit Mama, und Mama zischte Bemerkungen, als würde ich nichts hören, sodass ich nicht richtig zur Ruhe kam.

Unausgesprochenes lag in der Luft und nahm jeden freien Platz im Raum ein, der nicht von den teuren Maschinen und meinen aufgewühlten Eltern besetzt war.

Ich bin unruhig, weil ich weiß, dass es jetzt zu Ende geht.

Ich kann nicht schlafen, weil ich befürchte, nie wieder aufzuwachen. Genau wie Lo. Ihr Körper war reglos, als Mama hereinkam, um nach ihr zu sehen. Ich wurde von Mamas lauten Schreien wach, als sie neben Lo kniete und ihre steife, reglose Hand hielt.

Ihre Augen waren geschlossen.

Friedlich.

Im ewigen Schlaf.

Als Kaiden wieder auftauchte, trug er Jeans, T-Shirt und seine College-Jacke. Seine Füße steckten in den blauen Lieblings-Sneakers einer teuren Marke, die ein ehemaliger Basketballspieler gegründet hat. Das war ein Fortschritt gegenüber den nackten Füßen in der Nacht zuvor. Er und Cam brachten Papa andere Kleidung, damit er endlich den Pyjama ausziehen konnte, den er seit unserer Ankunft getragen hatte.

Kaidens Knöchel waren rot und angeschwollen.

Ich stellte mich schlafend und hörte zu, wie Mama und Papa über mein Wohlbefinden stritten. Sie überlegten, was man als Nächstes tun und wie es weitergehen sollte. Erst als ich die Augen öffnete, lächelten sie mich an und taten so, als hätten sie nicht überlegt, wie sie mich zum Weiterkämpfen motivieren könnten.

Innerlich spotte ich darüber.

Ich habe jahrelang gekämpft. Ich habe um Mamas Aufmerksamkeit gekämpft. Um ihre Zuneigung. Um dazuzugehören. Ich habe gegen meine schlechten Gefühle gegenüber Papa gekämpft. Und auch dagegen, dass ich es Lo übel nahm, mich verlassen zu haben.

Ich kämpfe jeden Tag gegen mich selbst.

Ich kämpfe, um so zu tun, als ginge es mir gut.

Zuzugeben, dass es nicht so ist.

Zu überleben.

Deshalb sage ich den beiden, dass sie meine Meinung nicht ändern können. Wenn es vorbei ist, ist es vorbei. Die vielen Male, die ich von Fachleuten abgewiesen worden bin. Von Mitschülern kritisiert. Von Verwandten angezweifelt. Ich kämpfe gegen niemanden mehr.

Es ist zu spät, begreift ihr das nicht?

Mama musste raus. Ihr Körper zitterte so heftig, dass ich dachte, sie würde ohnmächtig werden. Papa blieb bei mir im Zimmer und betrachtete mich stumm. Er will etwas sagen, diskutieren, klarstellen.

Er hat begriffen, dass es nichts zu sagen gibt.

Er hat mich kennengelernt.

Er hat mich verstanden.

Wenn ich Cam sage, Spargel ist eine tolle Idee fürs Essen, schiebt er ihn heimlich von meinem Teller auf seinen, sobald sie nicht hinsieht, weil er weiß, dass ich ihn nicht mag.

Wenn ich das Gesicht verziehe, sobald er abends etwas im Fernsehen auswählt und dann zu einer Sendung umschaltet, die jedem gefällt.

Er fragt nach Kaiden.

Wir sind Freunde. Beste Freunde.

Denn das stimmt.

Kaiden Monroe hat alles erträglich gemacht. Schule. Zuhause. Er ist der Mensch gewesen, dem ich so sehr vertraut habe, dass ich mit ihm meine ersten Erfahrungen gemacht habe. In meinen Augen war er mein einziger wahrer Verbündeter. Ich dachte immer, dass ich niemals erleben würde, wie es sich anfühlt, geliebt zu werden, weil mein Körper zu mitgenommen war. Kaiden hat mir alles gegeben, was ich vor meinem Umzug nach Exeter niemals zu hoffen gewagt hätte.

Papa schien das nicht zu glauben.

Er stellte es aber auch nicht infrage.

Weil er mich einmal Maus genannt hat.

Jetzt schiebt mich Kaiden im Rollstuhl über die Flure, und Papa und Cam gehen hinterher. Mama und Oma holen Essen aus der Cafeteria und geben uns etwas Zeit für uns, während ich den Regenbogen und seine hübschen Pastellfarben betrachte.

Der dumpfe Schmerz in meinem Körper ist wegen der Medizin erträglich, die sie mir am Morgen als Erstes in den Körper gepumpt haben. Ich spüre wieder etwas in meiner rechten Seite, was im Großen und Ganzen vielversprechend scheint. Ich kann die Worte aussprechen und ohne allzu große Mühen reden. Trotz der mitleidig lächelnden Krankenschwestern und dem stündlich nach meinem Befinden fragenden Dr. Thorne geht es mir ganz okay.

So okay, wie es möglich ist.

Ruhig. Entspannt. Realistisch.

Zum Entsetzen meiner Eltern habe ich Kaiden überredet, mir die restlichen Schularbeiten zu bringen, um das Abschlussjahr zu beenden. Nach leisen Diskussionen, die immer wieder von Krankenschwestern und Ärzten unterbrochen wurden, gab Papa schließlich nach und rief die Schule an, um dort nachzufragen, ob ich die restlichen Prüfungen im Krankenhaus ablegen könnte. Die Schule und selbst der schlecht organisierte Mr Richman merkten, dass sie mir diesen bescheidenen Wunsch schlecht abschlagen konnten.

Wie viele Menschen wollen ihre Zeit im Krankenhausbett damit verbringen, Sprechblasen auszufüllen und Statistiken zu berechnen? Ich kannte nur eine Statistik, die von Bedeutung war, und hatte sie längst akzeptiert. Die Antworten, die ich aufschrieb, schienen zwar unwichtig, verliehen mir aber eine gewisse Normalität, die ich auch jetzt noch gebrauchen konnte. Selbst wenn man bedachte ...

Alle halfen mir, als ich wegen meiner Benommenheit vergaß, die Worte richtig zusammenzufügen. Papa gab Zahlen in die Rechner-App seines Handys, damit ich die Antworten für meine Matheprüfung aufschreiben konnte. Mama las ein Gedicht so oft vor, dass ich mir sicher war, selbst die ältere Dame nebenan konnte es irgendwann auswendig aufsagen. Oma half mir dabei, eine Chemiefrage mithilfe eines Diagramms zu lösen, und Kaiden malte Bilder in den Notizblock, den Thorne zur Verfügung gestellt hatte. Er meinte, es gäbe keine Abschlussarbeit in Kunst, aber er wollte mich aufmuntern. Deshalb bekam ich alle zehn Minuten ein neues Bild in den Schoß gelegt, das mich von den Hausaufgaben ablenkte. Eine Maus. Eine Tablettendose mit aufgemaltem Penis – das Bild versteckte ich vor meinen Eltern, aber meine Oma bemerkte es und kicherte.

Doch mein Lieblingsbild steckte in dem Hoodie, den Cam mir von zu Hause mitgebracht hatte, als sie neue Kleidung holte. Darauf lehnen Kaiden und ich an einem Baum und betrachten das Grab vor uns, auf dem Los Name steht.

Er sagte kein Wort. Ich auch nicht. Ich griff nur in meine Tasche und berührte das faltige Papier, wenn ich einen Moment brauchte, um mich zu sammeln.

Meine Augenlider werden schwer und wollen wegen meines Schlafmangels zufallen, doch das sage ich Kaiden nicht, deshalb gehen wir weiter über den Flur. Außer ein paar nebensächlichen Bemerkungen ist er fast die ganze Zeit still geblieben. Hin und wieder macht er Kommentare über die alten Fotografien an den Wänden und amüsiert sich über die Porträts der Schirmherren und Gründer. Als ich meine Prüfungen beendet hatte, nannte er mich einen Nerd. Einen Abschlussnerd. Seitdem hat er kaum ein Wort gesagt.

Am Ende des Flurs bei den Aufzügen gibt es ein paar Automaten. Kaiden hält mit dem Rollstuhl direkt vor einem und zieht sein Portemonnaie heraus. Ich beobachte ihn, als er einen Dollar hineinsteckt und ein paar Knöpfe drückt, bis ein Reese-Schokoriegel herausfällt.

»Willst du den mit mir teilen?«, fragt er, weil er weiß, dass ich nicht ablehnen werde. Er fährt mich zur nächsten Sitzecke, wo Papa und Cam uns Platz machen. Sie verweilen auf dem Flur und blicken abwechselnd aus dem Fenster und zu uns.

Ich winke Papa zu.

Er versucht zu lächeln.

Als Kaiden den Riegel auspackt und mir ein Stück gibt, spiele ich damit, bis die Schokolade auf meinen Finger schmilzt. »Ich habe damals im Krankenhaus bei uns immer einen *Almond Jolly* bekommen. In einem langen Flur, der unterirdisch zu dem Gebäude auf der anderen Straßenseite führte, standen fünf Automaten nebeneinander. Lo und ich haben immer so getan, als wären wir auf einer Abenteuerfahrt. Papa brachte uns hin und kaufte uns Süßigkeiten, bevor er wieder nach oben zu Mama ging und wegfuhr.«

Er beobachtet mich, wie ich zunächst die Schokolade vom Rand abbeiße, sodass nur noch die Mitte übrig bleibt. »Ich weiß. Ich habe einmal gehört, wie er meiner Mutter davon erzählt hat. Du hast dich geärgert, wenn die Maschine dir einen *Bounty* ausgeworfen hat, denn die mochtest du nicht.«

Ich öffne den Mund. »Er hat …?« Ich schüttle den Kopf und kratze die oberste Schokoladenschicht ab. »Pure Kokosnuss schmeckt mir einfach nicht. Mit Mandeln ist es viel besser. Hat er das wirklich erzählt?«

Er nickt. »Ich habe nicht so oft mitbekommen, wie er etwas

von dir erzählt. Aber ich glaube nicht, dass es daran lag, dass er nicht so oft an dich gedacht hat. Wahrscheinlich hat es ihm wehgetan, sich daran zu erinnern, wie er auf die Bitte deiner Mutter eingegangen ist, keinen Kontakt zu dir aufzunehmen. Alles was ich gehört habe, hat er Cam erzählt. Die *Almond Joys*, wenn du mit deiner Mutter zur Arbeit im Krankenhaus gegangen bist ...«

Für einen Moment starrt er nachdenklich auf seinen unberührten Riegel. »Ich war vor den Herbstferien schon einmal bei euch.«

Seine Stimme ist nicht viel mehr als ein Flüstern, weshalb ich zuerst glaube, dass ich ihn nicht richtig verstanden habe. »Du warst ... was?«

Er setzt sich aufrechter hin und sieht mich zögernd an, fast schüchtern. »Kurz nachdem dein Vater eingezogen ist, habe ich mir überlegt, wie ich ihn wieder loswerden könnte. Mir kam es so vor, als würde er vor etwas davonlaufen, aber er redete kaum über sein altes Leben. Er war mehrere Autostunden weit weggezogen, so viel wusste ich und, dass er vorher verheiratet war. Mama erwähnte, dass er Kinder hätte, ein Mädchen in meinem Alter, aber das war alles, was sie mir erzählten.

Ich fand heraus, in welcher Stadt ihr gewohnt habt, und suchte nach seiner alten Adresse. Das war nicht besonders schwer, was ein wenig unheimlich ist. Jedenfalls schwänzte ich einen Tag Schule und fuhr hin. Ich weiß gar nicht genau, was ich tun oder sagen wollte, falls jemand zu Hause wäre. Da es mitten in der Woche war, machte ich mir keine großen Sorgen darüber. Aber ...«

Ich halte den Atem an, während ich mir vorstelle, wie er dort war, in mein Leben eindrang, lange bevor wir uns offiziell kennenlernten.

»Ich konnte deine Großmutter durch das Vorderfenster sehen. Sie hielt eine Schüssel in der Hand und sprach mit jemandem, und als ich auf die andere Seite des Hauses ging, sah ich dich auf der Couch mit einer Decke sitzen. Die mit den blauen Vögeln am Rand.«

»Oma hat sie gemacht«, flüstere ich.

Er holt tief Luft. »Jedenfalls sah ich dich, und du lächeltest sie an, als würde es dich nicht stören, dass dein Vater weg war. Du schienst glücklich zu sein. Ich ging ein wenig durch die Stadt, bevor ich wieder zu eurem Haus kam, aber ich konnte ja nicht einfach anklopfen und euch irgendwas fragen. Deshalb ging ich ums Haus und entdeckte dich unter dem Ahornbaum, wie du mit jemandem sprachst. Ich erkannte damals nicht, dass es das Grab deiner Schwester war, sondern erst, als ich im letzten Jahr in den Ferien mit dir dort war.«

Ich nehme jedes einzelne Wort in mich auf, während ich mit meinem Riegel spiele. Die Schokolade ist überall an meinen Fingern, deshalb stecke ich mir den Rest in den Mund und lecke mir die Fingerspitzen ab.

»Deine Großmutter hat mich erwischt«, gesteht er und lässt sich zurück auf den Stuhl fallen.

Ich reiße die Augen auf.

Er hat ein kleines Lächeln im Gesicht. »Als ich mich wieder zu meinem Auto an der Straße schleichen wollte, hielt sie mich auf und fragte, was ich dort tue. Ich log und sagte, dass ich mich verfahren hätte, doch sie durchschaute mich. Sie sah, dass du immer noch draußen am Grab deiner Schwester warst, und dann sah sie mich an, als würde sie die einzelnen Fakten miteinander verbinden.«

Oma hatte nie irgendetwas von einem Jungen erzählt, der dort aufgetaucht war, und hatte ihn auch in den Ferien nicht verraten. »Hat sie letztes Jahr irgendwas zu dir gesagt?«

Sein Lächeln wird zu einem Grinsen. »Sie meinte, dass ich Mist erzähle, aber dass sie sich das sowieso schon gedacht hatte. Am ersten Morgen beim Frühstück fragte sie mich, warum ich gekommen sei.«

Ich warte, dass er fortfährt, und wundere mich, warum er beim ersten Mal aufgetaucht war und mich nicht gerettet hatte, bevor ich realisiere, dass ich es beim zweiten Mal brauchte.

Er zuckt mit den Schultern und blickt zu Boden. »Ich bin mir nicht sicher, ob ich darauf eine Antwort habe, selbst jetzt. Manchmal weiß man einfach, dass man gebraucht wird, selbst wenn es niemand sagt. Deshalb kam ich in den Ferien. Ich hätte einen Haufen anderer Dinge tun können, aber ich wollte bei dir sein.«

Wir sitzen lange schweigend da und essen die Schokolade. Er wirft das Papier in den Mülleimer in der Ecke, bevor er zu unserer wartenden Familie winkt.

Ich höre Mama und Oma reden, also haben sie ihr Frühstück wohl beendet. Sie lächeln mir zu, als sie sehen, dass mich Kaiden zu ihnen schiebt.

Oma zwinkert mir zu.

Mama streckt den Arm aus, um meine Hand zu halten.

Papa und Cam drücken Kaiden den Arm.

Ich blicke zu Mama, dann zu allen anderen. »Können wir etwas Zeit für uns allein haben? Ich möchte nur ...« *Ich möchte nur Mama.* »Ich würde gern eine Weile mit Mama sein.«

Alle nicken außer Kaiden, der den Rollstuhl nicht losgelassen hat. Cam legt ihm die Hand an die Schulter und nickt ihm aufmunternd zu.

Er lässt los und kniet sich vor mich. »Ich erwarte dich bei jedem Spiel, Maus.« Seine Stimme bricht, und dasselbe geschieht mit meinem Herzen, ein großer Riss mittendurch. »Beste Freunde unterstützen einander. Sie sind füreinander da.«

Ich schenke ihm ein aufrichtiges Lächeln. »Ich verspreche, dass ich bei jedem Spiel dabei bin.«

Er befeuchtet sich die Lippen und nickt kurz, bevor er aufsteht und zurück zu Cam geht. Mama lächelt zu mir herunter, Oma streicht mir die Haare hinter das Ohr, und Papa nickt einmal, wie Kaiden.

Es scheint so endgültig. Dabei ist es überhaupt nicht endgültig.

Ein Anfang.

Kaiden geht aufs College.

Papa und Cam bekommen vielleicht ein Kind.

Mama kann glücklich sein. Daten. Wieder heiraten. Mehr Kinder bekommen.

Da ist nichts mehr, was sie zurückhält. Keine Entschuldigung und kein Notfall können sie davon abhalten, ihre Leben zu leben, und der Gedanke beruhigt mich, bis mein Körper träge in den Stuhl sinkt, den Mama schiebt.

Sie rollt mich zurück auf mein Zimmer, grüßt die Krankenschwestern, die Hallo sagen und fragen, ob wir etwas brauchen.

Mama. Mehr brauche ich nicht.

Als die Krankenschwestern meine Werte überprüft haben und nur noch Mama und ich im Zimmer sind, erzählt sie mir von ihren neuen Freunden. Dass sie akzeptiert, wie alles schiefgelaufen ist ... und auf so vielen Ebenen auch richtig.

»Es tut mir leid, Emery«, flüstert sie und streicht mit dem Daumen über meine Hand.

Dass sie sich verschlossen hat.

Dass sie mich alleingelassen hat.

Dass sie es nicht schneller erkannt hat ...

»Es ist okay«, sage ich ehrlich.

Mama hat mich zu Papa gebracht. Zu Cam. Zu Kaiden. Ihre Einsicht, dass sie sich nicht auf die Art um mich kümmern konnte, wie ich es brauchte, gab mir meinen Vater zurück und dazu noch mehr Familie, von der ich keine Ahnung hatte, dass ich sie brauchte. Sie gab mir einen besten Freund, als ich den einzigen verloren hatte, den ich je kannte, und eine unschuldige Liebe, die ich ansonsten niemals erfahren hätte.

Ich liebe Kaiden.

Wie einen Freund. Meinen *besten* Freund.

Wie Familie.

Ich drehe mich und tippe auf die leere Stelle neben mir. »Du hast mir so viel gegeben, Mama. Wir können nicht ändern, was geschehen ist, und ich will es auch nicht. Alles geschieht aus einem bestimmen Grund, richtig?«

Sie schluckt. »Ja, Sunshine. Das tut es.«

Mama rollt sich neben mir im Bett zusammen, legt die Arme um meinen Körper, wobei sie behutsam darauf achtet, nicht an den Drähten und Schläuchen zu ziehen. Ihr Gesicht ist nass, genau wie meine Wangen. Ihr Kopf ruht auf demselben Kissen wie meiner.

Manchmal sind Worte nicht genug.

Manchmal muss gar nichts gesagt werden.

Mama öffnet den Mund ... und beginnt zu singen.

You are my sunshine, my only sunshine,
You make me happy, when skies are gray.
You'll never know, dear, how much I love you ...

Ihre Worte werden immer wieder erstickt von kurzen Gefühlsausbrüchen, die die Luft zwischen uns zerschneiden, während die Maschinen mitleidige Geräusche machen.

»Please don't take my sunshine away.«

Epilog

Kaiden

Fünf beschissene Tage. Sie hat fünf Tage durchgehalten, nachdem sie ins Krankenhaus aufgenommen wurde und bevor ihre Mutter lauter jammerte als das durchdringende Piepen der Maschinen. Es war lange genug, um ihre Abschlussprüfungen im Krankenhausbett abzulegen und ihr Schuljahr zu beenden.

Sie wollte nur das Abschlussjahr schaffen.

Den Abschluss machen.

Die Security musste mich nach draußen führen, nachdem ich mit der Faust gegen die Wand geschlagen hatte, und Mama sprach nicht mit mir, bis ich mich draußen beruhigt hatte.

Emery trug ein verdammtes Maryland-Sweatshirt, als sie auf diesem viel zu kleinen Bett einschlief, und natürlich stand auf dem Rücken mein Name. Aber sie hat nicht mehr die Augen geöffnet.

Sie hat sich nicht richtig verabschiedet.

Ich verspreche, dass ich bei jedem Spiel dabei bin.

Sie hat gelogen.

Ein Jahr später

Der Regen führt fast dazu, dass unser wichtigstes Spiel des Jahres abgesagt wird, worüber sich die Hälfte der Absolventen beschwert hat, weil es ihr letztes Spiel vor ihrem Abschluss an der University of Maryland ist. Wir haben uns beim Training den Arsch aufgerissen und fast jedes Spiel gegen die anderen Mannschaften gewonnen. Ich konnte ihre Verstimmung nachvollziehen.

Dann passiert es.

Der verdammte Sonnenschein.

Die schwindenden Wolken.

Der Regenbogen.

Vor langer Zeit hat mir ein Mädchen voller Hoffnung erzählt, dass ihre Zwillingsschwester vom Himmel auf sie herabblickt. Ich hielt das für Blödsinn. Genauso einen Blödsinn wie der verdammte Song, den sie so liebte und den ich nicht hören kann, wenn er irgendwo gespielt wird.

Doch es passiert.

Im Wetterbericht hieß es seit dem Morgen, dass wir erledigt wären. Neunundneunzig Prozent Gewitter- und Regenwahrscheinlichkeit. Kräftiger Wind.

Wir waren im Arsch.

Wir dachten, wir wären im Arsch.

Jemand klatscht mir auf den Rücken. »Ist das ein Wunder, oder was?«

Murphy ist ein Volltrottel, der häufiger high als nüchtern ist, aber er ist noch immer einer meiner besten Freunde. Er lässt mich in Ruhe, wenn ich mürrisch bin, und lenkte mich mit Weed und Mädchen ab, wenn ich zu viel gegrübelt habe.

Er ist auch auf dem Feld gut.

Ich starre in die Sonne. »Ja. Ein Wunder.«

Ich denke an die beiden passenden Grabsteine unter dem Ahornbaum in Bakersfield, während ich in die Sonne starre, die auf meine Teamkameraden herabstrahlt.

»Dann wollen wir ihnen mal in den Arsch treten«, ruft Murphy und bekommt entsprechende Reaktionen von den anderen um uns herum.

Zwei Jahre später

Es klopft an meiner Wohnungstür, und ich nehme den Blick vom Footballspiel auf dem Fernseher. Ich stelle das Bier ab, gebe dem halb betrunkenen Murphy einen Klaps und gehe rüber, um zu sehen, ob unser Freund Spencer entschieden hat zu kommen.

Ein kleiner Rotschopf wartet auf der anderen Seite der Tür.

»Du bist nicht Spencer.«

Sie macht große Augen. Es ist dunkel, doch das Verandalicht gibt ihrer Augenfarbe ein unheimliches Kristallblau.

»Äh ... nein. Ich bin Piper.« Sie nimmt etwas von der einen in die andere Hand und zeigt hinter sich. »Ich wohne mit meinem Freund nebenan. Das hier ist bei uns abgegeben worden. Da ist deine Adresse drauf.«

Sie gibt mir das Päckchen, und ich verziehe das Gesicht, als ich meinen Namen auf dem Umschlag sehe. Mama hat mir wohl noch ein Paket geschickt und wollte mich überraschen.

»Danke«, murmle ich, klemme es mir unter den Arm und greife nach der Tür, um sie zu schließen. »Na dann ...«

Sie nickt, tritt zurück und zupft an ihrem übergroßen Sweatshirt der University of Maryland. Dasselbe trug Emery, als sie ...

Ich räuspere mich. »Tschüss.«

Sie öffnet den Mund, während ich bereits die Tür schließe und mir überlege, was in der Schachtel ist. Ich stelle sie auf den Kaffeetisch und trinke einen Schluck Bier. Dann reiße ich das Klebeband ab und öffne den Karton.

Murphy murmelt etwas, bevor er einschläft, halb auf der Couch und halb auf dem Boden liegend. Ich verdrehe die Augen und ziehe ein Vorratsglas heraus voller ... Papier?

»Was zum ...?«

Bei genauerem Hinsehen erkenne ich ein paar der bunten Post-its. Als ich den Deckel aufschraube und eins herausnehme, beiße ich die Zähne zusammen.

Das sind die Post-its, die ich für Em ausgelegt habe.

Dumme Bilder mit Cartoons und Tieren mit Sprüchen, die nur sie verstand. Beleidigungen. Neckereien. Spitznamen.

Sie hat alle aufbewahrt?

Ich ziehe ein paar heraus und bemerke, dass manche nicht von mir sind. Die Zeichnungen sind nicht sehr gut, und die Hälfte ist verschmiert, als wäre jemand mit der Hand über die Tinte gestrichen.

Ich erkenne trotzdem, was es ist.

Ein Lacrosse-Schläger.

Das Emblem der Uni von Maryland.

Sonnenschein.

Auf einem steht etwas.

Wenn du nicht nach Maryland gehst, dann werde ich dich heimsuchen.

Ein gewürgtes Lachen entfährt mir, und Murphy schießt hoch, fällt dann von der Couch. Er landet mit lautem Knall auf dem Boden, bevor er aufstöhnt. Ich schnaube und trete ihm gegen das Bein.

»Geht es dir gut da unten?«

Er murmelt etwas Unverständliches.

Ich nicke und kehre zurück zu den Papieren.

Die allererste Maus, die ich für sie gemalt habe, liegt vor mir. Ich streiche mit den Fingern über das gealterte Papier, kann mit Mühe lächeln, bevor ich mich räuspere und die Zettel alle wieder zurück in das Glas lege.

Es gibt noch eine Nachricht von Mama.

Henry hat das in Emerys Zimmer gefunden. Er meinte, du würdest sie haben wollen.

Ich lege die Hände ans Gesicht, nehme das Glas in mein Zimmer und stelle es auf meine Kommode. Die Valentinskarte, die ich vor meinem Umzug mitgenommen habe, steht ebenfalls dort.

Ich setze mich auf die Bettkante und starre auf den neuen Gegenstand in meinem Zimmer, bevor ich mein Handy nehme und Mama eine Nachricht schreibe. Sie antwortet fast sofort.

Ich lieb dich auch, mein Junge. Und deine kleine Schwester sagt Hi.

Bonusszene

Meine zerstreuten Gedanken werden von Mamas Stimme verdrängt, bevor ihre zerbrechliche Figur im Spiegel hinter mir auftaucht. »Emery?«

Sie reißt die Augen auf, als sie bemerkt, dass ich dichte Haarbüschel am Waschbecken in der Hand halte. Es geschieht wieder, und ich erkenne den Schmerz in ihren goldbraunen Augen voller Tränen, die ich viel zu häufig sehe. Ich habe die Augen von Papa, ein schönes Grünbraun, obwohl es schon so lange her ist, seit ich ihn das letzte Mal gesehen habe, dass ich mich kaum noch daran erinnern kann, wie ähnlich wir uns sehen.

»Ich wollte wissen, ob du hungrig bist«, fragt sie, wobei ihre Stimme bricht. Sie weicht mit ihren Blicken aus, betrachtet die Strandmotive im Badezimmer – den blauen Duschvorhang, die Muschelmatte und passende Handtücher im Regal. Sie schaut sich alles aufmerksam an, nur mich nicht.

Ich will ihr sagen *Sieh mich an, Mama. Ich bin noch immer dein kleines Mädchen. Ich bin noch da.*

»Sei bitte nicht traurig«, sage ich und drehe mich zu ihr. »Mir geht es gut. Versprochen.«

Sie drückt die Lippen fest zusammen, blinzelt die Tränen weg, denn wir beide wissen, dass es nicht stimmt. Logan ging es auch nicht gut. Im Unterschied zu meiner Zwillingsschwester war ich nie eine gute Schauspielerin. Anstatt beruhigend zu lächeln, ist sie endlich einmal ehrlich. Ehrlicher als ich. »Nein, Sunshine. Dir geht es nicht gut.«

Ihre Augen fixieren die ausgefallenen Haare, die traurigen blonden Strähnen, die ich zwischen den Fingern halte. Ihr Blick wandert zu meinem Kopf, wo jetzt sicherlich eine dünne Stelle zu sehen ist. Ich spüre dort einen Luftzug, und ihr entsetzter Blick bestätigt nur meinen Verdacht.

Ich hole tief Luft und nehme eine Schere aus dem Spiegelschrank. Er ist voller Medikamente, deren Namen ich in den meisten Fällen gar nicht aussprechen kann. Mama gibt sie in eine Tablettendose, damit ich mich täglich daran erinnere, sie zu nehmen.

Ich drehe mich wieder zu ihr und zeige die Schere in der Hand. »Ich will nicht mehr zusehen, wie sie ausfallen«, gebe ich leise zu. »Aber ich kann sie mir nicht selbst abschneiden.«

Ihr Schmerz verwandelt sich in etwas anderes – einen wesentlich tiefer liegenden Schmerz, als ich ihn mit meiner Krankheit je empfinden kann. Er breitet sich wie ein Feuer in ihren Augen aus und verzehrt sie. Und wie immer muss ich erkennen, dass ich der Grund dafür bin.

In meinem Kopf flüstere ich, *Denk daran, dass ich dich liebe, Mama.*

»Sunshine«, flüstert sie gebrochen und überwindet schnell die Distanz zwischen uns. Sie streckt die Hand aus und streicht mir behutsam über die Haare. »Bitte zwing mich nicht dazu. Dein Haar ... Du und Logan, ihr hattet so schönes Haar. Immer so lang und so dicht. Schneid es nicht ab.«

Ich winde mich und nicke dann. »Ich habe kahle Stellen, die man nicht verbergen kann. Es muss weg.«

»Wir können nach einer Perücke suchen«, schlägt sie vor, nimmt mir die Schere aus der Hand und legt sie auf die Ablage.

Aber ich will keine Perücke und auch nicht so tun, als wäre alles gut.

Ich will meine eigenen Entscheidungen treffen – Mama nicht mehr zum Weinen bringen. Ich will mich nicht in dem Zimmer verstecken, das noch immer von Lo erfüllt ist – unberührt, doch voller Leben.

Schließlich blicke ich zu Mama. Sie sieht auf den Boden und hat einen distanzierten Ausdruck im Gesicht. Ich strecke den Arm aus und halte ihre Hand, und für einen Moment habe ich das Gefühl, dass ich mit ihr weinen muss. Meine Sicht verschwimmt, doch keine Träne dringt mir aus dem Auge.

Mama sieht mich an und würgt hervor: »Du hast smaragdfarbene Augen.«

Wenn Mama weint, werden ihre Augen golden.

...

Unser Song läuft.

Ich schließe die Augen und drehe mich im Bett auf die Seite, während ich der langsamen Wiedergabe der beschwingten Melodie über Sonnenschein und grauen Himmel lausche. Ein schwaches Lächeln zerrt an meinen Lippen und verzieht meine Mundwinkel schließlich zu einem Schmunzeln, von dem ich mir wünsche, dass es Logan sehen könnte. Vor allem, wenn Mama zu singen beginnt.

Ihre Stimme ist leise und entfernt, während die Töpfe und Pfannen aneinanderschlagen. Vielleicht backt sie wieder. Wir haben ständig gemeinsam gebacken, aber sie hat es nicht mehr gemacht, seit …

Ich schlucke, öffne die Augen und starre auf die geschlossene Tür.

Das Zimmer fühlt sich jetzt zu groß und zugleich zu klein an. Erstickend, weil das halbe Zimmer voller ungenutzter Möbel ist. Abgesehen von den versteckten Bildern unter dem Bett ist meine Schwester überall präsent. Sie ist in den Wänden, wo wir stundenlang über die albernsten Dinge lachten.

Mama kam dann immer herein und wollte uns zur Ruhe ermahnen, lachte schließlich aber mit, denn sie konnte nicht anders. Ich vermisse *diese* Frau, die uns aufgezogen hat. Die lange aufblieb und unsere feuchten blonden Haare flocht, während wir zusammen Musik hörten. Wir sangen gemeinsam zu allen möglichen Liedern im Radio, meistens schief und falsch, doch das störte keinen.

Seit Lo gestorben ist, höre ich Mama kaum noch singen.

Deshalb ist heute … besonders. Bittersüß.

Umso mehr, als sie abrupt aufhört, lange bevor das Lied endet. Dann höre ich wieder das vertraute Geräusch eines unterdrückten Schluchzens.

Ich setze mich auf, ziehe mir die Knie an die Brust und überlege, was ich tun soll. Oma meinte, ich sollte Mama Zeit geben. *Jeder trauert anders, Emmy.* Ich glaube aber nicht, dass sie nur Zeit braucht, und ich habe das Gefühl, als wüsste Oma das auch.

Ich warte ab, starre auf die leere Seite des Zimmers, wo es manchmal noch immer nach dem Mädchen riecht, dass ich jedes Mal sehe, wenn ich mein Spiegelbild betrachte. Doch das ist unmöglich. Es ist schon Jahre her. Jahre der Trauer. Jahre des Kummers. Jahre des Vermissens. Es wird niemals aufhören, aber es wird besser.

Daran muss ich glauben.

Besser.

Besser gibt mir Hoffnung.

Besser ist aber nicht immer leicht, und sicher nicht immer schön.

Deshalb beschließe ich, nach Mama zu sehen.

Sie hat sich über die Spüle gebeugt, hält sich mit weißen Knöcheln am Tresen fest, als ich in die Küche komme. Wenn sie über die Schulter blicken würde, dann würde ich ihre traurigen, wässrigen goldenen Augen sehen. Ich frage mich, ob sie Omas Herz auch so brechen wie meins, schließlich ist Mama ihr einziges Kind. Ich habe gehört, wie sie einer Freundin erzählte, dass sie sich nicht vorstellen kann, Mama so zu verlieren, wie sie Lo verloren hat.

»Mama?«

Ihre Stimme ist brüchig, als sie sich aufrichtet und sagt: »Jetzt nicht, Logan.«

Ich blinzle.

Dann noch einmal.

Mama spannt ihre Schultern an.

Sie korrigiert sich nicht.

Ich habe dafür nicht die Energie.

Nicht wieder.

»Gibt es etwas, das ich …«

»*Jetzt nicht*«, wiederholt sie. Kein Name. So ist es wohl sicherer. Sie holt tief Luft, bevor sie den Kopf senkt und sich zu ihrer ganzen Größe aufrichtet. »Es tut mir leid, Süße. Ich habe nicht gut geschlafen.«

Sie schläft nie gut, doch darauf weise ich sie nicht hin.

»Es ist schon gut«, ist meine typische Antwort. Das ist es nicht. Ich weiß, dass es das nicht ist, doch ich kann es ihr nicht anders sagen.

Sieh mich an, flehe ich stumm.

Sie hebt nicht den Blick.

Sieh mich an, Mama.

Ich warte. Und warte. Und warte weiter.

Sie dreht sich um, vergewissert sich, dass sie mich gar nicht sieht. »Deine Großmutter wollte einkaufen gehen«, sagt sie mir, als würde sie nicht über die Person weinen, die wir beide verloren haben, als wäre alles in Ordnung. »Warum fragst du nicht, ob du mitkommen kannst?«

Auf diese Weise sagt sie mir, dass sie das Haus für sich haben will. Um allein zu sein.

Ist sie nicht so einsam wie ich?

Die Wut kribbelt mir unter der Haut.

Dann Schuld, weil ich Wut empfinde.

Ich bin schon halb aus der Küche, jeder Schritt zurück noch schwerer wegen meiner Erschöpfung und Niederlage, als ich ihr die Frage stelle, vor der ich mich fürchte, seit ich vor ein paar Wochen den Mut aufgebracht habe, sie darauf anzusprechen. »Hast du darüber nachgedacht?«

Als sie mir nicht antwortet, schlucke ich die Hoffnung hinunter, die in mir zu keimen begonnen hat, als ich das Lied gehört habe.

»Mama«, flüstere ich und halte den Saum meines Shirts fester in der Hand.

Logans altes Shirt, mit einer lachenden Sonne in der Mitte.

Nichts.

Ich will ihr sagen, dass sie mich ansehen soll, doch ich weiß, warum sie es nicht tut.

Ich weiß, wen sie sieht.

Nicht mich.

Niemals mich.

Deshalb sage ich es endlich: »Ich glaube, es ist Zeit, dass ich zu Papa ziehe.«

Diesmal hebt sie den Kopf und starrt in meine Richtung.
Doch sie blickt durch mich hindurch, nicht zu mir.
Sie sagt mir nicht, dass ich bleiben soll.
Sie sagt mir auch nicht, dass ich gehen soll.
Ich weiß, was ich zu tun habe.

Anmerkung der Autorin

Ich weiß genau, was ihr jetzt denkt. Verdammt, Barbara! Habe ich recht?

Es tut mir leid, dass ihr gerade vermutlich ziemlich viele Emotionen durchmacht. Nur, damit es klar ist: Ich habe Emery auch geliebt. Ich *bin* Emery. Deshalb musste ich dieses Buch in all seinem rohen und realen Glanz schreiben. Ich wusste, wie es ausgehen würde. Es ist eine Angst, gegen die ich ankämpfe, seit ich vor Jahren gemerkt habe, dass mit mir etwas nicht in Ordnung ist.

Wenn man eine chronische Erkrankung hat, dann zweifeln andere oft an dir. Nicht alle Erkrankungen sind sichtbar. Im Gegenteil, viele sind es nicht. Genau deshalb können unsichtbare Erkrankungen so tödlich sein – weil niemand sie bemerkt, bis es zu spät ist.

Man leidet nicht nur still am Schmerz und an anderen Symptomen, sondern muss auch noch mitansehen, was das eigene Elend mit den anderen Menschen um einen herum macht. Familie, Freunde, wer auch immer.

Vor uns die Dämmerung war zunächst eine Kurzgeschichte mit dem Titel »Mamas Augen«, die ich als Studentin in einem Kurs für Kreatives Schreiben verfasst habe. Sie handelte davon, wie sich die Beziehung zwischen einer Mutter und Tochter verändert, wenn die Tochter eine chronische Erkrankung hat. Es ist eine Geschichte, über die ich wochenlang nachgedacht habe, bevor ich sie abgab, und womöglich Jahre, bevor ich mich dazu entschloss, den Rat vieler Menschen anzunehmen und daraus einen Roman zu machen.

Dieses Buch war sowohl eins der schwierigsten als auch eins der leichtesten Bücher für mich. Wenn eine Geschichte aus dem Herzen kommt, dann wird sie dich gleichzeitig ausnehmen und reinigen. Das ist auf eine Weise therapeutisch und schmerzhaft, die nur schwer zu erklären ist. Man erlebt von Neuem Momente, die man lieber vergessen will.

Wie das erste Haarbüschel auf dem Kissen, das Erste von vielen Medikamenten, verpasste Unterrichtsstunden oder der Blick deiner Familie, als würdest du verschwinden, und die Angst – nicht zu wissen, was geschehen wird, weil die Ärzte dir nicht zu glauben scheinen, obwohl du Schwierigkeiten hast, aus dem Bett zu kommen, nur noch aus Haut und Knochen bestehst und dir die Haare ausfallen. Und irgendwann glaubst du ihnen, wenn sie anfangen, dich für verrückt zu halten.

Dieses Buch steht für etwas, das man nur sehr selten in der Literatur findet. So oft fürchten wir uns vor Geschichten, die uns an das echte Leben erinnern. Ich kann das verstehen. Wir alle wollen der Wirklichkeit entkommen. Aber die Wirklichkeit holt uns wieder ein, sobald wir die letzte Seite gelesen haben.

Ich wollte eine Geschichte schreiben, die so roh ist, dass sie die Seele offenlegt. Ich glaube, dass wir immer mal wieder mit der Wirklichkeit konfrontiert werden müssen. Die Fiktion kann Millionen von Wahrheiten vermitteln, die wir in der echten Welt nicht immer hören wollen.

Das hier ist meine.
Mein Schmerz.
Meine Angst.

Mein schlimmster Albtraum.

Bitte vergesst nicht, dass es Fiktion ist. Eine Lupus-Diagnose (oder irgendeine andere Erkrankung) bedeutet nicht, dass man sterben muss. Es bedeutet, dass man kämpfen muss. Und das ist etwas, was man von Anfang an akzeptieren muss, um das Beste aus dem Leben zu machen, das einem gegeben wurde. Es ist nicht leicht, aber ich verspreche euch, dass ihr es schafft, einen Tag nach dem anderen.

Kein anderes Buch von mir wird wie dieses sein, und ich verspreche, dass ihr in Zukunft ein traditionelles Happy End von mir bekommen werdet. Auch wenn ihr mich in diesem Moment vielleicht nicht liebt, sollt ihr wissen, dass ich euch alle liebe.

Kämpft weiter,
B

Danksagung

Viele Menschen haben mir geholfen, diesem Buch den letzten Schliff zu verleihen, aber einer Person möchte ich besonders danken. Dieses Buch ist für meine Mutter, die mit mir zu jedem Termin gegangen ist und mir die Hölle heiß gemacht hat, wenn ich dafür nicht die nötige Energie hatte. Ich weiß, es war schwer, und ich danke dir für alles, was du für mich getan hast. Danke, dass du nicht wie Emerys Mutter warst.

Love wins. Always and Forever

Folge uns auf Social Media:

- @foreververlag
- @foreverbyullstein
- forever.ullstein.de

Die mitreißende Kleinstadt-Romance, die Millionen Leser:innen weltweit begeistert

Der Tag könnte für Naomi nicht schlechter laufen. In einer Kurzschlussreaktion flieht sie von ihrer eigenen Hochzeit, wird von ihrer entfremdeten Zwillingsschwester ausgetrickst, steht ohne Auto und Handtasche da und muss sich plötzlich um ihre Nichte kümmern, von der sie nicht wusste, dass es sie überhaupt gibt. Entgeistert bittet sie im erstbesten Diner um Hilfe – und wird hochkant herausgeworfen. Denn ihre Zwillingsschwester, der sie zum Verwechseln ähnlich sieht, ist in Knockemout äußerst unbeliebt. Und als ein attraktiver Fremder sie auf der Straße anbrüllt, reißt ihr die Hutschnur. Wo ist sie hineingeraten?

Lucy Score
Things We Never Got Over
Roman

Aus dem Englischen von Karen Gerwig
Klappenbroschur
Auch als E-Book erhältlich
forever.ullstein.de

Forever

Wenn die Welle droht dich mitzureißen, brauchst du einen Anker, der dich hält

Als Maggie ihren neuen Job in einem Kölner Café annimmt, ahnt sie nicht, vor welche Herausforderung sie das stellt: Die Studentin trifft dort Leo wieder. Den Mann, mit dem sie vor zwei Jahren eine unvergessliche Nacht verbracht und den sie in ihr dunkelstes Geheimnis eingeweiht hat. Während Leo noch immer die Frage beschäftigt, warum ihn diese faszinierende Frau so plötzlich von sich gestoßen hat, ist auch Maggie von ihren intensiven Gefühlen überwältigt. Dabei könnte Leos Nähe gefährlich für sie werden. Er weiß zu viel über den Unfall von Maggies Schwester. Doch gleichzeitig weiß er auch noch längst nicht alles.

Antonia Wesseling
Wenn ich uns verliere
Roman

Klappenbroschur
Auch als E-Book erhältlich
forever.ullstein.de

Forever